Sujata Massey
Die Tote im Badehaus

SERIE PIPER

Zu diesem Buch

Das einladende Badehaus der kleinen Familienpension in Shiroyama, einem hübschen und abgelegenen Ort in den japanischen Bergen, verspricht wohltuende Stunden. Die junge Englischlehrerin Rei Shimura, die aus Tokio angereist ist, um hier ihren Neujahrsurlaub zu verbringen, fühlt sich wie im Paradies. Und daß ihr gleich am ersten Abend der charmante Hugh Glendinning über den Weg läuft, betrachtet sie als gutes Omen. Am nächsten Morgen jedoch findet man die Frau eines einflußreichen Geschäftsmannes tot unter dem Fenster des Bades. Glendinning scheint mehr zu wissen, als er preisgibt, und zu viele Details des Falles wollen nicht zusammenpassen. Reis detektivischer Spürsinn ist geweckt, doch sie ahnt nicht, daß der Täter ganz in ihrer Nähe ist. Nach dem Muster des klassischen englischen Landhauskrimis erzählt Sujata Massey eine spannende Mordgeschichte im exotischen japanischen Milieu mit einer überaus cleveren Heldin.

Sujata Massey, geboren 1964 in Sussex als Tochter einer Deutschen und eines Inders, verbrachte nach ihrer Kindheit in England und den USA einige Jahre in Hayama, Japan. Dort begann sie mit der Arbeit an »Die Tote im Badehaus«, wofür sie mit dem renommierten Agatha-Award für das beste Kriminalromandebüt ausgezeichnet wurde. Zuletzt erschien von ihr »Bittere Mandelblüten«.

Sujata Massey
Die Tote im Badehaus

Roman

Aus dem Amerikanischen von
Elke Link

Piper München Zürich

Von Sujata Massey liegen in der Serie Piper außerdem vor:
Zuflucht im Teehaus (3556)
Bittere Mandelblüten (Piper Original, 7035)

Ungekürzte Taschenbuchausgabe
Juni 2000 (SP 3062)
Mai 2002

Titel der amerikanischen Originalausgabe:
»The Salaryman's Wife«, HarperCollins,
New York 1997

erschienen im Verlagsprogramm Kabel
Umschlag: ZERO, München
Foto Umschlagvorderseite: Getty Images / Stone
Satz: KCS GmbH, Buchholz / Hamburg
Druck und Bindung: Clausen & Bosse, Leck
Printed in Germany ISBN 3-492-26028-4

www.piper.de

1

Bestimmt kann man sich noch etwas Gräßlicheres vorstellen, als den Silvesterabend in einem völlig überfüllten Zug zu verbringen, während einem langsam eine fremde Hand den Oberschenkel hinaufkriecht. Vielleicht in einem völlig überfüllten Zug, auf den gerade ein Nervengasanschlag verübt wird? Das könnte den wirklichen Tod bedeuten, nicht nur den emotionalen. Ich versuchte, einen kühlen Kopf zu bewahren. Immerhin war es mir beinahe gelungen, mich davon zu überzeugen, daß sich lediglich ein Koffergriff an mich drückte, seit wir Nagano verlassen hatten.

Er hatte sich von hinten an mich herangeschlichen, nachdem eine Gruppe Skifahrer eingestiegen war und das winzige Fleckchen, das ich mir erkämpft hatte, so eng wurde, daß ich nicht einmal mehr die Arme bewegen konnte. *Sushi-zume* – eingequetscht wie Reisbällchen in einer Lunchbox – machte ich mir langsam Gedanken, was mir wohl noch bevorstehen könnte. Ich hatte schon Geschichten von einem Chemiefreak gehört, der mit einer Flüssigkeit Löcher in Kleider ätzte, einem Kaugummikauer, der einem als Andenken eine dicke Kugel ins Haar klebte, und des öfteren schon soll ein Mann den Ausdruck seiner Freude in der Tiefe einer Manteltasche hinterlassen haben. Doch ich hatte angenommen, diese Trottel trieben nur in den Tokioter U-Bahnen ihr Unwesen und nicht in Fernzügen, die in die japanischen Alpen unterwegs waren.

Die Hand, die am Anfang kaum zu spüren gewesen war, wurde dreister. Ich suchte mit der Ferse, traf auf ein Schienbein, glitt daran entlang nach unten und trat fest auf den darunter befindlichen Fuß. Der Tritt wurde erwidert, und eine Frau schnauzte mich an, ich solle besser aufpassen – ob ich verdammt noch mal nicht wisse, daß dieser Zug überfüllt sei? Ich brummte widerwillig eine Entschuldigung. Die Hand blieb, wo sie war.

Die Dunkelheit draußen verwandelte die Glasscheibe der Zugtür in einen Spiegel. Ich betrachtete mich: klein, japanisch-amerikanisch, und mit einem Bürstenhaarschnitt, der für San Francisco passend, für den japanischen Geschmack aber etwas zu jungenhaft ist. Hätte ich doch nur Zeit gehabt, Jeans anzuziehen statt des Rocks, der irgend jemandem jetzt leichten Zugang gewährte. Ich konzentrierte mich auf die Spiegelungen der drei Männer, die mir am nächsten standen: ein junger Büroangestellter, der in eine Sportzeitung vertieft war, ein alter Opa und ein harter Arbeiterklassen-Typ mit dem unglaublichen Slogan »Milk Pie Club« auf dem Sweatshirt. Die zwei letzteren schienen zu schlafen, aber man konnte ja nie wissen. Ich setzte meine letzte Waffe ein.

»Hentai! Te o dokete yo!« Erst sagte ich es auf japanisch, dann auf englisch – *Hände weg, perverses Schwein.*

Ich merkte, wie die Hand zögerte und dann verschwand.

»Der Kerl in Schwarz ist es! Nein, nein, du kommst mir nicht davon!«

Ich reckte den Hals und sah, wie eine große, füllige Amerikanerin mit ihrem Regenschirm auf den ungehobelten Kerl einhieb.

»Ich habe nichts getan! Hören Sie auf, bitte!« Die japanische Verteidigung des Mannes tat keinerlei Wirkung auf die ausländische Angreiferin. Die vorher so schläfrigen Passagiere kicherten.

»Das reicht! Wenn Sie weiter auf ihn einschlagen, wird man Sie festnehmen«, warnte ich die Frau, als sich der Mann von uns wegdrängte.

»Ich mußte gar nicht verstehen, was Sie gesagt haben. Mir war sofort klar, was da los ist«, schimpfte die Frau, als sie sich auf einem mittlerweile frei gewordenen Platz niederließ. »Männer sind Schweine. Alle. So etwas müßte bestraft werden.«

Während ich langsam in ihre Richtung vorrückte, nahm ich sie genauer in Augenschein. Das war keine der grauhaarigen Feministinnen in Patchworkjacke und Bauernhose, die Japan so häufig begeistert durch ihre Nickelbrillen betrachten. Meine Retterin trug einen Parka mit Leopardenmuster und purpurrote Reebok-Turnschuhe. Ihre Haare hatten einen Apricot-Ton, den ich noch nie gesehen hatte.

»Wo haben Sie denn so gut Englisch gelernt?« fragte sie.

»In Kalifornien.« Kaukasische Gesichter erröteten gewöhnlich bei dieser Antwort, nicht aber dieses.

»Das sieht man Ihnen gar nicht an.«

Ich überhörte das. Früher hätte ich etwas gesagt, aber nach drei Jahren in Asien war ich zu freundlich geworden. Zu japanisch.

»Fahren Sie nach Shiroyama?« fuhr sie fort. Die Aussprache des Ortsnamens bereitete ihr leichte Schwierigkeiten.

Ich nickte. Ich fuhr in die zweihundertjährige Stadt mit dem alten Kastell, um antike Volkskunst zu suchen und mir eine Pause von der erbarmungslosen Öde meines Lebens im Norden von Tokio zu gönnen. Ich hatte alles sorgfältig geplant und war der Empfehlung meines Chefs gefolgt, in einem *minshuku* zu wohnen, einer Familienpension. Ich hatte mir eine ausgesucht, die für ihre ländliche Küche und Einrichtung bekannt war. Einfach in die schneebedeckten Berge zu fahren, während ganz Japan den Beginn des neuen Jahres feierte – das wichtigste Fest des Jahres –, war ziemlich exzentrisch. Ich konnte mir gar nicht vorstellen, daß noch jemand dieselbe Idee gehabt hatte.

Die Frau wußte so gut wie nichts über das ländliche Japan, und so erklärte ich ihr ein wenig, was sie in einer japanischen Herberge erwartete. Als wir auf die Mineralienbäder zu sprechen kamen, wurde mir klar, daß sie in derselben Pension gebucht hatte und daß wir gemeinsam ein Taxi nehmen konnten. Mein Solotrip hatte sich erledigt. Bedauernd dachte ich an den japanischen Glauben, nach dem es keine Zufälle gibt, weil alles Teil eines großen kosmischen Plans ist. In Anbetracht der folgenden Ereignisse bin ich geneigt, dem zuzustimmen.

Der erste Blick auf Shiroyama zeigte ein Durcheinander aus altmodischen Läden und Häusern, schneebedeckten Ziegeldächern und Fenstern, in denen einladend goldenes Licht schimmerte. Eine alte Frau im Kimono eilte vorbei; sie hielt ihren Schirm hoch, um sich vor den sanft fallenden Schneeflocken zu schützen. Ich hätte mir Zeit gelassen, hätte ich nicht den Pagen für meine neue Begleiterin gespielt und rasch einem Taxi gewinkt, bevor es am Taxistand angelangt war.

»Denken Sie sich nichts bei dem Vuitton. Es ist eine Fälschung aus Hongkong«, prahlte sie, als ich ihre beiden schweren Koffer in den Kofferraum wuchtete. »Ich habe Ihren Namen nicht verstanden, junge Dame.«

»Rei Shimura«, sagte ich langsam und deutlich, wie ich es aus meiner Kindheit und Jugend in den Vereinigten Staaten gewohnt war.

»Rae mit e oder Ray mit *y*?«

»Weder noch. Es ist ein japanischer Name, der wie die amerikanischen klingt.«

»Hey, Rei! Das reimt sich. Ich bin Mrs. Chapman. Marcelle«, fügte sie noch hinzu. Trotzdem war es gar keine Frage, daß ich sie Mrs. nennen sollte, ebenso wie es klar war, daß ich ihr die Koffer tragen sollte. Sie schwatzte die ganze Strecke bis zum Minshuku Yogetsu, das, wie sich herausstellte, weit weniger poetisch aussah, als sein Name »Nachtmond« versprach. Ruß und Abgase hatten die verputzte Fassade angegriffen, und durch die dunkelbraunen, geschlossenen Fensterläden wirkte das Haus, als hätte es die Augen vor der Welt geschlossen. Ein Teil des Gartens war in einen Parkplatz umgewandelt worden, auf dem zwei Toyotas standen: der eine war ein rostiger Town-Ace-Transporter, der andere ein eleganter schwarzer Windom. Bei dem hohen Preis, den ich für mein Zimmer gezahlt hatte, konnte ich mir ausrechnen, welcher von beiden den Pensionsbesitzern gehörte.

Mrs. Chapman marschierte an mir vorbei und stieß die Haustür auf. »Huu-huu! Ist da jemand?«

Eine schlanke Frau zwischen vierzig und fünfzig

mit strengem Haarschnitt und ebensolchem Gesichtausdruck kam aus einem Nebenzimmer, kniete sich vor uns hin und verneigte sich tief.

»Willkommen. Es war sehr unhöflich von mir, daß ich nicht hier war, um Ihnen die Türe zu öffnen.« Ich erkannte die Stimme von Mrs. Yogetsu, der Wirtin, wieder, bei der ich das Zimmer reserviert hatte. Hinter den höflichen Worten spürte ich den Vorwurf, daß wir einfach hereingeplatzt waren. Als ich mich entschuldigte und ihr von der Verspätung des Zuges erzählte, wurde ihr Gesicht noch verkniffener; sie hatte meinen leichten amerikanischen Akzent herausgehört.

»Sie reisen zusammen? Dann möchten Sie sicherlich nebeneinanderliegende Zimmer?« Es klang nach einem höflichen Angebot, aber nach vielen einschlägigen Erfahrungen wußte ich, was dahintersteckte: *Die Ausländer sollen unter sich bleiben, abseits von uns Japanern.*

»Das ist nicht nötig, überhaupt nicht nötig.« Ich überschlug mich förmlich. »Ich habe diese Dame erst im Zug kennengelernt.«

Auf ihre Anweisung hin tauschten wir unsere Schuhe gegen Hauspantoffeln, und Mrs. Chapman füllte sorgfältig das Anmeldeformular aus, während ich mich umblickte. Alles war makellos und der Zen-Philosophie entsprechend einfach, an den Wänden hingen nur wenige, ausgesuchte Schriftrollen. Der Boden war mit *tatami*-Strohmatten ausgelegt, die bis zu einer offenen Feuerstelle reichten, in der ein Feuer mit niedriger blauer Flamme brannte. Darüber hing ein antiker gußeiserner Kessel. Ich schätzte ihn auf spätes neunzehntes Jahrhundert.

Ich war noch stärker beeindruckt, als Mrs. Yogetsu

uns an einer schönen *tansu*-Kommode vorbeiführte, auf der ein leicht asymmetrisches Neujahrsgesteck aus Kiefernzweigen und Pflaumenblüten stand.

»Wie schön. Können Sie Blumen stecken?« Vielleicht konnte ich sie etwas freundlicher stimmen, wenn ich ihr schmeichelte.

»Ich unterrichte es sogar. Ich bin eine *sensei.*«

Ich war verblüfft. *Sensei* war ein Ehrentitel, den man für Lehrer oder Ärzte gebrauchte, der aber zu bombastisch war, wenn man sich selbst vorstellte. Wenn ich meine Arbeit beschrieb, dann verwendete ich immer das bescheidene *kyoushi,* das soviel wie Tutor bedeutete.

Das Zimmer, das Mrs. Yogetsu mir anbot, war einfach und extrem klein; es enthielt kaum mehr als einen Teetisch und zwei Sitzkissen. Im Wandschrank lagen das Bettzeug sowie eine frische, blau-weiße Baumwoll-*yukata,* der Gästebademantel, den ich in das Gemeinschaftsbad anziehen konnte. In der Rückwand des Wandschranks befand sich eine weitere Schiebetür zum nächsten Zimmer. Wie mein Zimmernachbar und ich unsere Sachen auseinanderhalten sollten, war mir nicht ganz klar.

Ich konnte es kaum erwarten, meinem müden, steifen Körper ein Bad zu gönnen. Mrs. Yogetsu zeigte mir über eine Hintertreppe den Weg nach unten. Während ich meine Toilettensachen zusammensuchte, hörte ich unten Neuankömmlinge: die gedämpfte Stimme einer Frau, die sich sehr gewählt ausdrückte, und das energische Brummen eines älteren Mannes. Ein zweiter Mann mischte sich ein. Er sprach irgendeinen britischen Dialekt; seine Vokale waren länger gezogen als bei den BBC-Sprechern, die ich immer über Kurzwelle hörte.

Ich hängte das NUR-DAMEN-Schild an die nackte Badezimmertür und betrat einen sauberen Umkleideraum mit einer Glastür, die zu dem langen, breiten, eingelassenen Bad führte. Ich hob die großen Abdeckplatten vom Becken und tauchte den Fuß ins Wasser. Wie alle japanischen Bäder war es sehr heiß.

Ein Duschbereich mit Seife, Wassereimern und Holzschemeln war die unausgesprochene Aufforderung, sich sorgfältig zu waschen, bevor man in das Becken ging, das von allen gemeinsam benutzt wurde. Ich wußte alles über die Benimmregeln in öffentlichen Bädern, weil mein Apartment keine Badewanne hatte, so daß ich gezwungen war, in eine öffentliche Einrichtung zu fahren, wenn ich meine tröpfelnde Dusche nicht mehr ertragen konnte. Das Badehaus in meiner Nachbarschaft war immer überfüllt und hatte nur eine Trennwand zwischen dem Damen- und dem Herrenbereich; die Gespräche alter Männer in einem halben Meter Abstand mit anzuhören trug wenig zu meiner Entspannung bei.

Dieses Bad aber gehörte mir ganz allein, und es war groß genug, um darin zu schwimmen. Ich legte den Kopf auf den glatten hölzernen Rand und dachte an meine Kindheit, an den Sommer im Pool, an Wettschwimmen vom Flachen ins Tiefe, bis ich völlig außer Atem war. An meinen Körper hatte ich damals noch keinen Gedanken verschwendet. Ich war kein Mädchen, ich war ein stromlinienförmiger Fisch. Ich blickte hinab auf meine kleinen Brüste, die aus dem Wasser herausragten, und überlegte, wie das Leben in Japan mich verändert hatte. Durch das ständige Laufen waren meine Beine muskulös geworden, und weil ich mir weder Käse noch Wein leisten konnte, war mein Bauch ganz flach. FdH, die Diät, die wirklich funktionierte.

Ein leichtes Schwindelgefühl sagte mir, daß ich schon zu lange in dem heißen Wasser lag. Ich kletterte hinaus und ruhte, bis der Schwindel nachgelassen hatte. Ich kühlte mich mit ein paar Eimern kaltem Wasser ab, bevor ich wieder in das Becken glitt. Es war immer noch kochend heiß, deshalb öffnete ich das Fenster über der Wanne einen Spalt, um einen Schwall der eisigen Luft hereinzulassen. Ich hörte, wie die Badtür geöffnet wurde, und wandte mich um. Sittsam schloß ich die Beine und machte mich bereit, die eintretende Frau mit einem Kopfnicken zu begrüßen. Ich hoffte, es würde die Japanerin mit der schönen Stimme sein.

Der Neuankömmling jedoch war ein großer Mann mit athletischem Körper und rötlichblonden Haaren. Er war ebenfalls nackt, bemühte sich nun aber verzweifelt, sich mit einem Handtuch zu bedecken. In dem kurzen Moment, in dem sich unsere Blicke trafen, sah ich seine erschreckten grünen Augen, bevor ich zum Schutz tiefer ins Wasser rutschte.

»Falsches Bad, bitte gehen Sie!« Erst danach wurde mir klar, daß ich ihn auf japanisch angebrüllt hatte.

»*Sumimasen*, entschuldigen Sie!« rief er zurück, in dem merkwürdigen, strukturierten Akzent, den ich eben erst von meinem Zimmer aus gehört hatte. »An der Tür, da, äh, da steht nichts …«

»Da steht nur für Damen!« rief ich auf englisch.

»Ich dachte, das wären Gemeinschaftsbäder …«

»Das bedeutet noch lange nicht, daß es ein gemischtes Bad ist! Glauben Sie, Sie sind hier in einem Massagesalon?«

Er wurde rot, und alles deutete darauf hin, daß er die schmierigen Sexbäder kannte, in denen Prostituierte ihren Körper wie Schwämme benutzten.

»Es tut mir leid, ich wollte nicht ...« Der Rest seiner Entschuldigung wurde abgeschnitten, als die Tür zuknallte.

Mein Herz raste immer noch wie ein Preßlufthammer, während ich hörte, wie sich im anderen Raum jemand umzog, stolperte und der Reißverschluß einer Hose zugezogen wurde. Sobald ich mir sicher war, daß er gegangen war, stieg ich aus dem Wasser und schlüpfte in meine *yukata.* Als ich hinausging, kam gerade Mrs. Chapman den Gang entlang, verschnürt wie ein riesiges Paket in einem gelben Chenillebademantel.

»Passen Sie auf, wenn Sie baden. Die Tür läßt sich nicht abschließen.« Meine Stimme zitterte.

»Mir hat man aber gesagt, es sei nur für Damen.« Mrs. Chapman runzelte die Stirn. »Dieses Schild an der Tür, was bedeutet das?«

»Sehen Sie sich dieses *kanji* an: Es sieht aus wie eine kniende Frau, nicht wahr? Das japanische Wort für Frau wird dargestellt durch jemanden, der dient.«

»Was ist ein *kanji?«*

»Ein Piktogramm.« Angesichts ihres verständnislosen Blickes erklärte ich es genauer. »Die Japaner haben ihr Schriftsystem von China übernommen. Bildsymbole stehen für Wörter. Das hier ist das Symbol für Mann.« Ich nahm das Holzschild, das der Eindringling hätte kennen müssen. »Was stellt das für Sie dar?«

»Einen Quadratschädel auf Beinen.«

Ich unterdrückte ein Lachen. »Das Viereck soll ein Reisfeld darstellen, und die Beine darunter stehen für

Kraft. Eigentlich bedeutet es also Kraft auf dem Reisfeld, und genau das war wichtig für die Männer früher in der alten bäuerlichen Kultur.« Danach zeigte ich ihr noch das Familienschild und erklärte ihr, daß gemeinsames Baden innerhalb der Familie als gesund angesehen wurde.

»Die Leute hier sind schon pervers«, meinte Mrs. Chapman ein wenig erregt. »Ist Ihnen aufgefallen, daß man auf Bahnhöfen direkt in die Männertoilette sehen kann?«

»Man soll wegschauen und so tun, als wären die Pissoirs gar nicht da«, schimpfte ich, kam mir dabei aber ein wenig scheinheilig vor. Der Mann hatte während seines verzweifelten Versuchs, das Bad zu verlassen, einen recht guten Anblick geboten. Einen Anblick, bei dem ich die Augen hätte abwenden müssen, was ich aber nicht getan hatte.

Eine Stunde später saßen Mrs. Chapman und ich im Wohnzimmer und warteten auf das Abendessen. Sie zeigte mir ein Album mit Postkarten von Asien. Während sie von ihren Lieblingshauptstädten quasselte, wandte ich meine Aufmerksamkeit der Feuerstelle zu, wo sich ein japanisches Paar mittleren Alters die Hände wärmte.

Der Mann war ein typischer Tokioter in einem teuer geschnittenen blauen Anzug und mit einem offenbar permanenten spöttischen Lächeln. Ich identifizierte ihn sofort als typischen *salaryman*, einen der unentbehrlichen höheren Angestellten, die dem städtischen Japan ein Flair von Zigaretten, Scotch und Erschöpfung verliehen. Die Frau, die neben ihm kniete, war vielleicht zehn Jahre jünger. Ihren langen, schwarzen, glänzenden Haarvorhang hatte sie mit einem Seidenschal hinten zusammengebunden. Ihre Augen waren runder als meine; vielleicht hatte sie sich einer superteuren »Fresh-Eyes«-Operation unterzogen.

Mich erstaunte, daß ihr elfenbeinfarbenes Kleid von Chanel war – keine Fälschung. Ihr Schmuck stammte von Japans Topadresse; eine zweireihige Halskette aus schimmernden Perlen mit einem goldenen Schmetterling als Verschluß, dem Markenzeichen von Mikimoto. Das Outfit war zu teuer für die typische Frau eines *salaryman*, vielleicht hatte sie alles in Discountläden im Ausland gekauft. Vielleicht waren sie auch einfach reich, gehörten zu den Leuten, die die Klatschspalte des *Tokyo Weekender* füllten, die zweiwöchige Boulevardzeitung für Ausländer, die ich so aufmerksam las wie meine Antiquitätenfachzeitschriften. Sosehr ich die Tokioter Partygesellschaft verachtete, sosehr war ich doch fasziniert von ihr. Ich identifizierte die Frau zwar nicht, aber irgendwie kam sie mir bekannt vor. Ich erinnerte mich an die glockenklare Stimme, die ich vor meinem Bad gehört hatte.

Die elegante Frau begutachtete mich, betrachtete meinen uralten Kaschmirpullover mit dem V-Ausschnitt und die Samtleggings, die ich zum Essen angezogen hatte. Sie ließ den Blick auf meinen Füßen ruhen. *Ja, sie sind größer als deine, das kommt von der guten Ernährung und meiner amerikanischen Hälfte,* dachte ich verärgert, bevor mir das kleine Loch in der linken Socke einfiel.

Beim Essen placierte Mrs. Yogetsu, die Wirtin, das elitäre Pärchen an den Kopf des gemeinsamen Tisches. Mrs. Chapman und ich wurden in die Mitte gesetzt, umgeben von vielen leeren Stühlen.

Mein Essenstablett sah äußerst vielversprechend aus. Buchweizennudeln in einer Brühe, die köstlich nach Knoblauch und Ingwer roch. Kleine Porzellantellerchen mit einer schmucken Zusammenstellung von Sashimi, süßen schwarzen Bohnen, mit Sesam gewürztem Spinat, Lotuswurzeln und anderem künstlerisch arrangierten Gemüse. Das einzige, was mich nervös machte, waren winzige getrocknete Sardinen, die man ganz aß, und papierdünne Scheibchen rohen Fleisches, wahrscheinlich Pferdefleisch, eine regionale Spezialität.

Mrs. Chapmans Flüstern lenkte mich von meinen Bedenken ab. »Ich kann nicht mit Stäbchen essen. Glauben Sie, ich könnte eine Gabel bekommen?«

»Keine Sorge. Das funktioniert wie ein Gelenk.« Obwohl das Tischgebet noch nicht gesprochen war, zog ich meine Stäbchen aus der Papierhülle und zeigte ihr die feinen, zangenartigen Bewegungen. Während sie meine Anweisungen befolgte, setzten sich zwei neue Gäste auf die Polster mir gegenüber. Mit einem leichten Nicken begrüßte ich einen jungen *salaryman.* Er trug einen verknitterten blauen Anzug, der aussah wie ein billiger Verwandter des Anzugs des älteren Mannes. Nach einem panischen Blick verneigte auch er sich. Und dann wünschte ich mir, so klein zu sein, daß ich mich in meiner lackierten Suppenschale verstecken konnte, denn direkt neben ihn setzte sich der Riese, der mir nackt im Badezimmer begegnet war.

2

Auch angezogen sah er gut aus. Aus den Augenwinkeln heraus sah ich weite Kordhosen und einen handgestrickten Arran-Pulli. Seine Haare waren naß, er mußte es also schließlich doch noch ins Bad geschafft haben.

»Bestimmt schlafen mir noch vor dem Dessert die Füße ein, glauben Sie nicht?« fragte die Ausländerin leutselig das elegante Paar.

»Dagegen hilft Alkohol«, antwortete der ältere *salaryman.* »Wenn Sie viel trinken, können Sie stundenlang auf dem Boden sitzen.«

»Der reizende Akzent, den ich da höre, ist das Irisch?« Mrs. Chapman strahlte den blonden Mann an.

»Schottisch. Für die Yanks hören wir uns alle gleich an«, stöhnte der Mann.

»Mr. Glendinning stammt aus Glasgow, der Heimat alles Guten in dem Land!« sagte der junge, zerknittert aussehende *salaryman,* neben dem er saß.

»Sagen Sie das noch mal, und ich nehme Sie mit nach Hause, Yamamoto-san. Golfspielen am Nachmittag …«

»Und abends einen draufmachen!« krähte Mr. Yamamoto, der sich darauf etwas zurückhaltender dem Big Boss zuwandte und ins Japanische wechselte. »Ich hoffe, Mr. Nakamuras Zimmer ist nicht allzu unbequem. Und Mrs. Nakamura ist nach der langen Zugfahrt sicher müde. Es standen zu viele Leute um Ihren Sitzplatz, *neh?*«

»Wir freuen uns, hier zu sein. Sie haben annehmbare Vorbereitungen getroffen«, antwortete Mrs. Nakamura in nahezu perfektem Englisch und wandte ihr schönes Gesicht dem Ausländer zu. »Hugh-san, wir Japaner glauben, daß die einfachsten Dinge manchmal die angenehmsten sind. Ich wollte unbedingt, daß Sie diese nostalgische Lebensart auch einmal kennenlernen.«

Während ich die pikanten Nudeln und die Brühe schlürfte, dachte ich über Hugh Glendinning nach. Sein Name könnte aus *Wiedersehen in Brideshead* stammen, sein Akzent aber nicht. Ich dachte an den Glasgower Arbeiterklassenakzent, den ich in dem Film *Trainspotting* gehört hatte, aber auch der paßte nicht. Hugh Glendinnings rollendes R und seine runden Vokale bildeten eine eigene, nicht verzeichnete Kategorie.

»Gehören Sie zu diesen Leuten? Haben Sie sich über eine Reiseagentur kennengelernt?« Mrs. Chapmans schleppender Dialekt riß mich aus meinen linguistischen Träumereien.

»Wir arbeiten zusammen in Tokio. Ich bin während der Feiertage allein, deshalb waren Mr. Nakamura und seine Frau so freundlich, mich auf ihre Reise mitzunehmen. Ich bin separat hergefahren, weil ich dachte, ich würde dadurch Zeit sparen. Aber es hat sich herausgestellt, daß ich währenddessen die *Genji Monogatari* hätte lesen können, so lange hat es gedauert!«

Er bezog sich auf den längsten und berühmtesten Roman Japans, ein dicker Wälzer aus dem elften Jahrhundert, der im einundzwanzigsten wahrscheinlich immer noch auf meinem Nachttisch liegen würde. Ich bezweifelte sehr, daß er es fertiggelesen hatte.

»Ist das Ihr Lexus auf dem Parkplatz?« Mrs. Chapmans durchdringender Blick ruhte auf Hugh Glendinning.

Er lachte. »Das Exportmodell heißt Lexus – hier ist das ein Windom. Lächerlich, nicht?«

»Das ist das sogenannte ›Jinglish‹«, erklärte ich, und alle sahen mich an. »Die neue Sprache, die von den Japanern erfunden wurde, um kulturelle Verbindungen zu schaffen. Viele Wörter wurden aus dem Englischen übernommen. Ein Kaufhaus, englisch *department store,* schreibt man hier *depaato,* und einen Büroangestellten wie Sie nennt man hier *sarariman.* Oder *salaryman,* wie im Englischen.«

»Und was soll dann Windom heißen? Das ergibt doch keinen Sinn«, nörgelte Hugh.

»Mmm.« Seine Arroganz ärgerte mich. »Vielleicht ein Wortspiel aus *window,* Fenster, und *kingdom,* Königreich? Alles, was in Sicht ist, ist einem untertan, weil man ein Luxusauto fährt?«

»Wenigstens hatte Hugh einen Sitzplatz«, unterbrach Mrs. Chapman. »Die japanischen Züge sind unmöglich. Niemand bietet alten Damen einen Platz an, und junge Mädchen wie Rei werden belästigt. Und mir hat man noch gesagt, in Asien seien alle so höflich!«

Jetzt, wo ihr alle zuhörten, war Mrs. Chapman nicht mehr zu halten und gab die ganze Geschichte noch einmal zum besten. Glücklicherweise lenkte der junge *salaryman* namens Yamamoto das Gespräch wieder auf ein weniger brisantes Thema und fragte Mrs. Chapman nach ihrem Leben in den Vereinigten Staaten. Ich aß den Fisch und das Gemüse und nahm mir noch einmal vom Reis, während sie das Leben einer Rentnerin in Destin, Florida beschrieb, der Heimat des schönsten weißen Sandstrands auf der ganzen Welt. Aber die Sonne schien dort ständig, so daß es ein wenig langweilig wurde und man mitunter Lust bekam, auf Reisen zu gehen.

»Gibt es einen Mr. Chapman?« fragte Hugh, der sich nun auch ins Gespräch einschaltete. Sie schüttelte den Kopf und antwortete, sie sei Witwe. Während er murmelnd sein Bedauern ausdrückte, merkte ich, daß Mrs. Nakamura ihr einen bösen Blick zuwarf. Zweifellos war das Mrs. Chapmans unbedachten Kommentaren zum Kennenlernen von Asiaten über Reiseagenturen zuzuschreiben.

Ich fürchtete einen sich anbahnenden Ost-West-Krieg am Tisch und begann mit einem jungen Paar, das verspätet zu Tisch gekommen war, ein Gespräch über das Essen. Ich merkte, daß Hugh Glendinning zuhörte, obwohl ich Japanisch sprach. Als ich versuchte, mein Pferdefleisch diskret unter der Salatgarnitur zu verstecken, schob er sich seine Portion gerade genüßlich in den Mund. Ich überlegte, ob er wohl immer noch so zufrieden kauen würde, wenn er wüßte, daß das, was er gerade aß, einmal fröhlich über die Wiesen gesprungen war. Andererseits hatte ich gehört, daß das schottische Nationalgericht eine Art mit Gedärmen gefüllter Schafsmagen sei.

»Sie machen das beruflich, nicht wahr? Mit Leuten sprechen. Sie unterrichten wahrscheinlich«, dröhnte er, als ich schließlich schwieg.

»Stimmt. Als Ausländerin bekommt man hier

keine bessere Arbeit.« Lieber hätte ich in einem kleinen Museum japanische Antiquitäten katalogisiert, aber nach einer sechswöchigen Suche war ich realistisch geworden. Ich hatte zwei Angebote gehabt: als Barhostess oder als Englischlehrerin. Ich nahm den gesünderen Job mit der Krankenversicherung.

»Ich hatte mir auch schon überlegt, Sprachunterricht zu nehmen. Arbeiten Sie bei Berlitz?«

»Nein. Ich bin freie Mitarbeiterin bei einem Hersteller von Küchengeräten.« Langsam wurde es mir peinlich, die Ärmste und Unwichtigste in der Gruppe zu sein.

»Küchengeräte. Welche denn, Tiger, Nichiyu, Zojirushi?« fragte er weiter.

»Nichiyu.« Ich war erstaunt, daß er die Firma kannte.

»Dann kommen Sie also auch aus Tokio. Ich bin Anwalt für internationales Recht. Mr. Nakamura war so freundlich, mich in seine Abteilung bei Sendai hineinschnuppern zu lassen. Bisher hat es noch keine größeren Katastrophen gegeben.«

Sendai war für mich nur der Name einer alten Stadt, in der Möbel hergestellt wurden, und so war ich überrascht zu erfahren, daß dies auch der Name einer aufstrebenden Elektrofirma war. Sendai hatte ihn wahrscheinlich zur Abwicklung seiner Geschäfte mit Übersee angestellt, eine zweifelhafte Aussicht angesichts der zusammenbrechenden Seifenblasenwirtschaft.

»Glendinning-san ist ein guter Freund.« Mr. Nakamuras Lächeln war aalglatt, als er dem Schotten zunickte.

»Und deshalb wollen wir Ihr erstes Sylvester in

Japan mit Ihnen feiern«, fügte Mrs. Nakamura mit silberheller Stimme hinzu.

»Setsuko weiß, daß diese Nacht für mich sehr einsam ist.« Hugh belohnte die Frau seines Chefs mit einem schiefen Lächeln. »In Schottland ist die Silvesternacht die wildeste aller Nächte. Und der erste Januar ist der beste Tag des Jahres, an dem sich die Leute traditionell eher freinehmen als an Weihnachten.«

»Das klingt aber unchristlich.« Mrs. Chapman runzelte die Stirn, wie sie es auch angesichts der Schilder für das Badezimmer getan hatte.

»Wir haben schließlich auch heidnische Wurzeln!« meinte Hugh fröhlich. »In einer der kleinen Ortschaften rennen die Leute immer noch mit Fackeln durch die Straßen, und an Silvester trinken wir uns von Haus zu Haus. Niemand schließt die Tür ab, weil die Feiern bis in den Morgen dauern.«

»Der Silvesterabend gehört in Japan der Familie«, sagte Setsuko Nakamura, die alle außer mir mit einem wohlwollenden Blick bedachte. »Wir sind mit denen zusammen, denen wir nahestehen, und essen Neujahrsgerichte, die Glück verheißen. Diese langen Nudeln zum Beispiel feiern den Jahreswechsel. Gemüse und Obst stehen für die Ernte vom Feld und aus den Bergen.«

»Ungefähr so wie das amerikanische Thanksgiving?« Mrs. Chapman betrachtete ihren Teller mit neuem Interesse.

»Nicht ganz. Es geht um, wie sagen Sie noch, Fruchtbarkeit ... kleine runde Dinge wie die schwarzen Bohnen und die Fischeier stehen für die Hoffnung auf die Geburt vieler Kinder«, antwortete Setsuko.

»Fischeier?« stammelte Mrs. Chapman.

Ich hatte schon vorher auf dem winzigen Rogen herumgekaut; für mich war das eine billigere Version des Beluga, den meine Eltern wahrscheinlich bei ihrer Feier in San Francisco servierten.

»Es werden nicht genügend Kinder geboren«, erzählte uns Mr. Nakamura. »Die Regierung weiß, daß das ein Problem ist – sie unterstützt Familien mit mehr als zwei Kindern sogar mit einem geringen Betrag. Aber es reicht kaum für eine Tüte Lebensmittel.«

»Das stimmt. Ich kann gar nicht ans Heiraten oder ans Kinderkriegen denken, bevor ich nicht vier Millionen Yen auf der Bank habe!« scherzte Mr. Yamamoto.

»Da müssen Sie aber noch viel härter bei Sendai arbeiten. Und was Ihr Geschick mit Frauen betrifft, gilt das gleiche«, gackerte Mr. Nakamura, und sein Untergebener errötete verlegen.

»In Amerika haben wir das gleiche Problem«, sagte Mrs. Chapman. »Es kostet viel Geld, Kinder großzuziehen. Aber meiner Meinung nach ist eine Familie ohne Nachwuchs einfach keine richtige Familie. Ich habe selbst zwei großgezogen, aber leider habe ich nur eine Enkeltochter! Sie ist mein ein und alles.«

»Es ist sehr traurig, wenn man keine Kinder hat. Ich selbst hatte nicht das Glück.« Setsuko Nakamura versuchte zu lächeln.

»Sie sind doch noch recht jung!« tröstete Hugh sie.

»Meine Frau redet zu viel, wie ein Narr«, schnauzte Mr. Nakamura. »Ich trage sie mit mir wie einen Fluch, sogar im Urlaub!«

Er sprach Englisch, damit ihn jeder verstand. Ich spürte, wie Mrs. Chapman neben mir starr wurde. Hughs Gesicht färbte sich dunkler, aber er sagte nichts.

Vielleicht war Mr. Nakamura nur schlecht gelaunt. Trotzdem hielt ich es für unverzeihlich, so über seine Frau zu sprechen. Ich warf Setsuko einen verstohlenen Blick zu, die das rohe Fleisch vorsichtig mit den Eßstäbchen zerteilte. Obwohl ihr Gesichtsausdruck keine Regung verriet, spürte ich doch, daß etwas von ihr ausstrahlte, ein tiefsitzender Schmerz. Der junge Mr. Yamamoto fing an, über touristische Unternehmungen zu plaudern, aber es war zu spät, um die betretene Atmosphäre, die sich über uns alle gelegt hatte, wieder aufzulösen.

Nach dem Essen trug Mrs. Yogetsu einen kleinen Fernseher in ihr makelloses Wohnzimmer, stellte ihn ein und ging. Ich setzte mich mit Mrs. Chapman auf die Kissen, die auf dem Boden lagen, aber sie klagte über die fehlende Rückenlehne. Ich versuchte ihr etwas zurechtzubauen, aber sie murrte, daß sie sich lieber in ihrem Zimmer ausruhen würde.

Das junge Pärchen, mit dem ich bei Tisch ein Gespräch begonnen hatte, ließ sich neben mir nieder.

»Ich reise jedes Jahr in Ihr Land, für Honda Motor Company«, sagte der Mann, der mit seiner schmalen, rechteckigen Brille aussah wie eine freundliche Eule. »Ich bin Taro Ikeda. Meine Frau Yuki ist zu schüchtern, um Englisch zu sprechen.«

»Ich würde gerne versuchen zu sprechen, wenn Sie mir helfen würden?« Ihr zaghaftes Englisch machte sie sofort sympathisch. Ich stellte mich in meiner Muttersprache vor, und beide nickten anerkennend, als sie meinen japanischen Namen hörten.

»Mit welchem *kanji* schreiben Sie Ihren Namen?« fragte Taro.

Mein Nachname war recht normal, aber mein Vorname hatte über ein Dutzend verschiedene Bedeutungen, je nachdem, wie er geschrieben wurde. Er konnte Schönheit heißen, Verbeugung, Kälte oder die Zahl Null; das *kanji*, das mein Vater gewählt hatte, war ein weniger bekanntes, das soviel bedeutete wie kristallene Klarheit. Ich mußte das *kanji* erst aufmalen, damit sie es verstanden.

»Mein Name bedeutet Schnee. Ich liebe es sehr, wenn es schneit«, zwitscherte Yuki in ihrem Schulmädchenenglisch.

»Sind Sie zum ersten Mal hier?« fragte ich.

»Nein, zum zweiten Mal. Wir skien sehr gerne«, sagte Yuki.

»Wir fahren gerne Ski, Yuki, es heißt Skifahren. Und ich muß auch mein Hobby erwähnen: historische Verbrechen«, warf Taro ein.

»Sie interessieren sich für Verbrechen?« fragte ich ungläubig. Das war ein merkwürdiges Hobby, insbesondere für einen so konventionell aussehenden jungen Mann; an der Art, wie Yuki die Augen verdrehte, sah man, daß auch sie dieser Meinung war. Doch die Japaner hatten die gruseligsten Geistergeschichten der Welt geschrieben, und so verstand ich, wo seine Leidenschaft womöglich herrührte.

»Das hier ist die Hauptstadt der Geister! Kennen Sie ihre großartige Geschichte?« fragte Taro.

Ich kannte die allgemeine Geschichte von Shiroyama. Die Stadt war früher der Sitz eines Feudalherrn gewesen, Geki Uchida. Der hatte ein Kastell gebaut, das in ganz Japan bewundert wurde. Taro erzählte mir, daß Uchida auch verantwortlich für Shiroyamas Aufstieg als Zentrum des Kunsthandwerks war.

»Uchida hat den Leuten viel Arbeit gegeben, sie haben Holz für Möbel geschnitzt und *shunkei* hergestellt. Es tut mir leid, daß ich Ihre Sprache nicht so gut spreche, aber ich kann das nicht genau übersetzen«, sagte Taro.

Setsuko Nakamura, die sich mit Hugh direkt an die Feuerstelle gesetzt hatte, seufzte ungeduldig. »*Shunkei,* das ist der berühmte Lack aus Shiroyama, der für Schalen und Geschirr verwendet wird. Der Lack ist extrem dünn, so daß die Maserung des Holzes darunter noch sichtbar ist. Deshalb wird er so bewundert.«

»Kann man hier in der Gegend antike *shunkei* finden?« Ich war sofort Feuer und Flamme.

»Ja, aber das wäre sicherlich zu teuer für Sie.« Setsukos kalte, perfekt geschminkte Augen ruhten kurz auf mir, dann wandte sie sich wieder Hugh zu.

»Nicht der Lack ist das Interessante, sondern die Geistergeschichte«, murrte Taro. »Uchidas ältester Sohn regierte nach dessen Tod, aber leider war er ein schlechter Herrscher. Deshalb beschloß ein Verwandter, die Macht an sich zu reißen. Der älteste Sohn wurde ermordet. Seine Familie floh, bis auf eine Tochter. Miyo blieb und versuchte mit dem Verwandten zu kämpfen.«

»War das ein physischer Kampf?« fragte ich, und eine dramatische Szene formte sich in meinem Kopf.

»Wie viele Samuraidamen trug sie ein kleines Messer in ihrem Kimono, für alle Fälle. Sie hat es gegen ihren Verwandten benutzt.« Taro hielt inne und ließ den Blick über die anderen schweifen, um sicherzugehen, daß wir auch alle zuhörten. »Es war keine tödliche Wunde. Sein Diener nahm ihr das Messer ab und wollte sie töten, doch der Verwandte hatte ein gütiges Herz und ließ sie leben. Prinzessin Miyo konnte es nicht ertragen, versagt zu haben. Sie wollte nicht wieder zu ihrer Familie zurückkehren. Sie würden womöglich denken, der neue Herr hätte sie verschont, weil ...« Er spitzte die Lippen. Wahrscheinlich dachte er an Vergewaltigung.

»Die Soldaten ließen sie vor dem Kastell frei. Sie rannte in den Wald und ward nie wieder gesehen. Mit der Zeit aber erzählten sich die Leute, daß sie ein schönes Mädchen in einem vornehmen, alten Kimono im Wald gesehen hätten. Sie stünde plötzlich vor einem, und genauso plötzlich sei sie wieder verschwunden. Und wenn es sehr windig ist, behaupten die Leute gerne, daß Miyo weint.« Taro Ikeda verbeugte sich zum Applaus, seine Geschichte war zu Ende.

»Das meiste ist also Aberglaube«, sagte ich. Ich glaubte nicht einmal die Hälfte, aber es wäre unhöflich gewesen, das zuzugeben.

»Nicht für mich! Ich schreibe eine Arbeit darüber. Ich habe schon in den Museen hier nachgeforscht. Im Wald habe ich mit einem Metalldetektor nach Waffen und anderen Dingen gesucht.«

»Er findet nur Bierdosen«, meinte Yuki spöttisch.

»Ja, ich hatte keinen Erfolg.« Taro klang nicht verärgert. »Ihre Schätze wurden wahrscheinlich vor vielen Jahren genommen.«

»Meiner Meinung nach war der siegreiche Verwandte ziemlich großzügig zu seinen Feinden. Wie hat er sich denn als Herrscher gemacht? Hat er es geschafft, die Stadt wirtschaftlich aufzubauen?« Hugh sprach in seiner halbliegenden Stellung vor dem Feuer. Ich hatte es langsam satt, Setsuko dabei zuzusehen, wie sie in einem komplizierten Ritual ein Fläschchen Sake über der Flamme wärmte, bevor sie ihm ein wenig in eine kleine Lackuntertasse goß. Das Ritual einer Frau, die ihren Mann umsorgt. Wohin war eigentlich Mr. Nakamura verschwunden?

Taro zuckte die Achseln. »Man ist einhellig der Meinung, daß der neue Herrscher die Stadt gerettet hat. Er hat die Leute gezwungen, sich auf Holz zu spezialisieren, eine für die Zukunft weit wichtigere Arbeit als der *shunkei*-Lack.«

»Ist das wahr?« fragte ich Mrs. Yogetsu auf japanisch, als sie hereinkam, um den Sake für Setsuko und Hugh nachzufüllen.

Die Wirtin hob die Schultern. »Das Geschäft geht gut. Die entlaufene Prinzessin ist nur eine Geschichte für Touristen. Wenn es eine Tochter gegeben hat, dann hat sie das Kastell mit ihrer Familie verlassen. Wie es jede Tochter getan hätte«, fügte sie mit Bestimmtheit hinzu.

Ich dachte über die Geschichte nach, während ich einen Führer über die japanischen Alpen durchblätterte. Fast alle anderen hatten sich aus dem Wohnzimmer zurückgezogen. Mit dieser Sage verlieh die Stadt der brutalen Machtergreifung einen Hauch Romantik. Das geisterhafte Schicksal der Prinzessin war reine Propaganda, ein wenig süße Bohnenpaste zum Abschluß wie ein Dessert.

Ein gutaussehender Mann zwischen fünfzig und sechzig mit einem dicken, etwas verwegenen silbernschwarzen Haarschopf kam aus der Küche. Yuki versicherte ihm, daß das Essen köstlich gewesen sei, und ich pflichtete ihr bei. Der Mann sah erschöpft aus, doch ihm gelang noch ein höfliches Nicken zum Dank, bevor er ging.

»Dieser Mann ist ein unheimlich talentierter Koch. Wenn mein Mann doch nur kochen könnte!« beschwerte sich Yuki. Japanische Ehemänner waren berüchtigt dafür, daß sie nicht einmal Wasser kochen konnten.

»Er hat wirklich Talent. Ich habe so viel gegessen, daß ich Tage brauchen werde, um es mir wieder abzutrainieren«, übertrieb ich.

»Oh! Dann müssen Sie heute um Mitternacht unbedingt mit uns kommen.« Yuki und Taro wollten zum ältesten Tempel Shiroyamas gehen, wo das neue Jahr entsprechend dem buddhistischen Kalender mit 108 Glockenschlägen eingeläutet wurde. Ich hatte eigentlich vorgehabt, allein hinzugehen, aber der Gedanke, sich mit neuen Freunden in einer fremden, dunklen Stadt zurechtzufinden, war reizvoller. Auf Yukis Drängen hin ging ich die Treppe hinauf, um Mrs. Chapman zu fragen, ob sie mitkommen wolle.

Ich klopfte mehrmals an die Tür und rief ihren Namen. Außer dem Fernseher, in dem ein englischsprachiger Naturfilm lief, war nichts zu hören. Gerade, als ich die Treppe wieder hinuntergehen wollte, öffnete Hugh Glendinning die Tür.

»Einen Moment bitte. Ich wollte mich nur entschuldigen, aber unten war keine Gelegenheit dazu.«

»Ich bin froh, daß Sie es nicht gemacht haben.« Hier oben war es schon schlimm genug, denn die Türen, die uns von den anderen trennten, waren papierdünn.

»Jetzt, wo ich gehört habe, daß Sie Opfer eines sexuellen Übergriffs geworden sind, fühle ich mich richtig mies. Posttraumatisches Streßsyndrom und so.« Hugh betrachtete mich, als wäre ich ein Exemplar irgendeiner merkwürdigen Gattung: die geschändete Frau.

»Keine Sorge. Daß Sie da hineingeplatzt sind, war ziemlich übel, aber ich bezweifle doch, daß es bleibende Schäden in meiner Psyche hinterläßt.« Ich wandte mich zum Gehen.

»Ich war ein Idiot. Es ist meine Schuld, daß ich mit diesen verdammten *kanji* nichts anfangen kann. Und als ich Sie – Ihre Haare – gesehen habe, dachte ich zuerst, Sie wären ein Mann. Als Sie sich umgedreht haben, habe ich natürlich meinen Fehler erkannt.« Er gewährte mir das gleiche schiefe, sexy Lächeln wie Setsuko Nakamura.

»Wie lange sind Sie schon in diesem Land?« fragte ich.

»Seit neun Monaten ungefähr ...«

»Ich würde Ihnen vorschlagen, zuerst einmal die Schilder an den Badezimmertüren lesen zu lernen, wenn Sie noch länger bleiben möchten. Sie hatten großes Glück, daß Sie nicht bei einer Japanerin hineingeplatzt sind. Sie hätten sie über alle Maßen beleidigt.«

»Sie *sind* aber doch Japanerin, mehr oder weniger. Obwohl ich nicht verstehe, was für ein Spielchen Sie mit Ihrer Nationalität spielen.«

Ich wappnete mich und antwortete: »Es ist doch egal, wo meine Eltern herkommen, oder? Ich bin nämlich nicht durch Traditionen gebunden und lasse Ihnen alles durchgehen, so daß Sie andere ausnutzen können.«

»Andere ausnutzen?« fragte er und unterdrückte nur mühsam ein Lachen.

»Ja, Sie nutzen doch die Menschen in diesem Land aus, die zu höflich sind, um Ihnen zu sagen, daß Sie einige Dinge selbst erledigen sollten!« schimpfte ich.

»Sie sind eine harte Frau, Rei Shimura. Da stehe ich nun und entschuldige mich, obwohl es für mich doch genauso schlimm war. Ich habe mich weiß Gott geschämt, splitternackt vor Ihnen zu stehen.«

»Okay«, sagte ich in einem übermenschlichen Versuch, Geduld zu zeigen. »Ich sehe ein, daß es ein Versehen war. Und ich weiß, daß Japanisch einem nicht zufliegt. Man muß es lernen.«

»Dann bitte ich Sie um Hilfe! Betrachten Sie mich als Ihren Ferienschüler.«

Wieder fiel mir sein Grinsen auf – hatte er sich wirklich geschämt? –, und ich sagte: »Sie haben ja bereits Kontakt zu Japanern.«

»Setsuko?«

Sie war zwar diejenige, an die ich gedacht hatte, aber er hätte so anständig sein können, seine männlichen Kollegen zu erwähnen. Mit perfektem Timing ging die Tür seines Nebenzimmers auf. Die Frau, von der wir gerade sprachen, kam heraus, nur mit einer *yukata* und ihren wunderschönen Perlen bekleidet.

»Was gibt es denn, Hugh?« Sie sprach so vertraut zu ihm wie eine Ehefrau.

»Ach, ich übe nur gerade meine englischen Konversationsfähigkeiten. Es ist Zeit für ein Bad, nicht?«

»Ja. Wie steht es mit Ihnen?« Ihre Stimme klang einladend.

»Ich habe schon. Das Wasser ist ziemlich heiß. Gebranntes Kind scheut das Feuer.« Hugh zwinkerte mir zu.

»Entschuldigen Sie, aber wollen Sie die Kette im Wasser tragen?« unterbrach ich, den Blick auf Setsukos kolossale Perlen gerichtet. So unsympathisch sie mir auch war, ich konnte es doch nicht ertragen, daß etwas so Wertvolles zerstört wurde.

»Natürlich. Dieses Mineralbad ist gut für Perlen. Es reinigt sie.« Setsuko strich über die Perlen. »Als Amerikanerin wissen Sie das wahrscheinlich nicht.«

»Amerikanerinnen bevorzugen Diamanten, stimmt's?« scherzte Hugh.

Wenn das ein Versuch gewesen sein sollte, mich zu verteidigen, dann war es ein schlechter. Ich beschloß, daß beide eine kleine Lektion verdient hatten, wie ich sie sonst nur meinen ungezogensten Vertreterklassen zukommen ließ.

»Bei meiner Arbeit im Museum habe ich gelernt, daß ein gelegentliches Salzwasserbad relativ harmlos für Perlen ist.« Vergnügt bemerkte ich, wie Setsuko starr wurde. »Der genaue Salzgehalt des Wassers hier ist aber nicht bekannt. Ich würde Ihnen deshalb davon abraten, mit den Perlen ins Wasser zu gehen, weil das Wasser die Knoten aufweicht, was dazu führen könnte, daß die Kette reißt. Die Perlen werden bei ihrer jährlichen Reinigung ja immer neu aufgefädelt.« Ich machte eine kurze Pause. »Sie lassen Ihre Perlen doch professionell reinigen?«

»Bei Mikimoto.« Setsuko kniff ihre runden Augen zusammen, bevor sie davonrauschte.

Hugh salutierte spöttisch. »Gut gemacht, aber wissen Sie genausoviel über die Pflege von Textilien? Ich hätte da etwas Bügelwäsche ...«

»Nein«, schnauzte ich. »Aber warum gehen Sie

denn nicht gleich mit ihr baden? Lassen Sie nur nichts anbrennen!«

Hugh Glendinnings aufreizendes, ausländisches Lachen folgte mir nach unten, und ich verfluchte mich dafür, daß ich nie etwas auf sich beruhen lassen konnte. An diesem Problem mußte ich unbedingt arbeiten. Vielleicht im neuen Jahr.

3

Die Sonne schimmerte durch das *shōji*-Papier vor dem Fenster und erfüllte mein Schlafzimmer am Neujahrsmorgen mit blassem, diffusem Licht. Ich blickte auf die Uhr. Es war sieben Uhr dreißig. Es war sinnvoll, sich schnell aus den Decken zu schälen, wenn ich das Bad für mich allein haben wollte.

Da ich aus Sicherheitsgründen über Nacht die Gasheizung abgestellt hatte, war es nicht sonderlich einladend, aus dem Bett zu steigen. Ich drehte die Heizung bis zum Anschlag auf, suchte meine Kleider zusammen und eilte nach unten.

An der Badezimmertür hing bereits das Schild für Damen, aber die Tür klemmte, als ich versuchte, sie zu öffnen. Ich untersuchte den Türpfosten, und als die Tür endlich aufging, sah ich, daß im Umkleideraum ein Korb mit Kleidern stand. Der rosa Rollkragenpullover, die Skihose und die Spitzenunterwäsche konnten nur zwei Frauen gehören. Ich zog mich aus, schlang aber trotzdem ein Handtuch um mich, bevor ich einen Blick in den Baderaum warf.

»Die Dusche links funktioniert am besten. Kommen Sie schnell, Ihnen ist bestimmt eiskalt!« Yuki Ikeda lag mit gerötetem Gesicht bis zu den Schultern in dem heißen Wasser.

»Wo ist denn Ihr Mann?« Ich konnte gar nicht glauben, daß sie nicht zusammen im Bad saßen.

»Der schläft wie ein großer Haufen Müll!« Sie verdrehte die Augen, so daß ich lachen mußte.

Die warme Dusche war wunderbar, aber in das dampfende Wasser zu steigen war schlichtweg himmlisch. Ich nahm die Seite gegenüber meiner neuen Freundin, die höflich zur Decke blickte, als ich mein Handtuch weglegte.

»Weshalb sind Sie so früh schon wach?« fragte ich auf japanisch, da kein herrischer Ehemann in der Gegend war, der auf Englischübungen bestand.

»Es ist verrückt! Taro und ich wollten gestern abend ein romantisches Bad nehmen, aber die ganze Nacht hing das Damen-Schild an der Tür. Ich wollte im Umkleideraum nachsehen, aber die Tür war verschlossen.«

»Sie war mit einem Stückchen Papier verklemmt. Ich hatte auch Schwierigkeiten, aber jetzt geht es.«

Yuki schüttelte den Kopf. »Um ehrlich zu sein, ich finde, hier wird es langsam etwas schmuddelig. Als ich heute morgen gekommen bin, war der Baderaum sehr unordentlich. Die Abdeckplatten«, sie deutete auf die drei Deckel aus Hartplastik, die ordentlich aufeinandergestapelt waren, »lagen quer über den ganzen Boden verteilt. Deshalb war das Wasser etwas kühler, als es sein sollte.«

Das Wasser hatte die richtige Temperatur für mich, aber ich machte ein angemessen bedauerndes Gesicht.

»Ich hoffe, daß keiner der Ausländer Seife im Wasser benutzt hat. Ich weiß, daß Engländer und Amerikaner in Bädern Seife benutzen. Vielleicht kennen Sie unseren Brauch nicht, sich zuerst unter der Dusche zu reinigen.«

Unangenehme Erinnerungen an die Zeit wurden

wach, als ich immer gebeten wurde, für meine amerikanische Mutter zu übersetzen, was sie beschämte und mich ausgesprochen defensiv machte. Ich wechselte das Thema.

»Danke für gestern abend.«

»Nein, es war mir ein Vergnügen! Hat es Ihnen gefallen?«

»Sehr sogar.« Es hatte sich gelohnt, auch wenn wir den Spaziergang nicht nur zu dritt gemacht hatten, wie ich gehofft hatte. Mr. Nakamura und Mr. Yamamoto hatten sich uns auf halber Strecke zugesellt. Sie waren ziemlich außer Puste. Wahrscheinlich waren sie eine Weile nach uns losgegangen und dann gerannt, um uns einzuholen.

Beim Tempel wäre mir beinahe meine Kamera aus der Hand gefallen, als ich die jungen Männer sah, die in kurzer Baumwolljacke und im Lendenschurz die Glocke läuteten. Bei religiösen Festen im Sommer hatte ich schon spärlich bekleidete Männer gesehen, aber nie bei zehn Grad Kälte. Ich wandte den Kopf ab, und Yuki bekam einen Lachanfall.

»Das gehört zur Neujahrstradition, Rei-san! Die knappe Kleidung zeugt von ihrer Stärke.«

»Dafür ist es zu kalt.« Meine Füße waren in zwei Paar Socken und Wanderstiefeln schon taub vor Kälte.

»Der Alkohol hat diese Jungen sehr warm gemacht«, beruhigte mich Taro. »Machen Sie sich keine Sorgen.«

Als die Jugendlichen fertig waren, applaudierten alle und bildeten eine Schlange; jeder wollte versuchen, die Glocke zu läuten. Das war weit komplizierter, als ich erwartet hatte; man mußte an einem Seil ziehen, das einen waagrechten Klöppel bewegte, der dann gegen die riesige Bronzeglocke schlug. Mr.

Nakamura mühte sich als erster ab und produzierte einen unbeholfenen Halbton. Zuviel Bier. Er machte einen Witz darüber und reichte das Seil weiter an den jungen Mr. Yamamoto, der den Klöppel mit seinen kräftigen Armen leicht zum Schwingen brachte, dann beschämt dreinblickte und meinte, der Wind hätte ihm zweifellos geholfen. Taro und Yuki stellten sich recht anständig an. Als ich an der Reihe war, fand ich das Seil ein wenig schwerfällig, aber zu meiner eigenen Überraschung brachte ich einen angenehm weichen Ton hervor. Ich betete für den Weltfrieden, weil mir kein persönlicher Wunsch einfiel.

»Großartig! Sie spielen bestimmt Baseball.« Hugh Glendinning war also auch noch gekommen. Da er sich so beiläufig in die Schlange stellte, murrten einige, die ordnungsgemäß warteten, bis sie an der Reihe waren.

»Nein. Ich habe so was Ähnliches schon mal gemacht.« Ich wandte mich ab.

»Was denn?« Hugh weigerte sich zu gehen.

Ich erzählte ihm von den sonntäglichen Flohmärkten in den Anlagen der Tokioter Shintoschreine. Bei meinen Besuchen hatten mich immer die mit Blattgold und Bronze reichverzierten Altäre angezogen. Obwohl Buddhismus und Shintoismus unterschiedliche Religionen waren, hatten doch beide großartige Glocken.

»Interessant«, sagte er, aber an der Art, wie er über meinen Kopf hinwegblickte, merkte ich, daß er mir kaum zuhörte. »Es ist schade, daß Setsuko nicht mitgekommen ist. Sie hatte Kopfschmerzen.«

»Das tut mir leid.« Obwohl sie sich nach ihrem langen, entspannenden Bad den Weg hier herauf nicht hatte zumuten wollen, war sie im Geiste doch bei uns. Zu schade.

»Ach ja?«

»Und wenn schon.« Ich klang kindisch, aber diesmal konnte ich mir nicht helfen. Als ich zu den anderen davonmarschierte, wurde mir klar, daß Hugh sich im Geiste eine Dreiecksgeschichte gebastelt hatte. Fünf Tage blödsinniger Anspielungen lagen vor mir, wenn ich die Situation nicht schnell klärte.

Es war besser, sich an Frauen wie Mrs. Chapman und Yuki zu halten. Ich warf verstohlene Blicke auf meine neue Freundin, als sie aus dem Becken stieg. Sie war so groß wie ich, aber etwa fünfzehn Pfund leichter. In Amerika hätte man sie vielleicht verdächtigt, unter einer Eßstörung zu leiden. In Wirklichkeit hatte sie nur den schmalen japanischen Knochenbau.

»Also, ich finde, Sie sind ein ungewöhnliches Mädchen, Rei-san. Wo sind Ihre Eltern? Warum verbringen Sie Neujahr nicht mit ihnen?«

»Sie sind die letzten, die ich sehen will.« Ich zog eine Grimasse. Als Yuki tadelnd mit der Zunge schnalzte, erklärte ich ihr, daß ich meine wenigen Urlaubstage nicht damit verbringen wollte, mir von meinen Eltern anzuhören, daß ich wieder nach Amerika ziehen sollte. Ich war ein Einzelkind: sie würden Unmengen von Geld und Energie an mich verschwenden. Mein Idealismus hielt mich in Tokio, mein Idealismus und die Befürchtung, eine Nacht zu Hause in meinem gemütlichen Federbett in San Francisco würde es mir unmöglich machen, wieder wegzukommen. Ich liebte den Luxus. Darauf zu verzichten gehörte zu den Dingen, auf die ich besonders stolz war.

»Sie sind komisch. Wollen Sie heute mit uns Ski fahren?« fragte Yuki beim Abtrocknen.

»Eigentlich gefallen mir Tempel und Museen besser.« Ich kletterte aus dem Wasser und zog meinen Bauch ein wenig ein.

»Dann müssen Sie unbedingt morgen mitkommen, wenn wir zum alten Rathaus gehen. Im späten siebzehnten Jahrhundert war es Gerichtsgebäude und Gefängnis. Es gibt einen Verhörraum, wo die Verbrecher gefoltert wurden. Es ist einfach grauenhaft! Mein Mann muß natürlich ein paar Fotos machen.«

Nachdem wir uns angezogen hatten, bat Yuki mich, ihr beim Fönen ihres Pagenkopfes zu helfen, und dann bestand sie darauf, meinen Bürstenhaarschnitt zu stylen. Sie gab es schnell auf, mit den Worten: »Mir gefallen Ihre Haare! Sie sind nicht typisch japanisch!«

Da erzählte ich ihr von meiner amerikanischen Mutter, und sie seufzte. »Das ist romantisch. Ich sehe es an Ihrem Knochenbau.« Sie deutete auf meine Wangen. »Ein starker amerikanischer Charakter. Sie sind keine typische *konketsujin.«*

Das Wort, das Mischling bedeutet, ließ mich zusammenfahren. Mr. Katoh, mein Chef bei Nichiyu, hatte mich bei meinem Einstellungsgespräch zu meiner ethnischen Herkunft befragt und mich traurig gebeten, sie für mich zu behalten. Blauäugige, blonde Lehrerinnen waren immer ein Hit und bekamen die bestbezahlten Stellen. Ein japanisches Aussehen verkomplizierte alles; viele Japaner dachten, daß ich ein *ainoko* war, das Kind einer kurzen, verbotenen Liaison. In Wirklichkeit hatten sich meine Mutter aus Baltimore und mein Vater aus Yokohama in San

Francisco kennengelernt, bei einer Vernissage von Isamu Noguchi. Sie hatten schnell geheiratet, mich aber erst ehrbare drei Jahre später bekommen. Ich hatte schwarzbraune Haare, eine kleine japanische Nase und mandelförmige Augen. Trotzdem war ich unbestreitbar *konketsujin*. Ich haßte das Wort, selbst wenn es ganz harmlos gemeint war.

Die beiden Männer standen einander gegenüber und blockierten den Gang, als ich von meinem Bad zurückkehrte.

»Wenn ich mein verdammtes Handy finden würde, könnten wir die Polizei anrufen.« Hugh Glendinnings Stimme klang so heiser, als wäre er eben erst geweckt worden. Über seinem Pyjama trug er eine *yukata* und stand barfuß auf dem kalten Holz.

»Dafür gibt es nun wirklich keinen Grund«, sagte Mr. Nakamura, der ebenfalls seinen Bademantel, aber wenigstens Hausschuhe trug.

»Sie sind ja schon auf, Rei.« Hugh wandte mir seinen schläfrigen Blick zu. »Haben Sie Setsuko, äh, Mrs. Nakamura gesehen?«

»Zum letzten Mal habe ich sie gestern abend vor ihrem Bad gesehen. Sie waren dabei.«

»Das war so gegen neun, oder?« Mr. Nakamura zögerte. »Jetzt fällt es mir ein. Ich war in meinem Zimmer und habe gelesen. Kurz vor Mitternacht bin ich nach unten gegangen und mit Yamamoto losgezogen.«

»Moment. Haben Sie mir nicht gesagt, Ihre Frau hätte Kopfschmerzen und wolle nicht mit in den Tempel gehen? Wann hat sie das zu Ihnen gesagt?« Hugh rückte näher an seinen Kollegen heran, der rasch in meine Richtung zurückwich, um Distanz zu gewinnen.

»Ich wollte niemanden aus der Gruppe mit meinem Problem belästigen.« Mr. Nakamura hustete, ein trockenes Geräusch, das von seiner Nikotinsucht zeugte.

»Was war dann, nachdem Sie vom Tempel wiedergekommen sind? Haben Sie sie dann nicht gesehen?« fragte Hugh.

»Sie waren so müde, daß ich Sie nicht stören wolltc. Sic solltcn schlafcn, statt sich Sorgcn zu machen.« Er hustete erneut.

»Soll das heißen, Ihre Frau lag nicht in Ihrem Bett, und Sie fanden nichts dabei?« Hughs Stimme erhob sich zu einer für den Neujahrsmorgen recht unziemlichen Lautstärke.

»In Japan haben Mann und Frau ... sie haben mehr Abstand zueinander«, sagte Nakamura schwach.

Hugh warf mir einen fragenden Blick zu, und ich nickte leicht. Meine Tante Norie hatte sich mit meinem Cousin Tom einen Futon geteilt, bis er sieben war, und viele Mütter, die in meiner Firma arbeiteten, taten das gleiche. Aber Mrs. Nakamura hatte kein Kind.

»Sie hatten doch ein gemeinsames Zimmer hier gebucht, stimmt das?« Hugh hatte offenbar beschlossen, den Korridor in einen Gerichtssaal zu verwandeln.

»Sicherlich, aber Glendinning-san, es wäre nicht höflich von mir gewesen, Sie gestern nacht zu stören!«

Hugh blickte ein paar Sekunden lang zu Boden. Als er wieder sprach, hörte er sich müde an. »Wir fragen diese Frau.«

»Mrs. Yogetsu«, half ich aus.

»Ja. Mrs. Getsu. Und ich schlage vor, wir machen uns auf die Suche, wenn Mrs. Getsu Ihrer Frau nicht ein eigenes Zimmer gegeben hat.«

Was würde eine Frau dazu veranlassen, am Silvesterabend getrennt von ihrem Mann zu schlafen? Ich machte mir Gedanken über Setsuko und ihren Mann, nachdem ich in mein Zimmer zurückgekehrt war und mir mit einem Kamm durch die Haare fuhr, in dem Versuch, Yukis fürsorgliche Bemühungen zunichte zu machen. Setsuko – seltsam, ihren Vornamen kannte ich, aber ich hatte keine Ahnung, wie ihr Mann hieß. Nicht, daß es mich interessiert hätte. Ich fand es brutal, wie er am vorigen Abend mit seiner Frau gesprochen hatte, und ich erinnerte mich auch, wie er am Tempel Hugh gegenüber ordinäre Witze über eine Gruppe Schulmädchen gerissen hatte. Nein, er hatte sich nicht die geringsten Sorgen um seine Frau gemacht.

Es gelang mir kaum, das Frühstück zu genießen, obwohl es direkt meinen vegetarischen Zen-Träumen entsprungen war: *zōni,* eine spezielle Neujahrsgemüsesuppe, dampfender Reis und kleine Schälchen mit buntem eingelegten Gemüse. Dazu gab es *mochi,* einen klebrigen Reiskuchen.

»Ich habe sie gebeten, mir Toast zu bringen, aber sie hat es wohl nicht verstanden.« Mrs. Chapman blickte unglücklich auf ihr Essen.

»Probieren Sie es doch mal. Es schmeckt ziemlich gut«, riet ich ihr, bevor ich halbwegs der Wahrheit entsprechend hinzufügte: »Ich habe Sie vermißt gestern abend.«

»Was haben Sie denn gemacht? Sind Sie um die

Häuser gezogen?« Mrs. Chapmans scharfer Blick verriet mir, daß man ihr nichts vormachen konnte.

»Nein, wir haben uns nur angesehen, wie das neue Jahr im Tempel eingeläutet wurde. Ich habe bei Ihnen an die Tür geklopft, aber Sie müssen ...«

»... tief und fest geschlafen habe ich«, sagte Mrs. Chapman. »Bier steigt mir immer sofort zu Kopf. Ich habe eine National-Geographic-Sondersendung eingeschaltet und muß dabei eingenickt sein. Als ich wieder aufgewacht bin, kam irgendein verrücktes Gymnastikprogramm.«

Yamamoto und Nakamura kamen in dicken Pullovern und Skihosen herein. Eine vermißte Ehefrau war kein hinreichender Grund, um die sportlichen Aktivitäten des Tages ausfallen zu lassen. Meine Wut überraschte mich, insbesondere, weil ich Setsuko Nakamura nicht einmal mochte. Während er seine Eßstäbchen entzweibrach, schoß mir Mr. Nakamura einen giftigen Blick zu, den ich erwiderte. Ich hatte mir ja nicht freiwillig sein Problem in allen Einzelheiten angehört – ich war dazu abkommandiert worden. Ich aß mein Gemüse und lud Mrs. Chapman ein, mir bei meiner morgendlichen Wanderung Gesellschaft zu leisten. Sie lehnte ab, weil sie in der Stadt Souvenirs kaufen wollte. Ich drängte sie nicht weiter. Ich freute mich darauf, allein zu sein und zügig zu laufen, um so die verworrenen Gefühle zu sortieren, die ich nicht ganz identifizieren konnte.

Zehn Minuten später bewunderte ich draußen, wie der Schnee die Autos überzogen und den Parkplatz in ein blendendweißes Feld verwandelt hatte. In dem Schnee war ein Muster zu sehen, zierliche Spuren, die nur von einer Katze stammen konnten. Ich folgte den Spuren auf die Rückseite der Pension zu einem Bambustor, das ich entriegelte.

Ich betrat einen kleinen Garten, wo der Schnee die Äste der stark gestutzten Bäume einfaßte wie eine Stickerei. Windböen wirbelten Flocken herunter. Ich setzte die Kapuze meines Daunenmantels auf und stapfte weiter. Mit sanfter Stimme lockte ich die Katze, die sich hier irgendwo versteckt haben mußte.

Die Pfotenspuren endeten vor einem Abfallhaufen aus trockenem Laub und Ästen, der in dem stilisierten Garten fehl am Platz war. Ich stieß mit den Fingern in den Haufen, um das Tier aufzustöbern. Als sich die Blätter bewegten, entdeckte ich etwas anderes.

Was wie Rinde ausgesehen hatte, war langes, gefrorenes Menschenhaar. Und der bleiche, herabhängende Ast war ein schlanker Unterarm, der, wie bei vielen Japanerinnen, die besonders feminin sein wollen, rasiert war. Das letzte, was ich sah, bevor meine Knie nachgaben, waren glänzende, scharlachrote Fingernägel, von denen einer abgebrochen war. Ein Makel, den Setsuko Nakamura niemals geduldet hätte, wäre sie noch am Leben gewesen.

4

Die japanische Polizei ist fixiert auf Aufenthaltsgenehmigungen. Wenn man sie nicht griffbereit hat, kann man stundenlang und sogar über Nacht festgehalten werden, ein Mißgeschick, das schon Englischlehrern wie Verkäuferinnen widerfahren ist. Ich war nicht überrascht, der Polizei von Shiroyama meine Karte vorzeigen zu müssen, als der Streifenwagen mit Streusalzspuren, gefolgt von einem kleinen Krankenwagen, vor dem Minshuku Yogetsu hielt.

Ich hatte die Karte in meiner Brieftasche griffbereit und rannte nach oben, um meinen Paß zu holen. Als ich zurückkam, kniete Mrs. Yogetsu noch immer unterwürfig vor den Polizisten.

»Es gibt keinen Grund, weshalb das ausgerechnet hier passieren mußte. Ich bitte Sie, das einzusehen. Ich habe die Reservierung dieser Frau über ein Reisebüro angenommen!« Ihre Bitten wurden ignoriert, als der leitende Beamte drei untergeordnete Polizisten nach draußen befahl.

Captain Jiro Okuhara war offensichtlich zu Hause benachrichtigt worden. Er trug einen beigefarbenen Pullover mit V-Ausschnitt und eine karierte Golfhose. Trotzdem benahm er sich so förmlich, als wäre er auf dem Präsidium, und reichte mir mit ernster Miene seine Karte. Ich tat, was von mir erwartet wurde – ich betrachtete sie mit großem Interesse, das natürlich nur vorgetäuscht war. Meine japanischen

Sprachkenntnisse beschränkten sich beinahe ausschließlich auf das Mündliche – obwohl ich auf dem College *kanji*-Zeichen gelernt hatte, konnte ich nur etwa dreihundert lesen, was ungefähr dem Stand der dritten Klasse entsprach.

Captain Okuhara winkte mich von den Gästen und besorgten Nachbarn weg, die sich am Eingang drängten. In Mr. Yogetsus Küche setzten wir uns an einen kleinen, überladenen Tisch mit einem Reiskocher, Gemüseschalen und anderen Überbleibseln der Frühstücksvorbereitung. Die Küche war nicht so sauber, wie ich erwartet hatte, denn fast das ganze Land unternahm einen gründlichen Neujahrsputz. Andererseits hatte Mr. Yogetsu ja auch nicht mit einer Katastrophe gerechnet.

Okuhara überprüfte meine Aufenthaltserlaubnis. Sie enthielt meinen Namen, ein Foto und einen Abdruck des rechten Daumens sowie Angaben zu meiner Arbeitsstelle und die Gültigkeitsdauer meines Visums. Dann schaltete er einen Kassettenrecorder ein und erkundigte sich nach allem, was passiert war, seit ich die Haustüre geöffnet hatte.

»Wie unangenehm für Sie, am Neujahrstag solchen Ärger zu haben«, sagte er, als ich meinen Bericht beendet hatte.

»Für sie war es schlimmer.« Setsuko hatte ausgesehen, als hätte sie schon stundenlang im Schnee gelegen.

»Etwas wundert mich allerdings, Miss Shimura.« Sein Tonfall änderte sich deutlich. »Weshalb sind Sie vor der Pension herumgelaufen? Finden Sie das nicht ein bißchen merkwürdig?«

Ich erstarrte, antwortete aber unbestimmt, daß ich zu den Ruinen des Kastells gehen wollte, dann aber beschlossen hatte, mir zuerst den Garten anzusehen. »In Tokio gab es – ich meine gibt es – schließlich nicht viele Gärten.« Ich stolperte über eine völlig einfache Satzkonstruktion und blamierte mich.

»Woher wußten Sie, daß hinter dem Haus ein Garten ist?« Er strich über einen großen, teuer aussehenden Füller, ohne sich Notizen zu machen. Trotzdem war mir nur allzu bewußt, daß der kleine Kassettenrecorder auf dem Tisch stand.

»Ich wußte nicht, daß dort ein Garten ist, aber ich habe Tierfüße entdeckt und bin ihnen gefolgt.« Zu dumm, daß ich das Wort für Fußspuren nicht wußte.

»Haben Sie sich nun für das Tier interessiert oder für den Garten? Sie widersprechen sich.« Er redete langsam, damit ich ihn auch sicher verstand.

»Für die Katze. Ich mag Katzen«, fügte ich hinzu.

»Wo haben Sie die Leiche berührt?«

»Ich habe die Blätter zur Seite geschoben, aber die Leiche habe ich nicht berührt. In den Vereinigten Staaten mischen sich Zivilisten nie in die Arbeit der Polizei ein.« Ich bemühte mich, seiner autoritären Haltung gerecht zu werden.

»Aber woher haben Sie gewußt, wer die Frau war? Als Mrs. Yogetsu bei uns angerufen hat, hat sie gesagt, Sie hätten sie identifiziert.«

»Ich habe ihren Mann sagen hören, daß sie vermißt wird. Das hatte ich noch im Kopf.« Ich überlegte, ob ich etwas zu ihrem haarlosen Arm und den manikürten Fingernägeln sagen sollte, aber ich schwieg, denn ich wollte nicht übereifrig wirken.

»Ach so?! Wann hat er denn gesagt, daß sie verschwunden ist?« Der Polizeichef fing an zu schreiben.

»Kurz bevor ich zum Frühstück hinunter bin. Ich

bin nach dem Baden in mein Zimmer gegangen. Mr. Glendinning und er haben sich im Gang unterhalten und mich angesprochen.«

»Der Engländer.« Captain Okuhara nickte. »Seine Aufenthaltserlaubnis habe ich ebenfalls sichergestellt. Und was hatten Sie für eine Beziehung zu der Verstorbenen?«

»Es gab überhaupt keine Verbindung zu Mrs. Nakamura.« Ich starrte auf ein paar Kerben in dem Holztisch. »Ich bin gestern abend um sechs angekommen. Sie und ihre Mitreisenden waren etwa fünf Minuten später hier. Ich habe ihre Stimme unten gehört. Beim Abendessen sind wir am selben Tisch gesessen. Gegen neun Uhr habe ich sie ins Bad gehen sehen. Das ist alles.«

»Wie lange haben Sie vor, in Shiroyama zu bleiben?«

»Bis nächsten Sonntag.« Ich fragte mich, ob er versuchen würde, mich hierzubehalten. Er hatte das Recht dazu, so wie Nichiyu das Recht hatte, einen Ersatz für eine freie Mitarbeiterin wie mich zu suchen, sollte ich nicht erscheinen, um meine Englischkurse zu halten.

»Was ist mit den anderen Ausländern?«

»Mrs. Chapman ist offenbar allein unterwegs, aber von Mr. Glendinning weiß ich nichts. Da er mit Mr. Nakamura und Mr. Yamamoto reist, werden sie wohl gemeinsame Pläne gehabt haben.«

Captain Okuhara legte seinen Stift weg und musterte mich prüfend. »Für eine Amerikanerin sprechen Sie ziemlich gut Japanisch.«

»Danke«, sagte ich, verwundert über seine plötzlich veränderte Art.

»Ja, Sie geben eine gute Übersetzerin ab.«

»Ich? Aber ich habe keine Dolmetscherprüfung abgelegt. Ich bin nur Englischlehrerin.«

»Unser englischsprechender Polizist hat Urlaub. Falls die anderen Ausländer nicht lieber im Gefängnis warten, bis ein Dolmetscher kommt, würde ich gerne Ihre Hilfe in Anspruch nehmen. Die Befragungen sind verfahrenstechnisch unabdingbar. Das verstehen Sie doch, nicht wahr?«

In Anbetracht seines bohrenden Blickes und seiner Hand auf meinem Paß verstand ich das durchaus.

Hugh Glendinning trat ein und warf mir einen durchdringenden Blick zu. Es war unmöglich zu sagen, ob die Aussicht, mich als Dolmetscherin zu haben, ihn beunruhigte oder erleichterte. Das Ganze hätte beinahe Spaß machen können, wenn die Lage nicht so düster gewesen wäre.

»Ihre Aufenthaltserlaubnis und Ihr Paß sind in Ordnung. Ich sehe, Sie sind Rechtsanwalt.« Okuhara klang fast respektvoll.

»Bei Sendai. Wie gefällt Ihnen unser Mini-Kassettenrecorder?« fragte Hugh, und ich übersetzte folgsam.

»Wie?« Captain Okuhara zwinkerte ein paarmal.

»Ihr Recorder.« Hugh tippte auf den kleinen schwarzen Apparat. »Ich hoffe, das Mikrophon ist stark genug für Sie. Um ehrlich zu sein, wir hatten ein paar Beschwerden und überarbeiten das Modell.«

»Es ist in Ordnung«, sagte der Polizist schroff. »Wann haben Sie Mrs. Nakamura zum letzten Mal gesehen?«

»Um was für eine Art von Ermittlung handelt es sich?« Hugh hatte seinen Terminplaner und einen Stift gezückt und machte sich Notizen. »Wegen meiner Verbindung zu Sendai ist Mr. Nakamura praktisch mein Mandant. Ich muß wissen, welchen Status diese Ermittlung hat.«

»Ich muß den Engländer daran erinnern, daß *er* hier befragt wird, nicht sein *Mandant.«* Der Polizeichef zog übertrieben die Mundwinkel nach unten, als fände er das Wort lächerlich.

»Ich bin kein Engländer. Ich bin Schotte.« Hughs Gesichtsausdruck blieb freundlich, aber ich spürte den Ärger darunter. »Ich habe Mrs. Nakamura zum letzten Mal gestern abend gesehen, auf dem Weg ins Bad.«

»Sie haben mit ihr gebadet?« wollte Captain Okuhara wissen.

»Wo denken Sie hin. Darf ich Sie daran erinnern, daß sie mit meinem Kollegen verheiratet ist«, hielt Hugh ihm vor. »Ich habe sie gesehen, als sie den Flur entlanggegangen ist. Ich glaube, es war neun Uhr. Sie war im Bademantel und hatte eine Flasche Shampoo in der Hand, so daß ich angenommen habe, sie wollte ins Bad gehen.«

»Gab es noch weitere Zeugen?« fragte Okuhara.

Ich gab an, daß ich dabeigewesen war. Hugh blickte mich überrascht an. Was hatte er denn gedacht – daß ich ihn den Wölfen zum Fraß vorwerfen würde?

»Erzählen Sie mir mehr von Ihrer Beziehung«, sagte der Captain und strich anzüglich über seinen Stift.

»Zu ihr? Wir haben uns erst beim Essen kennengelernt.« Hugh schoß mir nervöse Blicke zu.

»Nein, zu Mr. Nakamuras Frau!«

»Oh.« Sichtlich erleichtert atmete er aus. »Wir waren befreundet.« Okuhara zog die Augenbrauen hoch. So etwas war für die japanischen Mann-Frau-Normen absolut ungewöhnlich, aber Hugh, der sich dessen nicht bewußt war, fuhr nichtsdestotrotz fort. »Wir sind schon ewig befreundet, seit Mr. Nakamura sie damals gebeten hat, mir bei der Suche nach einem Innenarchitekten für meine Wohnung zu helfen.«

»Und als Ihre Wohnung dann eingerichtet war?«

»Dann hat sie sich um alles andere gekümmert, was ich noch brauchte. Mir ein Hausmädchen besorgt, ein Auto geleast ... Lebensmittel bestellt ... die unzähligen Dinge, die man in einer neuen Stadt lernen muß.«

»Sie sind wie lange hier, Mr. Glendinning?«

»Acht oder neun Monate.«

»Und wie oft haben Sie sich während dieser Zeit mit Mrs. Nakamura getroffen?«

Hugh zuckte die Achseln. »Oft. Ich habe nicht mitgezählt.«

»War der Ehemann bei Ihren Zusammentreffen dabei?« bohrte Okuhara weiter.

»Gelegentlich.«

»Haben Sie irgendeine Vorstellung, weshalb sie mitten in der Nacht unbekleidet hinausgegangen sein könnte?«

Hugh überlegte. »Ich dachte eigentlich, sie hätte einen Streit mit ihrem Mann gehabt.«

Ich übersetzte das mit Meinungsverschiedenheit, weil es kein genaueres Wort gab. Doch da man im Japanischen eine Vielzahl von Sünden durch Euphemismen bezeichnet, ging Okuhara nur allzu gerne darauf ein. Stockend übersetzte ich seine Flut von Fragen über Setsuko Nakamuras Verhältnis zu ihrem Ehemann. Hugh verzog die Lippen zu einem dünnen Strich und spielte den Unwissenden.

Der Polizeichef schien nicht zufrieden. Er blickte Hugh immer wieder lange an, ohne etwas zu sagen, als wolle er ihn zu weiteren Enthüllungen drängen. Zu viel Zeit verging. Ich war froh, als Mrs. Yogetsu den Kopf durch die Tür steckte.

»Ein Anruf, vom Präsidenten der Firma Sendai«, sagte sie auf japanisch. Ich übersetzte, und Hugh nahm ohne Entschuldigung sofort Reißaus.

»Die andere Ausländerin, von der Sie mir erzählt haben, bringen Sie sie zu mir.« Captain Okuhara klang ziemlich barsch, als müßte er seine Autorität erst wieder neu beweisen.

»Herrgott, ist das aufregend«, sagte Mrs. Chapman, als ich sie beim Lauschen vor der Küchentür erwischte. Jetzt saß sie mit ihrer falschen Vuitton-Tasche auf dem Schoß da und lächelte Captain Okuhara an. »Meinen Sie, ich darf ihn fotografieren?«

Ich schüttelte den Kopf und nahm seine erste Frage vorweg, indem ich sie um ihre Papiere bat. Weil Mrs. Chapman nur auf Urlaub hier war, hatte sie in ihrem Paß ein Touristenvisum stecken statt der beschichteten Karte, die Hugh und ich bei uns trugen.

»Da steht mein Mädchenname, Marcia Smith. Alle haben mich immer Marcelle genannt, weil mir Marcia nie gefallen hat.« Sie sah mich besorgt an, und ich wurde bleich. Das könnte ein gefundenes Fressen für einen Polizisten sein. Er betrachtete das Foto, lauschte ihrer Erklärung und sah sie wieder an.

»In Japan haben wir nur einen Namen. Nach der Heirat nimmt die Frau per Gesetz den Namen des Mannes an.«

Obwohl ich nicht an der Reihe war, sagte ich: »Das

könnte sich ändern. Die japanischen Frauen kämpfen bereits vor Gericht dafür, ihren Namen behalten zu dürfen. Ich habe Freundinnen in einer feministischen Organisation, die sich dafür einsetzen.«

»Soweit wird es nie kommen«, schimpfte er. »Und jetzt hören Sie auf, so zu tun, als sei das eine Veranstaltung der Frauenbewegung, und fragen Sie die alte Frau über Mrs. Nakamura.«

Mrs. Chapman hatte noch weniger von Setsuko Nakamura gesehen als ich, aber sie hatte eine Menge gefühlsmäßiger Eindrücke zu bieten.

»Sie war ein ruhiger Typ: ungewöhnlich ruhig meiner Meinung nach. Ein gutaussehendes Mädchen, aber ihrem Mann hat sie offensichtlich nicht sehr nahegestanden. Das war keine gute Ehe, wenn Sie mich fragen.«

»Bitten Sie sie, das auszuführen«, ordnete Okuhara an, nachdem ich ihre Aussage übersetzt hatte.

»Rei, Sie haben sie doch gesehen.« Mrs. Chapman wackelte auf ihrem Küchenstuhl herum, der zu schmal für ihre Hüften war. »Sie haben kein Wort miteinander gesprochen, nur mit Glendinning und seinem kleinen japanischen Assistenten. Es war beinahe unheimlich, als würden sie sich über ein Medium unterhalten.«

Ich wußte, was sie meinte. Aber in einer japanischen Ehe war die beste Kommunikation die ohne Worte. Eine Ehefrau sollte die Bedürfnisse ihres Mannes erraten. Ungewöhnlich war allerdings gewesen, wie sich Setsuko verhärtet hatte, die mit Schmerz gemischte tiefe Wut, die sie ausgestrahlt hatte.

Captain Okuhara behielt mich noch ein paar Minuten da, nachdem er mit Mrs. Chapman fertig war.

»Sie scheinen den Engländer schon vorher gekannt zu haben. Wann haben Sie sich zum ersten Mal gesehen?«

»Gegen sechs Uhr am Silvesterabend.« Wo genau, wollte ich ihm nicht in allen Einzelheiten erzählen.

»Er sagte, Sie hätten sich beim Essen kennengelernt. Auf dem Schild am Empfang steht, daß es immer um sieben serviert wird.« Seine Stimme war scharf und kalt wie die Eiszapfen, die ich draußen gesehen hatte.

»Ich verstehe nicht«, sagte ich, in der Hoffnung, damit gehen zu dürfen.

»Sie hinterlassen einen recht merkwürdigen Eindruck, Miss Shimura. Sie oder Mr. Glendinning, einer von Ihnen beiden sagt offensichtlich nicht die Wahrheit.«

»Nein! Ich meine, ich war gerade in der Pension angekommen. Ich war im Gang und wollte hinunter ins Bad gehen. Ich habe ihn nicht gesehen, aber ich habe seine Stimme gehört.«

Endlich nickte er und ließ mich gehen.

Die fünf Kilometer hinauf zum Kastell waren anstrengender, als ich gedacht hatte, eine passende Strafe für die Halbwahrheiten, die ich Okuhara erzählt hatte. Unter dem Schnee war eine Eisschicht. Obwohl ich in die Fußstapfen anderer, die vor mir gegangen waren, trat, geriet ich doch einige Male ins Schwanken, als ich mich zu der verfallenen Steinmauer auf dem Gipfel hinaufkämpfte.

Das war der einzige Überrest des Kastells. Yuki hatte mich schon darauf vorbereitet, daß es eine mickrige Ruine sei, die der Legende nicht gerecht würde. Trotzdem war es ein schöner Anblick. Ich war umgeben von den weichen Farben alter Steine, immergrüner Bäume und Sträucher, und unten sah ich die schneebedeckten Dächer und die Straße, die sich wie ein dunkles Band den Berg hinunterschlängelte.

Die Luft war so schneidend kalt, daß mir Tränen in die Augen traten, Tränen, die schon früher hätten kommen sollen. Ich stand über den Dingen, an einem Punkt jenseits von Trauer und Schock und Entsetzen. Als würde ich auf der Galerie sitzen und zusehen, wie unter mir ein Kabuki-Drama seinen Lauf nimmt. Ich hatte Schwierigkeiten, den Theaterdialog zu verstehen, so wie ich die eigentliche Bedeutung von Captain Okuharas Worten nicht verstand. Verdächtigte er mich, etwas Falsches getan zu haben, vielleicht in Absprache mit Hugh?

Beim Abstieg durch den tiefen Schnee nahm ich die andere Strecke, die mit SCHWIERIG gekennzeichnet war. Der Weg war nur durch farbige Seile markiert, die an die Bäume gebunden waren. Als ich stehenblieb, um mir einen krummen alten Pflaumenbaum anzusehen, der schon Knospen bekam, hörte ich ein Knirschen im Schnee hinter mir. Es hörte abrupt auf und fing wieder an, als ich weiterging. Ich drehte mich um und sah eine große, schlanke, schwarzgekleidete Gestalt. Japanische Augen blickten mir aus einer wollenen Skimaske entgegen.

»Miss Shimura, verzeihen Sie mir. Diese Wälder sollen gefährlich sein. Es kann einem leicht etwas zustoßen.« Der Mann zog sich die Maske vom Gesicht, und ich erkannte Yamamoto, den jungen Assistenten von Mr. Nakamura und Hugh Glendinning.

»Sie sind mir den ganzen Weg auf den Berg

gefolgt?« Ich war kurz davor, durchzudrehen.

»Ja, ich bin hinter einer Gruppe gelaufen, so daß Sie mich nicht sehen konnten.« Als der junge Mann näher kam, fiel mir auf, wie ernst er dreinblickte. Letzte Nacht hatte er die Glocke am Tempel mit viel Kraft geschlagen, mehr als nötig gewesen war. Unbehagen stieg in mir auf, ähnlich dem Gefühl, das ich in manchen Vierteln von San Francisco bekomme.

»Möchten Sie über irgend etwas mit mir sprechen?« Wahrscheinlich konnte er meine Angst riechen, wie ein Hund.

»Ja. Ich mache mir große Sorgen wegen der Nakamura-Sache«, flüsterte er, als könnte jemand mithören.

»Wie das?« Ich lehnte mich gegen den Pflaumenbaum und musterte ihn argwöhnisch.

»Nakamura-san ist in meinem Zimmer, weil die Polizei seines gerade durchsucht, ich weiß nicht, warum. Er ist sehr … verstört. Wie Sie sich vorstellen können.« Ein kurzes, nervöses, bellendes Lachen ließ mich an Hunde denken. »Hugh-san hat mit dem Präsidenten der Firma telefoniert. Er sagt, wir müssen die Sache klären, sonst werden wir gefeuert.«

»Ach was, so schlimm sind japanische Firmen auch wieder nicht«, sagte ich. Da seine Angst nun offensichtlich war, ließ meine nach.

»Es ist schrecklich für Sendai, es wäre eine Katastrophe, wenn …« Er hielt inne.

»Wenn was?« Er tat mir leid, aber ich war auch ungeduldig.

»Ein Selbstmord ist schon schlimm genug.«

»Was soll das heißen? Glauben Sie, sie hat sich absichtlich in den Schnee gelegt?« Ich war verblüfft.

»In Japan begehen viele Menschen an Silvester

Selbstmord! Wußten Sie das nicht?« rief Yamamoto aus. »Wenn ein Mann bis zum Jahresende seine Rechnungen nicht bezahlen kann, ist ihm das äußerst peinlich. Manchmal bringt er sich um, damit seine Familie im neuen Jahr keine Probleme hat.«

»Aber ich dachte, die Nakamuras wären reich«, sagte ich.

»Wohlhabend? In Japan? Das ist niemand mehr. Mr. Nakamura ist ziemlich sparsam, aber in Japan verwaltet gewöhnlich die Frau die Haushaltskasse. Und Mrs. Nakamura hat gerne Kreditkarten benutzt.«

»Tut das nicht jeder?«

»Nicht so! Mrs. Nakamura war wie eine Besessene, hat immer im *depaato* eingekauft und – wie sagt man bei Ihnen – auf großem Fuß gelebt. Mr. Nakamura hat sich immer darüber beklagt. Er hat ihr die Kreditkarten weggenommen, aber sie hat es geschafft, sich wieder neue zu besorgen.«

Darüber mußte ich lächeln. »Offenbar wußte sie, wie sie sich ihre Macht erhält.«

»Genau. Sie verstehen.« Seine Augen wurden feucht. »Ich komme zu Ihnen, weil Sie eine Frau sind, und vielleicht können Sie dem Polizeichef etwas über das Wesen von Frauen erzählen, und wie die wahrscheinliche Geschichte war.«

Ich wurde mißtrauisch. »Ich soll der Polizei Informationen zuspielen? Wieso können Sie das nicht?«

»Ich arbeite für ihren Ehemann. Er würde mich sehr schnell feuern, wenn ich etwas über diese peinliche Sache sagen würde.«

Diese Befürchtung konnte ich verstehen. Trotzdem stand Yamamoto noch bevor, was Mrs. Chapman, Hugh und ich schon hinter uns hatten: dem unfreundlichen Polizeichef persönlich gegenüberzutreten und ihm zu erzählen, was er wußte. Yamamoto hatte einen entscheidenden Vorteil: Er war Japaner und männlich. Ich räusperte mich und sagte: »Ich kann Ihre Geschichte nicht weitererzählen, Yamamoto-san. Okuhara stellt sicher alle möglichen Fragen über Uhrzeit und Datum, die ich nicht beantworten könnte.«

Yamamoto starrte an meinem Kopf vorbei, als würden ihn plötzlich die hinter mir aufragenden Nadelbäume unheimlich faszinieren. Das nahm ich ihm nicht ab.

»Sie wissen noch etwas, stimmt's?« fragte ich.

»Ich weiß nichts! Ich bin der Juniorassistent.«

»Warum versuchen Sie dann, mir eine so lächerliche, klischeehafte Geschichte zu verkaufen?« Ich war so durcheinander, daß ich losplapperte, ohne vorher darüber nachzudenken, was ich sagte.

Yamamoto trat einen Schritt zurück und hielt die Luft an. »Egal. Es tut mir leid, daß ich Sie belästigt habe. Ich dachte, Sie wären eine *yasashii-hito.*« Er verwendete einen Ausdruck, der mit »unkomplizierter Mensch« übersetzt wird, eigentlich aber eher »nett« bedeutet.

Ich kam mir gar nicht nett vor. Yamamoto und ich gingen schweigend bergab, bis wir zum Miyakawa-Fluß kamen. Er mußte zurück ins Minshuku Yogetsu, um sich um Mr. Nakamura zu kümmern. Ich lief weiter und folgte den Schildern zu einem Shinto-Schrein. Bald kam ich unter einem zinnoberroten Tor hindurch und stand inmitten von ein paar hundert Gläubigen. Die Männer waren dem Wetter angemessen in Daunenjacken, während die Frauen und Mädchen in kunstvollen Kimonos froren, über denen sie nur kurze Brokatjacken trugen. Zwei Teenager in steifen Baumwollkleidern, der Tracht der Schreinmädchen, winkten mich an ihren Souvenirstand. Ich schüttelte den Kopf, aber die Mädchen schauten so enttäuscht, daß ich mich schließlich erweichen ließ und das Billigste kaufte, was sie hatten: ein Papierorakel, das in englischer Sprache gedruckt war, für Touristen aus aller Herren Länder. Ich öffnete den kleinen orange-weißen Umschlag, um die zynische Botschaft zu lesen, daß mir AUSSERORDENTLICH VIEL GLÜCK zuteil werden würde.

Das Orakel las sich wie eine Liste von Verhaltensmaßregeln. *Krankheit: Es wird lange dauern, bis Sie wieder gesund sind. Glauben Sie an Gott. Arbeit: Sprechen Sie sofort mit Ihrem Arbeitgeber ... Heiratsantrag: Heiraten Sie nur mit Einwilligung Ihrer Eltern.* Ohne Interesse überflog ich den Zettel, bis ich bei folgendem Satz anlangte: *Derjenige, der nur eine Seite hört, wird im Dunkeln bleiben. Derjenige, der alle Seiten anhört, ist im Bilde.*

Alle Seiten. Konnte das bedeuten, nicht einfach nachzuplappern, was Yamamoto mir weismachen wollte, oder hieß es, ich sollte ihm zuhören? Was hätten diese konfuzianischen Orakelschreiber in meinem speziellen Fall empfohlen?

Ich verließ den Schrein und ging in Richtung des historischen Einkaufs- und Museumsviertels. Wegen des Feiertags hatten nur wenige Läden geöffnet. Obwohl ich heute nicht meine sonstige Leidenschaft fürs Einkaufen verspürte, beschloß ich doch, in einen Laden zu gehen, in dem Blau-Weiß-Porzellan verkauft wurde, nur damit ich nicht in das *minshuku* zurückmußte. Ich drückte mich in dem Laden herum und untersuchte alles, bis der Ladeninhaber schließlich ärgerlich wurde und mich hinauskomplimentierte. Wenn ich nur schauen wolle, die Museen seien morgen wieder geöffnet.

In einem verstaubten kleinen Geschäft daneben war der Besitzer freundlicher. Ich wühlte in einer großen Teekiste mit allem möglichen Plunder und fischte ein kleines hölzernes Briefkästchen mit einem geometrischen Muster aus braunen und cremefarbenen Intarsien heraus. Die Metallteile ließen darauf schließen, daß es aus dem frühen neunzehnten Jahrhundert stammte. Der rostige Verschluß ging nicht auf, aber als ich das Kästchen schüttelte, klapperte etwas. Was das wohl sein mochte, bei so einem außergewöhnlichen Kästchen: alte Münzen, oder vielleicht eine Schnitzerei aus Elfenbein?

Bei den Verhandlungen um den Preis zog ich ein langes Gesicht, weil der Schlüssel fehlte; der Ladenbesitzer pries statt dessen die unbekannten Schätze im Inneren. Aber er hatte die Teekiste durchsucht, sich die Hände schmutzig gemacht, und er wollte etwas verkaufen, um das neue Jahr richtig zu beginnen. Zum Schluß war er bereit, mir tausend Yen vom ursprünglich geforderten Preis nachzulassen. Ich war einverstanden; sechstausend Yen, ungefähr fünfzig Dollar, waren ein anständiger Preis für etwas, das so alt war.

Jedes japanische Restaurant in der Stadt schien wegen des Feiertags geschlossen zu haben. Wenn ich also nicht Sushi aus einem Supermarkt essen wollte – was ich in Tokio viel zu häufig tat –, würde ich etwas tiefer in die Tasche greifen und in ein Hotel gehen müssen. Ich entschied mich für ein pseudoschweizerisches Mahl im Alpenhof, einem Fachwerkchalet mit glitzernder Weihnachtsbeleuchtung. Das

Restaurant servierte mehrgängige Menüs mit viel Fleisch, die bei fünfunddreißig Dollar anfingen, so daß ich beinahe schon gehen wollte. Der Oberkellner verriet mir, daß das Essen in der Bar auf der anderen Seite der Lobby billiger sei. Ich drängelte mich durch eine Gruppe Skifahrer, die sich betranken und zur Musik der Pet Shop Boys sangen.

Als ich Hugh Glendinning in der Ecke entdeckte, war ich nicht überrascht. Eine europäische Bar war eine Heimat fern der Heimat für jeden *gaijin*, die etwas abschätzige Bezeichnung für Ausländer. Doch außer uns waren keine weiteren *gaijin* hier, und als ich genauer hinsah, bemerkte ich, daß Hugh das Gesicht in den Händen vergraben hatte. Neben ihm standen zwei Gläser, beide leer. Ich wartete ein wenig, und als niemand auftauchte und sich neben ihn setzte, tat ich es.

5

»Noch einen Macallan pur«, sagte er, ohne aufzublicken.

»Alkohol bringt sie auch nicht wieder zurück.« Ich schob ihm die Packung Taschentücher zu, die ich immer dabeihatte. Er warf sie mir wieder zurück.

»Ich denke nur nach. Und versuche allein zu sein, wenn es Ihnen nichts ausmacht.«

Ich achtete nicht auf seine Bemerkung, setzte mich und signalisierte der Kellnerin, mir eine Karte zu bringen. »Wir nehmen beide Tee«, sagte ich entschlossen auf japanisch und bestellte gegrillten Käse für mich, ein seltener Genuß.

»Sie sind unausstehlich. Hat Ihnen das schon mal jemand gesagt?« brummte Hugh.

»Vielen Dank, daß Sie mir Ihren Assistenten hinterhergeschickt haben. Ich hätte fast einen Herzinfarkt bekommen!«

»Seien Sie mal einen Moment still«, sagte er, als die Kellnerin mit einer etwas anderen Bestellung wiederkam: zweimal gegrilltem Käse, zwei Gläsern Whiskey und einer Tasse lauwarmen Wassers mit einem Liptonbeutel daneben. Sie war schon unterwegs zum nächsten Tisch, bevor ich protestieren konnte.

»Sie können genausogut probieren«, sagte Hugh und stieß sein Glas an meines.

Ich nahm einen Schluck. Der Whiskey brannte,

und ich kniff die Augen zusammen. Hugh goß die halbe Tasse Wasser aus meiner Teetasse dazu.

»Tut mir leid. Ich habe vergessen, daß das nicht jeder gewöhnt ist. Versuchen Sie jetzt noch mal.« Nachdem ich es getan hatte, sagte er: »Yamamoto hat danach mit mir gesprochen. Ich habe ihn nicht gebeten, Sie zu belästigen.«

»Kennen Sie denn seine Theorie?« fragte ich.

»Die Geschichte von wegen Selbstmord aus finanziellen Gründen? Blödsinn.« Er glaubte es also auch nicht. Trotz meines ersten Eindrucks von ihm, den ich am Silvesterabend gewonnen hatte, spürte ich langsam eine Art Band zwischen uns. Ich beschloß ihm zu erzählen, was mir während der letzten Stunden durch den Kopf gegangen war.

»Wenn ich gestern abend nicht diese Szene gemacht hätte, dann wäre es vielleicht nicht passiert.« Ich trank noch einen Schluck Whiskey.

»Welche Szene?« Hugh sprach etwas schleppend.

»Wissen Sie nicht mehr, wie wir uns im Gang vor Ihrem Zimmer unterhalten haben? Setsuko ist herausgekommen und wollte zu Ihnen. Sie wollte, daß Sie mit ihr baden. Weil ich dabeistand, haben Sie nein gesagt. Wer weiß, was passiert wäre, wenn Sie bei ihr geblieben wären?«

»Wollen Sie andeuten, ich hätte mit ihr baden sollen?« Hugh klang entrüstet. »Von welchem Planeten stammen Sie eigentlich? Ach, klar, Kalifornien. Vielleicht baden in Ihrer Gesellschaft verheiratete Frauen ständig mit den Kollegen ihrer Männer.«

»Ich will, daß die Polizei ordentlich ermittelt.« Ich versuchte, beim Thema zu bleiben. »Wenn Sie etwas verschweigen, könnten wir beide Schwierigkeiten bekommen.«

»Sie sind doch so dick befreundet mit dem Polizisten!«

»Ganz und gar nicht. Ich habe die Leiche gefunden. Leute, die Leichen finden, sind für gewöhnlich diejenigen, auf die der erste Verdacht fällt. Als Rechtsanwalt müßten Sie das doch wissen.«

»Ich bin Zivilanwalt, nicht Strafverteidiger. Aber lassen Sie sich versichern, niemand verdächtigt Sie irgendwelcher Missetaten. Und was Ihre angebliche Schuld betrifft, ich glaube, Sie haben zu viele Krimis gelesen.«

»Mir bleibt wenig Zeit, zu lesen. Ich arbeite nämlich sehr viel«, schnauzte ich ihn an. »Dieser Urlaub – der erste seit zwei Jahren – scheint zu einem Höllentrip für mich zu werden. Für Sie bedeutet es vielleicht nichts, aber ich habe viel Geld bezahlt, um hierherzukommen, und das wird mir niemand zurückerstatten.«

»Ich dagegen habe nur eine meiner besten Freundinnen in Japan verloren.« Er sah mich empört an.

Ich versuchte es noch einmal. »Was war denn die Grundlage Ihrer Freundschaft? Alles, was ich gesehen und gehört habe, war, wie sie Ihnen dienlich war.«

»Ich war ihr auch dienlich!« gab Hugh zurück und errötete, als wäre ihm klargeworden, wie peinlich sich das anhörte. »Ich meine, sie wollte Englisch sprechen.«

»Das konnte sie eigentlich so gut, daß sie das kaum nötig hatte. Und für jemanden, der gerne Englisch spricht, hatte sie gestern abend wenig freundliche Worte für mich übrig.« Komischerweise war ich immer noch gekränkt.

»Das wundert mich. Sie war absolut fasziniert von

Amerika. Ich habe ihr immer geholfen, die Reisebücher in der Bibliothek des TAC auszusuchen …«

»Im TAC?« fragte ich, als die Kellnerin mit zwei getoasteten Sandwiches kam, aus denen geschmolzener Käse quoll. Ich schob eines zu Hugh hinüber. »Wie um alles in der Welt sind Sie da reingekommen?« Bis dahin hatte ich angenommen, der Tokyo American Club, diese Enklave mit den astronomischen Preisen, sei exklusiv für Amerikaner der Gattung *Tokyo Weekender* reserviert.

»Die Mitglieder stammen aus über fünfzig Ländern, darunter auch Japan – wir sind fast alle dabei, weil unsere Firmen die Aufnahmegebühr bezahlen.«

Ich war vom Thema abgekommen. »Hat Setsuko sehr in der Ehe mit Mr. Nakamura gelitten? Kann es sein, daß er sie geschlagen hat?«

»Das bezweifle ich. Nakamura hat sich wegen der Einkäufe mit ihr gestritten, aber das war alles. Yamamoto war völlig offen zu Ihnen, was ihre Einkaufsmanie betrifft.« Hugh verzog das Gesicht. »Wenn wir einkaufen waren, haben die Angestellten sie immer mit Namen begrüßt.«

»Sie sind noch mit ihr einkaufen gegangen, als Ihre Wohnung schon fertig eingerichtet war?«

»Ja, ich, äh …«, stammelte er. »Wir waren gelegentlich zusammen einkaufen.«

»Obwohl Sie wußten, daß ihr Mann etwas dagegen hatte?«

»Das war in Ordnung. Ich habe bezahlt«, sagte er kurz.

»Was haben Sie ihr gekauft?« Ich war verblüfft.

»Wir schweifen ab«, sagte Hugh.

»Stimmt.« Ich sah ihn zweifelnd an. »Wieviel Geld haben sie, oder ist das eine unverschämte Frage?«

»Ich finde, Geld ist überhaupt kein unverschämtes Thema.« Er hob eine Augenbraue, ein gemeiner Trick. »Nakamura hat etwa vierzehn Millionen Yen im Jahr verdient, abhängig von seinem jährlichen Bonus. Sie haben ein großes Haus in einem Vorort, das auf hundertdreißig Millionen abgewertet worden sein soll, wegen der Immobilienkrise.«

Einhundertzwanzig Yen für einen US-Dollar. Ich machte ein paar schnelle Rechnungen auf meiner Serviette und kam auf einen Mindestverdienst von $116 000, plus ein Haus, das fast $1,1 Millionen wert war. Ganz nett für ein Ehepaar ohne Kinder. »Und seine Frau?«

»Setsuko hat natürlich nicht gearbeitet, und sie hat kein Geld in die Ehe eingebracht. Sie war eine Trophäe, wie ihr Amerikaner sagt. Zehn Jahre jünger und viel zu hübsch für ihn.«

»Sie wissen eine Menge über die beiden.« Gestern hatte er den Eindruck gemacht, ein neuer und unwissender Freund der Nakamuras zu sein. Heute hörte er sich an wie ein Spion.

»Mr. Yamamoto klatscht gerne.« Er grinste, als hätte auch ich einen Assistenten auf Abruf zur Verfügung.

»Was läuft bei Sendai ab?« beharrte ich. »Hat sich da etwas über Nakamura zusammengebraut, so daß er durchgedreht sein könnte?«

»Glauben Sie allen Ernstes, ich würde Ihnen das sagen, wenn es so wäre?« Seine Augenbraue hob sich wieder, und ich verlor die Beherrschung.

»Natürlich, stimmt ja, Sie sind ja der Firmenanwalt! Vergessen Sie die Tatsache, daß Sie gerade einen emotionalen Zusammenbruch hatten, als ich hereinkam, Sie haben sich bewundernswert geschlagen.

Die Nakamuras hatten gar kein Problem, außer daß die Frau immer wieder in einen Kaufrausch verfallen ist.«

Der Scotch mußte mir die Zunge gelöst haben. Ich hatte noch nie einem Fremden derartig die Leviten gelesen. Nach drei Jahren der Unterdrückung kam die entschlossene Amerikanerin in mir doch wieder durch.

»Wenn ich Ihnen erzählen würde, was ich getan habe, dann wüßten Sie, daß es meine Schuld ist.« Er klang düster.

Gott, was war das denn, ein Geständnis? Merkwürdigerweise war mir nicht danach, einfach wegzulaufen. Seine Hand zu nehmen, wäre zu dreist gewesen, aber ich hatte das Gefühl, er müsse ermutigt werden. Ich schloß die Finger um sein Handgelenk.

»Was? Was konnte denn so schlimm sein? Kommen Sie, ich war auch ehrlich zu Ihnen.«

Er kämpfte mit etwas. Ich wartete, spürte, wie sein Puls unter meinen Fingerspitzen pochte. Als er schließlich sprach, war seine Stimme rauh.

»Eine Scheidung. Sie wollte sich scheiden lassen. Ich habe ihr abgeraten. Und jetzt ist sie tot.«

Bevor ich reagieren konnte, hatte er den Arm weggezogen und war verschwunden.

In Anbetracht der Krise mußte Mrs. Yogetsu direkt ins Bett geflohen sein. Den ganzen Abend über sah ich von ihr nichts mehr. Ihr Ehemann hingegen hatte mit seinem Neujahrsessen glänzend abgeschnitten. Es gab Schalen mit dampfender Misosuppe, Platten mit Fisch und eingelegtem Gemüse, und zum Abschluß klebrige Mochi-Kuchen als Nachtisch. Ich konnte nicht viel essen, denn ich hatte leichte Kopfschmerzen von dem Whiskey und dem, was Hugh mir erzählt hatte. Weder er noch sonst jemand von Sendai war zum Essen erschienen. Als Yuki sich nach ihnen erkundigte, flüsterte Mr. Yogetsu, daß eine Delegation der Firma mit dem Sechs-Uhr-Zug angekommen sei. Sie hatten sich im Wohnzimmer verschanzt, und die Schiebetüren waren so fest geschlossen, daß nur der Rauch ihrer Zigaretten nach außen drang.

Ich bezweifelte, daß Hugh mir erzählen würde, was sie redeten. Die einzige Kontaktaufnahme seit seiner Flucht aus dem Alpenhof bestand in einem Umschlag, den er unter meiner Zimmertür durchgeschoben hatte. Er enthielt fünftausend Yen und seine zweisprachige Visitenkarte. Auf der japanischen Seite stand geschrieben: *Lassen Sie mich wissen, wenn ich Ihnen noch etwas schuldig bin.*

Er hatte richtig gerechnet – die Getränke und die Sandwiches hatten etwa vierzig Dollar gekostet. Ich rechnete meinen Anteil aus und schob zweihundert Yen unter seiner Tür durch, mit einem Zettel, auf dem stand: *Ihr Wechselgeld.* Dann kehrte ich zu meinem Futon zurück und versuchte zu lesen. Ich hatte den Banana-Yoshimoto-Roman vergessen, den ich zu Weihnachten bekommen hatte, aber *Kodanshas Kanji-Taschenführer* hatte ich dabei. Nach einer fruchtlosen Stunde nahm ich Handtuch und Zahnbürste und ging zu dem kleinen Damenwaschraum am Ende des Ganges. Als ich die Hand auf den Türknopf legte, wurde die Tür der Herrentoilette daneben geöffnet. Mr. Nakamura kam heraus und trocknete sich die Hände mit einem Taschentuch.

Ich sah ihn zum ersten Mal seit dem Vormittag, und er wirkte völlig kaputt. Mir war zwar klar, daß

Toiletten nicht der rechte Ort für Small talk waren, aber ich hatte das Gefühl, nichts zu sagen wäre schlimmer.

»Wegen Ihrer Frau ... das war ein großer Schock. Es tut mir wirklich sehr leid.«

»Man kann nichts machen.« Mr. Nakamura zeigte keine Reaktion, nur seine übliche ärgerliche Miene.

»Verzeihung, ich verstehe nicht ganz.«

»Oh, ich glaube, Sie verstehen Japanisch sehr gut«, schnauzte er. »Und Sie verstehen sich sehr gut darin, Situationen zu manipulieren und Leute in Schwierigkeiten zu bringen ...«

»Ich weiß wirklich nicht, wovon Sie reden«, sagte ich und sah ihn an.

»Der Mann, den Sie ein perverses Schwein genannt und aus dem Zug gejagt haben. Sie haben den falschen erwischt.«

Ich hatte nicht gewußt, daß die Nakamuras im selben Zug gewesen waren. Aber es war natürlich klar, da er mit seiner Begleitung nur fünf Minuten nach mir in der Pension erschienen war.

»Was meinen Sie damit? Wer war es denn?« Ich erinnerte mich an den Mann mit dem »Milk Pie«-Sweatshirt, der den Zug fluchtartig verlassen hatte, und bekam Gewissensbisse.

»Ihre Übersetzerdienste heute morgen haben mir nicht gefallen«, fuhr er im selben harten Tonfall fort.

»Ich wollte mich nicht aufdrängen. Glendinning-san hatte nur wegen Ihrer Frau gefragt ...«

»Reden Sie weiter mit der Polizei, ja? Es ist wichtig für sie zu wissen, wo alle Ausländer waren. Da meine Frau offenbar ermordet wurde.«

»Wirklich?« Ich zwang mich, ruhig weiterzusprechen. »Hat denn die Polizei irgendeine Theorie?«

»Das werden wir sehen, nicht? Sie werden ja sicherlich weiterhin damit zu tun haben.« Mr. Nakamura verbeugte sich spöttisch und ging nach unten.

Im Waschraum betrachtete ich mein Spiegelbild und versuchte zu verstehen, was passiert war. Nakamura hatte deutlich gemacht, daß er mich sowohl für aufdringlich als auch für verdächtig hielt. Und er hatte das Wort *Mord* ausgesprochen, was ich gedacht, aber nicht gesagt hatte, als wäre es etwas, was ich einfach von mir wegschieben könne.

Die Polizei hatte nichts von einem gewaltsamen Tod gesagt, aber Nakamura hatte es. Er wußte etwas. Das Herz pochte mir in den Ohren und erinnerte mich an die Worte meines Cousins Tom – der Arzt war –, als ich befürchtet hatte, die Ursache für meine Kopfschmerzen wäre ein Gehirntumor: *Wenn du Hufschlag hörst, denke an Pferde, nicht an Zebras. Suche das Offensichtliche, nicht das Geheimnisvolle.* Und wenn eine unglücklich verheiratete Frau ermordet wurde, lag es nahe, daß der Verdacht auf den Ehemann fiel.

6

»Hier wurden Frauen gefoltert. Ich sollte besser sagen, hier wurden Männer *und* Frauen gefoltert. Rei-san, verstehen Sie, wie dieser entsetzlich schmerzhafte Stuhl funktioniert?«

Offensichtlich genoß Taro unseren Rundgang durch die Folterkammer des Rathauses von Shiroyama. Bei meiner düsteren Stimmung war es ein Fehler gewesen, mitzukommen. Ich hätte meine Sachen gepackt und mich von Taro und Yuki verabschiedet, hätte Mrs. Yogetsu nicht verkündet, sie würde niemandem Geld zurückerstatten, der aus irrationalen Gründen nach dem ›außergewöhnlichen Unfall‹ abreisen wolle. Schließlich sei auch die Polizei nicht der Meinung, daß man abreisen müsse.

Ich wollte Captain Okuhara unbedingt erzählen, was mir Hugh über die von Setsuko gewünschte Scheidung gesagt hatte. Eigentlich hatte ich Hugh vorher um Erlaubnis bitten wollen, aber er war mit seinen Kollegen unterwegs. Ich war allein mit den Ikedas und Mrs. Chapman. Und dem Stuhl.

Die fragliche Sitzgelegenheit sah ganz normal aus, bis auf die spitze Pyramide, die aus der Mitte der Sitzfläche aufragte. Als Taro in seinem hervorragenden Englisch genau beschrieb, wo diese hineinstieß, bremste ihn Yuki.

»Nicht, Taro! Ich habe Angst, Mrs. Chapman und Rei-san bekommen Übelkeit.«

»Jemand mit einem Samurai-Namen wie Shimura wäre auf *Tatami* verhört worden«, fuhr Taro fort und warf mir einen koboldhaften Blick zu. »Gewöhnliche Leute saßen auf dem kalten Steinboden.«

»Was war mit Ausländern?« fragte Mrs. Chapman.

»Ausländer? Damals war Japan abgeschlossen von der Welt. Es gab keine Ausländer, und schon gar nicht im Gefängnis!« beruhigte Taro sie.

Heute waren eine Menge hier. Eine belgische Gruppe, die aus Kyoto gekommen war, lauschte interessiert Taros Erklärungen über eine Wand, die mit Peitschen geschmückt war. Bald hatte er die Hälfte von ihnen entführt, und die Geschichten wurden immer wilder.

»Rei? Mir geht es nicht gut.« Ausnahmsweise einmal war Mrs. Chapmans sonst so rosiges Gesicht ganz blaß.

Yuki und ich wechselten Blicke und führten sie durch den eiskalten Hof zu neutraleren, zivilen Gebäuden. Mein Interesse fiel auf einige Lagerhäuser, in denen früher Reis aufbewahrt worden war, als Steuerabgabe für den Shogun; die Gebäude waren mit feinen gestanzten Fingernagelkappen aus Metall verziert, die aussahen wie Kaninchen mit langen Ohren. Ich fragte Yuki, ob das Fruchtbarkeitssymbole seien, und sie kicherte, als hätte ich etwas Unanständiges gesagt.

»Nein! Im Prospekt steht, es symbolisiert die Macht des Shoguns, daß die Ohren lang sind und alles hören können, was vor sich geht, egal wie weit entfernt es ist.«

So wie die Leute von Sendai Electronics, die spürten, daß Schwierigkeiten im Anzug waren, und sofort kamen, um sich darum zu kümmern. Ich dachte an die Firmenrepräsentanten, die am vorigen Abend gekommen waren und jetzt im Zimmer neben mir schliefen. Sie rauchten ununterbrochen. Sie waren unangenehme Zimmernachbarn; ich hoffte, daß sie nicht die ganze Woche blieben.

Nach dem Museum beschlossen wir, in einer einfachen Snackbar zu Mittag zu essen, die die Ikedas von ihrem letzten Urlaub her kannten. Ich nahm eine vegetarische Nudelpfanne und freute mich, daß Mrs. Chapman ihr knuspriges Schweinekotelett schmeckte, das erste, was sie aufaß, seit wir hier waren. Wir aßen in genießerischem Schweigen, und als ich meine zweite Tasse Tee trank, sprach ich endlich das aus, was wir den ganzen Vormittag vermieden hatten. »Was wird denn jetzt Ihrer Meinung nach wegen Mrs. Nakamuras Tod unternommen?«

»Das kommt darauf an, ob sie es als Mord oder als Selbstmord behandeln«, erwiderte Taro prompt.

»Wie kommen Sie darauf, daß sie ermordet worden ist? Kann sie nicht eines natürlichen Todes gestorben sein?« fragte ich.

»Paß auf, Taro, du schadest dir nur! Rei-san hat engen Kontakt zur Polizei.« Yuki preßte ihre himbeerfarben bemalten Lippen mißbilligend zusammen. Japaner sind der Polizei gegenüber manchmal etwas mißtrauisch. Nach dem Zweiten Weltkrieg waren viele ehemalige Militäroffiziere zur Polizei gegangen, und diverse Anklagen wegen Korruption in der letzten Zeit hatten ihr Image nicht gerade verbessert.

»Ich wurde einfach zur Übersetzerin gemacht. Ich hatte keine Wahl.« Ich lächelte Yuki an, um sie zu beruhigen.

»Sie waren großartig, Mädchen. Wie die Dolmetscher, die man immer im Fernsehen sieht.« Mrs. Chapman gab mir einen Klaps aufs Knie.

»Es muß Mord gewesen sein, nach Mrs. Nakamuras Zustand zu urteilen. Ich habe es gesehen, als ich dem Ehemann nach draußen gefolgt bin. Ohne Kleider! Schamlos.« Taro sah eher aufgeregt als entrüstet aus, wie mir auffiel.

»Was denken die Damen? Sie sind Experten wegen die vielen Morden in Amerika!« sagte Yuki.

»Man sagt, jede Familie hat eine Waffe im Haus. Stimmt das?« Taros Augen funkelten.

»Nun, wir haben natürlich das Recht, Waffen zu tragen. Draußen auf dem Land …«, begann Mrs. Chapman.

»Wir haben nicht *alle* eine Waffe«, unterbrach ich. In letzter Zeit fragte mich beinahe jeder, den ich kennenlernte, ob ich eine .45 dabeihatte. Manchmal war es wirklich peinlich, Amerikanerin zu sein.

»Nur weil jemand Macht hat, heißt das noch lange nicht, daß er auch unschuldig ist. Schauen Sie sich doch diese ganzen politischen Skandale in Japan an. Bestechung, Korruption, Erpressung …«

»Das ist eine ernste Angelegenheit. Die Polizei ist heute morgen wieder ins *minshuku* gekommen. Ich glaube, es ist sehr gut möglich, daß es ein gewaltsamer Tod war.« Taro streckte der Kellnerin seine leere Teetasse entgegen, die gelangweilt zum Tisch kam und nachschenkte.

»Warum mußten wir nicht ausziehen, damit sie nach Beweismaterial suchen können? Das ist doch unlogisch«, meinte ich.

»Mrs. Nakamura hat sich bestimmt umgebracht. Beim Abendessen hat sie ziemlich unglücklich gewirkt.« Mrs. Chapman warf mir einen vielsagenden Blick zu.

»Sie waren mit Glendinning-san zusammen, nicht? Sicherlich er weiß mehr als der Rest von uns«, bohrte Yuki.

»Erzählen Sie.« Mrs. Chapman schien das Wasser im Mund zusammenzulaufen, obwohl ihr Teller leer war.

»Er sagt nicht viel. Wahrscheinlich will er sich loyal zur Firma verhalten.« Ich beschloß, nicht zu verraten, wie Hugh am Vortag gelitten hatte.

»Aha. Sehr japanisch. Er scheint gut mit der Hierarchie zurechtzukommen!« Taro schlürfte seinen Tee.

»Rei-san, ich habe schon gedacht, vielleicht hat er Interesse für Sie«, schaltete sich Yuki ein. »Beim Silvesteressen hat er immer mit Ihnen gesprochen.«

Ich schüttelte heftig den Kopf, denn mir gefiel die Wendung nicht, die das Gespräch nahm.

»Vielleicht ist Ihnen ein Japaner oder ein anderer *konketsujin* lieber?« Yuki schien zu überlegen. »Wie alt sind Sie eigentlich? Wenn Sie zu lange warten, dann sind Sie Weihnachtskuchen.«

»Das liegt schon hinter mir«, sagte ich und verzog das Gesicht. Alleinstehende Frauen wurden als alles mögliche bezeichnet – als »unverkaufte Ware«, »altes Fräulein« oder, wie Yuki sagte, als »Weihnachtskuchen«. Das Gebäck mit Schlagsahne und Erdbeeren wurde bis zum fünfundzwanzigsten Dezember zum vollen Preis verkauft, ab dem Tag danach war es schlichtweg unverkäuflich. Für Japaner war eine Frau über fünfundzwanzig ein liegengebliebener Kuchen.

»Karrierefrauen heiraten später«, tröstete mich Taro. »Yuki war achtundzwanzig.«

»Baka!« schimpfte Yuki. Doch das Lachen ihres Mannes verriet, wie glücklich er mit ihr war.

Taro und Yuki liebten sich an diesem Nachmittag. Ihre Tür blieb die vier Stunden zwischen unserer Ankunft in der Pension und dem Abendessen geschlossen. Mit schläfrigem Blick und glücklich lächelnd kamen sie herunter und setzten sich zu mir an die Feuerstelle, wo ich gerade Mrs. Chapman das antike Kästchen zeigte, das ich am Neujahrstag gekauft hatte. Als Mrs. Yogetsu uns zum Abendessen rief, warf sie auch einen Blick darauf.

»Das stammt nicht aus Shiroyama.« Sie klang beinahe triumphierend.

»Woher dann?« wollte ich wissen. Sie mochte vielleicht recht haben, aber es machte mich wütend, so blamiert zu werden, mit meinem Magister in asiatischer Kunstgeschichte.

»Ich denke zum Beispiel an Hakone. Ja, solche Intarsien sind dort sehr beliebt. Jemand muß es als Souvenir gekauft und mitgebracht haben. Jetzt gibt es das in Shiroyama zu kaufen, weil man an Touristen alles los wird.«

»Was sagt sie? Ist es wertvoll oder gefälscht?« Mrs. Chapman war ungeduldig geworden, weil sie von all dem Japanisch nichts verstand.

»Weder noch. Sie sagt, es sei nicht von hier. Wenn ich es öffnen könnte, würden wir vielleicht einen Hinweis finden, weil ja etwas darin klappert.«

»Ich will es versuchen. Ich brauche etwas Spitzes.« Taro hantierte neugierig an dem Kästchen herum.

Mrs. Chapman zog eine Nadel aus ihrem lockeren, orangefarbenen Haarkranz, und Taro machte sich an die Arbeit. Ich blickte weg. Ich wollte nicht mit ansehen, wie mein Schatz kaputtgemacht wurde.

»Na also.« Er reichte mir das Kästchen. »Sehen Sie zuerst hinein, falls es etwas Todbringendes ist!«

Ich hob den Deckel und fand ein etwa zweieinhalb Zentimeter langes Stück Blau-Weiß-Porzellan. Ich reichte es herum, und alle waren sich einig, daß es ein *hashi-oki* sein mußte, ein kleines, verziertes Bänkchen, auf das man während des Essens die Eßstäbchen legt.

»Ich glaube nicht, daß es sehr alt ist, weil es mit Acrylfarbe bemalt ist«, sagte ich. »Aber das Kästchen könnte älter sein. Sehen Sie sich die Papierauskleidung an.«

»Alte Zeitung. Darf ich es mir vielleicht ausleihen, um es genauer zu untersuchen?« Taro sah wirklich aufgeregt aus.

»Sicher«, antwortete ich und reichte es ihm, doch das Bänkchen für die Eßstäbchen wickelte ich in ein Stück Papier, um es oben zu verstauen. Es mochte zwar wertlos sein, aber zu Hause hatte ich Verwendung dafür.

»Wo ist Glendinning-san?« Langsam hörte sich Yuki an wie eine kaputte Schallplatte.

Ich sagte nichts, also tat es Mrs. Yogetsu. »Heute nachmittag war die Pressekonferenz wegen der Autopsie im Polizeipräsidium. Alle Männer von Sendai waren dort.«

»Die Autopsie! Was, glauben Sie, hat der Gerichtsmediziner herausgefunden?« Taro sah aus, als würde er von innen heraus leuchten.

»Mr. Yamamoto sagt, es war Selbstmord«, unterbrach Mrs. Chapman. »Irgendwas wegen Geld. Meiner Meinung nach konnte die Frau das Leben mit diesem erbärmlichen Ehemann nicht mehr ertragen. Wie meine Cousine, Maureen, deren Mann einfach nicht die Hosen anbehalten konnte. Das arme Mädchen war zwanzig Jahre lang deprimiert und hat getrunken. Eines Tages hat sie dann einfach beschlossen, Schluß zu machen, und hat ein paar Schlaftabletten mit einer halben Flasche weißem Zinfandel geschluckt ...«

»Eine traurige Geschichte, aber nicht die von Setsuko.« Hugh Glendinning stand mit Yamamoto in der Tür. Beide trugen korrekte dunkle Anzüge: Yamamoto den vom Silvesterabend und Hugh einen kohlefarbenen aus Wolle mit breiten Schultern, dazu ein frisches weißes Hemd und eine Sulka-Krawatte.

»Sie haben gelauscht!« Mrs. Chapman war wütend, daß man ihr das Wort abgeschnitten hatte.

»Es tut mir leid. Es war meine Schuld – ich bin kein guter Gesprächspartner«, entschuldigte sich Taro.

»Es ist doch zu erwarten, daß an einem Ort wie diesem geklatscht wird.« Hugh warf mir einen Blick zu und setzte sich. Yamamoto tat das gleiche. »Zu Ihrer Information, der Gerichtsmediziner hat es als Unfall eingestuft. Man glaubt, daß Mrs. Nakamura das Bewußtsein verloren hat und erfroren ist.«

»Das kann nicht sein«, murmelte ich.

»Es ist offiziell«, sagte Hugh trocken.

Keiner von uns wagte es, noch mehr Fragen zu stellen. Das lockere Geplauder von Reisenden, das sich am ersten Abend zwischen uns entwickelt hatte, war unmöglich geworden. Jetzt gab es zwei Lager – Sendai und die anderen Gäste.

Nach dem Essen ging ich mit den Ikedas ins Wohnzimmer, um eine Fernsehübertragung von Beethovens Neunter anzusehen, das unabdingbare japanische Feiertagskonzert. Taro und Yuki lächelten und summten mit. Ich schloß die Augen, bis um zehn Uhr die Nachrichten kamen, mit einem Bericht über die Pressekonferenz in Shiroyama zu dem Mord an Setsuko. Ich hörte genau zu und merkte, daß Hugh uns nur das erzählt hatte, was für die Ohren der Öffentlichkeit bestimmt war. Nicht mehr und nicht weniger.

Als ich eine Stunde später hinauf ins Bett gehen wollte, überraschte mich Hugh im Gang.

»Ich muß mit Ihnen sprechen«, sagte er.

»Okay.« Ich lehnte mich an die Wand vor meinem Zimmer, froh, daß Taro und Yuki außer Hörweite waren.

»Was zum Teufel haben Sie den Leuten über Setsuko erzählt?«

»Was soll das denn sein, die schottische Inquisition?« Die Nervosität, die ich den ganzen Tag versucht hatte zu unterdrücken, kam nun zum Vorschein.

»Ach, kommen Sie«, rügte er mich. »Sie haben doch alle möglichen Spekulationen über Selbstmord und Mord angestellt. Ich dachte, das bleibt unter uns.«

»Das haben sich die Leute selbst zusammengereimt. Außerdem kann es Ihnen egal sein. Sie haben doch gesagt, alle Zweifel über ihren Tod sind ausgeräumt.«

»Gar nichts ist ausgeräumt. Es wurden nur viele Verbeugungen gemacht und *sayonaras* gesagt, bevor Nakamura in den Vier-Uhr-dreißig-Express gestiegen war, um die Beerdigung vorzubereiten. Ich habe nichts anderes erwartet.«

Zum ersten Mal seit der Bemerkung über die

Scheidung hatte er etwas Negatives über Nakamura angedeutet.

»Was können Sie dagegen tun?« flüsterte ich. »Sie sind in einer unmöglichen Position.«

»Sie aber nicht.« Er blickte mich fest an. »Sie sind eine von Natur aus neugierige Person, und Sie gehen als Japanerin durch. Mit Ihren Sprachkenntnissen und Ihrem Aussehen können Sie Fragen stellen, die ich nicht stellen kann.«

»Hah. Sie haben ja keine Ahnung, was für Schwierigkeiten es mit sich bringt, so auszusehen«, sagte ich und dachte an die vielen unverschämten Diskussionen über meine Abstammung, die ich schon ertragen mußte.

»Das weiß ich. Deshalb habe ich ja versucht, Sie gestern zum Mittagessen einzuladen.« Als ich ihm klarmachen wollte, daß ich immun gegen sein Gequatsche war, legte er mir einen Finger auf die Lippen. Ein Funke flog, und wir beide schreckten zurück.

»Sie können mir helfen. Sie tun es bereits, nur ohne jeden Sinn für Diskretion.«

»Ich will nicht.« Ich war streitlustig. Setsuko Nakamura hatte ihm aus der Hand gefressen, und ich wußte, wohin das geführt hatte. Tod im Schnee, ein klarer Fall für den Gerichtsmediziner.

»Sprechen wir doch morgen noch einmal darüber. Überschlafen Sie die Sache.« Er beugte sich herunter und kam mir so nahe, daß ich seinen Atem spürte. Ich merkte, daß er etwas aus dem Gleichgewicht war, und duckte mich unter seinem Arm.

»Sie kommen mir zu nahe«, zischte ich. »Gute Nacht.«

Als ich sicher in meinem Zimmer war, brach ich

zusammen. Es war keine gute Idee, irgend etwas mit Hugh Glendinning anzufangen. Es wäre ja in Ordnung, aus Freundlichkeit behilflich zu sein, aber ich hatte Setsuko Nakamura nun einmal nicht gemocht. Mein anfängliches leidenschaftliches Interesse an ihrem Umfeld war nur meinem Selbsterhaltungstrieb zuzuschreiben gewesen. Jetzt, wo die Gefahr gebannt war, hatte jede Leidenschaft meinerseits einen anderen Ursprung.

Das war ein gefährlicher Kurs, der gefährlichste seit Shin Hatsuda, dem Maler mit dem Pferdeschwanz, in den ich mich auf einer Party in Harajuku Hals über Kopf verliebt hatte. Shin war nur leider vor zehn Monaten mit der Hälfte meiner Kunstbücher und einem noch größeren Teil meiner Selbstachtung verschwunden; Hugh Glendinning könnte noch mehr Schaden anrichten. *Ich fange nichts mit* gaijin *an,* hatte ich einmal zu Karen gesagt, als sie mich mit einem blauäugigen Investment-Banker verkuppeln wollte. Aus dem Grund war ich schließlich nicht um die halbe Welt gereist.

Ich zog meinen Pullover aus und erinnerte mich zu spät, daß man mich durchs Fenster von der Straße aus sehen konnte. Ich legte mir die *yukata* um die Schultern, drehte mich um und sah, daß die Reispapierwand doch vor dem Fenster war. Allmählich wurde ich verrückt. Ich drehte das Licht ab und vergrub mich in dem kühlen Futon.

Ich hatte gerade geträumt, im Debattierclub meiner Schule zu sein. Ich wartete darauf, mit meinem Team auf die Bühne zu gehen: Mr. Nakamura, Mr. Yamamoto, Mrs. Chapman und Hugh. Setsuko Nakamura stand in ihrem elfenbeinfarbenen Chanelkleid neben dem Podium und wollte uns vorangehen. Sie öffnete den Mund, um etwas zu sagen. Dann zog sie einen Parfümzerstäuber heraus und sprühte das Publikum mit einem giftigen chemischen Spray ein.

Ich erwachte in völliger Dunkelheit. Es roch brenzlig: nach Gas, und zwar so stark, ich ich fast erstickte. Ich befreite mich von den Decken und kroch zur Heizung hinüber. Die Flamme brannte nicht, aber mit der Hand fühlte ich, daß der Schalter festgeklemmt war. Ich versuchte, ihn zu drehen, aber er bewegte sich nicht.

O Gott. Das persönliche Gebet, das mir am Silvesterabend nicht einfallen wollte, kam mir jetzt. Ich mußte hier raus. Auf dem Bauch robbte ich zu dem schmalen Lichtspalt unter der Tür.

Bevor ich ins Bett gegangen war, hatte ich die Tür abgeschlossen. Jetzt ließ sich der Knauf überhaupt nicht drehen; irgend etwas blockierte ihn. Ich hämmerte gegen die Tür und versuchte, zu rufen, aber mehr als ein Husten brachte ich nicht zustande. An der Wand tastete ich nach dem Schalter für die Neonlampe, aber als ich ihn umlegte, passierte nichts. Ich hatte keine Kraft mehr, und so legte ich mich eine Minute lang auf den Boden, um mich zu beruhigen. Als ich die Hand hochstreckte, um es noch einmal mit der Tür zu versuchen, ging sie plötzlich auf. Nach Luft schnappend fiel ich in den beleuchteten Gang und auf ein Paar große, in Socken mit Argyle-Karo steckende Füße.

7

»Was machen Sie denn da drin? Was ist das für ein Geruch!« Hugh hustete.

Ich zog erst die frische, eiskalte Luft ein, bevor ich krächzte: »Gasleck.«

Er fegte an mir vorbei in mein Zimmer; zuerst hörte ich, wie das *shōji*-Papier zerriß, dann, wie das Fenster aufgeschlagen wurde. Als nächstes wurde das Heizungsrohr aus der Wand gerissen. Hugh kam zurück und schleppte mich fast durch den Gang und in sein Zimmer.

Von seinem Futon aus schien sich der dunkle Raum in einem kühlen weißen Licht zu drehen, das von einem Laptop auf dem Teetisch ausgestrahlt wurde.

»Ich hoffe, Ihnen wird jetzt nicht schlecht« Ich hörte, wie er eine Flüssigkeit einschenkte, dann setzte er mir ein Glas an die Lippen.

»Dieser Geruch«, sagte ich, bevor ich in tiefen Schlucken das köstlichste Glas Wasser trank, das ich je bekommen hatte.

»Ein harmloser Kohlenwasserstoff, der mit dem normalen Gas gemischt wird. Der soll einen warnen, Gott sei Dank.« Hugh hustete wieder und trank aus der Thermosflasche.

»Jemand hat den Heizungsschalter manipuliert«, sagte ich, als ich wieder normal atmen konnte. »Das Licht ging nicht, und die Tür war verschlossen!«

»Meine Deckenlampe funktioniert auch nicht, wahrscheinlich liegt es an der Sicherung.« Hugh klang nachdenklich.

»Warum waren Sie mitten in der Nacht vor meinem Zimmer? Wie spät ist es?«

»Es ist kurz nach Mitternacht. Ich war wach, weil ich noch gearbeitet habe. Vor ein paar Minuten habe ich ein Hämmern gehört, so daß ich dachte, entweder amüsieren sich die Ikedas gerade wahnsinnig gut, oder jemand segnet das Zeitliche.«

Wir erschraken beide, als ein neues Geräusch ertönte: es klopfte dreimal fest an die Tür. Bevor Hugh einen Schritt machen konnte, wurde die Tür von Mr. Yamamoto aufgerissen, der große Augen bekam, als er mich auf dem Futon liegen sah.

»Verzeihen Sie, daß ich so einfach hereinplatze, aber ich habe etwas gehört – ich habe mir Sorgen gemacht ...«

»Rei hatte einen kleinen Unfall. Sie hatte die Heizung zur Hälfte aufgedreht und ist von dem Gasgeruch aufgewacht«, erklärte Hugh. »Wir lüften gerade ihr Zimmer. Währenddessen ruht sie sich hier aus.«

Ich wollte protestierend den Kopf schütteln, doch Hugh verhinderte das, indem er mir fest die Hand auf das Haar legte. »Ihr ist ein bißchen übel, aber es ist nichts Ernstes.«

»Ich habe Gas gerochen, als ich den Gang entlanggekommen bin«, sagte Yamamoto. »Es ist sehr gefährlich und für Fremde schwer zu verstehen.«

»Ja, das sagen Sie mir immer.« Hugh versuchte, die Tür zu schließen, aber Yamamoto blieb mitten im Weg stehen. »Meine Heizung läuft noch, aber ich verspreche, sie abzustellen, wenn ich mich schlafen lege.«

»Das ist eine gute Idee. Ich bin froh, daß Miss Shimura in Sicherheit ist. Möchten Sie, daß ich die Pensionsbesitzer wecke, um zu fragen, ob es ein anderes Zimmer für sie gibt? Oder wenn Ihnen das angenehmer ist, kann sie auch mein Zimmer haben, und ich schlafe bei Ihnen, Hugh-san.«

»Sie machen wohl Witze?« Hughs leises Lachen steckte voller versteckter Andeutungen. »Tun Sie mir einen Gefallen und machen Sie keinen Wind um die Sache. Wir sehen uns morgen früh.«

»Sie hatten kein Recht, das zu sagen«, protestierte ich, als Yamamoto gegangen war und Hugh einen zweiten Futon aus dem Wandschrank holte. »Wir sind in Japan. Von mir wird erwartet, eine unschuldige Blume zu sein, insbesonders dann, wenn ich allein reise.«

»Bleiben Sie, wo Sie sind. Sie schlafen in einem eigenen Bett, aber Sie sollten heute nacht nicht allein sein.« Hugh stopfte die Decken um mich herum fest, als wolle er meine Flucht verhindern. »Morgen unterhalten wir uns noch einmal genauer darüber, was passiert ist.«

Ich schloß die Augen. Ich traute ihm nicht wirklich, aber zurück in mein Zimmer wollte ich auch nicht. Ob ich ihn nun mochte oder nicht, einen engeren Verbündeten als ihn hatte ich hier nicht.

»Macht es Ihnen etwas aus, wenn ich noch ein bißchen am Computer sitze? Ich habe zu arbeiten …«

Ich war froh, daß er noch wach bleiben würde, aber ich hatte nicht mehr die Energie, das auch zu sagen. Ich seufzte, zog mir die Decke über den Kopf und fiel in einen tiefen, unruhigen Schlaf.

Als ich aufwachte, war mir ungewöhnlich warm. Hugh saß im Schneidersitz vor dem kleinen Teetisch und tippte immer noch auf seinem Computer. Die *shōji*-Trennwand war vom Fenster weggeschoben worden; Sonnenstrahlen fielen auf die schneebedeckten Berge. Es war ein vollkommener Morgen.

»Haben Sie gar nicht geschlafen?« Ich blinzelte ihn an, eine Erscheinung in einem frischen weißen Hemd und kohlschwarzer Hose.

»Ich habe von zwei bis sieben geschlafen. Und keine Sorge, die Heizung ist nicht die ganze Nacht über gelaufen. Erst wieder, seit ich aufgestanden bin.«

Ich setzte mich auf und drückte die Decke an mich. »Würden Sie mir eine *yukata* bringen?«

»Im Wandschrank ist noch eine.« Hugh schien nicht die Absicht zu haben, sie mir zu holen, so stand ich auf und tat es selbst.

»So etwas tragen amerikanische Mädchen also im Bett? Besonders feminin ist das ja nicht, aber Ihnen steht es ganz gut.«

»Das ist japanische Wärmeunterwäsche, und bei diesem Wetter ist sie völlig normal und praktisch. Warum haben Sie sich so feingemacht?« wollte ich wissen.

»Strategiebesprechung im Alpenhof. Yamamoto hat einen Konferenzraum gebucht, so daß wir uns mit den Leuten von Sendai in Ruhe beraten können.«

»Wenn Sie so viel Arbeit haben, sollten Sie einfach nach Tokio zurückfahren. Was machen Sie eigentlich?« Als ich mich hinter ihn kniete, schaltete er den Bildschirm sofort auf ein langweiliges Menü um. Ich fragte mich, was er vor mir verstecken wollte.

»Hübsch, was? Sendai hat dieses Produkt entwickelt.«

»Sieht dem Toshiba, mit dem ich arbeite, ziemlich ähnlich.«

»Trotzdem gibt es einen deutlichen Unterschied. Sehen Sie ihn?«

Ich betrachtete den Computer und zuckte die Achseln.

»Er ist nicht eingesteckt«, sagte Hugh triumphierend. »Deswegen konnte ich gestern nacht trotz des Stromausfalls weiterarbeiten.«

»Aber es laufen doch alle mit Akku.«

»Nicht länger als ein paar Stunden. Mit diesem hier können Sie bis zu sechzig Stunden arbeiten, und der Akku bleibt zwei Jahre lang aufgeladen.«

»Wow!« Gegen so etwas hätte ich auch nichts einzuwenden.

»Es ist ein anspruchsvoller Lithium-Ionen-Akku, und er heißt Eterna. Er ist immer noch in der Entwicklung.« Er hielt inne, dann lachte er. »Jetzt verrate ich Ihnen sogar Betriebsgeheimnisse. Und Sie behaupten, ich sei Ihnen gegenüber nicht offen!«

»Wer hat ihn erfunden?«

»Ein hervorragender junger Ingenieur aus Bombay. Er hat sich über das Geld gefreut, und wir haben jetzt die Exklusivrechte. Keiner der Marktführer kommt da ran.«

»Wie schade«, sinnierte ich. »Ihr Ingenieur hätte mehr davon gehabt, wenn er den Akku an mehrere Firmen hätte verkaufen können. Und davon hätte wiederum die Gesellschaft profitiert. Jeder hätte diese Technologie nutzen können.«

»Sind Sie Kommunistin? Kommen Sie, ein fairer Preis ist einer, mit dem beide Seiten zufrieden sind.« Hugh schaltete den Computer aus und schloß den Deckel. »Ich muß los.«

»Ich gehe. Mein Zimmer ist mittlerweile bestimmt gut durchgelüftet.« Ich trat von einem Fuß auf den anderen. Ich wußte, daß ich ihm etwas schuldete. »Danke, daß Sie mich gestern nacht aufgenommen haben.«

»Ich habe noch Zeit, um mir Ihre Vermutungen darüber anzuhören, was passiert sein könnte.« Er schwieg und war plötzlich ganz ernst. »Gestern abend haben Sie hysterisch behauptet, jemand hätte den Gasschalter manipuliert.»

»Das war wirklich so. Außerdem war die Tür verklemmt, so daß ich nicht hinauskonnte.« Ich hoffte, das klang vernünftig, und fügte hinzu: »Nach der ganzen Sache interessiert es mich schon, ob Mr. Nakamura gestern abend wirklich die Stadt verlassen hat.«

»Sicherlich hat er das. Yamamoto und ich haben ihn zum Zug gebracht.« Hugh suchte in seinem Koffer nach einer Krawatte.

»Vielleicht ist er nur bis zum nächsten Bahnhof gefahren und dann umgekehrt, um den Gasschalter festzuklemmen. Oder er hat jemanden damit beauftragt«, schlug ich vor, während ich ihm zusah, wie er sich die Krawatte band und geradezog.

»Was für ein Motiv sollte Nakamura haben?« Hugh band sich die Krawatte fertig, ohne einmal in den Spiegel zu blicken.

»Er haßt mich.« Stockend erzählte ich ihm die Einzelheiten unserer Begegnung vor der Toilette, als Nakamura mich quasi beschuldigt hatte, seine Frau ermordet zu haben.

»Ich finde Ihre Reaktion etwas übertrieben. Was ist denn mit Ihren Freunden, Mr. und Mrs. Detektiv? Der Mann ist Ingenieur, also recht geschickt mit mechanischen Dingen. Wenn er Ihr Souvenirkästchen öffnen konnte, dann hätte er sicher auch an

Ihrer Heizung herumpfuschen und die richtige Sicherung finden können.«

»Taro Ikeda ist mein Freund«, protestierte ich und dachte beklommen an seine und Yukis unerklärte Abwesenheit während des Nachmittags.

»Er ist besessen von Mord und Chaos! Mrs. Chapman hat mir erzählt, wie begeistert er in der Folterkammer war. Manchmal ist der Grat zwischen Phantasie und Wirklichkeit sehr schmal.«

»Was haben Sie denn für eine Entschuldigung? Sie sind nach dem Essen verschwunden.«

»Wie ich Ihnen bereits gesagt habe, habe ich oben gearbeitet. Fragen Sie Yamamoto, der kann das bestätigen.« Hugh hielt inne. »Sie glauben doch wohl nicht, ich hätte die Heizung manipuliert, um Sie in mein Schlafzimmer zu kriegen?«

»Machen Sie sich nicht lächerlich.« Verärgert über seine zutreffende Vermutung, blieb mir nichts anderes, als zu gehen.

Auch nach der langen heißen Dusche hatte ich noch Kopfschmerzen, und der Gasgeruch hing weiterhin in meinem Gedächtnis. Ich schloß das Fenster und suchte nach einem Aspirin. In meinem Rucksack war ein emailliertes Lackdöschen aufgesprungen, und die Visitenkarten und Rechnungen in einer anderen Tasche waren zerknittert. Meine angeborene Tendenz zum Chaos schien sich zu steigern.

So unordentlich war ich aber nun auch wieder nicht, dachte ich mir, als ich meinen Matchbeutel vom Boden aufhob. Als ich den Reißverschluß aufzog, wurden meine Befürchtungen bestätigt. Jemand hatte alles durchwühlt und sogar mein *kanji*-Lexikon durchgeblättert. Erleichtert stellte ich fest, daß mein Paß und mein Geld noch da waren. Doch dann fragte ich mich, worauf es der Eindringling abgesehen hatte. Wann war er oder sie im Zimmer gewesen? *Nach dem Unfall.*

Ich machte mir nicht die Mühe, mir ein Glas Wasser einzuschenken, schluckte das Aspirin und ging nach unten.

»Gut geschlafen? Sie kommen spät heute«, bemerkte Mrs. Chapman, als ich müde zum Tisch schlurfte.

»Leider nein. Es gab ein Problem mit meiner Gasheizung, und ich habe die Dämpfe eingeatmet. Wahrscheinlich ist etwas defekt. Ich will versuchen, ein anderes Zimmer zu bekommen«, sagte ich und beobachtete die Gesichter der anderen dabei.

»Gasheizungen sind extrem sicher – im Fall eines Erdbebens schalten sie sich sogar automatisch aus. Sie müssen etwas falsch gemacht haben, Rei-san«, sagte Taro streng.

»Wollen Sie wirklich noch länger hierbleiben? Für das, was wir hier bezahlen, sollten wir eigentlich eine Zentralheizung erwarten können!« Mrs. Chapman war entrüstet.

»Das erwarte ich gar nicht.« Ich spürte Yukis und Taros Mißbilligung. »Ich erwarte nicht, daß hier ein kleines Amerika ist.«

»Also, ich habe mich wirklich bemüht, ohne Heizung und mit diesem Kaninchenfutter.« Mrs. Chapman warf einen Blick in ihre Schale mit Misosuppe und setzte den Deckel wieder darauf. »Ich fahre nach Singapur, wo es richtiges Essen gibt, wenn ich heute noch einen Flug bekomme.«

»Heute? Sie müssen bei einem Reisebüro anfragen, denn es ist Hochsaison! Was wollen Sie denn in

Osaka machen, wenn es keinen Anschlußflug gibt?« Ich malte mir aus, wie sie mit einem Haufen Gepäck völlig hilflos dastand.

Doch sie lehnte alle logischen Argumente ab und brachte Taro schließlich dazu, ein Reisebüro anzurufen. Es gab keinen Platz mehr, wie ich vorausgesehen hatte. Da sie so mißmutig war, half Taro ihr, einen Tagesausflug in die Alpen mit einem englischsprachigen Führer zu buchen. Ich bot ihr an, sie zum Alpenhof zu bringen, wo ihr Bus losfuhr.

Als ich eine halbe Stunde später am Eingang des *minshuku* in meine Stiefel schlüpfte, kam Mrs. Yogetsu auf mich zumarschiert.

»Sie haben gestern nacht viel Lärm gemacht und das *shōji*-Papier vor Ihrem Fenster zerrissen.« Ihre Stimme war so eiskalt wie der Wind, der durch das Fenster geblasen hatte.

»Das war nur, weil die Heizung in meinem Zimmer kaputtgegangen ist. Ich hätte an einer Gasvergiftung sterben können!«

»Wenn Sie nicht wissen, wie man mit einem Gasofen umgeht, dann bitten Sie um Hilfe.«

Es war ganz schön unverschämt von ihr, mich wie eine Ausländerin zu behandeln, denn sie hielt mir alle ihre Vorträge auf japanisch. Ich konnte nur zurückschlagen, indem ich ihr eine Kostprobe der überheblichen Sprüche meiner amerikanischen Mutter gab. Betont kühl sagte ich: »Ich weiß, wie man mit einem Gasofen umgeht, und ich weiß, daß der in meinem Zimmer kaputt ist. Ich brauche heute abend einen neuen Ofen oder ein neues Zimmer – Sie haben die Wahl. Hauptsache, Sie haben es erledigt, bis ich wieder zurück bin.«

Beim Hotel Alpenhof trug ich Mrs. Chapmans

viel zu schwere Tasche in den Bus und sorgte dafür, daß sie sich zu einer netten Gruppe älterer Leute aus Kanada setzte. Ich winkte, bis der Bus zu einem verschwommenen roten Fleck vor der Winterlandschaft wurde. Dann war ich allein, und mir ging es schlechter, als ich gedacht hätte.

Ich mußte etwas tun. Irgend etwas. Wie ein Zombie lief ich durch die Stadt, bis ich auf das Zentrum für Volkskunst stieß, eine Galerie in den Kellerräumen eines alten Kaufmannshauses. Die Kuratoren hatten eine ausgezeichnete Ausstellung organisiert, in der regionale Lackarbeiten aus drei Jahrhunderten zu sehen waren. Ich zwang mich, die schlichte Eleganz der *shunkei*-Stücke zu betrachten, von denen uns Setsuko Nakamura am Silvesterabend im Wohnzimmer erzählt hatte.

Bei dem Gedanken an sie wurde ich wieder traurig. Wenn ich von Anfang an alles richtig gemacht hätte, hätten wir Vertraute werden können. Ich hätte ihr von der Gruppe in Tokio erzählen können, die Frauen half, unglückliche Ehen zu beenden. Sie hätte nicht in den Schnee, in den Tod hinauslaufen müssen.

Als ich am Nachmittag ins *minshuku* zurückkam, bekam ich die Zimmertür wieder nicht auf, diesmal von außen. Ich rüttelte daran, bis schließlich ein kleiner, steifer Papierkeil auf den Boden fiel. Ich legte mich auf meinen Futon und faltete das Papier auseinander. Ein Lotte-Kaugummipapier. Woran erinnerte es mich?

Als es mir wieder einfiel, sprang ich auf und suchte wie eine Wilde in den Taschen der Jeans, die ich die zwei vorangegangenen Tage getragen hatte. Nichts.

Wahrscheinlich hatte ich das ähnlich kleine Stückchen Papier, das am Neujahrsmorgen in der Badezimmertür steckte, weggeworfen. Aber im Umkleideraum gab es keinen Papierkorb; ich hatte es mitgenommen. Dann hatte ich es noch einmal benutzt. Ich schloß die Augen, rief mir in Erinnerung, wie sich das Papier in den Händen angefühlt hatte, wie ich es auseinandergefaltet hatte, um das Bänkchen für die Eßstäbchen einzuwickeln.

Ich schaute in die Teedose, in der ich das Bänkchen aufbewahrt hatte. Das kleine Stück Blau-Weiß-Keramik war da, aber das Papierchen fehlte.

8

Hugh war von dem Sendai-Treffen im Alpenhof noch nicht zurückgekehrt, aber Mr. Yamamoto war wieder da. Er beantwortete meine Fragen über Hughs Verbleib derartig mißmutig, daß ich annahm, er durfte an irgendeiner Besprechung nicht teilnehmen. Es war hart, in einer japanischen Firma der jüngste zu sein, das wußte ich aus Erfahrung. Ich schenkte ihm einen teilnahmsvollen Blick, den er nicht erwiderte.

Ich ging wieder auf mein Zimmer, kämmte mir die Haare und zog mir den karierten Minirock an, den ich im Zug getragen hatte. Irgendwie verband ich damit noch etwas Schleimiges, aber er würde besser aussehen als meine Jeans mit den Schnee- und Salzrändern. Es war schon fünf Uhr und bereits dunkel; Hugh war wahrscheinlich noch mit seinen Kollegen in die Bar gegangen.

Ich hatte mich getäuscht. Die Empfangsdame sagte mir, die Leute von Sendai tagten immer noch. Alle Tische waren besetzt, also lehnte ich mich an die kreisförmige hölzerne Bar und trank ein kleines Asahi Super-Dry Bier. Schließlich fand ich einen Platz neben einem Skifahrer mittleren Alters, den mein merkwürdiger Akzent faszinierte – ob ich denn aus Hokkaido oder Umgebung sei? Ich sagte weder ja noch nein, sondern überlegte nur, wie lange ich wohl durchhielt.

Als ich eine halbe Stunde später durch die Lobby ging, bemerkte mich die Empfangsdame und nickte in Richtung der Aufzüge, wo Hugh und zwei seiner japanischen Kollegen in einer Gruppe standen. Als sich die Türen des Aufzugs öffneten, stiegen alle Männer ein und wandten sich um. Hugh blickte schlichtweg durch mich hindurch, als sich die Türen schlossen.

Verärgert ging ich wieder in die Bar und ließ mich von dem Skifahrer auf ein weiteres Bier einladen. Eine blöde Idee. Vierzig Minuten später dachte ich mir alle möglichen Ausreden aus, weshalb ich nicht mit ihm zum Essen gehen könne. Ich war schon ziemlich verzweifelt, als Hugh endlich kam, die Aktentasche in der Hand und ein edles Shearling-Sakko über der Schulter. Auf englisch bestellte er zwei Flaschen McEwans Lager; der Barkeeper verdrehte die Augen. Der Skifahrer zahlte und murmelte auf japanisch etwas über Huren.

»Sie tragen ja einen Campbell-Tartan.« Hugh musterte meinen kurzen Rock. »Ich nehme nicht an, daß Sie mit den Campbells verwandt sind?«

»Natürlich nicht! Und was sollte das eben im Aufzug?«

»Ich habe so getan, als würde ich Sie nicht sehen. Meine Kollegen haben mir den ganzen Tag die Hölle heiß gemacht, weil gestern ein Mädchen bei mir übernachtet hat.«

»Yamamoto muß es ihnen gesagt haben. Ich könnte ihn umbringen!«

»Er ist noch jung und sucht Aufmerksamkeit. Seinetwegen muß man sich bestimmt keine Sorgen machen. Was ist denn so verdammt wichtig, daß Sie sich von Ihren Museen losgerissen haben?«

Ich holte tief Luft. »Ich brauche Sie. Sie müssen mit mir ins Bad des *minshuku* gehen.«

»Sind Sie wahnsinnig? Warten Sie wenigstens, bis meine Kollegen mit dem Abendzug abgereist sind.«

Ich fuchtelte mit dem Fetzen Papier vor seinem Gesicht herum. »Ich versuche nur, Ihnen begreiflich zu machen, daß dieses Kaugummipapier in meiner Tür gesteckt hat; und an Silvester hat auch so ein Papierchen die Badezimmertür verklemmt.«

»Wo ist das erste Papier?« Hugh klopfte ungeduldig auf die Bar.

»Es wurde aus der Teedose in meinem Zimmer gestohlen.«

»Sie nennen es Diebstahl, wenn Sie ein bißchen Abfall nicht mehr finden?« Er sah mich genauso verzweifelt an wie bei dem Streit wegen Sendais Monopol auf den Eterna-Akku.

»Zwischen gestern nacht und heute morgen hat jemand mein Zimmer durchsucht. Alles war durcheinander. Jetzt weiß ich, warum, es liegt auf der Hand ...«

»Was liegt auf der Hand?«

»Am Silvesterabend hat jemand absichtlich die Badezimmertür blockiert, damit er nicht gestört wird, während er Setsuko umbringt.«

»Aber Setsukos Leiche lag draußen«, sagte er, dabei hatte ich sie doch gefunden.

»Sie war *nackt.* Ich habe mich schon die ganze Zeit gewundert, daß sie unbekleidet im Schnee lag. Vielleicht wurde sie im Bad oder unter der Dusche getötet. Heute nachmittag wollte ich mich dort unten ein bißchen umsehen, aber das Herrenschild hing an der Tür.«

»Deshalb wollten Sie also, daß ich ins Bad gehe«, sagte er langsam.

»Genau. Aber ich habe hier so lange gewartet«, ich machte ein mitleiderregendes Gesicht, »daß der Mann bestimmt schon weg ist. Wenn jetzt das Damenschild an der Tür hängt, gehe ich hinein. Und wenn niemand drinnen ist, können wir das Familienschild hinhängen und zusammen suchen.«

»Wie kommt es denn zu dieser Meinungsänderung? Als ich Sie gestern abend um Hilfe gebeten habe, konnten Sie gar nicht schnell genug Reißaus nehmen.« Er drehte sich auf seinem Barhocker zu mir, so daß er mit den Knien an meine stieß.

»Das war, bevor jemand versucht hat, mich umzubringen.« Ich zog meine Beine weg.

»Weshalb sollte Sie jemand umbringen wollen? Setsuko ist diejenige, um die wir uns Gedanken machen sollten. Jetzt, wo ich eine Kopie der Autopsie habe, können wir …«

»Die Polizei hat Ihnen den Autopsiebericht gegeben?« unterbrach ich. »Wissen die nicht, daß Sie nicht lesen können?«

»Eigentlich habe ich ihn Nakamura geklaut und fotokopiert.«

»Sie haben ihn gestohlen?«

»Nur kurzzeitig. Glauben Sie, Sie können ihn übersetzen?«

»Natürlich kann ich das.« Eine maßlose Übertreibung, aber das mußte ich ihm nicht auf die Nase binden. »Gehen wir in die Pension und fangen an.«

»Nein, wir müssen zuerst alles besprechen.« Er leerte seine Flasche. »Aber wir sollten besser nicht hierbleiben. Wenn mich meine Kollegen sehen, bin ich erledigt.«

Fünf Minuten danach saßen wir in einem Taxi, das ich vor dem Alpenhof angehalten hatte. Ich zog meinen Reiseführer heraus und schlug Furukawa vor, die nächste Stadt.

»Mein Führer empfiehlt ein nettes kleines Lokal, in dem es *zōsui* für nur vierhundert Yen gibt! Das ist ein Reisgericht. Wir könnten dort etwas essen – nach dem vielen Bier brauche ich etwas.«

»Warum kein nettes kleines Steakhaus?« entgegnete Hugh.

»Darüber reden wir, wenn wir dort sind«, meinte ich diplomatisch. »Essen ist ja wohl nicht das Problem. Ich muß die Wahrheit über Mr. Nakamura wissen.«

»Die Wahrheit?«

»Alles, was Sie über Mr. Nakamura wissen. Und erzählen Sie mir bitte nichts von wegen Betriebsgeheimnis. Nicht, wenn mein Leben in Gefahr ist.«

»Schon gut, schon gut.« Er hielt in gespielter Kapitulation die Hände hoch. »Aus den Firmenakten kenne ich seinen Namen – Seiji Nakamura –, aber Sie können sich wahrscheinlich vorstellen, daß unser Verhältnis nicht so ungezwungen war, daß wir uns beim Vornamen genannt hätten. Jedenfalls hat er Mitte der sechziger Jahre fertigstudiert und ging dann gleich zu Sansonic Stereo. Vor sieben Jahren ist er ins mittlere Management im Bereich strategische Planung aufgestiegen. Den Posten hat er aufgegeben, um zu Sendai zu wechseln.«

»Ich wäre von einer berühmten Firma wie Sansonic nie weggegangen. Sendai ist neuer, deshalb sind die Sozialleistungen nicht so gut. Und Japaner seines Alters arbeiten normalerweise ihr ganzes Leben für dieselbe Firma.«

»Das ist richtig. Setsuko hat mir erzählt, daß ihr Mann zu kämpfen hatte, als die jüngere Generation langsam, aber sicher aufgestiegen ist. Er hat ein paar gute Vorschläge ignoriert, weil für ihn die Vorstellung, daß ihm seine Angestellten den Rang ablaufen, unerträglich war.«

»*Madogiwa-zoku*«, murmelte ich. Bei Hughs verständnislosem Gesichtsausdruck erklärte ich: »Das ist ein Slangausdruck, der wörtlich übersetzt Fensterplatz-Posten bedeutet. In meiner Firma bekommen die älteren Männer einen Schreibtisch am Fenster, weil sie nicht mehr richtig im Geschäft sind.«

»Wirklich? Mein Büro hat Fenster.« Hugh hörte sich nachdenklich an. »Um wieder zu meiner Geschichte zurückzukommen, Sendai hat Angestellte in Schlüsselpositionen von der Konkurrenz abgeworben. Sie haben den Leuten viel Geld geboten, und Nakamura war so schlau zu wechseln.«

»Weshalb sollten sie einen älteren Mitarbeiter mit Fensterplatz-Posten wollen?«

»Er hat viel Erfahrung im Verhandeln und gute Verbindungen, er kennt tausend Leute in der Regierung, zum Beispiel auch die Zuständigen für Exporte und Patente.«

»Also hat man ihn *doch* anerkannt.«

»Bis vor kurzem. Was ich Ihnen jetzt sage, ist streng vertraulich: Die Buchprüfer von Sendai sind darauf gestoßen, daß er mit seinen Firmenkreditkarten auch private Vergnügen bezahlt. Es gab Abbuchungen für Unterhaltungsprogramme: eine halbe Million Yen an einem Abend in einer Hostessenbar, von der keiner von uns je gehört hat. Er lebt, als wären jetzt noch die verdammten Achtziger. Keiner kann sich solche Ausgaben mehr leisten.«

Mehr als viertausend Dollar in einer Hostessenbar? Da hatte ich mir wohl doch den falschen Beruf ausgesucht. Ich fragte, weshalb man Nakamura noch nicht gefeuert hatte.

»Eigentlich sollte er Rechenschaft darüber ablegen, aber jetzt, wo er seine Frau verloren hat, haben sie das erst einmal aufgeschoben.« Er begegnete meiner Empörung mit einem durchdringenden Blick. »Ja, wir haben heute darüber gesprochen. Ich habe ihnen geraten zu warten, weil die Ausgaben mit Forderungen von Setsuko verbunden sein könnten und womöglich mit ihrem Tod aufhören.«

Ich schüttelte den Kopf, als ich daran dachte, wie passiv sie die verbalen Angriffe ihres Mannes über sich hatte ergehen lassen. Daß sie die Zügel in der Hand hatte, konnte ich mir unmöglich vorstellen.

Als wir nach Furukawa hineinfuhren, fragte ich den Fahrer, ob er uns etwas empfehlen könne. Wir entschieden uns für ein kleines, fröhlich aussehendes Restaurant, in dem es *yosenabe* gab, in einem Topf gekochte Gerichte, eine Spezialität der Bergregion.

»Ist da Aal oder Tintenfisch oder sonst irgend etwas Scheußliches dabei?« fragte Hugh, als wir in ein geräumiges *tatami*-Zimmer traten, das mit großen Neonmeerestieren dekoriert war.

»Keine Sorge. Es wird Ihnen schmecken«, versicherte ich ihm und bestellte Meeresfrüchte*nabe* für zwei Personen, eine Platte mit Krabbenscheren und kunstvoll geschnittenes rohes Gemüse, das wir in einem Topf mit Brühe garten, die auf einem kleinen Feuer, das in den Tisch eingebaut war, vor sich hin köchelte. Es tat gut, nach den komplizierten, verkrampften Abendessen im Minshuku Yogetsu etwas Einfaches zu essen.

»Ich vermisse es nicht, mit den anderen zu essen, aber ich möchte trotzdem bald zurück.« Mit einem spitzen Metallspieß zog ich einen langen Streifen Krabbenfleisch aus einer Schere und legte ihn auf Hughs Reisschale. Ich konnte seine vergeblichen Bemühungen mit den Stäbchen nicht mehr mit ansehen. »Wir sollten jetzt schon dort sein. Ich bin mir ganz sicher, daß sie im Bad gestorben ist. Hätten Yuki und Taro an diesem Abend nur gebadet!«

»Vielleicht haben sie es.«

»Das soll wohl ein Witz sein.« Aber mir fiel ein, daß Yuki am Neujahrsmorgen von der Unordnung im Bad erzählt hatte. Was hatte sie gesehen, und warum hatte sie alles aufgeräumt, statt auf Mrs. Yogetsu zu warten?

»Wenn Sie es für einen Witz halten, warum lachen Sie dann nicht? Für eine Siebenundzwanzigjährige sind Sie viel zu ernst.«

»Woher wissen Sie, wie alt ich bin?« Ich war erstaunt.

»Mrs. Chapman redet gerne, und wir bedauern es beide, daß Sie sich auf das Lehrerghetto beschränkt haben. Hätten Sie Jura statt Kunstgeschichte studiert, hätten Sie eine Spitzenposition bei einem japanischen Unternehmen.«

Ich rümpfte die Nase. »Anwälte machen kein Geld mehr. In Amerika ist die Situation so schlecht, daß die Hälfte der jungen Absolventen als Schuhverkäufer schwarzarbeitet.«

»Wirklich? Erzählen Sie mir mehr.«

»Über Anwälte in Amerika?«

»Nein. Darüber, wie Sie aufgewachsen und warum Sie hierhergekommen sind, um sich ausgerechnet als Sprachlehrerin durchzuschlagen.«

Ich weigerte mich, denn ich fühlte mich nicht ernst genommen. Ihm fehlte es nie an Worten, und so erzählte er seine eigenen Geschichten: wie er in einem kleinen Dorf in den Lowlands aufgewachsen war, an der Glasgow University studiert und in London zwei Jahre als Anwalt gearbeitet hatte, bevor er bei einer international tätigen Kanzlei anfing. Mit zweiunddreißig war er Berater von Unternehmen in Barcelona, New York, Düsseldorf und Buenos Aires gewesen; Tokio war seine erste Station in Asien.

»Wo lebt Ihre Frau?« fragte ich, da ich in Tokio gehört hatte, daß Briten nie einen Ehering tragen.

»Ich bin ledig. Ich dachte, das sei offensichtlich.« Er wirkte leicht amüsiert, als ahne er den wahren Beweggrund meiner Frage.

»Bei Ihrem Alter hätte ich das nicht erwartet.« Ich wußte immer noch nicht, wieviel ich ihm glauben konnte.

»So alt bin ich auch wieder nicht. Ich gehöre quasi zur Generation X.« Er räusperte sich. »Ich habe nicht viel Erfolg bei Frauen. Die, die ich kenne, wollen Häuser auf dem Land und Kinder, statt Stadtwohnung und Skiurlaub. Außerdem, wer will schon alle achtzehn Monate umziehen?«

»Sie Ärmster.« Ich wollte ihm nicht zeigen, wie gut sich das für mich anhörte. Was erwartete er denn von mir – daß ich ihm sagte, ich sei die passende Frau für ihn? Meine Nervosität steigerte sich, als er nach der Rechnung langte, die die Kellnerin genau in die Mitte zwischen uns gelegt hatte.

»Ich würde wirklich gerne zahlen«, sagte er, als auch ich die Hand danach ausstreckte.

»Es ist ja nicht so, daß ich völlig verarmt bin«, sagte ich. Angestrengt versuchte ich, die auf dem Kopf stehenden Zahlen zu lesen und meinen Anteil auszurechnen.

»Da Sie sich geweigert haben, mir etwas über Ihre Herkunft in Amerika zu erzählen, bleibt mir nichts anderes übrig, als das zu vermuten.« Hugh zog Geldscheine aus seinem Clip.

»Dann vermuten Sie ruhig weiter«, sagte ich, als wir ins Taxi stiegen. Der Fahrer war schon vorgegangen und hatte es warmlaufen lassen. Ich schloß die Augen und machte es mir bequem für die lange Heimfahrt.

»Weshalb die Geheimnistuerei? Ich weiß weniger über Sie als alle anderen in der Pension«, beschwerte sich Hugh.

»Könnten Sie bitte ein bißchen langsamer fahren?« bat ich den Fahrer, der die kurvige Strecke bergab raste, als wäre nirgendwo Eis oder Schnee. Ich spürte ein vertrautes, unangenehmes Gefühl im Magen und verfluchte insgeheim die weite Entfernung und die Berge zwischen Shiroyama und Furukawa.

»Erzählen Sie mir wenigstens, warum Sie Ihren Urlaub ganz allein in den Alpen verbringen. Wenn Sie mich fragen, dann sind Sie die verdächtige Person.«

»Darüber kann ich nicht reden.« Schweißtropfen perlten auf meiner Stirn, als das Taxi vor der Autobahnauffahrt immer wieder anfuhr und stoppte. Sobald wir endlich vorankämen, wären es nur noch zwanzig Kilometer bis nach Hause. Das sollte ich überstehen können.

»Ist Ihnen nicht gut?«

Hughs Intuition überraschte mich. Leise antwortete ich: »Es tut mir leid. Vielleicht sollte ich mich an einem Bahnhof absetzen lassen. Ein gleichmäßiges Tempo vertrage ich besser.«

»Am besten, Sie ruhen sich aus. Hier, ich biete Ihnen meine Schulter an.«

Ich durfte mich auf keinen Fall auf seinen schönen Anzug übergeben. Ich zog mich soweit wie möglich in die Ecke zurück, wo ich den Kopf an das harte Glasfenster lehnte. Doch die Fenster vibrierten so sehr, daß ich den Kopf an die Rückenlehne sinken ließ, die mit einem Polyesterdeckchen überzogen war. Dann spürte ich Hughs Hand in meinen Haaren.

»Viel besser«, murmelte er und zog mich fest an seine Schulter. Es war überraschend bequem und wurde noch behaglicher, als er mich mit seinem Shearling-Jackett zudeckte. Sein Hals roch sehr gut, nach einer Mischung aus Seife, Leder und etwas Undefinierbarem. »Soll ich das Fenster aufmachen?«

»Ja. Danke.« Diese wenigen Worte brachte ich gerade noch heraus, bevor ich die Beine auf den Sitz zog und fast in ein Koma versank, während mir der kühle Wind ins Gesicht blies. Nach einer Weile merkte ich, wie das Auto beschleunigte. Wir waren also auf der Autobahn. In den Kurven wurde ich immer ein Stückchen näher an Hughs Schulter gedrückt.

Als ich die Augen wieder aufschlug, war es dunkel. Mir ging es eindeutig wieder besser. Hughs Hände streichelten jetzt meine Kopfhaut; ich rutschte näher, wollte, daß er weitermachte. Er hatte zwar einen miesen Charakter, aber körperlich gesehen war er himmlisch.

»Geht es besser?« fragte er.

»Mmm. Wie spät ist es?« Ich spürte, wie etwas meine Lippen streifte.

»Spät.« Hugh küßte mich noch einmal. Obwohl

sein Mund so sanft war, so sittsam, begann etwas in mir zu brodeln. »Ist das okay?« Er setzte sich zurück und strich mir mit dem Finger über die Wange.

»Du stellst zu viele Fragen«, murmelte ich und dachte bei mir, daß ich ihn trotz seines Talents, in Fettnäpfchen zu treten, und seiner Unfähigkeit, mit Eßstäbchen umzugehen, wahnsinnig sexy fand.

Er wußte es. Seine Arme umschlangen mich, er drückte mich an sich, und seine Zunge schoß in meinen Mund. Es war zu lange her, seit mich jemand so berührt hatte; als er mit den Lippen meinen Hals hinunterfuhr, bog ich den Rücken durch, und es war um mich geschehen.

Das Auto bremste abrupt, so daß ich nach vorne fiel. Ich hatte den Fahrer ganz vergessen, vergessen, daß wir keineswegs nur ein Mann und eine Frau allein in der Dunkelheit waren. Eine Straßenlaterne schien durch das Autofenster und zeigte uns, daß wir auf dem Parkplatz des *minshuku* waren.

»Ich würde ja lachen, wenn ich nicht in einer solchen physischen Notlage wäre«, sagte Hugh. »Ich kann nicht aussteigen.«

»Ach, du meinst ...«

»Du gefällst mir einfach zu gut«, sagte Hugh heiser.

»Das ist nur eine physische Reaktion. Es mußte ja passieren, so wie wir uns kennengelernt haben.« Ich strich meinen Campbell-Karo-Rock glatt, der gefährlich hochgerutscht war, und sprang aus dem Auto.

»Warte.« Ich drehte mich um und sah, daß er den Fahrer bezahlt hatte und mir in seinen Mantel gehüllt folgte. »Was ist denn eigentlich so abstoßend an mir?«

»Ich will dich nicht – vom Kopf her.« Es tat weh, auszusprechen, daß er nicht der Richtige für mich war, obwohl ich ihn so attraktiv fand. Es lag an der Geschichte mit Setsuko, und irgendwie roch ich Gefahr.

»Kleiner Snob! Auf wen wartest du denn, jemanden, der in Cambridge studiert hat?« Er klang spöttisch.

»Das meine ich nicht. Du bist einfach – zu alt, zu schottisch, zu ...« Ich suchte nach den richtigen Worten.

»Zu *gaijin.*« Er fand das letzte Wort.

Ich antwortete nicht, sondern blieb zitternd neben der Tür des *minshuku* stehen. Er ging an mir vorbei, ohne mich anzusehen, und schlug mir die Tür vor der Nase zu.

9

»Morgen ist Skifahren angesagt, also müssen wir heute früh ins Bett, *neh?* Jetzt, wo diese schreckliche Geschichte vorbei ist, können wir endlich das tun, wozu wir eigentlich hergekommen sind.« Yamamoto unterhielt sich mit Hugh, als ich hereinkam, nachdem ich elende fünf Minuten draußen gewartet hatte, um so zu tun, als seien wir getrennt gekommen.

»Sie werden morgen einen großartigen Tag haben. Der Schnee ist fein wie Puder«, berichtete Taro.

»Rei-san! Wo waren Sie? Sie haben das Abendessen verpaßt.« Yuki war auch da, und Mrs. Chapman saß neben ihr. Es war eine richtiggehende Konferenz.

»Ich war, äh, auf Erkundungsreise.« Sobald ich dieses Wort ausgesprochen hatte, wurde ich rot, obwohl nur Hugh die doppelte Bedeutung begreifen konnte. »Mir ist kalt. Sehr kalt! Ich glaube, ich nehme ein Bad.«

Oben zog ich mir meine Sachen für die Nacht an, bevor ich hinunter ins Bad ging, das mittlerweile frei war. Hugh brauchte ich schließlich nicht dazu. Ich hängte einfach das NUR-FAMILIEN-Schild an die Tür und ging hinein. Ich besah mir das symmetrische Trio von Waschbecken und den Stapel leerer Bambuskörbe, wo die Badenden ihre Kleider lassen sollten. Ich zog die Hausschuhe aus und ging barfuß in den Baderaum. Aus einer Dusche tröpfelte es monoton, und das Wasser rann die Wand hinunter. Ich ging über den nassen Holzboden, um die Tür zuzuziehen, und wandte dann meine Aufmerksamkeit dem rechteckigen Bad zu. Wie ich in Erinnerung gehabt hatte, gab es ein niedriges, breites Fenster an der Seite. Ich beugte mich über den Beckenrand und schob das Fenster auf. Es gab keine Papiertrennwand, sondern es ging direkt einen guten Meter hinunter zu der mit einem Seil abgegrenzten, niedergetretenen Stelle, wo Setsuko gelegen hatte.

Das Bad war mit schweren Platten abgedeckt, so wie ich es beim ersten Mal gesehen hatte. Ich hob die Deckel ab, um einen Blick in das tiefe Kupferbecken zu werfen. Einen halben Meter unter der Oberfläche zog sich eine Bank rund um das Becken. Ich krempelte den Ärmel meiner *yukata* hoch und langte hinein, auf der Suche nach irgend etwas, das jemand verloren haben könnte. Ich erstarrte, als ich die äußere Tür des Umkleideraums hörte.

»Verzeihung?« Hughs Stimme klang unsicher. Er betrat das Bad erst, als ich ihm die Türe öffnete.

»Ich hätte nicht gedacht, daß du kommst.« Verwundert betrachtete ich seine merkwürdige Aufmachung: das Hemd und die Hosen von vorhin, und dazu schwarze Lederhandschuhe.

»Du solltest auch Handschuhe anziehen, Rei. Hast du das Fenster angefaßt?« schalt er.

Sein Tadel erleichterte mich. Zweifellos würden wir beide so tun, als wäre nie etwas vorgefallen. »Von hier aus siehst du, wie leicht es war, sie hinunterzuwerfen. Und das erklärt, weshalb keine Fußspuren von der Leiche weggeführt haben.«

»Ich weiß noch, daß du am Silvesterabend das Fenster geöffnet hast.« Hugh trat hinter mich, um es sich anzusehen. »Ich habe es zugemacht, als ich danach mit Yamamoto hier war.«

»Und?« fragte ich. Ich begriff nicht, worauf er hinauswollte.

»Deshalb sind deine und meine Fingerabdrücke auf dem Fenster, während Setsukos Mörder vermutlich Handschuhe getragen hat.«

»Wir sollten sie wohl besser nicht abwischen.«

»Auf keinen Fall. Stell dir vor, wir müßten das eines Tages einem Richter erklären.«

Ich setzte meine Suche in der Wanne fort. Wenn ich allein gewesen wäre, hätte ich mich ausziehen und ins Wasser gehen können. Doch das konnte ich auch auf morgen verschieben.

»Sieh dir die Abdeckplatten an.« Hugh hielt einen der großen Plastikdeckel hoch, die ich zur Seite gelegt hatte. »Ganz leicht, aber unheimlich starr. Wenn ich dir damit über den Kopf hauen würde, wärst du sofort weg. Dann könnte ich mit dir anstellen, was ich will – zum Beispiel dich unter Wasser drücken, bis du ertrunken bist.« Er lachte leise. »Rein hypothetisch, meine Liebe.«

Etwas beunruhigt meinte ich: »Ich finde, sie sehen ziemlich sauber aus, aber man kann sie ja einfach unter der Dusche abwaschen.«

»Sehr richtig.« Hugh ging zur Dusche und machte sich am Abfluß zu schaffen. Es war eine ekelhafte Arbeit, und ich war froh, daß ich es nicht tun mußte.

»Hast du etwas?« fragte ich, nachdem ich weitere zehn Minuten im Bad nach Beweismaterial gesucht hatte.

»Nichts, was man gerne anfassen würde. Haarbüschel, hauptsächlich japanische. Es gibt auch ein paar helle Haare, wahrscheinlich von mir oder der

Chapman. Man kann es unmöglich sagen in diesem Dreck.«

Nach einer Weile gaben wir auf und gingen in den Umkleideraum, um uns abzutrocknen. Hugh wusch sich gerade die Hände, als ich das Quietschen von Gummi auf Holz hörte: Jemand lief leise in Hausschuhen bis vor die Tür.

»Erwischt!« formte ich lautlos mit den Lippen.

»Keine Sorge. Wir tun so, als hätten wir zusammen gebadet«, flüsterte er und drehte das Wasser auf. Er hielt den Kopf unter den Wasserhahn, und ich tat das gleiche.

Draußen vor der Tür wartete Mrs. Yogetsu auf uns, das Gesicht vor Entrüstung verzerrt wie eine Backpflaume.

»Oh!« sagte ich, da mir nichts Besseres einfiel.

»Gibt es ein Problem, mein Schatz?« fragte Hugh und küßte mich auf den Kopf.

»Das hier ist kein Love-Hotel! Das ist ein anständiges Haus, und ich dulde es nicht, daß Sie es in Gemeinschaftsräumen miteinander treiben.« Mrs. Yogetsu benutzte einfache Verbformen, die für niedere Schichten gedacht waren, eine Sprache, die ich ihrer Meinung nach verstehen würde.

Hugh kraulte mich am Hals und spielte den Liebhaber. Ich trat ihn gegen das Schienbein und entschuldigte mich.

»Es tut mir sehr, sehr leid. Wir haben einen Fehler gemacht, als Ausländer. Es tut mir sehr leid, ich werde es nicht wieder tun.«

»Sumimasen.« Hugh entschuldigte sich mit einem der wenigen japanischen Ausdrücke, die er kannte. Trotz seiner demütigen Worte merkte ich, wie er in sich hineinlachte.

»Leute, die nachts herumwandern, leben gefährlich. Die Nakamura-Frau hat es erwischt. Passen Sie auf, daß es Ihnen nicht auch so ergeht«, schnauzte Mrs. Yogetsu, bevor sie durch eine Tür verschwand, offenbar ihre Privatwohnung. Der Gürtel ihres Bademantels verfing sich in der Tür, als sie sie zuzog. Die Tür ging knarrend wieder auf, und der Gürtel wurde blitzschnell hineingezerrt.

Trotz des Ernstes der Lage war mir nach Lachen zumute. Doch dafür war keine Zeit.

»Komm mit. Ich will dir den Autopsiebericht zeigen«, flüsterte Hugh, als wir nach oben gingen.

»Können wir das nicht später machen?« Die Begegnung mit Mrs. Yogetsu saß mir immer noch in den Knochen.

»Nein, jetzt. Um sieben muß ich wieder los, zum Skifahren.« Er schob mich hinein und schloß die Tür ab.

»Ich weiß nicht, warum du unbedingt diese Liebesszene spielen mußtest, wenn dein Ruf so kostbar ist. Was ist mit deinen Kollegen und Yamamoto?« Während ich den nassen Bademantel ausschüttelte und ihn zum Trocknen neben der Heizung ausbreitete, beantwortete ich meine Frage selbst. Ihn würden die Japaner nun für männlich halten; ich wäre das Flittchen.

»Auf sie kommt es an. Sie darf auf keinen Fall wissen, was wir gemacht haben. Hier, bitte, Fräulein Sittsam.« Er holte ein paar Blätter Papier aus seinem Koffer.

»Kann ich das mitnehmen und ein bißchen daran arbeiten?« Ich überflog die vier Seiten mit der winzigen Maschinenschrift, und mir wurde klar, wie unmöglich es war, das zu übersetzen.

»Aber sicher. Es nützt ja nichts, wenn ich es behalte.«

»Im Museum habe ich ein paar Dozenten sagen hören, daß sie Mrs. Yogetsu nicht mögen. Sie verlangt zuviel für ihre Unterrichtsstunden im Blumenstecken.« Ich setzte mich auf den Rand seines Futons. »Ich finde sie entsetzlich arrogant, und das ist noch nicht alles ...«

»Aber deshalb ist sie noch längst keine Mörderin. Komm her. Wenn du mit nassen Haaren schlafen gehst, erkältest du dich.« Hugh kniete sich hinter mich und rubbelte meine nassen Haare mit einem Handtuch, als wäre ich ein Hund, der im Regen naß geworden war.

»Das ist nicht sehr schottisch. Ich habe gehört, deine Landsmänner ziehen durch winterliche Moore. Sie tragen Kilts und nichts darunter.« Ich versuchte locker zu wirken, um zu verbergen, daß ich am ganzen Körper eine Gänsehaut bekam, als er mich berührte.

»Ein Kilt ist ein guter Schutz, im Gegensatz zu diesem scheußlichen Schlafanzug, den du bevorzugst.«

»Ich habe dir schon einmal erklärt, daß das japanische Wärmeunterwäsche ist. So etwas trägt man hier.«

»Aber du läufst damit herum, als wärst du ein amerikanischer Junge! Laß dir gesagt sein, daß du alles andere als das bist!«

Ich wich zurück, als das Handtuch meinen Hals streifte. »Ach, das habe ich ganz vergessen. *Gaijin* haben lieber ein asiatisches Phantasiemädchen, das zu allem ja sagt.«

»Du solltest mich eigentlich besser kennen«, sagte er knapp.

»Ich glaube, ich kenne dich überhaupt nicht«, sagte ich, obwohl ich es irgendwie doch tat. Er konnte meine Gedanken lesen, beendete meine Sätze. Und ich wußte, wie sich seine Hände auf mir anfühlten, was an sich schon eine ganz andere Realität war.

»Wenn du gehen willst, dann tu es jetzt.« Er hatte das Handtuch weggelegt und fuhr mir mit den Fingern durch das Haar. »Und dann will ich bitte keine Meinungsänderung mehr und keine mitternächtlichen Besuche, bei denen ich dich dann ins Bett stecken muß, die ganze Nacht wach liege und langsam wahnsinnig werde ...«

»Ist es dir gestern nacht so ergangen?« Ich drehte mich um und sah Verzweiflung in seinen Augen.

»Ja. Du warst so krank und zerbrechlich, und ich wollte einfach nur das hier mit dir machen.« Sein Mund legte sich auf meinen, und er drückte mich nach hinten auf die weiche Matratze.

Genau das will ich. Der Gedanke durchzuckte mich, während ich seinen Kuß erwiderte und ihn an den Schultern faßte.

»So schlimm bin ich also gar nicht?« keuchte er, als wir wieder Luft holten.

Ohne ihm zu antworten, bot ich ihm meinen Hals. Ja, er erinnerte sich an die Stelle, bei der mir im Taxi ganz schwindlig geworden war. Das wußte er, und noch mehr. Bald zerrte ich an seinem gestärkten Baumwollhemd und dann an seinem Gürtel. Ich konnte nicht anders.

»Sei vorsichtig«, schalt er mich und verschwand unter der Decke. »Ich bin zu alt, zu schottisch ...«

»Aber ich will dich trotzdem«, seufzte ich. Es war reine Chemie, einfach und simpel. Ich fuhr mit den

Händen über seinen Körper. Er war, wie ich ihn mir vorgestellt hatte: wie ein Fels.

»Sag mir das morgen noch mal.« Sein Mund war an meinem Nabel.

»Willst du, ah ...« Es war, als hätte eine zweite, abtrünnige Stimme in mir gesprochen, die Stimme, die mir sagte, wenn ich diese erotische Reise unterbrach, würde ich mich mein Leben lang fragen, was es wohl noch für Wege gegeben hatte, die ich nicht gegangen war.

»Ich habe nichts dabei. Du?« Er zog die Decke zurück und sah mich erstaunt an.

»Nein. Ich bin wegen der Museen gekommen.« Ein irres Lachen kündigte sich irgendwo in mir an.

»Vielleicht habe ich dann etwas anderes für dich«, murmelte er, und sein Mund und seine Finger wanderten nach unten. Er war wahrhaftig ein Heide. Innerhalb weniger Minuten explodierte ich keuchend in seiner Hand, die hinaufgeschossen war und mir den Mund zuhielt.

»Du bist köstlich. Ich will dich zum Frühstück, zum Mittagessen und zum Abendessen.« Er tauchte wieder auf, zog mich an sich und küßte mich. Ich war nicht fähig zu sprechen. Als er wieder anfing, mich zu streicheln, stieß ich seine Hand weg. Ich war an der Reihe. Ich löste mich von ihm und rutschte an seiner leicht behaarten Brust und über seinen Bauch hinab und verweilte lange genug auf seinen Schenkeln, bis sein rauhes Atmen mir verriet, daß er es nicht länger aushielt. Dann schloß ich den Mund über ihm und lernte den Pfad seiner Begierden kennen.

»Was ist denn mit Fräulein Sittsam passiert?« flüsterte Hugh danach. »Ich frage dich nicht, woher du das gewußt hast, ich bin dir einfach nur dankbar.«

»Ich habe auf deinen Atem gehört.« Ich konnte wieder sprechen und fühlte mich großartig.

»Du mußt zugeben, was passiert ist, war jenseits alles Physischen.«

»Metaphysisch?« Ich fuhr über seine Brust, die jetzt glatt von Schweiß war, und genoß den Klang unseres leisen, vertrauten Lachens.

»Schsch«, warnte Hugh. »Sonst wecken wir noch Yamamoto auf.«

»Glaubst du, es hat uns jemand gehört?« Ich wäre am liebsten tausend Tode gestorben, weil ich vergessen hatte, wie dünn die Wände waren.

»Das ist unwahrscheinlich, denn wir haben ja ausnahmsweise einmal die Klappe gehalten.« Er hielt meine Hand, eine erstaunlich unschuldige Geste nach allem, was wir miteinander angestellt hatten. »Bist du morgen hier, wenn ich vom Skifahren zurückkomme? Es hat sich einiges geändert zwischen uns, und es gibt etwas, das ich dir sagen möchte.«

»Es ist bereits morgen. Es geht um Setsuko, nicht wahr?«

Sein Schweigen war mir Antwort genug.

»Du bist ein Mistkerl«, sagte ich und wandte mich ab. Er zog mich zurück.

»Ich habe das jetzt angesprochen, damit ich dich für den Abend reservieren kann. Wir fahren irgendwohin, damit wir reden können. Wartest du auf mich?«

»Ich bin nicht der Typ, der gerne wartet.« Das wohlige Gefühl von eben war fast gänzlich verschwunden. »Und ich habe einiges vor.«

»Willst du dir noch mehr Museen ansehen? Dann

lasse ich es darauf ankommen.« Er fuhr mir mit der Zunge über das Genick.

»Ich sollte zurück in mein Zimmer. Dann kannst du dich fürs Skifahren ausruhen«, flüsterte ich.

»Bitte nicht.« Hugh legte ein Bein über mich, und seine Stimme wurde weicher. »Das Beste kommt erst noch.«

Keiner von uns sagte noch etwas, als wäre uns das ganz recht.

Als ich aufwachte, war es hell im Zimmer, und er war weg. Von meinem gemütlichen Platz unter den Decken aus sah ich meine ordentlich zusammengelegte Wärmeunterwäsche und seine *yukata.* Ich lächelte; es schien ihm daran gelegen zu sein, daß ich auf meinem Weg durch den Gang etwas anhatte.

Auch ich bemühte mich, ordentlich zu sein. Ich rollte das Bettzeug zusammen und schob es in den Wandschrank. Als ich hörte, wie etwas gegen die Rückwand schlug, erschrak ich. Ich zog den Futon wieder aus dem Schrank und kroch hinein, um zu sehen, was es war. Meine Hand schloß sich um eine graue, samtene Schmuckschachtel.

Ich hockte mich auf die Fersen und überlegte. Ich wußte, daß es nichts für mich sein konnte. Was körperlich zwischen uns passiert war – und auch emotional, wie ich widerwillig zugeben mußte –, hatte uns beide überrascht. Selbst wenn er mir vorab ein Geschenk gekauft hätte, gab es in Shiroyama nichts anderes als lackiertes Holz.

Ich ließ die Schachtel aufschnappen und erblickte etwas unangenehm Bekanntes – ein Halsband aus perfekt zusammenpassenden Acht-Millimeter-Perlen in dem Rosaton, den Japanerinnen bevorzugen.

Perlen mit einem Vierundzwanzig-Karat-Verschluß in Form eines Schmetterlings, von dem ein Stückchen abgebrochen war, als hätte jemand fest daran gerissen.

Ich mußte hinaus. Ich verstaute nicht einmal mehr die Decken, sondern warf die Schachtel einfach wieder in den Wandschrank. Was für eine Ausrede würde er dieses Mal haben? Ich war praktisch für ihn gewesen, hatte dazu beigetragen, daß kein Verdacht auf ihn fiel. Wahrscheinlich hatte er mir auf seine Art gedankt.

Im Bad wusch ich mich mit einem Schwamm und rubbelte alle Stellen ab, wo sein Mund mich berührt hatte. Dann zog ich mich an und bereitete alles für meine Abreise nach Tokio vor.

10

»Aber die Urlaubswoche ist noch nicht vorbei. Sie waren noch nicht im Geistermuseum.« Taro schob seine Brille etwas nach oben, als wolle er herausfinden, was meine wahre Absicht sei. Wir frühstückten zum letzten Mal zusammen, und er und Yuki hatten vehement gegen meine verfrühte Abreise protestiert. Mrs. Yogetsu schwieg, während sie unsere Frühstücksschalen mit warmem Reis füllte.

»Boyfriendo-Probleme.« Yukis Ausdrucksweise brachte mich nicht zum Lachen. Wie hatten sie das so schnell in Erfahrung gebracht!

»Ja, Rei, wollen Sie nicht noch warten, um sich von Hugh und Mr. Yamamoto zu verabschieden?« fragte Mrs. Chapman. »Ich glaube, sie wollten am Spätnachmittag vom Skifahren zurück sein.«

»Es tut mir leid, aber ich kann nicht. Dieser Todesfall – ich habe so etwas noch nie erlebt. Und ich habe einen Platz im Morgenzug reserviert. Damit entgehe ich den Ausflüglern, die später wieder in die Stadt zurückkehren.«

»Sie fahren also zurück nach Tokio?« Mrs. Chapman klang ganz sachlich.

»Genau.« Zurück in meine miese Wohnung und zu meinem besten Freund Richard Randall und einem Job, der an den besten Tagen nur erträglich genannt werden konnte. Zurück zum Leben und nicht zum Tod.

»Keine Sorge, Kleines. Ich komme mit. Ich habe genug von den Bergen. Ich brauche jetzt eine japanische Weltklassegroßstadt. Ich wohne bei Ihnen, bis ich ein Hotel gefunden habe.«

Wie sollte ich ihr das ausreden? »Mrs. Chapman, ich lebe im vierten Stock ohne Aufzug. Anderthalb Zimmer ohne Heizung. In der Gegend gibt es viele Obdachlose.«

»Das klingt interessant!«

Taro grunzte, und Yuki hielt sich die Hand vor den Mund, um ihr Kichern zu verbergen.

Ich dachte an Mrs. Chapmans konservative Einstellung und fuhr die schweren Geschütze auf. »Mein Mitbewohner ist schwul oder bisexuell, er ist sich nicht ganz sicher. Wir müßten alle zusammen dort schlafen ...«

»Na ja, ich kann mir genausogut ein Hotel suchen. Mit Heizung.« Sie blinzelte. »Mr. Ikeda, wären Sie bitte so nett und würden mir über Ihr Reisebüro etwas reservieren? So daß alles bereit ist, wenn wir ankommen?«

Im Zug hatten wir Sitzplätze und schliefen die halbe Strecke bis Tokio. Nach unserer Ankunft gingen wir direkt in das Touristenviertel im Südwesten. Taros Reisebüro hatte ein Einzelzimmer mit Bad und Zentralheizung in Roppongi gefunden, für nur $150; die einzige Erklärung dafür war, daß alle über die Feiertage die Stadt verlassen hatten. Mrs. Chapman freute sich über den Preis und die vielen westlichen Restaurants in dieser Gegend.

»Wir sprechen uns morgen früh«, sagte sie und schrieb sich in der Hotellobby meine Telefonnummer und Adresse auf. »Sie zeigen mir den Tokio-

Tower und den Meiji-Schrein und vielleicht noch Disneyland.«

»Warum machen Sie nicht wieder eine Bustour? Es gibt überallhin organisierte Fahrten …« Ich war meinem Urlaub in der Hölle entronnen und mußte nun feststellen, daß er mich nicht loslassen wollte.

Sie verstand mich, denn sie sprach langsamer. »Herrgott, da rede ich und rede ich, und Sie haben Shiroyama wahrscheinlich verlassen, um mich loszuwerden! Mein Mann hat immer gesagt, ich sei penetrant. Es tut mir leid.«

»Nein, mir tut es leid«, sagte ich. »Es ist schwierig, sich als Fremde in einer ausländischen Stadt zurechtzufinden. Wir können uns bestimmt einmal treffen … vielleicht Anfang nächster Woche zum Lunch?«

»Abgemacht, Rei Shimura.« Sie seufzte zufrieden und blickte sich in der behaglichen Lobby um, die in rosa und dunkelgrün gehalten war. »Glauben Sie, es gibt hier einen Hotelpagen?«

Ich hätte durchaus auch Hilfe brauchen können, als ich schließlich zu Hause anlangte. Ich wuchtete meine schwere Tasche die Treppe hinauf in eine dunkle und eiskalte Wohnung. Richard hätte eigentlich zu Hause sein sollen, aber andererseits hatte ich ihn auch nicht angerufen, um ihm meine vorzeitige Rückkehr mitzuteilen.

Am Samstag morgen war es so kalt, daß ich in der Küche den Grill als Heizung einschaltete, während ich mir Toast und Kaffee machte. Ich ging den Zeitungsstapel auf dem Tisch nach einem Bericht über den Tod von Setsuko Nakamura durch.

Ich las gerade den ersten Artikel darüber, als Richard seine Zimmertür öffnete. Er trug lange, der meinen ähnliche Unterwäsche und darüber einen ausgeleierten Norwegerpulli, der bis über seine schmalen Hüften reichte. Er mußte nachts auf Zehenspitzen heimgekommen sein, um mich nicht zu wecken.

»Telefon, Baby. Ein Ferngespräch.« Er reichte mir den drahtlosen Apparat und setzte sich mir gegenüber.

Es war Yuki Ikeda. »Rei-san! Ich habe mir Sorgen gemacht.«

Ich hatte versprochen, anzurufen, aber als ich endlich zu Hause war, war ich so erschöpft und niedergeschlagen gewesen, daß ich es einfach nicht mehr geschafft hatte. »*Sumimasen.* Entschuldigung. Ich bin so spät angekommen, daß ich Sie nicht durch einen Telefonanruf wecken wollte.«

»Wir reisen heute ab, deshalb mußte ich Sie anrufen. Hier ist es ... seltsam. Mr. Yamamoto ist verschwunden.«

»Wie bitte?« Ich starrte aus dem Fenster hinaus auf die grauen Häuser. Ich konnte mir nicht vorstellen, daß sich ein Tourist in dem winzigen Shiroyama verirrte, wo an jeder Straßenecke ein Schild hing, das auf irgendeinen Tempel verwies.

»Sie glauben, daß es ein Skiunfall war. Yamamoto-san wird seit gestern morgen vermißt. Hugh-san hat viele Stunden im Skigebiet gesucht. Dann fing es stark zu schneien an, so daß man nichts mehr sehen konnte.«

Es war eine schreckliche Vorstellung: Mr. Yamamoto begraben unter den Schneemassen. Ich hatte mich über ihn geärgert, weil er über mich getratscht hatte, doch jetzt fiel mir wieder ein, wie humorvoll und mitfühlend er am Silvesterabend gewesen war. Er war ein energischer junger Mann voller Träume, die sich wahrscheinlich nie mehr erfüllten.

»Und noch etwas. Wir haben immer noch Ihr antikes Kästchen. Taro hat das Zeitungspapier noch nicht ganz entziffert, aber er ist sich sicher, daß er es datieren kann«, sagte Yuki ernst.

»Das ist jetzt nicht mehr wichtig ... Wie können Sie jetzt bloß daran denken?« Ich war erstaunt über den Themenwechsel angesichts von Yamamotos Verschwinden.

»Wir geben es ganz sicher zurück. Es war unverantwortlich, Sie halten uns sicher für Diebe!«

»Bitte lassen Sie sich soviel Zeit, wie Sie wollen. Ich habe gar keine Verwendung dafür.« Ich mochte Yuki, aber ich hatte eigentlich nicht gedacht, daß wir uns wiedersehen würden. Sich im Urlaub mit jemandem anzufreunden, war eine Sache, befreundet zu bleiben eine andere. Sie plapperte weiter, bis ich meinen Kalender aufschlug und mich für den nächsten Sonntag mit ihnen zum Kaffeetrinken verabredete.

»Sehr gut, wir passen gut auf Ihr Kästchen auf. Und Rei-san, vielleicht ist es besser, daß Sie gefahren sind. Wegen Hugh-san, so wie er sich jetzt benimmt.«

»Ja?« Ich versuchte desinteressiert zu klingen.

»Als er gestern nach Hause kam, war er sehr böse, besonders, als Taro erzählt hat, daß Sie abgereist sind. Ein furchterregender Mensch! Nein, jetzt würden Sie ihn nicht mehr mögen.«

»Was ist denn los, mein Pfläumchen?« wollte Richard sofort wissen, nachdem ich aufgelegt hatte.

»Liest du keine Zeitung?« Eigentlich hätte ich

erwartet, daß er mitbekommen hatte, in welchen Skandal ich geraten war.

»Nur wegen Ann Landers und den kanadischen Hockeyergebnissen. Das weißt du doch.«

Ich reichte ihm die *Japan Times* vom 3. Januar mit einem Foto von Hugh und den Nakamuras auf der Titelseite, das letztes Frühjahr bei einem Kirschblütenfest aufgenommen worden war. Setsuko trug einen phantastischen, goldbestickten Kimono und blickte mit der winzigen Andeutung eines Lächelns direkt in die Kamera; ihr Ehemann sah angemessen nüchtern aus. Hugh lachte über etwas, das auf dem Bild nicht zu sehen war.

Richard las den Artikel, dann wandte er sich wieder dem Bild auf der Vorderseite zu. »Dieser *gaijin* hatte damit zu tun? Er sieht lecker aus.«

»War er auch«, rutschte es mir heraus.

Richard schrie auf. »Asiatisches Mädchen als Sextouristin! Erzähl es mir, sonst ...« Er schwang mein stumpfes Gemüsemesser.

Ich gab schnell nach, was uns beiden sowieso klar gewesen war. Zum Teil, weil Richard nach all den Jahren der Landers-Lektüre ein guter Amateurtherapeut war, und außerdem, weil er mein bester Freund war, wahrscheinlich der einzige Mensch, der gewillt war, sich an der Miete für eine Bruchbude mit Blechdach zu beteiligen, die meilenweit entfernt von den vornehmen Vierteln lag, in denen die meisten Ausländer wohnten.

»Das ist ja viel interessanter als alles, was in der Zeitung steht«, war sein Kommentar, als ich fertig erzählt hatte. Unnötigerweise setzte er noch hinzu: »Und wie wirkt sich das auf deine Gefühle für Shin aus?«

»Shin Hatsuda?« Ich hatte den letzten Herzensbrecher in meinem Leben schon fast vergessen. »Ich empfinde nichts mehr für ihn. Gar nichts.«

»Warum hat es dann seither niemanden mehr gegeben? Du solltest wieder vertrauen lernen und begreifen, daß nicht jeder Typ drittklassige Akte mit deinem Gesicht malt.«

»Shin kommt mir jetzt so jung vor, ein richtiger Grünschnabel.« Ich hielt inne. »Das sollte keine Beleidigung sein.«

»Hey, ich bin froh, daß ich unter fünfundzwanzig bin, und ich würde dir niemanden über dreißig empfehlen. Die haben zwar Spesenkonten, aber nicht mehr die entscheidenden Triebe.« Richard schwenkte seine Kaffeetasse und verschüttete ein wenig von der dunkelbraunen Flüssigkeit auf dem Art-déco-Eisdielentisch, den wir vor einem Jahr vom Flohmarkt am Togoschrein nach Hause geschleppt hatten.

»Unsere Triebe waren gleichstark. Es war furchtbar«, sagte ich niedergeschlagen, während ich die Pfütze aufwischte.

Ich hatte die falschen Worte gewählt, denn Richard gab sofort seinen Lieblingssong von den Lemonheads zum besten.

»It's a shame about Ray!« schmetterte Richard.

»If I make it through today, I know tomorrow not to leave my feelings out on display. I'll put the cobwebs back in place …«

»In dem Lied geht es um einen Mann namens R-A-Y.« Ich hielt mir die Ohren zu. Aber er schaltete den CD-Player ein und sang aus vollem Hals mit Evan Dando.

»It's a shame about Ray! In the stone under the

dust his name is still engraved. Some things need to go away. It's a shame about Ray!«

Hugh Glendinnings Name würde den Rest des Jahres in meinem Unterleib eingraviert sein, wenn nicht den Rest meines Lebens. Als Richard sich wieder beruhigt hatte, versuchte ich ihm zu erklären, wie deprimierend das war. »Das Problem ist, er hat sich nur mit mir eingelassen, um etwas zu bekommen ...«

»Natürlich! Er hat gewußt, daß es dir schnurzegal sein wird, was er angestellt hat, wenn er dich erst mal in Entzücken versetzt hat. Glaubst du wirklich, er hat sie umgebracht?«

»Ich weiß es nicht.« Ich schloß die Augen und wünschte mir, all das wäre nicht passiert. »Er wollte mir noch irgendwas sagen, aber ich wollte nicht mehr warten.«

»Schlau, Rei, ganz schlau. Kaum zu glauben, daß du irgendwo hinten in deinem Bücherregal ein Phi-Beta-Kappa-Zeugnis liegen hast!«

In der Morgenzeitung stand eine kurze Fortsetzung über den tragischen Unfalltod von Setsuko Nakamura. Hugh Glendinning erklärte stellvertretend für Sendai, daß Mr. Nakamura über den Tod seiner Frau trauere und nach kurzer Abwesenheit wieder auf seinen Posten als Leiter der Abteilung strategische Planung bei Sendai zurückkehren werde.

Richard ging ins Bad, um zu duschen, und ich zog den Autopsiebericht heraus. Wenn es mir gelang, ihn zu übersetzen, gelang es mir vielleicht auch zu glauben, daß ich auf Setsukos Tod tatsächlich überreagiert hatte. Ich versuchte es zwanzig Minuten lang und mußte feststellen, daß ich nur ein paar wenige *kanji* entziffern konnte. Ich konnte den Bericht meinem Vater faxen und mir von ihm den medizinischen Teil erklären lassen. Andererseits wußte ich nicht, wie ich ihm das unterbreiten sollte, ohne daß er sich wieder über die Gefahren meines Lebens in Japan ausließ.

Als ich eine halbe Stunde später einen Stapel Neujahrspostkarten durchsah, stach mir ein Name ins Auge. Es gab jemanden, der noch mehr wußte als mein Vater. Ohne die Karte erst zu lesen, ging ich zum Telefon.

Die Telefonistin des St. Luke's International Hospital war nicht überrascht, daß Dr. Tsutomu Shimura eine Kusine hatte. Eher hatte ich das Gefühl, daß für den dreiunddreißigjährigen, noch unverheirateten *oisha-san,* wie Ärzte unterwürfig genannt werden, regelmäßig junge Frauen anriefen. Sie teilte mir mit, daß Tom auf einer Konferenz sei und meine Nachricht bei seiner Rückkehr erhalten würde.

»Sagen Sie ihm, ich sei Rei, seine Kusine aus Tokio, die über die Feiertage zu Hause ist«, bat ich. Ich hatte ihn erst ein paarmal getroffen, zum ersten Mal, als er meine Familie in Kalifornien besucht hatte, und Jahre später im Hause meiner Tante in Yokohama. Er war sehr freundlich gewesen und hatte gesagt, er bewundere mich, weil ich in so einem Viertel lebe. Ich war mir ziemlich sicher, daß er zurückrufen würde.

Ich brachte einen Stapel Wäsche in die Reinigung, und auf dem Rückweg ging ich noch in den Lebensmittelladen. Ich brauchte ein paar Sachen und mußte Mr. Waka besuchen.

Ich bahnte mir einen Weg durch die Regalreihen mit Toilettenartikeln und Snacks bis zur Kasse, wo der gut fünfzigjährige Mann meiner Träume gerade die Süßigkeiten eines Schülers eintippte. Er hatte fast keine Haare mehr und als Bauch einen kleinen Fußball, aber wir hatten vieles gemeinsam: in der Hauptsache die Leidenschaft für Gesellschaftsklatsch. Mr. Waka war ein großer Fan der japanischen Kaiserfamilie. Wenn im Laden nicht viel los war, übersetzte er mir aus den Boulevardzeitungen die besten Artikel über die jüngeren Familienmitglieder.

»*Irasshaimase,* Shimura-san«, rief er freudig, als ich Milch und eine kleine Schachtel Sushi auf den Tresen vor ihn legte. »Welch eine Ehre, Sie wiederzusehen! Ich dachte, Sie hätten das Essen aufgegeben.«

»Waka-san, ich kann nicht glauben, daß Sie meinen Urlaub vergessen haben. Bedeute ich Ihnen denn gar nichts?« Ich zog ein langes Gesicht.

»So viel Geld werfen Sie weg für Reisen. Es muß sehr schön sein.« Mr. Waka packte meine Sachen ein. »Wo waren Sie? Ich kann mich nicht erinnern. So viele nette junge Fräulein kommen hierher und sprechen mit mir, daß ich sie nicht auseinanderhalten kann.«

»Ich war in Shiroyama ...«

»Ach, ja! Bestimmt haben Sie viele Fernsehteams dort gesehen!« Mr. Waka sah ganz aufgeregt aus. Innerhalb von Sekunden saß ich mit ihm hinter der Theke, eine Schachtel Mandelgebäck zwischen uns. Während ich eine der salzig-süßen Brezeln mampfte, schilderte ich ihm, was passiert war, und die Leute, die dabei waren.

Wie ich mir hätte denken können, befand Mr. Waka sofort, daß Setsukos Unfalltod ein Mord war. »*Wah!* Es muß einer der Ausländer gewesen sein. Der *Scotlandjin* oder die alte Dame, oder Sie!«

»Jetzt seien Sie doch nicht wie alle anderen in diesem Land und nehmen von Ausländern immer nur das Schlimmste an. Was ist mit Mr. Nakamura, Mrs. Yogetsu oder den Ikedas?«

»Aber Sie mochten doch die Nakamura-Frau nicht«, erklärte Mr. Waka. »Sie waren eifersüchtig wegen dem *Scotlandjin.* Wenn jemand ein Motiv hatte, dann Sie.«

»Das stimmt nicht. Die Polizei hatte keine Probleme mit mir. Schließlich hat der Polizeichef mir meinen Paß wiedergegeben.«

»Warten Sie nur, bis sie kommen. In dieses Viertel kommen sie sowieso ziemlich oft. Aber keine Sorge.« Er lachte mich strahlend an. »Ich gebe Ihnen eine persönliche Empfehlung.«

Es war stockdunkel, als ich um die Ecke zu meiner Wohnung bog. Ich stolperte über etwas auf dem Gehsteig vor meinem Haus, und als ich ein Stöhnen hörte, begriff ich, daß ich einen meiner obdachlosen Nachbarn angerempelt hatte. Gewöhnlich lagen sie auf Zeitungen und Decken unter dem Vordach einer stillgelegten Fabrik ein Stück weiter.

»Gomennasai«, entschuldigte ich mich. »Das war keine Absicht.«

Der Mann zündete sein Feuerzeug an. In der Flamme sah ich sein erstauntes, zerfurchtes Gesicht. Ich hatte wieder etwas Seltsames getan. Mit Stadtstreichern sprach man normalerweise nicht.

»Bitte nehmen Sie das.« Aus einem plötzlichen Impuls heraus drückte ich ihm das Essen, das ich im Laden gekauft hatte, in die Hand. Obdachlose bettelten nie; was ich tat, war radikal und vielleicht unwillkommen. Ich war mir nicht sicher, wie er reagieren würde, wich aus und rannte schnell nach Hause.

Ich hatte vergessen, daß wir unseren *kanji*-Abend hatten. Richard, Simone und Karen saßen um meinen niedrigen *kotatsu*-Tisch, die Zehen an das elektrische Heizgerät darunter gedrückt. Die Leselernkarten lagen ordentlich gestapelt in der Mitte des Tisches, alles war vorbereitet.

»Es wird aber auch Zeit, daß du kommst«, beschwerte sich Richard, als wäre ich ständig auf Achse, ohne mich um andere zu kümmern.

»Ich habe die Zeit vergessen. Ich habe zuviel im Kopf.« Da ich mein Abendessen verschenkt hatte, mußte ich mir etwas kochen. Auf dem Herd standen noch die Reste eines Nudelgerichts aus den letzten meiner Shiitakepilze und den Linguine, die mir meine Mutter letzten Monat geschickt hatte.

»Wir haben dir die Arbeit abgenommen, für uns zu kochen«, flötete Karen.

»Rei, das mit Shiroyama kann ich gar nicht fassen. Wir müssen das nächste Mal zusammen dorthin fahren«, meinte Simone und zog an ihrer Gauloise.

Das Telefon klingelte. Richard rollte sich über den *tatami,* um abzunehmen. *»Moshi-moshi.* Ja. Ja. Ich spreche Englisch. Aber nicht mit *so* einem Akzent.« Er hörte einen Augenblick zu. »Ich heiße Richard. Und ich habe das Gefühl, daß ich schon weiß, wie du heißt, Babe.«

Das konnte nur ein Mensch sein. Ich entriß ihm das Telefon und sagte atemlos hallo.

»Du hast mir gar nicht erzählt, daß du mit einem Mann zusammenlebst!« Wie ich vermutet hatte, war Hugh Glendinning am anderen Ende.

»Das geht dich auch nichts an«, sagte ich und sah

Richard an, der die Zunge herausstreckte, die jetzt von einer goldenen Kugel geziert war. »Iih, das ist ja schrecklich!«

»Da siehst du mal, was du auf der Silvesterparty verpaßt hast!« Simone zog ihren Pullover hoch und präsentierte ihren goldberingten Nabel. »Du hättest dich auch piercen lassen können.«

»Was ist denn bei dir los, feierst du eine Party?« Hugh klang wütend.

»Nein, es ist meine Lerngruppe. Vielleicht könntest du später noch mal anrufen ... woher hast du eigentlich diese Nummer?« wollte ich wissen. Sie stand nur unter Richard Randall im Telefonbuch.

»Ich habe sie aus deiner Freundin Yuki herausgequetscht, und ich lege erst auf, wenn du mir gesagt hast, warum du abgefahren bist.«

»Du stellst zu viele Fragen.« Das rutschte mir heraus, bevor mir einfiel, daß ich dasselbe während unserer ersten Küsse im Auto gesagt hatte. Ein langes Schweigen folgte. Hugh erinnerte sich wahrscheinlich ebenso daran.

»Bist du wegen der Halskette gefahren?« fragte er.

»Ja. Interessant, daß etwas so Wertvolles in deinem Wandschrank gelandet ist.«

»Du glaubst mir wahrscheinlich nicht, wenn ich dir sage, daß sie mir jemand untergeschoben hat.«

»Nein, das tue ich nicht.« Als er nicht antwortete, sagte ich: »Erzähl mir von Yamamoto.«

»Er wird immer noch vermißt. Seit gestern habe ich alle Pisten abgesucht. Heute bin ich bei der Suche hingefallen und habe mir den Knöchel verstaucht. Ich war den ganzen Nachmittag im Krankenhaus.«

»Du Ärmster. Konntest du mit den Ärzten reden?«

»Nicht so gut. Es wäre eine große Hilfe gewesen, wenn du für mich übersetzt hättest.« Er wurde still. »Wenigstens bin ich nicht so gestürzt wie Yamamoto. In einer Schlucht hat man seine Ski entdeckt, aber die Stelle ist unzugänglich.«

»Also nimmt man an, er ist …« Das Wort tot konnte ich nicht aussprechen, es war zu entsetzlich. »Glaubst du, der Unfall steht in Verbindung mit dem, was vorher passiert ist? Vielleicht hat ihn jemand den Abhang hinuntergestoßen, weil er zuviel weiß?«

»Das könnte natürlich sein, und dabei fällt mir der Autopsiebericht wieder ein. Du mußt ihn so schnell wie möglich übersetzen, ja?«

»Ich schicke ihn mit der Post in dein Büro, dann kannst du ihn von einem Fachmann übersetzen lassen. Wir haben nichts miteinander zu tun, Hugh.« Seine selbstverständliche Anweisung ärgerte mich so, daß ich nicht erwähnte, daß ich zur Unterstützung an meinen Cousin Tom gedacht hatte.

»Ach so, eine Persönlichkeitsspaltung. Gestern morgen warst du mir aber noch sehr verbunden, wenn ich mich recht erinnere. Du hast mir sogar versprochen, etwas Bestimmtes immer wieder zu tun …«

»Paß bloß auf. Du telefonierst wahrscheinlich vom Gang aus?« Ich war auch nicht besser dran, denn meine Freunde hatten ihre Unterhaltung abrupt unterbrochen, um zuzuhören.

»Nein, ich stehe mit meinem Handy auf Krücken in einem halben Meter Schnee, weil ich in der Pension keiner verdammten Seele traue!« Hugh hatte die Beherrschung verloren und brüllte in das Telefon. »Weil ich zwei Freunde verloren habe und der einzige Mensch, der mir helfen kann, es nicht will. Denk mal darüber nach, Fräulein Sittsam!«

Er legte auf, und irgendwie hatte ich jetzt mehr in der Hand als nur das Telefon.

Beim *kanji*-Spiel an diesem Abend gewann ich haushoch, was alle überraschte. Zugegeben, in Shiroyama hatte ich keine andere Lektüre als das Lexikon gehabt. Mit ungewöhnlicher Geschwindigkeit malte ich Zeichen auf Richards kleine weiße Tafel. Wir spielten um Hundert-Yen-Münzen, und am Ende des Abends besaß ich zwanzig davon.

»Das reicht, um ein kleines Stück Roquefort zu kaufen! Du darfst ihn mir nächste Woche auf Baguette servieren«, schlug Simone vor.

»Oder für ein Telefongespräch nach Hause. Meine Eltern würden sich freuen«, entgegnete ich.

»Ein Fünferpack Gummis von Kondomania wäre auch drin!« Richard grinste.

»Du bist widerlich«, sagte Karen, die für alle Frauen sprach. »Es ist ein Wunder, daß wir dich überhaupt mitspielen lassen.«

Es war schon merkwürdig, wie wir uns gefunden hatten, dachte ich bei mir, als ich den Nudeltopf abspülte, nachdem Karen und Simone gegangen waren, um ihre U-Bahn zu erwischen. Richard und ich bildeten ein klasse Team. Wir kämpften uns beide bei Nichiyu als Englischlehrer durch. Simone hatten wir kennengelernt, als sie marokkanische Armreifen im Ueno-Park verkaufte. Sie hatte es schwer, denn mit ihrer Tasche voller Flitter zweifelhafter Herkunft war sie ständig auf der Flucht vor der Polizei, und sie lebte mit drei Französinnen in einer Wohnung, die kleiner war als unsere.

Karen hingegen lebte relativ luxuriös. Sie arbeitete

als Model und verdiente genug, um sich mit einem japanischen Freund eine Zwei-Zimmer-Wohnung zu teilen. Es stimmte, daß Blondinen in Tokio alles zuflog, aber ich mochte Karen trotzdem. Sie erinnerte mich an die freundlichen, sportlichen Mädchen, die mir Schwimmunterricht gegeben hatten, und sie schnitt mir kostenlos die Haare. Darüber hinaus beeindruckte es mich, daß sie Japanisch lesen und schreiben lernen wollte, denn in ihrem Beruf war das gewiß nicht erforderlich.

Das waren meine Freunde, die Leute, zu denen ich gehörte. Ich sagte mir das noch einmal, als ich mich zum Schlafengehen bereit machte, aber das hinderte mich nicht, in dieser Nacht von einem Berg zu träumen, der vierhundert Meilen entfernt war und auf dem zwei Männer waren – der eine lahm, der andere wahrscheinlich tot.

11

Als mich meine Eltern am nächsten Morgen anriefen, erhielten sie einen Bericht meiner Silvesterreise, in dem weder Mord, vermißte Personen noch Sex vorkamen. Ich erwähnte, daß ich Tom angerufen hatte. Mein Vater würde sich wahrscheinlich darüber freuen – immerhin hatte er meinem Cousin das Medizinstipendium in San Francisco verschafft. Aber ich hatte nicht daran gedacht, was ich mit der Erwähnung der Familie meines Vaters bei meiner Mutter auslösen würde.

»Ich schulde ihnen noch ein Weihnachtsgeschenk«, jammerte sie. »Glaubst du, es ist zu spät, um noch etwas zu schicken?«

Noch nach dreißig Ehejahren ließ sich meine amerikanische Mutter von der japanischen Etikette einschüchtern. Unsere wenigen Besuche bei der väterlichen Verwandtschaft hatten vorher immer Intensivkurse an der Berlitzschool und Unterricht in der Teezeremonie erfordert; wenn wir dann in Japan waren, war sie verständlicherweise verärgert, daß die Familie meines Vaters sie immer noch wie eine Ausländerin behandelte.

»In Japan schenkt man sich gewöhnlich nichts zu Weihnachten, Catherine«, sagte mein Vater vom anderen Apparat aus, wo er sich bis jetzt ruhig verhalten hatte. »Und deine Neujahrskarte habe ich schon geschickt.«

»Ich könnte ihnen ein paar sonnengetrocknete Tomaten schicken, die großen, in dem kaltgepreßten Olivenöl aus Sonoma. Das letzte Mal scheinen sie ihnen geschmeckt zu haben. Rei, glaubst du, das ist einfallslos?«

»Nein, das ist eine tolle Idee. Und wenn du schon dabei bist, schick mir doch auch gleich welche. Die trockenen. Wenn das Olivenöl ausläuft, denken sie, es ist eine Bombe.«

»Wenn du zu Weihnachten nach Hause gekommen wärst, hättest du alle deine Lieblingsspeisen essen können«, nörgelte meine Mutter und fing wieder mit dem alten Streit an.

»Ich weiß. Ich wollte ja nach Hause. Ich konnte es mir einfach nicht leisten.«

»Was soll das heißen? Wir haben dir letztes Jahr ein Ticket geschickt, das du immer noch nicht benutzt hast«, brummte mein Vater.

»Ein einfaches«, erinnerte ich ihn. »Ihr wollt, daß ich zurückkomme und bleibe.«

»Jedes Jahr, das du deine Doktorarbeit hinausschiebst, ist verschwendete Zeit«, argumentierte mein Vater. »Du hast den Magisterabschluß so gut gemacht, daß du leicht wieder hineinfinden würdest.«

»Rei hat genügend studiert«, mischte sich meine Mutter ein. »Sie wird künstlerische Beraterin in meiner Firma. Genau das will sie doch auch machen.«

»Wenn ihr mich sehen wollt, dann kommt her. Ihr seid immer willkommen«, sagte ich in der Hoffnung, sie damit auf ein anderes Thema zu bringen.

»Ich weiß nicht, Rei. Dieses fürchterliche Zimmer, in dem du wohnst, mit diesem unmännlichen Jungen …« Meine Mutter verstummte.

»Ich reserviere euch ein Zimmer im Prince Hotel!

Ich könnte etwas Gesellschaft auf den Schreinflohmärkten brauchen.«

»Ich denke darüber nach. Aber ich muß zwei neue Häuser einrichten, und Daddy unterrichtet dieses Semester an der Uni, da kann er nicht weg. Und du weißt ja, daß ich ohne ihn nicht mit den Shimuras zurechtkomme.«

»Ich muß jetzt Schluß machen«, sagte ich, denn ich befürchtete eine erneute Aufzählung ihrer vermeintlichen Beleidigungen. Das Problem war die Trennung: die Shimura-Männer entführten meinen Vater auf den Golfplatz, und meine Mutter mußte bei Tante Norie bleiben, die immer vergaß, daß meine Mutter weder Fisch noch andere Meerestiere mochte. Meine Tante hatte meine Mutter außerdem ausgelacht, als sie einmal ein antikes Keramikurinal nach Hause schicken wollte. In dieser Sache stand ich auf der Seite meiner Mutter. Das blau-weiße Urinal sah mit kalifornischem Mohn bepflanzt einfach toll aus.

»Was hast du heute noch vor?« Meine Mutter wollte das Gespräch nur ungern beenden.

»Ach, ich wollte einkaufen gehen, vielleicht nach ein paar Holzdrucken suchen«, improvisierte ich.

»Wirklich! Denk dabei an mich. Und vergiß nicht, das Alter ist mir egal, Farben und Linienführung sind mir wichtig, und so wenig Wasserschäden wie möglich ...«

Meine Mutter und ich liebten japanische Antiquitäten. Für sie als Innenarchitektin war das Aussehen wichtiger als die Geschichte. Mir war das Alter der Gegenstände wichtiger, aber mein Budget erlaubte mir nur kleine, häufig beschädigte Stücke. Trotzdem freute ich mich über alles, was ich kaufte. Und wenn man genügend Kimonos und Holzdrucke an die Wand hängte, dann sah man die abblätternde Farbe nicht mehr und das Zimmer erschien so gemütlich, daß man beinahe vergaß, daß es keine Zentralheizung gab.

Ich legte auf und spülte das Geschirr unter einem kalten Rinnsal ab, das erst warm werden würde, wenn ich fertig war. Ich dachte an die Bitte meiner Mutter; ich konnte einfach in den Oriental Bazaar gehen, ein funkelndes Warenhaus für Touristen. Dort würde ich die Drucke, die sie wollte, finden. Doch das war keine Herausforderung.

Das Telefon klingelte erneut, und ich ließ den Anrufbeantworter anspringen. Als ich die Stimme eines Japaners hörte, der fließend Englisch sprach, drehte ich das Wasser ab und beeilte mich, den Hörer abzunehmen.

»Du rufst ja früher zurück, als ich gedacht hätte«, begrüßte ich Tom Shimura, den Sohn der Todfeindin meiner Mutter.

»Ich bin immer noch en route – am Bahnhof –, aber ich habe die Zentrale angerufen und deine Nachricht bekommen. Was steht an?« Toms Vorliebe für umgangssprachliche Redewendungen brachte mich immer zum Lächeln.

»Ich habe ein medizinisches Schriftstück auf japanisch, das ich nicht verstehe.«

Tom sprach leise und vertraulich. »Ist es das Ergebnis deiner Vorsorgeuntersuchung? Erzähl mir nicht, du hättest dich durchchecken lassen!«

Die Tatsache, daß mein Cousin wußte, daß jegliche medizinische Untersuchung bei mir überfällig war, ärgerte mich. Hatte er etwa meine Akten im St. Luke's durchgeblättert? Ich bemühte mich, höflich zu bleiben, und sagte: »Nein, habe ich nicht. Aber ich wollte fragen, ob du dich vielleicht mit Autopsieberichten auskennst.«

»Klar. Ich habe während meiner Ausbildung einige verfaßt. Warum?«

»Das sage ich dir, wenn wir uns treffen.«

»Heute noch? Ich bin gegen Mittag in Yokohama.«

»Sag mir wo.« Ich staunte über mein Glück. Tom war der meistbeschäftigte Mensch, den ich kannte.

»Würde dir ein Ausflug in die Vorstadt etwas ausmachen? Mein Vater arbeitet wieder in Hiroshima, und wir waren ziemlich einsam. *Okāsan* – Mom – wird sich freuen, einen Gast zum Essen zu haben.«

»Bitte sag ihr, sie soll sich keine Umstände machen.«

»Umstände? Wir essen immer noch die Reste von Neujahr. Betrachte es als Dienst an der Allgemeinheit.«

In der gepflegten Straße, die zum Haus meines Cousins führte, stand in jeder Einfahrt ein nach der kulturell erforderlichen Wäsche funkelndes Auto, manche mit Festtagsschmuck auf der Kühlerhaube. Toms Honda Accord bildete keine Ausnahme. Die Dekoration aus Kiefernzweigen, die mit *washi*-Papier zusammengebunden waren, sah aus, als wäre sie von derselben Person gefertigt worden, die das ausladende Arrangement aus Kiefer, Bambus und Pflaume über der Haustür gemacht hatte: Tante Norie, die Martha Stewart von Yokohama.

»Rei-chan, das war doch nicht nötig!« rief meine Tante, als ich ihr ein kleines Glas indonesischer Vanillebohnen überreicht. Wahrscheinlich blieb ich bis an mein Lebensende die »kleine Rei« für sie, aber das störte mich nicht wirklich.

Tom kam nach unten und bedachte mich mit einer leichten, verlegenen Umarmung, die er wahrscheinlich in Amerika gelernt hatte, da mich ansonsten noch nie jemand aus der Familie berührt hatte. Manche Dinge waren einfach zu ausländisch.

»Erkennst du mich wieder? Die ganzen Überstunden im Krankenhaus ... ich muß in ein Fitneßstudio oder so.« Tom klopfte sich auf seinen kaum vorhandenen Bauch.

»Du siehst großartig aus, Tom«, sagte ich. Tante Norie hatte mir anvertraut, daß sie schon fast ein Dutzend Anrufe von professionellen Heiratsvermittlern erhalten hatte. Doch Tom wollte nichts davon wissen.

Zum Mittagessen servierte Tante Norie gratinierte Jakobsmuscheln, einen Gurkensalat, in Sake gekochte Lotuswurzeln, Spinat-Sesam-Rollen und eingelegte Auberginen, Reste vom Neujahrsessen. »Bitte sag deiner Mutter, wie gut der Essig war, den sie zu meinem Geburtstag geschickt hat! Er ist im Salat. Aber was es genau ist, habe ich nicht verstanden.«

»Balsamico«, vermutete ich. Und zuviel davon. Ich mußte mich bemühen, beim Essen nicht den Mund zu verziehen.

»Ich möchte eine *natto*-Diät machen, aber *Okāsan* stopft mich mit Lebensmitteln mit hohem Cholesteringehalt voll«, sagte Tom, der nicht so aussah, als hätte er das kleinste bißchen dagegen.

»Du ißt *natto*? Ich bin froh, daß ich nicht mit dir zusammen arbeiten muß.« Ich zog eine Grimasse. Der Geruch der fermentierten Sojabohnen war so scheußlich wie die faserige Konsistenz, obwohl Millionen schworen, sie seien gesund.

»Tomatsu, wenn du abnehmen willst, dann heirate. Heutzutage kocht kein Mädchen mehr! Oh, es tut mir leid, Rei-chan. Du bist sicher eine Ausnahme?«

»Das hoffe ich!« Hatte sie vergessen, daß ich ihr einmal nicht ganz perfekt gerollte, nichtsdestotrotz köstliche, vegetarische Sushi mitgebracht hatte?

»Was macht die Romantik? Gibt es nette neue Boyfriends?« bohrte meine Tante.

Bevor ich verneinen konnte, kam mir Tom zu Hilfe. »Laß Rei in Ruhe. Sie wollte mich schließlich beruflich konsultieren.«

Tante Norie errötete und entschuldigte sich damit, daß sie oben staubsaugen müsse. Vielleicht befürchtete sie, Tom würde mich für eine Untersuchung auf den Eßtisch beordern. Statt dessen führte er mich ins Wohnzimmer und machte es sich in einem Plüschsessel bequem. Der Sessel gab ein elektrisches Ächzen von sich und fing an Toms Schultern zu vibrieren an. Tom seufzte zufrieden und bestärkte mich in meiner Vermutung, daß er nicht so schnell ausziehen würde. Er würde in dem Massagesessel wohnen, bis Tante Norie schließlich eine Braut mit akzeptablen kulinarischen Fähigkeiten gefunden hatte.

Während Tom den Autopsiebericht las, wanderte ich durch das minimalistische beigefarbene Wohnzimmer und schob die *shōji*-Schiebetüren zur Seite, um mir den Garten anzusehen, wo die Pflaumenbäume bereits knospten. Vielleicht würde mich meine Tante einen Zweig abschneiden lassen.

»Das liest sich, als wäre es vor zwanzig Jahren geschrieben worden. Landärzte!« schnaubte Tom.

»Was steht drin?« Ich setzte mich auf das Sofa und schlug das Notizbuch auf, das ich mitgebracht hatte.

»Es fängt recht normal an und beschreibt die Person als einundvierzigjährige Frau mit neunundvierzig Kilogramm Gewicht. Der Mageninhalt bestand aus teilweise verdautem Reis, Fisch und Gemüsen, was darauf schließen läßt, daß sie vier bis sechs Stunden nach der letzten Mahlzeit gestorben ist.«

Das wäre also zwischen elf und ein Uhr gewesen, als ich draußen war, um die Tempelglocken zu hören.

»Bei der allgemeinen Röntgenuntersuchung wurden keine Frakturen sichtbar. Die Röntgenaufnahme des Schädels zeigte auch keine Frakturen, obwohl dem Gerichtsmediziner aufgefallen ist, daß sie hinter beiden Ohren Hämatome hatte. Die Zähne waren intakt, die Zunge war nicht verletzt.«

Sie hatte sich also nicht in die Zunge gebissen oder sie gepierct, notierte ich und dachte an Richard.

»Eine Untersuchung der Beckengegend ergab, daß sie schon eine Geburt hinter sich hatte, und man konnte eine gut abgeheilte Tubenligatur erkennen.«

Ich war verblüfft. »Das kann nicht sein. Sie hat gesagt, sie hätte keine Kinder!«

»Die Menschen lügen. Der Körper kann das nicht.« Tom sah mich bedeutungsvoll an. »Der Gerichtsmediziner hat danach toxikologische Tests durchgeführt. In dreißig Kubikzentimetern Blut aus der linken Herzkammer betrug der Blutalkoholspiegel 1,05 Promille.«

»Die Polizei hat behauptet, sie sei extrem betrunken gewesen und im Schnee ohnmächtig geworden.«

Tom schüttelte den Kopf. »Wenn sie Auto gefahren und von der Polizei angehalten worden wäre, dann wäre ein Alkoholtest wahrscheinlich positiv ausgefallen. Aber bei dem geringen Blutalkoholspiegel wäre sie nicht betrunken umgefallen.«

»Sie wirkte auf mich voll und ganz bei Sinnen, als ich an dem Abend nach dem Essen mit ihr gesprochen habe. Sie hatte ein wenig Sake getrunken.« Es gab mir einen kleinen Stich, als mir wieder einfiel, wie zeremoniell sie Hugh den Reiswein eingeschenkt hatte.

»In ihrer Lunge waren achtzehn Kubikzentimeter Wasser. Der Gerichtsmediziner hat das offenbar für geschmolzenen Schnee gehalten.«

Ich dagegen dachte an das Bad. »Warte. Wenn jemand mit Gewalt unter Wasser gedrückt wird, wieviel Wasser wäre dann in seiner Lunge?«

»Nicht viel, da sich der Hals gegen Fremdkörper verschließt. Ertrunkene haben meistens zwanzig oder weniger Kubikzentimeter in der Lunge.« Tom gab mir die Blätter zurück. »Sie hätten Leber und Nieren noch überprüfen sollen. Das finde ich unerhört. Sie haben alles im Schnellverfahren erledigt, *neh?«*

Über so langweilige Dinge wie Leber und Nieren wollte ich nicht diskutieren. »Kann es Körperverletzung gewesen sein? Du hast Hämatome hinter den Ohren erwähnt.«

»Das könnte daher kommen, daß das Blut in den Hinterkopf geflossen ist, weil sie lag, und so die blauen Flecken verursacht hat.«

»Das Wasser im Bad enthielt ganz bestimmte Mineralien«, überlegte ich. »Warum haben sie das nicht überprüft? Dann wüßten sie, ob es Schnee war …«

»Für sie war es wahrscheinlich ein klarer Fall.« Tom sah mich an. »Erzählst du mir jetzt, weshalb du überhaupt im Besitz einer Kopie dieses Berichts bist?«

Ich zögerte. »Das kann ich dir nicht sagen. Es ist vertraulich.«

»Aber hier geht es um Setsuko Nakamura, die Frau, die während der letzten drei Tage in allen Zeitungen war. Wie bist du an diesen Autopsiebericht gekommen?«

»Ich helfe einem Freund von mir. Wir haben die Theorie, daß sie von ihrem Ehemann ertränkt wurde. Was du mir über die Autopsie erzählt hast, zeigt, daß er ganz sicher dic Zeit dazu hatte.«

»*Vielleicht* hatte er die Zeit dazu. Nichts an der Autopsie ist hieb- und stichfest, Rei.«

»Was soll das heißen?«

Tom stupste mich am Kinn. »Die forensische Medizin kann keine hundertprozentigen Antworten liefern.«

»Was soll dann das Ganze?« Ich verbarg meine Verzweiflung nicht.

»Hör zu, Kusinchen. Die Frau ist zwischen vier und sechs Stunden nach dem Abendessen gestorben – niemand kann das genau sagen. Das Wasser war vielleicht Schnee, vielleicht stammte es auch aus dem Bad. Und sie hatte vielleicht eine Kopfverletzung, vielleicht aber auch nicht.«

»Okay«, sagte ich und erhob mich zum Gehen. »Vielleicht« war nicht so gut wie »ganz sicher«, aber es war zumindest ein Schritt in die richtige Richtung. Jetzt wußte ich auch, daß sie ein Kind gehabt hatte.

»Ich bin dir wirklich dankbar, Tom«, begann ich. »Du hast etwas gut bei mir.«

»Das geht schon in Ordnung.« Er deutete auf die Blätter, die ich wegsteckte. »Was machst du jetzt damit?«

»Ich gebe den Autopsiebericht meinem Freund

zurück. Der Fall ist abgeschlossen«, sagte ich und wünschte, ich könnte es glauben.

Ich nahm drei gebogene Pflaumenzweige mit nach Hause und arrangierte sie in einer angeschlagenen Satsumavase, die ich vor einem Monat aus dem überdimensionalen Müllcontainer hier im Viertel gerettet hatte. Auch mit Blumen war meine Wohnung nur ein Loch verglichen mit Tante Nories Haus. Kimonos und Holzdrucke konnten die Elektroleitungen nicht verbergen, die wie ein häßliches Spinnennetz an den Wänden hingen, und es gab keine Möglichkeit, über den uralten Linoleumboden hinwegzutäuschen. Das ganze Desaster wurde komplettiert durch die mit Büchern und Krimskrams von Schreinen überquellenden Pappkartons sowie meine armselige Garderobe, die ich auf einer kurzen Leine an einer Wand entlang aufgehängt hatte. Kein Wunder, daß sich meine Mutter weigerte, bei mir zu wohnen.

Ich schob den *kotatsu*-Tisch an die Wand, um meinen Futon auszurollen. Ich legte mich hin und nahm mir die Notizen zum Autopsiebericht noch einmal vor. Hätte ich Setsuko doch nur genauer angesehen, als ich sie gefunden hatte. Ich konnte mich nur an eine schneebedeckte Gestalt erinnern, und an ihr langes, schwarzes Haar, das steif gefroren war wie ein Stück Rinde. Ihr Haar. Als ich daran dachte, fiel mir plötzlich eine neue Frage ein.

Tante Norie sagte, Tom sei ins Krankenhaus gefahren. Die Telefonistin im St. Luke's gab mir die Auskunft, er sei im Moment nicht zu sprechen. Unruhig klopfte ich mit dem Stift auf den Tisch und dachte nach. Morgen mußte ich wieder arbeiten. Ich mußte das Problem unbedingt lösen.

Dreißig Minuten später stand ich vor dem St. Luke's, dem eleganten, sandfarbenen Gebäude, das vielleicht das luxuriöseste Krankenhaus in Japan war. Das St. Luke's war 1900 von einem amerikanischen Arzt gegründet worden, und diese Tatsache hatte es im Zweiten Weltkrieg vor den amerikanischen Bomben geschützt. Nach dem Gasanschlag in der U-Bahn durch Mitglieder der Aum-Shinrikyo-Sekte wurde das Krankenhaus 1995 wieder zum Zufluchtsort. Fünf Sektenangehörige hatten in mehreren Pendlerzügen Behälter mit Nervengas abgestellt und Löcher hineingebohrt; als das Gas ausströmte, rannten die Leute halbblind und krank aus den Zügen.

Elf Menschen starben und etwa dreitausendachthundert wurden verletzt. Viele davon gingen ins St. Luke's. Tom war an jenem Morgen Leiter der Notaufnahme. Das Erstaunlichste, wie er mir später erzählte, war die stoische Ruhe der Opfer. Niemand schrie, alle warteten geduldig, bis sie an der Reihe waren.

Im Gegensatz zu mir. Ich rauschte in die Notaufnahme, reichte der Oberschwester meine Karte und verlangte, sofort Dr. Shimura zu sprechen. Kurz darauf tauchte mein Cousin aus einem durch Vorhänge abgetrennten Bereich auf. Er trug einen weißen Kittel und machte ein ärgerliches Gesicht.

»Nur fünf Minuten«, bat ich. »Ich möchte noch etwas über Hämatome wissen.«

»Wenn ich nicht mitkomme, kriege ich dich nie los.« Tom seufzte und führte mich in die Krankenhauscafeteria, einen fröhlichen blau-gelben Raum, der mit pseudogriechischen Säulen geschmückt war. Mehrere Krankenschwestern warfen meinem Cousin sehnsüchtige Blicke zu. Er schien es nicht zu bemerken.

»Du willst also mehr über blaue Flecken wissen.« Tom spritzte Sahne in eine kleine Tasse Kaffee. »Wenn Adern platzen, fließt Blut ins Gewebe.«

»Und Blut fließt doch immer nach unten, nach dem Gesetz der Schwerkraft.«

»Sicher.« Tom drehte seine Armbanduhr, um unauffällig nachsehen zu können, wie spät es war.

»Dann kann sie unmöglich eines natürlichen Todes gestorben sein.« Ich sprach unwillkürlich lauter, und die Schwestern wandten sich wieder zu uns um. »Als ich sie gefunden habe, lag sie mit dem Gesicht nach unten. Da bin ich mir ganz sicher, weil ihr die Haare übers Gesicht gefallen waren.«

Toms Pieper meldete sich. Er klipste ihn ab und sah nach, welche Nummer angezeigt wurde.

»Sie hätte keine blauen Flecken am Hinterkopf haben dürfen, wenn sie mit dem Gesicht nach unten gefallen ist. Verstehst du?« beschwor ich ihn.

»Ich muß kurz zurückrufen.« Tom ging zu einem Telefonapparat an der Wand und nahm den Hörer ab. Er sprach angeregt und verbeugte sich am Ende des Gesprächs leicht, aber ich war zu aufgeregt, um mich darüber zu amüsieren.

»Ich habe noch zehn Minuten herausgehandelt«, sagte Tom, als er zurückkam. »Hast du den Autopsiebericht dabei?«

»Natürlich.« Ich kaute auf meinem Daumennagel herum, während Tom ihn noch einmal las.

»Ja, du hast recht«, sagte er schließlich. »In Anbetracht der Umstände ist das wahrscheinlich ein Hämatom des Processus mastoideus oder Battle-Hämatom.«

»Battle – wie Kampf? Soll das heißen, sie hat mit jemandem gekämpft?«

»Nein, Kusinchen. Battle ist der Name eines Arztes, der einen bestimmten Typus von Hämatomen identifiziert hat. Er hat sich mit Kopfverletzungen beschäftigt und herausgefunden, daß bei starken Schlägen auf den Hinterkopf nicht nur der Schädel bricht, sondern auch die Blutgefäße platzen, so daß Blut durch das Gewebe sickert und sich hinter den Ohren sammelt. Dadurch entstehen die dunklen Flecken, die als Battle-Hämatom bekannt sind.«

»Aber hattest du nicht gesagt, daß auf der Röntgenaufnahme keine Frakturen zu erkennen waren?«

»Solche Frakturen sind oft nicht zu sehen. Auch nach zehn Jahren als Mediziner kann ich dir sagen, daß es extrem schwierig ist, auf einer Röntgenaufnahme einen Haarriß von einem Blutgefäß oder einer normalen Schädelnaht zu unterscheiden.«

»Heißt das, du glaubst, sie hat Schläge auf den Hinterkopf bekommen?«

»Ja«, meinte Tom nach kurzer Überlegung. »Wenn ich mir ansehe, wann der Gerichtsmediziner sie untersucht hat – zehn Uhr morgens am zweiten Januar –, dann konnte sich das Hämatom leicht bilden, selbst wenn sie eine Nacht im Schnee gelegen hat.«

»Wir müssen etwas unternehmen.«

»Nun ja, ideal wäre es, wenn der Gerichtsmediziner seine Ergebnisse noch einmal revidiert. Aber es ist alles andere als wahrscheinlich, daß er einen Fehler zugeben wird.«

»Also wird es niemals jemand herausfinden.« Ich verbarg meinen Abscheu nicht. »Sie ist gestorben, und ihr Tod wurde als Unfall bezeichnet, nur wegen der Inkompetenz irgendeines *oisha-san.* Vielleicht haben sie auch deshalb alles unter den Teppich gekehrt, weil die Firma, die dabei im Spiel ist, Sendai heißt.«

»Wenn du dir dein Herz erleichtern mußt, dann ruf die Polizei an«, sagte Tom. »Sag ihnen, du hättest mit mir gesprochen, und ich hätte vorgeschlagen, den Autopsiebericht zu einem anderen Gerichtsmediziner zu bringen, um eine weitere Meinung zu dem Fall einzuholen.«

»Der Captain wird mir gar nicht zuhören. Er haßt Ausländer.«

»Versuch's. Dein Japanisch ist gut genug.«

»Aber nicht, was die Medizin betrifft! Wenn ich ihn anrufe, dürfte ich ihm auch deine Nummer geben? So daß du ihm alles erklären kannst?« Ich haßte es, so abhängig zu sein, aber ich wußte, wieviel Gewicht Toms Worte haben würden.

»Wenn du darauf bestehst.« Tom sah nicht sehr glücklich aus. »Kusinchen, ich sage dir das nur einmal. Wenn du mit der Polizei gesprochen hast, sollte deine Mission zu Ende sein. Dieser Freund, der dich gebeten hat, ihm zu helfen, sollte begreifen, daß du Englischlehrerin bist und nicht bei der Kripo.«

»Bei der Kripo?« Ich hob die Augenbrauen. »Du hast zu viele Comics gelesen.«

Tom lächelte nicht. Statt dessen wechselte er die Sprache. »In Japan hören die jungen Leute auf die älteren. Ich als der ältere Verwandte sage dir, wer auch immer diese Frau ermordet hat, denkt, er sei ungeschoren davongekommen. Du bist nicht diejenige, die ihn vom Gegenteil überzeugen sollte.«

Kein Mensch konnte wissen, weshalb ich im St. Luke's gewesen war, aber ich war in höchster Alarmbereitschaft, als ich in Richtung Bahnhof ging. Ich musterte die Leute, die in den Zug einstiegen, doch um diese Zeit gab es genügend Plätze, und keiner kam in meine Nähe.

Ich war die einzige, die an der Station Minami-Senju ausstieg. Ich ging rasch über den stählernen Fußgängerüberweg und die Treppen hinunter zum Gehsteig, dann am Lebensmittel- und am Spirituosenladen vorbei. Ein paar *bōsōzoku*, junge Motorradrowdys, donnerten an mir vorbei. In letzter Zeit trafen sie sich häufig vor der Spirituosenhandlung und ließen dabei ihre Maschinen nur so zum Spaß aufheulen. Niemand wagte es, sich zu beschweren, weil gemunkelt wurde, die *bōsōzoku* unterstützten die *yakuza,* organisierte kriminelle Banden ähnlich der amerikanischen Mafia.

Im Vergleich dazu waren meine obdachlosen Nachbarn absolute Gentlemen. Heute hatten sie eine Flasche Bier in der Mitte stehen, das sie in kleine Gläser schenkten. Einer rief etwas und lud mich ein, aber ich tat so, als hörte ich es nicht.

Als ich zu Hause ankam, schloß ich als erstes die Tür von innen ab. Dann rief ich im Minshuku Yogetsu an. Meine Erleichterung, daß Mr. Yogetsu am Apparat war und nicht seine Frau, dauerte nur kurz.

»Miss Shimura! Was für ein Glück, daß Sie anrufen. Meine Frau möchte mit Ihnen sprechen. Darf ich sie Ihnen geben?«

Sie hatte wahrscheinlich beschlossen, für die zerrissene *shōji*-Trennwand Geld von mir zu verlangen. Ich wollte nicht mit ihr darüber reden. »Ich kann jetzt leider nicht telefonieren. Ich wollte nur eine Nachricht für Hugh Glendinning hinterlassen.«

»Oh, der wollte im Alpenhof etwas trinken gehen.

Das macht er jetzt jeden Abend. Es wundert mich, daß er nicht gleich dort einzieht.« Mr. Yogetsu hörte sich gekränkt an.

Sehr interessant. Ertränkte er seine Sorgen oder hatte er eine Neue? Ich stellte mir ein schlankes japanisches Mädchen in engen Skihosen vor. Ich beendete schleunigst das Gespräch, in der Hoffnung, Mr. Yogetsu würde seine Frau nicht auf die Idee bringen, mich zurückzurufen. Ich rief im Alpenhof an. Als der Barkeeper ans Telefon ging, hörte es sich an, als befände er sich mitten in einer Schlägerei. Ich bat ihn, nach einem Weißen Ausschau zu halten. Er brüllte »Keine *gaijin!*« in den Hörer und legte auf.

Ich mußte also zuerst Captain Okuhara anrufen und Hugh die Nachricht danach ausrichten lassen. Ich wählte die Nummer auf der Visitenkarte, die mir der Polizeichef gegeben hatte. Ich identifizierte mich dem diensthabenden Beamten gegenüber als die japanisch-amerikanische Frau, die im Minshuku Yogetsu Setsuko Nakamuras Leiche gefunden hatte. Es klickte ein paarmal, und ich dachte schon, ich sei aus der Leitung geflogen, als ich eine Stimme hörte.

»Okuhara.«

»Hier spricht Rei Shimura. Erinnern Sie sich an mich?« fragte ich zögernd.

»Die Amateurübersetzerin. Ich erkenne Ihren Akzent wieder.«

»Ich habe eine Information zu Ihrem Fall.«

»Zu dem Nakamura-Unfall?« Er klang gelangweilt.

»Ich rufe wegen des Autopsieberichts an, der ... vielleicht nicht ganz richtig ist.« Ich holte tief Luft und übersetzte das Wichtigste, was Tom mir darüber erzählt hatte.

»Ja, ich weiß, was das Battle-Hämatom ist. Der Gerichtsmediziner hat es nicht erwähnt.« Captain Okuhara klang sehr sicher.

»Aber wir wissen doch, daß sie an diesem Abend zuletzt ein Bad genommen hat«, erinnerte ich ihn. »Wenn sie einen Schlag auf den Kopf bekommen hätte und dann unter Wasser gedrückt worden wäre, dann ist sie vielleicht ertrunken. Erinnern Sie sich, daß sie Wasser in den Lungen hatte und blaue Flecken hinter den Ohren?«

»Wie kommen Sie zu dieser erstaunlichen Schlußfolgerung, Miss Shimura?«

»Diese Analyse stammt von einem Arzt im St. Luke's. Wenn Sie mir nicht glauben, rufen Sie ihn an! Aber bitte sehen Sie sich um, bevor alle Beweismittel verschwunden sind – sehen Sie sich wenigstens das Bad an ...«

»Sie wurde draußen gefunden. Gerade Sie sollten das doch wissen.«

»Ja, ich habe sie unter dem Badezimmerfenster gefunden, ohne daß Fußspuren zu sehen gewesen wären, die zu ihrer Leiche oder von ihr weg geführt hätten. Sie lag mit dem Gesicht nach unten, und das bedeutet, daß es keinen Grund für die blauen Flecke hinter den Ohren gibt. Keinen Grund bis auf die Tatsache, daß jemand sie auf den Kopf geschlagen hat. Denken Sie mal darüber nach!« Ich vergaß die förmliche Sprache, mit der ich das Gespräch begonnen hatte. Ich hatte keine Geduld mehr für Höflichkeitsfloskeln. Ein langes Schweigen folgte.

»Wie sind Sie an den Autopsiebericht gekommen?« Er klang jetzt freundlicher, aber ich war immer noch vorsichtig.

»Jemand hat ihn mir gegeben.«

»Mr. Nakamura war der einzige, der eine Ausfertigung besaß.«

»Mr. Glendinning hat ihn fotokopiert, weil er sich Sorgen machte. Er wußte, daß Mrs. Nakamura sich scheiden lassen wollte. Es besteht aller Grund zu der Annahme, daß ihr Ehemann derjenige war, der sie geschlagen hat.« Da. Jetzt hatte ich es doch gesagt.

Captain Okuhara wollte mehr wissen. Jetzt, wo mir seine vollständige, unkritische Aufmerksamkeit sicher war, sprach ich wieder langsamer, und die Grammatik stimmte auch. Ich erzählte ihm von dem Papier in meiner Tür, dem Gasunfall und dem Szenario, das Hugh und ich im Bad entwickelt hatten.

»Es war völlig korrekt, daß sie mich angerufen haben, Miss Shimura«, sagte er am Ende meines Redeschwalls. Korrekt. Das war schon ein Fortschritt gegenüber seinem vorherigen Verhalten. Freudig fragte ich ihn, was er als nächstes unternehmen wollte.

»Zuerst werde ich den Arzt im St. Luke's anrufen, von dem Sie mir erzählt haben. Wenn ich es dann für nötig halte, werde ich die Autopsie noch einmal vornehmen lassen.«

Mir war schwindlig, als ich auflegte. Ich legte mich ins Bett, konnte aber nicht schlafen. Ich machte mir eine Tasse Kakao und versuchte mich zu entspannen. Captain Okuhara hatte mir zugehört. Er hatte sich bei mir bedankt. Rache würde nie wieder so süß sein.

12

Die Kekse und Süßigkeiten, die sich neben der Kaffeemaschine häuften, waren schon ziemlich ausgesucht, aber sie führten mich an meinem ersten Arbeitsabend doch in Versuchung. Jeder hatte ein Souvenir aus dem Urlaub mitgebracht. Ich legte einen kleinen Bohnenkuchen aus Shiroyama dazu und überlegte, ob ich vor dem Unterricht noch Zeit für eine Tasse Tee und einen Happen zu essen hätte.

»Du strahlst wie ein Honigkuchenpferd. Hat der fliegende Schottländer noch einmal angerufen?« Richards zischendes Flüstern in meinem Ohr erschreckte mich zu Tode. Ich schüttelte den Kopf. Ich hatte das ganze Wochenende darauf gewartet, und jetzt reichte es mir. Richard machte den Mund auf, wahrscheinlich weil er mir sein Beileid aussprechen wollte, aber ich kam ihm zuvor.

»Du hast diesen Ohrring aus dem Mund genommen?«

»Das ist ein Zungenstecker«, korrigierte mich Richard. »Diese Kleiderordnung nervt. Ich weiß nicht, wie lange ich das noch aushalte.«

Es war ein kleines Wunder, daß es Richard gelang, sich vier Abende pro Woche in Hemd, Blazer und Hosen zu quetschen, wie es Nichiyu von ihm verlangte. Wenn es nach ihm ginge, würde er das schwarze T-Shirt, die Lederhose und die vielen Ohrringe tragen, die er immer auf seinen Touren nach Roppongi und Shinjuku trug. In der Arbeit wußte niemand etwas über seine sexuelle Orientierung. Deshalb jammerte er, es würde sein Image ruinieren, daß wir zusammen wohnten. Trotzdem, er brauchte mich genauso als enge Vertraute, wie er meinen Teil der Miete brauchte.

Richard war mein ein und alles. Ich war als Einzelkind aufgewachsen und empfand es als Betrug, daß ich nie jemanden gehabt hatte, mit dem ich im Auto singen oder heimliche Spiele spielen konnte. Karen und Simone, die Erfahrungen in solchen Dingen hatten, versicherten mir, Brüder seien gar nicht so lustig, aber trotzdem betrachtete ich meine Zeit mit Richard gerne als drei geschwisterliche Jahre.

»Hoffentlich denkst du daran, diesen Zungenstecker herauszunehmen, wenn du etwas Heißes trinkst«, mahnte ich Richard zum Spaß, als die elektronische Melodie aus dem Lautsprecher uns mitteilte, daß der offizielle Arbeitstag zu Ende war. Zu Unrecht. Denn die meisten *salarymen* verbrachten mindestens vier weitere unproduktive Stunden an ihrem Schreibtisch oder in Richards und meinen Englischkursen.

Wir mußten an diesem Abend nicht nur unterrichten, sondern wir mußten Gruppen unterrichten, die das Management von Nichiyu unbedingt nach Arbeitsbereichen und nicht nach sprachlichem Können einteilen wollte. Das bedeutete, daß die Kurse von herrischen Männern dominiert wurden, die keine zwei Sätze bilden konnten, während niedrigere Angestellte, die besser Englisch konnten, Angst hatten, den Mund aufzumachen. Als ich heute fragte: »Was war das Schönste in Ihrem Urlaub?« und es noch zweimal ganz langsam wiederholte, folgte nur Totenstille.

»Das Schönste war der Schlaf!« grölte Mr. Fukuda endlich, und die anderen Erwachsenen, die in Grüppchen um den U-förmigen Tisch saßen, lachten nervös.

»Der Schlaf! Mr. Fukuda, Sie haben doch sicher nicht die ganzen fünf Tage geschlafen!«

Doch, das hatte er. Genau wie Mr. Nigawa. Die einzige, die zugab, etwas gemacht zu haben, war Ms. Mori, die einen Kuchen für ihre Familie gebacken hatte.

»Ist gar niemand weggefahren?« fragte ich skeptisch und dachte an all die süßen Souvenirs.

»Sie, *Sensei!*« fragte jemand. »Wohin sind Sie gefahren? Mr. Randall sagt, Sie haben ihn einsam gelassen in Tokio.«

»Allein gelassen in Tokio. Nein, lassen Sie uns heute nicht über mich reden.« Ich wußte genau, weshalb meine Schüler Monologe von mir hören wollten – dann konnten sie langsam einschlummern. »Na los, jeder fragt seinen Nachbarn, was das Beste in seinem Urlaub war, und auch, was wir vermißt haben. Ich mache das mit Ms. Shinchi vor.« Ich winkte meiner besten Schülerin, aufzustehen. »Guten Tag, Ms. Shinchi!«

Ich streckte ihr die Hand entgegen. Die schüchterne Frau riß sie nach oben und unten, während sie sich leicht verbeugte.

»Guten Tag, Ms. Shimura.«

»Sind Sie von Ihrem Neujahrsurlaub zurückgekehrt?«

»Ja, ich bin von meinem Neujahrsurlaub zurückgekehrt«, echote sie.

»Was war das Schönste in Ihrem Urlaub?«

»Das Schönste in meinem Urlaub war, daß ich meine Mutter zu Hause gesehen habe.« Sie starrte auf ihre Füße.

»Können Sie mir mehr darüber erzählen?«

»Ich hatte sie seit einem Jahr nicht gesehen.«

»Mmm. Gibt es einen Grund, weshalb Sie gerne wieder zur Arbeit gehen?« drängte ich sie.

»Ich kehre gerne wieder zur Arbeit zurück, weil ich Geld verdiene.«

»Na also! Und jetzt wollen wir sehen, wie viele unterschiedliche Antworten wir in zehn Minuten finden können, und ich möchte kein Wort Japanisch hören.«

Wir kamen spät nach Hause, aber Richard überredete mich, mit ihm eine Junzo-Itami-Comedy mit dem Titel *Die Bestattung* anzusehen. Sie war erstaunlich lustig. Ich lachte gerade über einen habgierigen Priester, der versuchte, sich mit dem wertvollen gekachelten Tisch eines Hinterbliebenen davonzumachen, als Richard die Pausentaste des Videorecorders drückte.

»Da ist jemand draußen im Gang.«

»Mr. Noguchi ist wieder betrunken und sucht seinen Schlüssel«, vermutete ich. Ein Stockwerk unter uns wohnte ein Witwer, der sich von Krabbenchips und Yebisu-Bier ernährte. Wenn er so richtig gut dabei war, stolperte er auch schon mal versehentlich eine Etage zu weit nach oben.

»Nein. Es klopft an unsere Tür«, beharrte Richard, also stand ich auf und sah durch den Spion. Der Mann auf der anderen Seite der Tür war nicht Mr. Noguchi, sondern er trug einen Geschäftsanzug und eine Aktentasche. Ein *salaryman,* der sich verirrt hatte? Ich öffnete.

»Miss Shimura?« Der Fremde sah aus, als hätte er am liebsten auf der Stelle kehrtgemacht. Vielleicht lag es an meiner langen Unterwäsche, aber was erwartete er um Viertel nach zehn? Ich zog meine *yukata* enger um mich und nahm die Karte, die er mir reichte. Die in englisch gedruckte Seite wies ihn als Junichi Ota, Rechtsanwalt, aus.

»Ich brauche keinen Anwalt, vielen Dank.« Ich wollte die Tür schließen.

»Mein Mandant hat mich geschickt, Hugh Glendinning.« Als Mr. Ota das sagte, zog es mir die Füße weg, und ich mußte mich am Türrahmen festhalten.

»Ich wußte nicht, daß Sie einen Ehemann haben.« Mr. Ota erspähte Richard über meine Schulter hinweg, der in seiner langen Unterwäsche auf dem Futon lag.

»Er ist nichts. Ich meine, das ist ein Kollege, nicht mein Ehemann, und er wollte gerade in sein Zimmer gehen.«

»Gute Nacht, Miss Shimura, meine verehrte Kollegin.« Richard verzog sich ohne Protest, denn durch die papierdünne Tür würde er sowieso alles hören.

»Was ist passiert?« fragte ich Mr. Ota, als wir allein waren, und bedeutete ihm, sich mit mir an den Teetisch zu setzen.

»Mr. Glendinning ist gestern vormittag in Zusammenhang mit dem Tod Setsuko Nakamuras und Kenji Yamamotos Verschwinden verhaftet worden.« In meinen Ohren rauschte es plötzlich, aber aus weiter Ferne hörte ich Mr. Ota sagen: »Nach japanischem Gesetz kann ein Zivilist inhaftiert und achtundvierzig Stunden ohne Kaution festgehalten werden, wenn der Verdacht besteht, daß er ein Verbrechen begangen hat. Danach muß ein Staatsanwalt entscheiden, ob es genügend Beweise gibt, um ihn in Gewahrsam zu behalten. Leider glaube ich, daß dies meinem Mandanten bevorstehen könnte.«

Captain Okuhara mußte durchgedreht sein, nach allem, was ich ihm vor zwei Tagen erzählt hatte. Ich mußte ihn unbedingt noch einmal anrufen, um die Situation zu klären.

»Der Polizeichef weigert sich offenbar, Mr. Nakamura zu verdächtigen, weil es leichter ist, einen Ausländer anzuklagen. Ich spreche mit ihm.« Ich ging in Richtung Telefon.

»Bitte tun Sie das nicht!« Das war die äußerste Annäherung an einen Befehl, die in höflichem Japanisch möglich war. »Alles, was Sie sagen, kann gegen Mr. Glendinning verwendet werden. Es wäre nicht das erste Mal.«

»Ich habe ihm doch nur gesagt, daß der Autopsiebericht neu ausgewertet werden sollte, weil es Anzeichen für eine Kopfverletzung gab! Nichts über Hugh.«

»Sie haben dem Captain erzählt, Mr. Glendinning hätte den Autopsiebericht gestohlen. Deshalb stand er gar nicht gut da«, sagte Mr. Ota ernst. Ich überlegte, ob er nur gekommen war, damit ich mir Vorwürfe machte. Gut, es war meine Schuld. Mein Vorsatz für das neue Jahr war gewesen, erst zu denken und dann zu sprechen, und ich hatte es nicht geschafft.

Mr. Otas Anklagerede ging weiter. »Miss Shimura, Sie haben auch die Theorie vertreten, der Mord sei im Bad passiert. Daraufhin fand die Polizei ein Beweismittel auf dem Beckenboden, ein Stück von

Mrs. Nakamuras Fingernagel. Mr. Glendinnings Fingerabdrücke sollen auf dem Fenster gewesen sein, aus dem die Leiche geworfen wurde. Der Schmuck der verstorbenen Dame wurde in seinem Zimmer gefunden, und jetzt schwört Mrs. Yogetsu, die Besitzerin der Pension, sie hätte an diesem Abend einen Streit zwischen den beiden im Bad gehört.«

»Meine Fingerabdrücke hätten sie auch finden müssen. Auf dem Fenster und auf den Perlen. Und ich – ich war das, die mit ihm im Bad gestritten hat. Warum haben sie mich nicht verhört?«

»Vielleicht, weil Sie das alles in Gang gebracht haben. Sie sind eine gute Spionin, *neh?* Sie können von Glück sagen.« Mr. Ota warf mir einen gequälten Blick zu. »Wenn nicht alles so eindeutig wäre, dann stünden die Chancen für die Entlassung meines Mandanten besser. Aber die Aussage der Pensionsbesitzerin war wirklich Pech für uns.«

»Sind Sie denn Strafverteidiger? Haben Sie schon Erfahrung?« Ich besah mir Mr. Otas Anzug, eine Polyester-Woll-Mischung, die schlaff von seinen schmalen Schultern hing. Er sah nicht so aus, als hätte er genügend Fälle gewonnen, um sich einen anständigen Schneider leisten zu können.

»Wenn Mr. Glendinning vor Gericht kommt, kann ihm kein Anwalt mehr helfen. Nur Gott.« Bei meinem verständnislosen Gesichtsausdruck erklärte er: »Neunundneunzig Prozent der Fälle, in denen es einen Prozeß gibt, enden mit einer Verurteilung.«

Daran durfte ich gar nicht denken. Ich mußte ruhig bleiben. In meinem kühlsten Tonfall sagte ich: »Sie haben demnach die Aufgabe, die Anklageerhebung zu verhindern.«

»Genau.« Mr. Ota schien erleichtert, daß ich ihm

nicht mehr widersprach. »Selbst wenn morgen entschieden wird, daß er in Haft bleiben muß, habe ich fünfundzwanzig Tage, um Beweise zu sammeln, mit denen ich die Anklage verhindern kann. Und Mr. Glendinning hat viele Freunde unter Juristen und Geschäftsmännern, die helfen könnten. Ganz oben auf unserer Liste steht Mr. Piers Clancy, ein Attaché der britischen Botschaft.«

»Trotzdem brauchen Sie mich«, sagte ich. »Ich fahre nach Shiroyama. Hughs Japanisch ist fürchterlich. Wenn er nicht gut behandelt wird, könnte ich mit der Polizei sprechen – Captain Okuhara kennt mich.«

»Das ist eine sehr schlechte Idee! Mr. Glendinning glaubt, daß Sie womöglich der Beihilfe angeklagt werden könnten. Es darf überhaupt nicht so aussehen, als würden Sie sich auch nur im mindesten nahestehen.«

Ich dachte darüber nach. Noch belastender als die Fingerabdrücke waren unsere Zusammentreffen: Drinks in einem Hotel, ein Abendessen in einer anderen Stadt, zwei Nächte im selben Zimmer. Wir kamen beide aus Tokio, wo wir uns schon vorher getroffen haben könnten. So wie ich mich benommen hatte, würde jeder denken, ich hätte von Setsukos Tod profitiert.

»Weshalb sind Sie dann zu mir gekommen?«

»Mein Mandant hat eine Bitte.« Mr. Ona zog den Reißverschluß seiner Lederimitataktentasche auf und holte ein paar Blätter heraus. »Die *tsuya* für Setsuko Nakamura findet morgen abend statt. Mr. Glendinning bittet Sie, mit Miss Hikari Yasui zu sprechen, seiner Sekretärin. Vielleicht könnten Sie zusammen hingehen. Er möchte wissen, ob Sie jemanden aus Shiroyama wiedererkennen. Vielleicht können Sie auch versuchen, mit Verwandten von Setsuko Nakamura in Kontakt zu kommen. Passen Sie genau auf und erzählen Sie es uns danach. Weil niemand so gut wie Sie die versteckte Wahrheit finden kann.«

Er hatte mir von der Zelle aus einen Stoß versetzt, den nur ich bemerken würde. Ich wußte nicht, was eine *tsuya* war, aber es hatte bestimmt etwas mit Bestattungen zu tun. Doch so lustig wie der Film, den ich gerade gesehen hatte, würde es bestimmt nicht werden.

»Ich kann nirgendwohin gehen, wo auch Mr. Nakamura sein könnte. Er würde mich erkennen und wütend werden – er findet schon jetzt, ich sei zu neugierig«, erklärte ich.

»Ach was, Sie müssen nur Ihre Frisur ändern und vielleicht eine Brille aufsetzen.« Mr. Ota reichte mir ein Blatt aus seinem Stapel eselsohriger Papiere. Zwei Telefonnummern standen darauf: die von Hikari Yasui und die von Piers Clancy.

»Wieviel weiß Hikari Yasui?« fragte ich.

»Yasui-san weiß, daß ihr Chef in Schwierigkeiten ist. Sie ist ein Mädchen mit einem treuen Herzen.«

Ob Hugh ihm das auch wortwörtlich so gesagt hatte? Ich räusperte mich und fragte: »Bleiben Sie in Verbindung mit mir? Können Sie mir sagen, was der Staatsanwalt macht?«

»Sicher. Morgen übernachte ich in Shiroyama, aber ich rufe an, wenn ich zurückkomme.«

Am nächsten Morgen um neun rief ich Piers Clancy an.

»Sie sprechen sehr gut englisch, Miss Shimura«,

sagte er abfällig, nachdem ich mich vorgestellt hatte.

»Sie auch. Trotz des Akzents.« Seine wenigen Worte klangen wie eine schlechte Imitation des *Masterpiece Theatre.*

»Nun denn.« Ein Moment eisigen Schweigens folgte. Ich stellte mir vor, wie er in einem gestärkten Hemd mit Manschettenknöpfen aus irgendeinem wertvollen Metall an einem großen Schreibtisch saß. »Lassen Sie mich Ihnen sagen, daß dies ein recht ungewöhnlicher Fall für das Konsulat ist. Ich kenne Leute, die der Trunkenheit und des ungebührlichen Benehmens bezichtigt wurden, des Drogenkonsums und solcher Sachen. Aber Mord, damit hatten wir bislang noch nichts zu tun.«

»Ich dachte, Sie seien sein Freund. Sie glauben doch nicht, daß er es getan hat?«

»Ich bin nicht zur japanischen Polizei gegangen, Miss Shimura. Sie schon.«

»Mein Anruf bei der Polizei war ein gutgemeinter Akt, der leider falsch verstanden wurde. Ich möchte wissen, wie wir jetzt weiter vorgehen, und wie es Hugh im Gefängnis geht.«

Piers Clancy hustete, als hätte er sich an irgend etwas verschluckt.

»Ich war noch nie in Shiroyama. Aber unser Konsul war in mehreren Haftanstalten in der Region und fand sie alle spartanisch, aber sicher. Es besteht keine Gefahr der Vergewaltigung oder Gewaltanwendung, da sich die Gefangenen untereinander nicht sehen.«

»Aber die Polizei ist bekanntermaßen brutal. Ich habe von einem iranischen Schmuckhändler gehört, der so schlimm verprügelt wurde, daß er danach taub war!«

»Sie wären verrückt, einen britischen Anwalt zu

schlagen.« Piers lachte ein wenig grausam. »Es hängt alles davon ab, ob man die Regeln kennt. Ich habe mit Hugh darüber gesprochen: Er soll die Wächter nicht ansehen und erst mit ihnen sprechen, wenn er selbst angesprochen wird, und so weiter. Wenn er geschlagen wird, soll er es uns sofort mitteilen, und wir legen offiziell Protest ein.«

»Wunderbar«, sagte ich höchst ironisch. »Was können Sie sonst noch für ihn tun?«

»Ausländische Konsulate können sich nicht in das japanische Rechtssystem einmischen, und es wird auch nicht von ihnen erwartet. Doch als Privatmann werde ich ein Leumundszeugnis abgeben, das dem Richter bei der ersten Anhörung vorgelegt werden kann.«

»Es würde wohl nichts nützen, bei Sendai nachzufragen, ob jemand für ihn bürgt? Der Vorstandsvorsitzende oder der Geschäftsführer?« Ein ausländischer Diplomat mittleren Rangs war nicht halb soviel wert wie ein japanischer Firmenchef.

»Von dieser Seite her herrscht tödliches Schweigen, bis auf die Mitteilung, daß man Verständnis zeigen würde, wenn er kündigen wolle.«

»Wissen die denn nicht, daß er es war, der wollte, daß die Autopsie überprüft und das Bad durchsucht wird? Wenn Hugh jemanden umgebracht und so viel Glück gehabt hätte, daß es als Unfall durchgeht, hätte er sich dann nicht einfach ruhig verhalten?« Die Worte sprudelten nur so aus mir heraus.

»Hugh wird sicherlich verfeinerte Versionen einiger dieser Argumente vortragen. Und er arbeitet mit Ota an einem Alibi für die Zeit, in der er angeblich mit dieser Frau gebadet hat ...«

»Er ist nicht mit ihr im Bad gewesen. Ich weiß das,

weil er vor dem Abendessen nasse Haare hatte. Er und Mr. Yamamoto.«

»Ich schätze Ihr Erinnerungsvermögen, aber da Yamamoto vermißt wird und sehr wahrscheinlich tot ist, stehen wir nicht allzu gut da.«

Piers Clancy wollte eindeutig nicht mit mir zusammenarbeiten. Ich war voll und ganz auf seine Gnade angewiesen. »Sprechen Sie Hugh heute noch einmal? Würden Sie ihm sagen, daß es mir leid tut?«

»Miss Shimura, bitte. Ich lasse es Sie wissen, wann beziehungsweise ob er herauskommt.« Die Stimme des Diplomaten wurde schwächer, als wäre er im Geiste schon bei einem anderen Punkt der Geschäftsordnung. »Bis dahin seien Sie bitte ein braves Mädchen, und halten Sie sich von Journalisten fern, ja?«

Die nächste Person auf meiner Liste, Hikari Yasui, war erheblich freundlicher.

»Das Problem wird bald geklärt sein, Miss Shimura. Alle helfen mit«, sagte sie in gutem Englisch mit der piepsigen, gefälligen Intonation, die mir verriet, daß sie etwa so alt wie ich und wahrscheinlich sehr hübsch war. Eine typische Sekretärinnenstimme; im Vergleich hörte ich mich an wie ein Bär.

»Was genau ist eine *tsuya*? Ist das die Bestattung?« fragte ich.

»Nein. Die Einäscherungszeremonie ist nur für Verwandte. Die *tsuya* kommt zuerst, damit sich Freunde und Nachbarn noch von der Verstorbenen verabschieden können. Zu Hause wird ein Altar errichtet, wo die Leute beten und mit anderen ihre Erinnerungen an den geliebten Menschen austauschen.«

»Ich kenne die Etikette nicht.« Mit meinem Gesicht konnte ich mir keine gesellschaftlichen Schnitzer leisten.

»Sie müssen Schwarz tragen, und als Schmuck sind nur Perlen denkbar, die natürlich für Tränen stehen. Wenn Sie ein *kōden* mitbringen könnten, würde das auch einen guten Eindruck machen.«

Sie sprach von einem Geldgeschenk - das beliebteste Geschenk der Japaner, das für alle Anlässe geeignet ist. Das Geld wird in einen Umschlag gesteckt, der mit schwarzen und silbernen Schnüren zugebunden wird. Solche Umschläge gab es in jedem Schreibwarengeschäft. Ich überlegte, welcher Betrag wohl angemessen wäre, und ob ich eine Karte oder einen anderen Nachweis meiner Identität beilegen mußte.

»Ich habe darüber nachgedacht. Sie sind eine neue Sekretärin bei Sendai. Mr. Ota hat gesagt, Sie sind jung, also ...«, sie lachte wehmütig, »was können Sie schon anderes sein als eine Sekretärin?«

»Aber ich sehe anders aus. Meine Haare ...«

»Ja, das habe ich gehört. Ich lasse im Schönheitssalon eine Perücke zurücklegen, damit sehen Sie normaler aus.«

Mein Tag war sehr kompliziert geworden. Ich mußte mir ein schwarzes Kostüm von Karen ausleihen, die Perücke abholen und die Verabredung zum Lunch mit Mrs. Chapman einhalten. Danach mußte ich zu Nichiyu, wo ich mir eine Ausrede ausdenken mußte, um zwei Stunden früher gehen zu können. Dann würde ich die lange Fahrt in einem vollgestopften Pendlerzug zu Setsukos *tsuya* am Stadtrand durchstehen müssen. Mir reichte es schon, wenn ich nur daran dachte.

Ich beschloß, Mrs. Chapman und den Schönheitssalon zu kombinieren. Als ich sie anrief, sagte sie, sie müsse sowieso zum Waschen und Legen. Wir trafen uns an der Station Hibiya und folgten der Beschreibung zu einem der wenigen Art-déco-Häuser, die es in Tokio noch gab. Es lag inmitten mehrerer teurer Gebäude in der Nähe des Hibiya-Parks.

»Das sieht aus wie bei meinem Friseur zu Hause!« sagte Mrs. Chapman, als ich ihr die Milchglastür des Oi-Schönheitssalons aufhielt. Innen sah ich eine verlassene Reihe altmodischer Trockenhauben und an der Wand lauter Styroporköpfe mit schrecklichen, aufgeplusterten Perücken. Das war ein Juwel der Nachkriegszeit. Ich konnte mir vorstellen, wie die Frau von General MacArthur noch schnell vorbeikam, um sich frisieren zu lassen, bevor sie ein paar Straßen weiter im Imperial Hotel zum Lunch ging.

Mrs. Oi, eine verrunzelte Frau, die aussah, als würde sie seit der Besatzungszeit hier arbeiten, verbeugte sich tief vor Mrs. Chapman und rief dem Lehrmädchen, es solle Kaffee bringen. Ich mußte mich bemühen, nicht zurückzuzucken, als Mrs. Oi mir durch das Haar fuhr und den barbarischen Kurzhaarschnitt beklagte. Ja, eine Perücke wäre genau das richtige für mich, um die Zeit zu überbrücken, bis meine Haare die angemessene Länge für eine Frau hätten.

»Gehen Sie auf eine Hochzeit oder etwas Ähnliches? Möchte Madame eine traditionelle Frisur?« Sie sah mich prüfend an.

»Es ist eine Party«, sagte ich. Mrs. Oi wirkte überrascht; vielleicht lieh man sich für eine Party keine Perücke aus. Ich improvisierte. »Meine Schwiegereltern kommen auch, und sie dürfen nicht wissen, daß ich meine Haare im letzten Monat abgeschnitten habe.«

»Man muß sich immer bemühen, der Familie des Ehemanns zu gefallen, *neh?* Das gehört sich so für die Frau«, trällerte Mrs. Oi und führte mich zu einer Reihe mit japanischen Perücken. Es gab zwei Stile: entweder lang, glatt und modern, oder hochgesteckt wie bei einer Geisha aus dem neunzehnten Jahrhundert.

Sie setzte mir ein halbes Dutzend Perücken auf, bis wir beide mit einer seidigen, synthetischen Mähne zufrieden waren, die mir über den Rücken fiel. Zum ersten Mal in meinem Leben sah ich richtig japanisch aus.

»Das ist genau Ihr Stil«, sagte Mrs. Oi entschlossen. »Sie hätten sich die Haare nicht abschneiden sollen. Wenn Sie sich die Haare wirklich wieder wachsen lassen wollen, dann sollten Sie vielleicht die Perücke kaufen und sie tragen, bis Ihre Haare nachgewachsen sind.«

»Nein, es reicht mir, wenn ich sie ausleihe. Um die Wahrheit zu sagen, ich würde gerne zwischen kurz und lang wechseln. In der Beziehung bin ich ziemlich spontan.«

»Heutzutage leihen sich nicht mehr viele Frauen eine Perücke aus. Es ist ein Jammer. So kann man leicht seinen Typ ändern und ein bißchen Würze ins Eheleben bringen.« Umständlich schrieb sie mit ihren knorrigen Fingern, die von dicken perlenbesetzten und Jaderingen geziert wurden, die Quittung.

Nachdem ich alles erledigt hatte, schenkte ich mir auch eine Tasse Kaffee ein und setzte mich, um auf Mrs. Chapman zu warten. Sie saß bereits mit einem

Tokyo Weekender auf dem Schoß unter einer der großen Trockenhauben. Sie rief mir etwas zu, das ich wegen des Brummens der Haube nicht verstand.

»Wie bitte?« Ich kam näher.

»Was wollen Sie denn mit dieser Perücke? Ich dachte, Sie kämen zum Waschen und Fönen, so wie ich.«

Ich hatte sie nur gebeten, mich beim Friseur zu treffen und anschließend in einem kleinen italienischen Restaurant in der Nähe mit mir zu essen. Jetzt log ich: »Ich bin auf eine Party eingeladen und brauche einen neuen Look.«

»Wenn Sie die aufhaben, sehen Sie überhaupt nicht mehr amerikanisch aus. Sie könnten gleich einen Kimono anziehen.« Sie sagte das scherzend, aber ich hatte das Gefühl, sie meinte es ernst.

»Die einzigen Kimonos, die ich habe, sind antik. Sie eignen sich nicht zum Tragen.« Mir gefiel die Wendung, die das Gespräch nahm, nicht, und so stopfte ich die Perücke in meinen Rucksack, entschuldigte mich und ging zur Toilette.

Als ich zurückkam, war Mrs. Chapman fertig und wollte so schnell wie möglich ins Freie. Es war ein schöner, linder Tag, so daß ich vorschlug, den Italiener bleiben zu lassen, statt dessen etwas einzukaufen und im Hibiya-Park zu essen. In der riesigen Lebensmittelabteilung des Sogo-Kaufhauses entdeckte ich köstliche chinesische Nudeln, und sie nahm gebratenes Huhn. Wir waren beide zufrieden.

»Wie lange wollen Sie noch bleiben?« fragte ich, als wir uns auf eine Bank am Ententeich setzten.

»Das steht noch nicht ganz fest.« Mrs. Chapman seufzte tief. »Das Reisebüro hat gesagt, ich könnte morgen fliegen, aber als ich dort war, haben sie mir erklärt, wegen der Neujahrsurlauber sei alles ausgebucht. Ich habe bei der Fluggesellschaft angerufen, und die haben mir dieselbe Auskunft gegeben.«

»Das tut mir leid.«

»Das haben die auch gesagt. Sehr, sehr leid. Soviel zu meinem offenen Rückflugticket.« Sie preßte ihre mandarinenfarben bemalten Lippen zusammen.

»Was haben Sie sich in Tokio angesehen?« Ich kaute einen Mundvoll meiner pikant gewürzten Nudeln und fragte mich, ob ich Mrs. Chapman wohl bis in alle Ewigkeit würde unterhalten müssen.

»Ich bin mit dem Bus zu diesem Schrein gefahren, von dem Sie mir erzählt haben, und nach Disneyland. Ich habe auch ein bißchen für meine Enkelin auf der Ginza, der großen Einkaufsstraße, eingekauft.«

»So wie Setsuko. Das Einkaufen, meine ich.«

»Ich muß auch ständig an sie denken.« Mrs. Chapman seufzte wieder. »Es kommt jeden Abend in den englischsprachigen Nachrichten. Ich habe gehört, daß Hugh Glendinning festgenommen wurde.«

»Die Polizei verhört ihn nur.« Ich brachte es nicht über mich, ihr zu sagen, daß er der Hauptverdächtige war.

»Wirklich? Das klingt ja, als hätten Sie noch damit zu tun. Erzählen Sie!« Sie beugte sich so nahe zu mir, daß eines ihrer Hühnerbeine in meine Nudeln fiel.

»Eigentlich nicht.« Ich gab ihr das Hühnerbein zurück und nahm meinen Becher warmen grünen Tee. »Ich glaube, wir alle könnten irgend etwas wissen, was der Polizei weiterhelfen könnte. Ich weiß nur nicht, was es ist.«

»Vielleicht sollten wir einmal nachdenken. Wenn Sie mir noch einmal in der richtigen Reihenfolge erzählen könnten, was genau passiert ist – durch die Nachrichten habe ich alles durcheinandergebracht.«

Das konnte nicht schaden. »Im Autopsiebericht steht, Setsuko sei zwischen elf und ein Uhr nachts gestorben. Bis etwa zehn Minuten vor Mitternacht waren wir alle im *minshuku*. Dann bin ich mit den Ikedas zum Tempel gegangen. Mr. Nakamura und Yamamoto haben uns auf halber Strecke eingeholt. Hugh ist dreißig Minuten später gekommen.«

»Was ist mit den Pensionsbesitzern und ihrer Familie?« fragte Mrs. Chapman. »Wo waren sie?«

»Bei uns. Offenbar waren Sie die einzige, die die ganze Zeit über in der Pension war. Sie und Setsuko, meine ich. Erinnern Sie sich, irgend etwas gehört zu haben? Ist sie vielleicht die Hintertreppe hinauf- oder hinuntergegangen?«

Mrs. Chapman kaute gründlich, bevor sie antwortete. »Wie gesagt, bei laufendem Fernseher konnte ich kaum etwas hören. Dann bin ich eingeschlafen.«

»Ja, das haben Sie mir schon das letzte Mal gesagt.« Ich war enttäuscht.

»Darf ich Ihnen einen Rat geben, Kleines? Achten Sie auf Ihre Gefühle, nur für den Fall, daß die Polizei den Richtigen hat. Hugh Glendinning könnte ein Filmstar sein, so gut sieht er aus, aber man kann nie wissen.« Sie musterte mich. »Sie glauben, der Fall liegt anders. Ich habe Ihre zarten jungen Gefühle verletzt.«

»Das haben Sie nicht. Es ist gut, eine Freundin mit mehr Erfahrung zu haben.« Im Gegensatz zu Richard, der die ganze Situation einfach nur zum Lachen fand. Auf ihre dominante Art versuchte Mrs. Chapman wenigstens zu helfen.

In der Arbeit beschloß ich, Mr. Katoh die Wahrheit zu sagen – daß eine Bekannte von mir unerwartet gestorben sei und meine Anwesenheit bei der Trauerfeierlichkeit gewünscht wurde. Das war richtig gewesen; er nahm Trauerzeremonien sehr ernst. Natürlich durfte ich gehen. Mein Chef versicherte mir, daß Richard gerne meine Abendschüler übernehmen würde.

Hikari und ich trafen uns um sechs Uhr vor einem Schnellimbiß in Shingawa. Weil wir die einzigen Frauen unter dreißig Leuten waren, die von Kopf bis Fuß in Schwarz gekleidet waren und *kōden* dabei hatten, war die Identifizierung einfach. Sie war begeistert von den langen falschen Haaren und dem damenhaften Junko-Shimada-Kostüm, das ich mir von Karen ausgeliehen hatte. Man merkte kaum, daß ich es um die Taille mit Sicherheitsnadeln enger gesteckt hatte. Ich kam mir vor wie eine japanische Barbiepuppe; nur die Brille mit der schwarzen Fassung, die ich mir von Richard geborgt hatte, paßte nicht ganz dazu.

Ich sah etwas verschwommen, aber trotzdem nahm ich Hikari genau in Augenschein. Sie war groß, wie die hübschesten Mädchen in den Clubs von Roppongi. Ihr naturschwarzes Haar reichte ihr bis zu den Hüften, und sie hatte einen kleinen gekräuselten Pony. Das konservative schwarze Kostüm konnte man gutwillig als von Chanel inspiriert beschreiben, das doppelte C war eher schlecht als recht auf die Goldknöpfe gedruckt. Sie roch nach einem Puder, das ich als mein Deodorant wiedererkannte.

Die erste halbe Stunde standen wir im Zug, aber nachdem an der Station Yokohama massenhaft Leute ausgestiegen waren, zwängten wir uns auf Sitzplätze.

Ich zog drei englischsprachige Tageszeitungen mit Artikeln über Hughs Festnahme aus meinem Rucksack . Der Artikel in der *Japan Times* war mit LEBEN EINES WÜSTLINGS betitelt und beschrieb, wie Hugh die idyllische Ehe der Nakamuras zerstört hatte. Der Autor berichtete, daß Hugh jeweils für kurze Zeit in sechs verschiedenen Unternehmen gearbeitet hatte, in einer Wohnung in Roppongi lebte, die monatlich sechshunderttausend Yen kostete, und daß er seit seiner Ankunft in Japan schon mehrmals Strafzettel für Falschparken bekommen hatte. Anonyme Informanten unter den hier lebenden Ausländern behaupteten, seine letzte Freundin vor Setsuko Nakamura sei eine Anlageberaterin in London gewesen. Der Artikel zitierte auch Piers Clancy, der die Öffentlichkeit bat, daran zu denken, daß gegen Hugh keine Anklage erhoben, geschweige denn ein Urteil gesprochen worden sei und daß er als Jurist international einen hervorragenden Ruf habe. Die Presseabteilung von Sendai hatte keinen Kommentar abgegeben, was mich nicht überraschte.

Hikari blickte mir über die Schulter, deshalb reichte ich ihr jeden Artikel, nachdem ich ihn fertig gelesen hatte. Als sie die *Japan Times* sah, fragte sie mich, was das Wort »Wüstling« bedeute.

»In diesem Fall steht es für Playboy«, erklärte ich ihr. »Wissen Sie, was das ist?«

»O ja.« Sie warf mir einen schmerzvollen Blick zu und las schweigend weiter, bis wir an der Endhaltestelle angelangt waren, Zushi. Am Straßenrand standen einige Taxis, und sie schob mich in eines hinein. An einer Felsenküste entlang wurden wir nach Hayama gefahren, die nahe gelegene Vorstadt, wo Mr. Nakamura wohnte.

»Wie finden Sie denn mein Haar? Sieht es so falsch aus, wie es sich anfühlt?« Ich machte mir langsam doch Sorgen, daß ich einen Mann, der mich bereits kannte, nicht würde täuschen können.

»Ich finde, Sie sehen sehr japanisch aus. Sie könnten fast meine Schwester sein.« Hikari ließ eine fluoreszierende Puderdose aufschnappen und puderte sich ihr perfektes Gesicht nach.

Ich nahm Richards Brille ab, um die Vorstadthäuser zu betrachten. Jedes Grundstück war so groß, daß man ein weiteres Haus darauf bauen könnte. Das wäre auch geschehen, wenn das hier noch Tokio gewesen wäre.

»Ich habe gehört, daß ein Reisbauer Mitte der siebziger Jahre sein Land verkauft hat. Damals hätte man es sich vielleicht leisten können. Heute ist es völlig undenkbar«, sagte Hikari, als hätte sie meine Gedanken gelesen.

Jedes Haus schien mit der zurückhaltenden Pracht entworfen worden zu sein, die in den japanischen Traditionen wurzelte; niedrige Gebäude mit makellosem cremefarbenen oder weißen Putz und schrägen Ziegeldächern in Grau oder Blau. Die Gärten waren ummauert, so daß man die Schätze darin nicht sehen konnte, doch durch ein Bambustor entdeckte ich einmal einen Springbrunnen. Unwillkürlich wünschte ich mir, aussteigen, diese ominöse *tsuya* sausen lassen und statt dessen die Paläste der Bourgeoisie genauer in Augenschein nehmen zu können.

»Ich will eigentlich überhaupt nicht mit. Ich habe keine Ahnung, was ich dort machen soll«, gestand ich.

»Rei-san, zweifeln Sie nicht an Ihrer Stärke.« Ihre Stimme klang beruhigend. »Ich habe über den

Rechtsanwalt ein Fax von Hugh bekommen, in dem es heißt, ich kann Ihnen vertrauen, weil Sie so gut versteckte Wahrheit finden.«

Er schickte also an alle denselben ironischen Kommentar. Sie hatte auch ein Fax bekommen, nur ich nicht. »Hat Hugh vielleicht Verwandte von Setsuko erwähnt? Gibt es eine Mutter, einen Vater?« Das Wort *Kind* schoß mir durch den Kopf, aber ich hielt es nicht für klug, Hikari alles zu erzählen.

»Soweit ich weiß, leben ihre Eltern nicht mehr. Das ist das Haus. Bitte halten Sie.« Es war zu dunkel, um Hikaris Gesichtsausdruck zu sehen, aber in ihrer Stimme hörte ich Angst.

13

Das *kanji*-Zeichen für Tod schimmerte dunkel auf den weißen Papierlaternen, die das Haus der Nakamuras säumten. Leute in schlichten schwarzen Anzügen, Kostümen und Kimonos strömten an einer kleinen Armee von Reportern vorbei, die die Straße mit hellen Scheinwerfern und Mikrophonen blockierten. Einige Gäste antworteten auf die ihnen zugerufenen Fragen, doch ich hielt den Kopf gesenkt und folgte Hikari nach drinnen. Mein *kōden* legte ich auf ein Tablett, das von zwei grimmig dreinblickenden Männern in schwarzen Anzügen bewacht wurde. Auf die Rückseite des Umschlags hatte ich den darin enthaltenen Betrag, fünftausend Yen, geschrieben, sowie den Mädchennamen meiner Tante, den ich als Decknamen verwenden wollte.

Setsukos guter Geschmack war auch in ihrem Haus nicht zu übersehen. Kalligraphierollen hingen an den Wänden, und kleine antike Keramik- und Lackstücke waren auf glänzenden *tansu*-Kommoden arrangiert. Im Wohnzimmer wimmelte es von gutgekleideten Gästen und Kellnern in Smoking, die Whiskey und Bier anboten. Das Ganze wirkte wie eine sehr schicke Cocktailparty.

Ein zweiter Raum mit *tatami*-Matten auf dem Boden war zum Trauern bestimmt worden. Er war mit protzigen goldenen Bestattungssymbolen geschmückt, und es roch intensiv nach Hunderten von

Topfchrysanthemen. Weitere Blumen umrahmten eine große Fotografie Setsukos, die mit ihrem kühlen angedeuteten Lächeln von einem dreistöckigen Altar aus auf uns herabblickte. Auf dem Altar standen Schüsseln voller Äpfel und Orangen, Opfergaben für Buddha.

Ich betrachtete zuerst die Dekoration und konnte so meinen Gang zu dem brokatbedeckten Kasten vor dem Altar noch hinauszögern. Der Deckel war geschlossen, was zweifellos den beiden Autopsien zuzuschreiben war.

Hikari und ich folgten einer Frau, die nach vorne ging und sich vorm Altar verneigte, wobei sie beim Gebet geräuschlos die Hände zusammenführte. Es dauerte nur eine Minute. Wahrscheinlich war es Aufgabe der Verwandten, morgen bei der Bestattung stundenlang dazuknien und zu beten. Es schienen nicht viele gekommen zu sein: Als Hikari und ich wieder ins Wohnzimmer gingen, identifizierte sie fast alle als Angestellte von Sendai mit ihren Ehefrauen.

»Kennen Sie sie alle?« Ich war erstaunt.

»Fast alle. Dort drüben ist der Präsident.«

»Masuhiro Sendai?«

»Ja. Aber Sie stellen sich besser nicht vor. Er interessiert sich für alle seine Angestellten.«

Für alle außer denen, die in Ungnade gefallen sind, dachte ich, als ich den kleinen Mann mit dem dicken grauen Haarschopf betrachtete. In einer Ecke unterhielt er sich mit einem hochgewachsenen Ausländer. Ich bekam eine Gänsehaut.

»Wer ist der *gaijin?«*

»Er arbeitet nicht bei Sendai.«

Der Mann trug einen Brooks-Brothers-Anzug, war Anfang Sechzig und hatte die selbstgefällige

Ausstrahlung eines im Ausland lebenden wohlhabenden Geschäftsmannes. Vielleicht war es ein Rechtsanwalt, ein Anwärter auf Hughs Stelle.

»Kann ich eine Liste der Leute bekommen, die ein *kōden* mitgebracht haben?« fragte ich. Der Name eines Ausländers würde sofort auffallen.

»Nein! Die geht direkt an Mr. Nakamura.«

»Gibt es eine Gästeliste?«

»Das bezweifle ich. Es ist schwierig, mit Mr. Nakamuras Sekretärin zu sprechen.« Hikari sah unglücklich aus, und ich fragte mich, auf welchen Posten man sie abschieben würde, solange Hugh im Gefängnis war. »Kann ich Sie eine Weile allein lassen? Ich habe ein paar Verpflichtungen.« Hikari winkte einer Gruppe Sekretärinnen, die zusammen vor einer Tür standen.

Ich ging wieder in das Trauerzimmer. Jemand, dem Setsuko wirklich wichtig war, würde bestimmt für sie beten.

Die attraktive Frau, die ich vorher am Sarg gesehen hatte, war wieder da und schien sich gar nicht losreißen zu können. Ich schob meine Brille ein wenig nach unten, um sie genauer betrachten zu können. Sie hatte das gleiche geschmeidige Haar wie Setsuko und trug ein schmalgeschnittenes schwarzes Kostüm, das von Hanae Mori sein konnte. Sie drückte sich ein Taschentuch an die Augen. Ich wollte sie gerade ansprechen, als mir jemand leise meinen Namen ins Ohr flüsterte.

»Miss Shimura.« Es war Captain Okuhara, diesmal in einer höchst offiziell aussehenden Uniform. »Ich dachte, Sie kannten Mrs. Nakamura gar nicht. Es ist eine Überraschung, Sie auf ihrer *tsuya* zu sehen.«

»Ich wünschte, ich könnte dasselbe von Ihnen sagen.« Er mußte mich natürlich erkennen; die Frage war nur, ob er mich an Mr. Nakamura verpfeifen würde. Wenn ich ihn davon überzeugen konnte, daß ich auf der Gästeliste stand, würde er vielleicht gar nicht auf die Idee kommen. Ich versuchte es. »Mr. Nakamura hat soviel nachgedacht über die letzten Tage seiner Frau. Ich habe die Nachricht erhalten, wir sollten alle kommen, um uns zu verabschieden. Haben Sie die anderen gesehen?«

»Nein.« Ein kleines Lächeln umspielte seinen Polizistenmund. »Ihm liegt viel daran, daß der Mörder seiner Frau endlich festgenommen wird.«

»Ich dachte, Sie hätten den Mörder bereits verhaftet.« Es gelang mir nicht, die Bitterkeit aus meiner Stimme zu nehmen.

»Hat Glendinning Ihnen gesagt, wo er ist?« fragte Captain Okuhara.

»Ich weiß es von seinem Rechtsanwalt. Sie wissen doch, daß er nicht telefonieren darf.«

»Wenn Glendinning reden würde, statt alles seinem Rechtsanwalt zu überlassen, würde es ihm bessergehen. Doch wie die Dinge im Moment stehen, habe ich das Gefühl, er wird uns noch lange erhalten bleiben.«

Innerhalb von ein paar Sekunden wurde mir heiß und kalt, und ich mußte mein Glas absetzen. Eine von Hikaris Kolleginnen drückte mir eine Serviette in die Hand. Ich wischte damit über den nassen Fleck, den ich auf eine alte *tansu*-Kommode gemacht hatte.

»Es ist schwer für Sie, nicht wahr?« Seine Stimme senkte sich zu einem sadistischen Säuseln. »Schwer zu begreifen, daß Mrs. Nakamura und Ihr Freund mehr gemacht haben als nur zusammen einzukaufen. Wir haben die beeidete Aussage von der Frau von Yogetsu, daß Glendinning am Silvesterabend mit Mrs. Nakamura gebadet hat. Sie hörte laute Stimmen, Stimmen, die englisch sprachen.«

»Meine Stimme und seine.« Ich sah ihn fest an. »Hugh und ich waren zusammen. Baden wurde zu unserer Lieblingsbeschäftigung. Fragen Sie Mrs. Yogetsu! Sie hat uns an meinem letzten Abend dort erwischt.«

»Eine nette Geschichte, aber ich glaube nicht, daß das um elf Uhr abends war«, sagte er. »Sie haben mit den Ikedas ferngesehen.«

Das konnte ich nicht leugnen, also sagte ich: »Ich würde gerne wissen, wie Mrs. Yogetsu im Bad herumschnüffeln konnte, während sie mich und die anderen bedient hat. Wenn Sie mich fragen, ist sie einfach ausländerfeindlich.«

»Japanische Häuser haben dünne Wände, und Ausländer benehmen sich seltsam. Andere haben zum Beispiel gehört, wie Sie und unser Verdächtiger – der Mann, den Sie angeblich nicht gekannt haben – sich amüsiert haben wie alte Bekannte. Zuerst waren Sie zusammen im Bad, dann haben Sie sich auf dem Futon vergnügt ...«

Auf englisch fluchte ich leise vor mich hin, und Okuhara lachte.

»Sie wissen viel über unseren Verdächtigen, Shimura-san. Ich würde gerne in offiziellerem Rahmen mit Ihnen sprechen.«

Ich schüttelte den Kopf. »Sie benutzen alles, was ich sage, so wie es Ihnen gefällt.«

»Irgendwann müssen Sie reden, das wissen Sie.«

»Ich nehme mir einen Anwalt.« Ich blickte seitlich aus meiner Brille heraus, um mich zu vergewissern, wer gerade den Raum betrat. Ja, es war Seiji Nakamura, der in unsere Richtung sah. *»Sayonara«*, sagte ich zu dem Polizeichef und eilte zurück in den Gang.

Ich erwischte die hübsche Trauernde vor der Damentoilette. In meinem dahingehauchtesten Japanisch stellte ich mich unter meinem Decknamen vor und sagte, ich arbeite für Sendai. Sie war Mrs. Matsuda, eine Freundin, die mit Setsuko in der besseren Gesellschaft Tokios die Teezeremonie gelernt hatte.

»Das wollte ich auch immer lernen, aber es soll sehr schwierig sein«, sagte ich, enttäuscht, daß sie nicht Setsukos Schwester war.

»Es ist unabdingbar, wenn man heiraten möchte. Haben Sie es denn schon einmal mit Kontaktlinsen versucht?« fügte sie schließlich vertraulich flüsternd hinzu.

»Mmm«, sagte ich und musterte sie. »Aber was bringt es einer Frau, wenn sie gut aussieht? Mrs. Nakamura war hübsch, aber so unglücklich.«

»Sie konnte keine Kinder bekommen. Sie hat alles versucht. Schließlich, ihr Alter … es war zu spät.«

»Die größte Freude einer Frau ist ein Baby.« Ich benutzte einen von Tante Nories Standardsätzen.

»Ja, Gott sei Dank. Ich bin mit dreien gesegnet. Setsuko war wie eine Tante für sie, sie hat ihnen immer Geschenke mitgebracht.« Ein kleines Lächeln fältelte Mrs. Matsudas perfektes Make-up.

»Das hört sich an, als sei sie ein sehr netter Mensch gewesen. Mir tut ihr Mann sehr leid, so ganz allein wie er jetzt ist.«

»Das wird vielen Sekretärinnen so gehen, da bin ich mir sicher.« Sie klang bissig.

»Sie hatte natürlich vor, ihn zu verlassen … die Scheidung …«

»Ich habe keine Ahnung, wovon Sie reden!«

Mir wurde klar, daß ihre Freundschaft recht oberflächlich gewesen war. Ich fragte: »Sind denn irgendwelche Familienmitglieder hier? Ich würde ihnen gerne mein Beileid aussprechen.«

»Es gibt nur noch ihre Tante. Eine sehr traurige Dame. Ich glaube, sie hat Setsuko schon Jahre nicht mehr gesehen.«

»Wohnt sie weit weg?«

»Gar nicht. Aber wer kann schon wissen, wann ein geliebter Mensch von uns geht? Es ist alles so willkürlich.« Gleich würde sie wieder weinen, wie vorhin.

»Könnten Sie mir die Dame bitte zeigen? Ich würde ihr gerne meine Aufwartung machen …«

»Sie holt sich dort drüben ein Glas Sake – sehen Sie die alte Dame mit dem schlimmen Rücken? Ich habe sie zu überreden versucht, sich hinzusetzen, aber sie ist sehr eigensinnig. Sie wissen ja, wie lächerlich stolz die älteren Menschen oft sind.«

Ich mähte beinahe ein Trio von Kellnern nieder, die einen großen eisgekühlten Lachs trugen, als ich versuchte, die kleine Frau mit der Statur eines Fragezeichens einzuholen.

»Verzeihung, aber sind Sie Nakamura-sans Tante?« fragte ich.

»Oh, ja! Sind Sie Mariko-chan?« Ihre schwache Stimme klang erfreut. Doch leider mußte ich mich als Norie Fujita vorstellen, eine neue Sekretärin bei Sendai.

»Vergeben Sie mir, aber Sie sind wahrscheinlich etwa so alt wie meine Großnichte. Mein Name ist Ozawa, und ich freue mich, Sie kennenzulernen.«

Mrs. Ozawa verbeugte sich gefährlich tief, und ich streckte die Hand aus, um ihren Ellbogen zu stützen. »Würden Sie sich eine Minute mit mir hinsetzen, Mrs. Ozawa? Ich würde gern ein Eckchen finden, wo es nicht so voll ist.«

»Ja, die Feier ist sehr gut besucht, nicht?« Sie klang stolz. »All diese hochrangigen Persönlichkeiten und die Fernsehkameras. Setsuko hätte das gefallen ...«

Dieser Meinung war ich auch. Wir gingen zusammen durch einen Flur, und ich entdeckte ein Zimmer ohne Gäste, ein winziges Arbeitszimmer, dessen billige Sperrholzregale mit alten Elektronikzeitschriften gefüllt waren. Ein Sendai-Laptop ähnlich dem von Hugh stand auf dem Schreibtisch, der voller Papiere lag. Das mußte Mr. Nakamuras Arbeitszimmer sein. Es gab auch eine kleine Tweedcouch, die mir für Mrs. Ozawa geeignet zu sein schien. Ich überredete sie, hineinzugehen, und schloß die Tür.

»Ich schäme mich zu sagen, daß ich meine Großnichte nie gesehen habe, aber ich stelle mir sie Ihnen sehr ähnlich vor. Sie sind auch eine *konketsujin?«*

»Mmm. Ich bin in den Vereinigten Staaten aufgewachsen.« Wahrscheinlich hatte sie meinen leichten Akzent herausgehört.

»Dann sind Sie ja wie eine Prinzessin großgeworden.« Mrs. Ozawa lachte kurz und blechern. »Keine Probleme mit den Nachbarn. Für Harumi, Setsukos Mutter, war es sehr schwer. Nach dem Krieg wurden Japanerinnen, die ein Kind von einem Amerikaner bekamen, wie Abschaum behandelt. Den klugen unter ihnen gelang es, sich von ihrem Matrosen nach Amerika mitnehmen zu lassen.«

»Was soll das heißen?«

»Harumi war mit meinem Bruder Ryu verheiratet, und während sie bei unserer Familie gewohnt haben, kam Setsuko zur Welt. Ryu ist Anfang der fünfziger Jahre gestorben – Kriegsverletzungen. Danach war es sehr schwer für unsere Familie. Und es gab so wenig zu essen ... Harumi und Setsuko wurden als eine Last empfunden.«

»Harumi hat doch sicher gearbeitet, um Ihrer Familie zu helfen?« fragte ich. Mir tat die verwitwete, belagerte Schwiegertochter leid.

»Ja, die arme Frau arbeitete in der Nähe der amerikanischen Marinebasis in Yokosuka. Sie hat den Matrosen die Schuhe geputzt, aber meine Eltern dachten, sie hat noch mehr getan.« Sie senkte die Stimme. »Harumi wurde schwanger. Als es nicht mehr zu verbergen war, hat sie den Haushalt verlassen.«

»Soll das heißen, sie ist ausgestoßen worden?« Ich war entsetzt.

»Ja, denn sie wußten nach der Geburt ihrer Tochter Keiko, daß es ein amerikanischer Seemann war. Es war unfaßbar, aber der Amerikaner ist bei ihr geblieben. Er konnte sie nicht heiraten, aber er hat sie in einem kleinen Haus untergebracht, in dem es eine Waschmaschine gab!«

»Hat Setsukos Mutter danach weiter mit diesem Mann zusammengelebt? Weshalb ist er nicht hier?«

»Er mußte zwei Jahre später in die Vereinigten Staaten zurück. Harumi hat mir die Waschmaschine verkauft, weil sie das Haus nicht halten konnte, und dann hat sie wieder auf der Basis Schuhe geputzt. Als ich sie zum letzten Mal gesehen habe, haben Setsuko und Keiko neben ihr in einer Pappschachtel geschlafen.«

So hatte also die Frau, von der ich gedacht hatte, sie sei privilegiert geboren worden, einmal unter Kartons geschlafen, wie die Obdachlosen in meinem Viertel. Es war unvorstellbar.

»Ich habe sie von Zeit zu Zeit besucht, um ihnen alte Kleider und so zu bringen. Aber sie sind in einer fürchterlichen Umgebung aufgewachsen, die Harumi und Keiko umgebracht hat!«

»Wie denn?« Ich hätte mich fast auf sie gestürzt.

»Harumi wurde von einem betrunkenen Amerikaner getötet, der auf der falschen Straßenseite gefahren ist. Ich habe mir große Sorgen um die beiden Mädchen gemacht, aber mittlerweile hatte auch ich geheiratet und lebte bei der Familie meines Mannes, deshalb konnte ich sie nicht zu mir nehmen. Harumi hatte eine Freundin, die sie in Yokosuka aufgezogen hat.«

»Wie ist Setsukos Schwester, Keiko, gestorben?« Ich bemühte mich, ihr zu folgen.

»Setsuko hat mir erzählt, daß Keiko als Teenager sehr aufsässig wurde. Sie hat ein uneheliches Kind bekommen, Mariko, und hat in Bars mit den amerikanischen Soldaten Drogen genommen. Einmal ist dabei etwas außer Kontrolle geraten. Sie ist von einem Haus gesprungen, und es war aus mit ihr.«

»Und Keikos kleine Tochter Mariko?« Das war eine der traurigsten Geschichten, die ich je gehört hatte.

»Setsuko hat sich darum gekümmert, daß sie versorgt ist, und jetzt arbeitet sie in einer Bank ... eine gute Stelle für eine junge Dame. Ich habe sie nie gesehen. Ich würde es gerne, jetzt, wo sie als einzige noch übrig ist.«

»Bei welcher Bank?«

»Das weiß ich nicht genau, aber es ist eine gute in Tokio.« Mrs. Ozawa dachte nach. »Als wir uns das letzte Mal getroffen haben, hat mich Setsuko gefragt, ob ich Mariko nicht etwas hinterlassen wolle. Die Tradition der Ozawas, die Frauen auszustoßen, müsse gebrochen werden. Damals sagte ich zu ihr: ›Liebe Nichte, ich würde ja gerne, aber die junge Frau, um die es geht, ist nicht blutsverwandt mit mir.‹« Sie zwinkerte, weil ihr Tränen in die Augen stiegen. »Das war falsch von mir. Setsuko hat sich umgedreht und ist gegangen, als ich ihr sagte, ich würde Mariko nicht helfen. Ich habe nie wieder von ihr gehört.«

Während dieser Unterhaltung hatte sich mein Bild von Setsuko Nakamura geändert. Wenn es Mariko wirklich gab – immerhin hatte Mrs. Ozawa sie nie gesehen, und Keiko, Marikos Mutter, war tot –, hatte Setsuko sich großartig für sie eingesetzt.

»Ich fühle mich nicht ganz wohl. Ich hätte gerne noch etwas Sake ...« Mrs. Ozawa bemühte sich, auf die Beine zu kommen. Ich half ihr hoch und führte sie aus dem Zimmer. Noch mehr Sake war wohl keine gute Idee für eine niedergeschlagene Frau, die weniger als neunzig Pfund wog. Ich würde auf sie aufpassen müssen. Ich hörte forsche Schritte hinter uns, sah auf und erblickte Mr. Nakamura.

»Was ist?« fragte Mrs. Ozawa, die nicht verstand, weshalb ich nicht weiterging.

»Bitte gehen Sie schon vor, Mrs. Ozawa. Ich komme nach«, sagte ich, verbeugte mich tief und murmelte die für Trauerfeiern übliche Begrüßung, die mir Hikari für den Fall der Fälle beigebracht hatte.

»Fujita-san? Danke, daß Sie gekommen sind.

Haben Sie schon mit Arae-san gesprochen?« fragte er freundlich, ganz und gar nicht auf seine übliche Art.

»*Eh to ...*«, wich ich aus.

»Bitte fragen Sie sie, was es zu tun gibt. Die Toiletten müssen saubergemacht werden, frische Seifen und Handtücher müssen verteilt werden ...«

Als Angestellte von Sendai würde ich ihm ohne Frage gehorchen. Vielleicht war das eine Art Test. Ich murmelte bejahend und verbeugte mich weiter, bis er auf dem Absatz kehrtmachte. Als Hikari vorhin in die Küche gerannt war, um ihren Verpflichtungen nachzukommen, hatte ich mich noch gewundert. Jetzt verstand ich, was für eine Hölle die Welt der Sekretärinnen war.

Ich fand die Damentoilette im Gang neben der Eingangstür. Unter dem Waschbecken entdeckte ich ein Scheuerpulver. Gleich hinter der Toilette war eine kleine Bürste in einem Ständer, der mit einem Schneemann verziert war. Ich ging in die Hocke, um die Bürste herauszuholen, da wurde ich plötzlich von einem Wasserstrahl getroffen, der mitten aus der Toilette herausschoß.

Das Wasser spritzte immer noch nach oben, als ich zurücksprang und begriff, daß ich die Bidetfunktion ausgelöst hatte. Ich fand den STOP-Knopf seitlich an der Toilette, ein paar Sekunden zu spät. Der Boden, die Kommode und die Wände waren naß. Karens Kostüm auch.

Ich wischte alles mit den drei winzigen Handtüchern auf, die ich ersetzen sollte, wie Mr. Nakamura mich gebeten hatte, und suchte vergeblich nach frischen. Jemand klopfte an die Tür. Ich klopfte zurück, als Zeichen, daß besetzt war.

»Rei?« Ich öffnete einen Spalt, als ich Hikaris Stimme hörte.

»Ich habe hier eine Überschwemmung angerichtet«, sagte ich überflüssigerweise, als sie einen Blick hineinwarf und nach Luft schnappte.

»Man hat Sie bemerkt!« stöhnte Hikari. »Miss Arae hat mich gefragt, wer Sie sind. Ich habe ihr gesagt, Sie seien die Tochter einer Frau aus der Teegruppe von Mrs. Nakamura, aber von jemand anderem hat sie gehört, daß Sie Sekretärin bei Sendai sind!«

»Wer ist denn diese Miss Arae?« Ich verstand überhaupt nichts mehr.

»Miss Arae ist die Büroleiterin. Sie spricht gerade mit Mr. Nakamura. Ich hole die Mäntel. Wir müssen hier raus.«

Hikari und ich joggten wegen unserer hohen Absätze nur langsam die Sackgasse hinunter und erwischten auf der Hauptstraße ein Taxi. Sobald wir drinnen saßen, zog Hikari ein kleines rotes Lederbüchlein aus ihrer Handtasche. »Setsukos Telefonbuch. Ich habe es in der Küche gefunden.«

Ich schaltete die Innenbeleuchtung des Taxis ein und blätterte die Seiten mit den handgeschriebenen *kanji* durch. »Danke. Jetzt kann ich jeden überprüfen, der mir interessant erscheint.«

»Soll ich es nicht zuerst durchsehen?« Hikari klang enttäuscht.

»Ich habe bestimmt mehr Zeit dafür als Sie. Ich gehe es besser selbst durch.« Ich wollte ihr nicht erzählen, wonach ich suchte.

»Wirklich? Ich habe gehört, Sie mußten den Autopsiebericht übersetzen lassen.«

»Mit medizinischen Fachbegriffen kenne ich mich nicht aus, aber Eigennamen sind leicht. Ich beschäftige mich schon seit Jahren mit *kanji.«* Nicht sehr erfolgreich, aber das mußte ich ihr ja nicht auf die Nase binden.

»Darf ich das Buch noch einmal sehen?«

»Aber sicher.« Ich gab es ihr wieder. Es gab wirklich keinen Grund, daß wir uns darum stritten. Vielleicht drehte sich der Streit um etwas ganz anderes.

Sie gab mir das Buch nach einer Minute zurück, und ich steckte es in meine Tasche.

»Es ist sehr freundlich von Ihnen, es mir zu leihen«, sagte ich in dem Versuch, meine Unhöflichkeit wieder auszubügeln. »Sie müssen Hugh sehr gern haben, weil Sie all das auf sich nehmen.«

Sie wurde rot. »Nicht so gerne. Nicht gerne genug, um dumm zu sein.«

»Dann sind wir schon zu zweit.« Doch als wir schließlich über den Steinweg zum Bahnhof staksten, zweifelte ich an meinen Worten.

14

Tokio hatte zwölf Millionen Einwohner, und Mariko wohnte womöglich gar nicht mehr innerhalb der Stadtgrenze. Ich verbrachte den Mittwoch damit, erfolglos Setsukos Buch durchzuforsten. Sie war auch nicht unter den vielen Ozawas, die mir die Auskunft aufzählte. Womöglich hatte sie geheiratet oder ihren Namen geändert, vielleicht hatte sie auch gar kein Telefon.

Mr. Ota rief an, um sich von der *tsuya* berichten zu lassen, und ich fragte sofort, ob es etwas Neues von Hugh gebe.

»Es geht voran. Als ich dort war, hat der britische Konsul dem Gefängnis einen Besuch abgestattet, um sich davon zu überzeugen, daß er ordentlich untergebracht ist. Wir hatten Gelegenheit, uns zu unterhalten.«

»Glauben Sie, sie lassen ihn frei? Die Zweitagesfrist ist heute abgelaufen.«

»Der Polizeichef von Shiroyama läßt ihn noch nicht frei. Es gibt eine Lücke im Gesetz, auf die er sich beruft, während er noch nach Beweisen sucht.«

»Kann der Konsul nichts machen?«

»Das britische Konsulat kann nicht an die Stelle der japanischen Polizei treten. Übrigens, weshalb halten Sie eigentlich das Adreßbuch zurück? Miss Yasui hätte es innerhalb weniger Stunden übersetzen können.«

»Ich brauche es für meine Recherchen«, sagte ich, obwohl ich bis jetzt erst die Hälfte der Namen entziffert hatte.

»Wenn Sie wollen, daß ich es zurückgebe, dann lassen Sie das bitte von Hugh bestätigen. Vorher gebe ich es nicht heraus.«

»Ich dachte, ich hätte Ihnen gesagt, daß er nicht telefonieren darf. Nur eine Diskette hat er mir gegeben, mit Nachrichten an halb Tokio. Ein riesiger Berg Arbeit für mich.«

»Ist auch eine Nachricht für mich dabei?«

»Ja«, sagte er mürrisch. »Ich faxe sie Ihnen.«

»Wann?« Ich konnte es gar nicht fassen, daß er nicht schon längst damit herausgerückt war.

»Vielleicht heute nachmittag.«

»Hören Sie, ich habe nur bei Nichiyu ein Fax zur Verfügung. Wenn Sie die Nachricht zu einer vereinbarten Zeit abschicken könnten, würde ich sie bekommen, ohne daß es jemand bemerkt. Wie wäre es um fünf Minuten nach drei?«

»Drei Uhr fünf, ist gut, Miss Shimura, und vergessen Sie bitte nicht, mir bald das Adreßbuch zu bringen.«

Mrs. Bun sah mir zu, wie ich zum Fax rannte, als es vier Minuten nach drei plötzlich zu stottern anfing. Es war nur ein Bericht für Mr. Katoh.

»Reis Arzt schickt ihr das Untersuchungsergebnis, und sie hat Angst, wir stecken unsere Nasen hinein«, log Richard. Ich wurde rot, was seine Notlüge nur glaubwürdiger machte. Um 3:08 ging das Gerät wieder los und spuckte ein Deckblatt mit Mr. Otas Briefkopf aus. Eine zweite Seite mit undeutlicher Maschinenschrift folgte. Ich drückte sie fest an die

Brust und floh aus dem Zimmer. Richard folgte mir auf den Fersen.

»Ach komm schon, Rei. Ich habe doch auch damit zu tun!«

»Tut mir leid, Kleiner.« Ich schlug ihm die Tür der Damentoilette vor der Nase zu, setzte mich auf den angeknacksten Vinylstuhl neben dem Waschtisch und las. Die Nachricht war feinsäuberlich in ein Mitteilungsformular getippt worden, adressiert *An Rei Shimura, von HG, betr. die Inhaftierung.* Ich lächelte kurz, doch dann las ich schnell weiter.

Gesund und munter in einem ungeheizten Gefängnis ohne das Privileg, ein Telefon benutzen zu dürfen, und das ist noch zurückhaltend ausgedrückt. Aus Sicherheitsgründen kann ich die Grundlagen meiner Verteidigung hier nicht erläutern, aber Mr. Ota und ich arbeiten beide hart. Ich bin mir nicht sicher, ob die Antwort auf Setsukos Tod hier oder in Tokio liegt, und deshalb habe ich dich um Hilfe gebeten.

Alle, die mit Dir gesprochen haben, sagen mir, daß Du den Anruf bei der Polizei bereust. Am Anfang war ich ziemlich verärgert; ich müßte lügen, wenn ich das nicht zugeben würde. Aber ich habe inzwischen viel nachgedacht und bin zu dem Schluß gekommen, daß du das ohne böse Absicht getan hast. Ich hoffe, Mr. Ota hat Dir mitgeteilt, wie ich darüber denke und daß ich dankbar bin für alles, was Du tun kannst. Du bist eine Frau mit beträchtlichen Fähigkeiten. Trotzdem bitte ich Dich, alles was Du herausfindest, einzig meinem Rechtsanwalt mitzuteilen, der die Nachrichten wiederum an mich weitergibt.

Das war nicht die Art, wie er sonst redete, diese bevormundende, gefühllose Aneinanderreihung von Anweisungen. Trotzdem hatte ich keinen Zweifel daran, daß er das geschrieben hatte. Ich las es noch ein paarmal durch und ging dann langsam hinaus in den Gang, wo Richard wartete. Ohne weiteren Kommentar reichte ich ihm den Brief.

»Er klingt schwerfällig. Wie ein alter Mann«, befand Richard.

»Wahrscheinlich lernt man als Anwalt, so zu schreiben.« Merkwürdigerweise ärgerte ich mich über seine Kritik. Vielleicht hatte Richard recht; das war ganz sicher kein Brief, den man jemandem schreiben würde, an dem man ein romantisches Interesse hatte.

»Mmm, ich weiß nicht. Er scheint alles zu ernst zu nehmen. Er hat keinen Humor.«

»Richard, im Gefängnis geht es nun mal ernst zu!« Der Brief war so deprimierend, daß mir nur eines ganz klar war: Hugh mußte raus. Dann konnte ich ihm in die Augen sehen und herausfinden, wo wir standen. Und ich würde Mariko finden, selbst wenn ich in jede Bank der Stadt gehen mußte.

Am nächsten Morgen fing ich mit dem englischsprachigen Telefonbuch an. Ich versuchte es mit den Personalabteilungen der Banken in alphabetischer Reihenfolge und gab mich als frühere Freundin von Mariko Ozawa aus. Schnell war klar, daß die Aoyama-Bank keine persönlichen Informationen über ihre Angestellte weitergab. Bei den nächsten zwei Banken war es das gleiche. Ich brauchte eine spannendere Geschichte. Dann hatte ich eine wirklich hinterhältige Idee.

»Ich möchte mich über eine Angestellte beschweren, die letzte Woche eine falsche Buchung auf meinem Konto gemacht hat, Mariko Ozawa ...«

Die Telefonistinnen verfielen alle sofort in einen defensiven, hyperhöflichen Tonfall. »Könnten Sie bitte eine Minute warten? Wir werden das überprüfen ...« Triumphierend meldeten sie sich dann wieder. »Wir haben keine Angestellte mit diesem Namen. Vielleicht hat sich die geschätzte Kundin getäuscht?«

Etwa in der Mitte der Liste hatte ich Glück, als ich bei der JaBank anrief. »Mariko Ozawa? Von der Devisenabteilung in der Filiale in Shinjuku? Der Personalchef, mit dem Sie sprechen müssen, heißt ...« Ich notierte mir sorgfältig den Namen und versicherte der Telefonistin, mich dort zu melden.

An diesem Nachmittag wurden Richard und ich in einen Küchenladen in Shinjuku geschickt, um uns die englischsprachigen Schilder anzusehen, die für eine Espressomaschine von Nichiyu entworfen worden waren, mit der man auch Milch für Caffè latte aufschäumen konnte. Statt »latte« stand fälschlicherweise »ratte« da, und Richard war der Meinung, es sei unnötig, das zu ändern, weil es im Japanischen den Buchstaben L nicht gab. Auch wir sprachen das Wort wie »ratte« aus, damit man uns bei Nichiyu verstand.

»Das Problem ist aber, daß da jetzt *Ratte* steht«, sagte ich. »Wer will denn schon Rattenkaffee trinken?«

»Ratten gelten in japanischen Volksmärchen als sehr kluge Tiere. Jeder liebt sie! Lassen wir es, wie es ist.« Der Geschäftsführer der Küchenabteilung und zwei Angestellte nickten zustimmend.

»Wenn wir zulassen, daß auf einem Schild etwas falsch geschrieben ist, dann schafft es dieser Schreibfehler womöglich in die Prospekte. Wie soll Nichiyu jemals zu einer Konkurrenz für Braun und Krups werden, wenn in unseren Prospekten solche Fehler sind?«

»Zeige mir einen, der behauptet, daß diese Prospekte überhaupt gelesen werden«, spottete Richard.

»Okay, ich hole eine zweite Meinung dazu ein«, insistierte ich und überlegte, wen ich fragen konnte. Mrs. Chapman vielleicht?

Der Streit über die Espressomaschine war erst einmal aufgeschoben. Wir verabschiedeten uns von unserem Verkaufsteam und gingen in Richtung Bahnhof, als Richard mich darauf hinwies, wie nahe wir an Marikos Bank waren.

»Fahren wir doch hin. Es ist nur eine Station mit der U-Bahn.«

»Richard, das ist unsere Arbeitszeit! Ich weiß nicht, wie es dir geht, aber mir bedeutet dieser Job etwas. Ich würde ihn gerne behalten.«

»Wir werden erst später zurückerwartet. Wenn wir uns eine halbe Stunde verspäten, wen kümmert das? Wir können sagen, daß wir mit dem Bus im Stau steckengeblieben sind. Du bezeugst, was ich sage, und ich bezeuge, was du sagst.«

Auf dem Weg zur Bank entdeckte er eine Filiale seines Lieblingsdesigners für Leder und Jeans, New Boys Look. Ich hatte keine Lust zu warten, während er einkaufte, und so verabredeten wir, uns in einer halben Stunde wieder vor dem Laden zu treffen. Es war fast drei Uhr, die Banken würden gleich schließen.

Die JaBank lag an der Shinjuku Dori, unter dem

riesengroßen Fernsehbildschirm, auf dem Chisato Moritaka »Jin Jin Jinglebell« sang. Die Bank war deutlich gediegener. Eine höfliche Angestellte wies mich nach oben zur Devisenabteilung. Eine mondgesichtige Frau Mitte Zwanzig zählte einem Rucksacktouristen Yen hin.

»Ist Miss Ozawa zu sprechen?« fragte ich, als sie die Transaktion beendet hatte und sich anschickte, den nächsten in der Reihe aufzurufen. Ich war überrascht, daß eine Blutsverwandte von Setsuko so unansehnlich sein konnte.

»Bitte ziehen Sie eine Nummer, wenn Sie eine Auskunft möchten«, flötete die Angestellte.

»Sei doch nicht so streng, Hatsue!« Eine junge Frau mit dunklen Locken erhob sich aus einem Meer von Schreibtischen hinter der Servicetheke. »Ich bin Ozawa.«

Die Art, wie Mariko Ozawa die Hand in die Hüfte stützte, war ziemlich anmaßend. Ihre marineblaue Uniform saß etwas zu eng, und sie war übertrieben geschminkt, als versuchte sie, wenigstens zehn Jahre zu ihren gut zwanzig hinzuzuaddieren. Sie klopfte ungeduldig mit ihrem verschrammten hochhackigen Schuh auf den Boden und sah mich herausfordernd an.

»Ich komme in einer Familienangelegenheit.« Ich reichte ihr meine Karte und verbeugte mich.

»Ich habe keine Familie.« Sie kaute auf ihrer vollen Unterlippe und verschmierte dabei ihren purpurnen Lippenstift.

»Ich komme aus Amerika«, sagte ich. Ich drückte mich wegen ihrer mithörenden Kolleginnen absichtlich vage aus. »Ich spreche nicht so gut Japanisch.«

Sie sah mich lange an. »Ich bin in zehn Minuten

fertig. Warten Sie hier.« Mit ihrem langen, spitzen Fingernagel deutete sie auf ein kleines Sofa im Wartebereich. Ich schlug die neueste Ausgabe des *Tokyo Weekender* auf, aber ich schielte immer wieder zu ihr hinüber, damit sie mir ja nicht entwischte.

Pünktlich um drei kam sie zurück, mit einem Kunstpelzmantel und einer schwarzen Tasche, auf der in großen Messinglettern MOSCHINO stand. Sie schlug ihr immer wieder gegen die Hüfte, als Mariko mich durch den Hinterausgang hinausführte, an einem Wächter vorbei, der uns beide genau musterte und etwas in ein Notizbuch schrieb.

»Die Bank hat ziemlich viele Sicherheitsvorkehrungen«, bemerkte ich.

»Vor ein paar Wochen ist eine Kassiererin angegriffen worden, deshalb sind sie vorsichtig.«

»Ein Überfall?«

»Es war eher ein durchgedrehter Liebhaber.«

»Ich habe Ihre Großtante kennengelernt, Mrs. Ozawa. Sie hatte keine Ahnung, was aus Ihnen geworden ist.«

»Das ist auch gut so«, schnappte sie. »Mit den Ozawas habe ich nichts zu tun.«

»Sie sehen ganz anders aus als die Ozawas, mit ihrer Körpergröße und diesen schönen Locken – wo lassen Sie die machen?«

»Das ist keine Dauerwelle, klar? Es sind Naturlocken, und ich hasse sie. Früher in der Schule haben die Mädchen dauernd daran gezogen, damit sie gerade werden, japanischer. Es war so schlimm, daß ich ausgetreten bin.«

»Was haben Sie danach gemacht?« Ich hatte schon von den schrecklichen Schikanen in der Schule gehört.

»Ich habe angefangen zu arbeiten.« Sie warf mir einen bösen Blick zu, und ich schwieg während unseres restlichen Fußmarschs durch die East Side. Die Boutiquen wichen zusehends den etwas schmuddeligeren Pachinko-Spielhöllen, Stripbars und Massagesalons, wo Prostituierte arbeiteten. Das war Kabuki-cho, der berüchtigte Rotlichtbezirk, in den ich geraten war, als ich in meiner Anfangszeit in Tokio naiv nach Jobs im Bereich »Öffentlichkeitsarbeit« gesucht hatte. Ich zog meinen Parka fester um mich und versuchte, die Spanner zu ignorieren, die in den Eingängen herumhingen.

»Sagen Sie nichts. Sonst bringen Sie sich und mich in Verlegenheit«, sagte Mariko. Sie war vor der grünen Tür eines Etablissements stehengeblieben, die von der Neonsilhouette einer kurvigen Frauengestalt geziert wurde. Wir betraten einen kleinen, extrem dunklen Raum. Angesichts der Paare an den Tischen begriff ich schnell, daß es sich um eine Hostessenbar handelte: Geschäftsmänner mit großen Whiskeytumblern, auffällig gekleidete junge Frauen, die an Miniaturgläschen mit Oolongtee laborierten. Alle genossen einen späten flüssigen Lunch oder eine verfrühte Happy Hour. Ich sah einen Weißen mit einem asiatischen Teenager auf dem Schoß und bedachte ihn mit einem besonders abfälligen Blick, während mich Mariko vorbeischob.

Eine Frau mittleren Alters mit dickem Lidstrich um die Augen trat hinter einer Bar hervor. Ihrem funkelnden Gold- und Diamantschmuck nach zu urteilen, war sie wahrscheinlich die Mama-san, die das Geschäft führte.

»Wir stellen niemanden ein«, rief sie mir zu. Ich lächelte und nickte, während Mariko ihr zurief, daß ich nur eine Freundin sei. Sie führte mich in ein Hinterzimmer voller Kleiderständer und Damenunterwäsche, schloß die Tür und fing an, sich auszuziehen.

»Das ist wohl Ihr Nebenverdienst?« Mir fiel nichts Besseres ein.

»Haben Sie ein Problem damit? Übrigens kannst du auch Mariko zu mir sagen«, schlug sie vor.

»Gern. Nein, ich habe kein Problem damit, ich habe eben nur von der JaBank gewußt.«

»Wie hast du das herausgefunden? Du hast ganz schön herumgeschnüffelt.«

»Mrs. Ozawa wußte, daß du in einer Bank arbeitest, da habe ich ein bißchen herumtelefoniert.« Ich zögerte. »Na gut, ich habe bei den Hauptniederlassungen angerufen und gesagt, ich möchte mich über dich beschweren, um herauszufinden, wo du arbeitest. Ich hoffe, das fällt nicht auf dich zurück.«

»Ich habe einen komischen Anruf bekommen, aber weil ich keinen Kontakt zu Kunden habe, hat es keinen Sinn ergeben. Ich habe gesagt, es war bestimmt eine Verwechslung.« Sie stellte sich vor mich hin, drehte sich um und bedeutete mir, den Reißverschluß ihres mit Pailletten besetzten blauen Minikleides zuzuziehen. Ihr Rücken war so weich und golden wie ihr Gesicht; sie mußte nackt auf einer Sonnenbank gelegen haben, um im Winter in Tokio so braun zu werden. »Du hast mir immer noch nicht erzählt, wo du die Ozawas getroffen hast.«

»Wir haben uns auf der *tsuya* deiner Tante kennengelernt.« Mariko sagte nichts, deshalb drückte ich mich deutlicher aus: »Die von Setsuko Nakamura in Hayama.«

Mariko saß vor einem Spiegel und versuchte, sich

die Haare hochzustecken. »*Obasan* hat eine *tsuya* veranstaltet? Ich kann nur hoffen, sie war für ihren Mann.«

»Deine Tante ...« Ich würde ihr sagen müssen, daß ihre Tante tot war. Ich schluckte. »Setsuko ist diejenige, die gestorben ist. Es tut mir leid.«

Mariko saß lange still da. Dann wirbelte sie auf ihrem Garderobenhocker herum, die eine Hälfte ihrer Haare war hochgesteckt, die andere hing über ihren Rücken. »Sag das noch einmal.«

Sie klang ehrlich überrascht, aber es konnte auch gespielt sein; Hostessen wurden darauf trainiert, Gedanken zu lesen. Sie sollten alles tun, damit die Leute sich wohl fühlten. Aus dem Grund wählte ich meine Worte sorgfältig. »Sie ist vor einem *minshuku* in Shiroyama erfroren. Man ging zunächst von einem Unfall aus, aber jetzt glaubt die Polizei, daß sie vielleicht ermordet wurde.«

»Das kann doch nicht wahr sein. Tante Setsuko war meine letzte Verwandte.« Ihr purpurroter Mund zitterte.

»Deine Mutter ist gestorben, als du noch klein warst, nicht?«

Sie nickte. »Ich war noch ein Baby. Mein Vater konnte nicht gleichzeitig auf mich aufpassen und arbeiten, deshalb ist er nach Okinawa gezogen, hat mir Tante Setsuko erzählt. Ich habe überhaupt keine Erinnerung an ihn.«

»Bei wem bist du aufgewachsen?« Sie war so absolut allein, daß mein anfängliches Mißtrauen ihr gegenüber sich langsam in Mitleid verwandelte.

»Bei Kiki, du hast sie draußen gesehen.«

»Weshalb arbeitest du überhaupt bei der Bank?« Das interessierte mich, denn als Hostess verdiente man mindestens doppelt so viel wie in einem Büro.

»Das hatte ich mit Setsuko so vereinbart. Sie hat gesagt, ich sollte mehr Möglichkeiten haben als sie. Aber ich mag die Bar, und Kiki braucht mich.« Mariko musterte meine Kleidung, dann mein Gesicht. »Hast du schon einmal daran gedacht, Hostess zu werden? Was du da mit deinen Haaren machst, sieht ziemlich nach Audrey Hepburn aus. Und dein Englisch ...«

»Setsuko hatte recht, du bist zu klug, um deine Zeit so zu vergeuden. Warum gehst du nicht in den Marketingbereich?« In dem Moment wurde mir klar, daß sie ihren Kummer verbarg oder versuchte, mich abzulenken. »Wie oft hast du Setsuko gesehen?«

»Einmal im Monat – zum Lunch –, da hat sie mir immer das Geld gegeben.«

»Welches Geld?« Ich fand ihre Direktheit ziemlich unjapanisch.

»Von meinem Großvater.«

»Er war Amerikaner?« Ich erinnerte mich an den Matrosen, den Mrs. Ozawa erwähnt hatte.

»Yes, Ma'am«, sagte sie spöttisch auf amerikanisch, bevor sie wieder in ihren japanischen Slang wechselte. »Er war im Koreakrieg. Ich glaube, er kam mit einem Schiff, dessen Heimathafen hier war, und so hat er meine Großmutter kennengelernt. Sonst weiß ich nur, daß er Geld hatte und seine Töchter nicht vergessen hat. Er wußte von mir, weil Tante Setsuko ihm geschrieben hat.«

»Erzähl mir mehr von deiner Tante«, sagte ich und sah zu, wie Mariko ihre Wimpern in lange, marineblaue Stacheln verwandelte.

»Sie war sehr nett zu mir, hat mich alle paar Monate zu Mitsutan oder Mitsukoshi mitgenommen, damit ich mir etwas Neues zum Anziehen kaufen konnte ...«

»Wann hast du sie zum letzten Mal gesehen?« unterbrach ich sie.

»Vor zwei Monaten. Wir haben zwischendurch mal telefoniert und sie hat gesagt, sie hätte momentan keine Zeit, mich zu treffen.« Sie wischte den purpurnen Lippenstift ab, legte einen dunklen Farbton von Chanel auf und überprüfte, ob ihre Zähne verschmiert waren.

»Mariko, können wir uns dieses Wochenende treffen und uns weiter unterhalten?«

»Warum?« fragte Mariko, als die Tür der Garderobe aufging. Kiki, die Mama-san, kam herein und klopfte auf ihre Armbanduhr.

Mariko seufzte. »Ich muß anfangen.«

»Laß mich deine erste Kundin sein. Ich lade dich auf einen Drink ein.« Ich wollte ihr nach draußen folgen, aber Kiki stellte sich in die Tür.

»Wer sind Sie?« Kiki musterte verächtlich mein kariertes Kostüm, den hochgeschlossenen Pullover und die flachen Schuhe. Sie wirkte bedrohlich auf mich, und so nannte ich ihr kühl meinen Namen und beließ es dabei.

»Sie sind keine von den Ozawas?« Sie musterte mich ein zweites Mal, und als ich den Kopf schüttelte, sagte sie: »Das ist gut so. Setsuko war schon schlimm genug.«

Daß sie die Vergangenheitsform benutzte, deutete darauf hin, daß sie von Setsukos Tod wußte. Daß sie davon wußte, aber Mariko nichts erzählt hatte. »Darf ich fragen, woher Sie Setsuko kennen?«

»Sie glauben wohl, die war zu hochstehend, um mich zu kennen?« schnappte Kiki zurück.

»Ganz und gar nicht. Sie ist in armen Verhältnissen aufgewachsen und hatte keine Arbeit. Und Sie sehen aus, als würde es ihnen recht gut gehen.«

»Wer sind Sie denn, eine angehende Detektivin, die versucht, meinen Laden in den Schmutz zu ziehen? Wir bezahlen die richtigen Leute, um solche Probleme zu vermeiden.«

»Ich bin Lehrerin.« Ich bemühte mich, etwas Autorität auszustrahlen, und fügte hinzu: »Ich lasse Mariko jetzt nicht gerne allein. Sie ist etwas geschockt. Vor fünf Minuten wußte sie noch nichts vom Tod ihrer Tante.«

»Ich finde es merkwürdig, daß uns eine Lehrerin besucht.« Zwischen Kikis scharfen Augen bildete sich eine Furche.

»Wann ist Mariko frei?«

»Niemals«, gab sie zur Antwort, nahm mich am Arm und führte mich hinaus in den Gang.

»Aber ich muß sie etwas fragen …«

Sie unterbrach meinen Protest mit Anweisungen. »Ich schicke Sie hinten raus. Sie gehen rechts um die Ecke, dann sind Sie auf der Hauptstraße.«

Ich gehorchte, doch als ich draußen war, ging ich in die entgegengesetzte Richtung, um den Club von vorne zu sehen und mir den Namen, Club Marimba, zu notieren. Ich würde wiederkommen.

Richard war immer noch in dem Laden und präsentierte sich stolz im New-Boys-Look – nicht in der Jacke, von der er vorher gesprochen hatte, sondern in einer glänzenden Lederweste und Jeans.

»Ich überlege, ob ich nicht lieber die hier nehmen soll. Was meinst du?« Richard fixierte sein Spiegelbild. Aus Erfahrung wußte ich, daß das eine Stunde dauern konnte.

»*Special price*«, sagte einer der Verkäufer auf englisch.

»Ach, ich weiß nicht, Schätzchen«, neckte ich ihn. »Du siehst großartig aus, aber ob das in Neuschottland durchgeht, weiß ich nicht.«

Das genügte – Richard haßte jede Erwähnung der Gegend, in der er seine qualvollen Teenagerjahre verbracht hatte. Er zahlte mit seiner Mastercard.

»Verpacken Sie es als Geschenk, bitte.« Zu mir sagte er: »Sie haben mir von einer Diskothek erzählt, wo es einen Themenabend mit Musik aus den Achtzigern gibt. Depeche Mode, Eurythmics, unsere ganzen Lieblingsbands. Aber Frauen dürfen nicht rein.«

»So ist es.« Der Verkäufer zwinkerte ihm zu, und Richard lächelte verschmitzt zurück. Ich hatte genug.

»Komm später wieder, wenn du weiterflirten willst«, sagte ich. Als er anfing zu jammern, klopfte ich auf meine Armbanduhr, genau wie Kiki es gemacht hatte.

Als wir uns in die U-Bahn quetschten, um zur Arbeit zu fahren, war Richard immer noch beleidigt. »Ich weiß nicht, weshalb du dich über mich beschwerst. Du bist doch diejenige, die unhöflich ist. Du warst eine Viertelstunde zu spät!«

»Was würdest du sagen, wenn ich dir erzähle, daß ich in einer Hostessenbar war?«

»Ich würde sagen, du spinnst.«

»Pst, du bringst denen die falschen Ausdrücke bei«, mahnte ich ihn wegen der neugierigen Teenager gegenüber.

»Ich dachte, als Frau darf man in keine Hostessenbar.«

»Ich glaube, in Begleitung schon. Ich habe Mariko in der JaBank getroffen, und sie hat mich mit zur der Bar genommen, in der sie arbeitet.«

»Deine kleine Bankangestellte ist eine Dame der Nacht?« Richard blieb der Mund offenstehen.

»Richard, Hostessen tun nicht mehr, als mit Männern zu sprechen, ihnen die Zigaretten anzuzünden und so weiter. In sexy Kostümierung. Während wir uns unterhalten haben, hat sie sich ein Wahnsinnskleid angezogen.«

»Etwas Leckeres? Erzähl's mir!«

»Das ist nicht deine Szene, Richard«, sagte ich und schlug den *Weekender* auf, um ihn eine Zeitlang auszuschalten. Auf der Gesellschaftsseite gab es nichts Spektakuläres. Der japanische Collegefrauenverband hatte eine Verkaufsausstellung zeitgenössischer japanischer Drucke im Tokyo American Club gesponsert. Jeder, der Rang und Namen hatte, war dort gewesen. Zwischen den *gaijin* und der asiatischen Elite, die mich in Schwarzweiß anlächelten, sprang mir ein Gesicht ins Auge. Ich sah genauer hin.

»Hey, was ist los?«

»Ich kenne diesen Mann«, sagte ich und betrachtete das kräftige Gesicht, das ich vor weniger als vierundzwanzig Stunden gesehen hatte.

»Joseph Roncolotta, Marketingguru und Direktor der Far East Ventures? Rei, der schöne Prinz war aber viel schnuckeliger.«

»Das ist der Mann, der auf Setsukos Trauerfeier mit Masuhiro Sendai geredet hat. Wow. Er ist reich, Amerikaner und alt! Weißt du, was ich denke?«

»Na ja, wir könnten beide einen reichen alten

Knacker brauchen, der uns aushält.« Richard lehnte sich an die Telefonzelle, als ich die Auskunft anrief, um mir die Nummer von Far East Ventures geben zu lassen. Glücklicherweise war die Firma so klein, daß man mich gleich zum Anrufbeantworter des Chefs durchstellte. Auf englisch hinterließ ich meine Nummer und gab an, ich sei Amerikanerin und wolle ihn sprechen. Schnellstmöglich.

15

Als ich nach Hause ging, regnete es so heftig, daß meine obdachlosen Nachbarn ihre Versammlung in die stillgelegte Sandalenfabrik auf der anderen Straßenseite verlegt hatten. Ich sah ein Licht auf dem Boden flackern und hoffte, sie hatten einen Ofen. In solchen Zeiten mutete meine kleine Wohnung wie ein Palast an. Ich schaltete das Heizgerät ein und rannte zum Telefon, das gerade klingelte.

Es war Mrs. Chapman, die mit jemandem essen gehen wollte. Eigentlich hatte ich überhaupt keine Lust, noch einmal nach draußen zu gehen, aber in ihrer Stimme lag so viel Pathos, daß ich doch zusagte.

Nachdem ich aufgelegt hatte, sah ich, daß der Anrufbeantworter blinkte. Joe Roncolotta hatte zurückgerufen: Er sei noch länger im Büro zu erreichen. Ich rief ihn an und freute mich, als er persönlich abnahm. Er sprach mit Akzent, aber recht ordentlich Japanisch.

»Hallo, hier spricht Rei Shimura.«

»Ein scheußlicher Tag, nicht?« sagte er.

»Ja, ich sehe aus wie eine ertrunkene Ratte.«

»Das ist schwer vorstellbar, so wie Sie sich anhören«, sagte Joe charmant. »Jetzt erzählen Sie mir noch, daß Sie eine der Shimura-Stahlerbinnen sind, dann glaube ich, ich bin gestorben und bereits im Himmel.«

»Tut mir leid. Ich arbeite für Nichiyu.«

»Nichiyu! Exzellente Reiskocher, und Sie haben auch eine neue Kaffeemaschine in der Entwicklung, nicht wahr?« Er klang nicht unerfreut. Ich stellte mir vor, wie bei ihm sofort andere Zahnräder in Gang gesetzt wurden.

»Mr. Roncolotta, ich muß über eine heikle Angelegenheit mit Ihnen sprechen. Persönlich wäre es besser.«

»Bitte sagen Sie Joe zu mir, und ich stehe zu Diensten. Wie wäre es heute zum Abendessen? Ich könnte mich freimachen.«

Ich überlegte, denn ich war ja mit Mrs. Chapman verabredet. Die Gelegenheit, so bald mit ihm zu sprechen, bevor er Zeit hatte herauszufinden, wie unbedeutend meine Position bei Nichiyu war, war zu günstig, um sie verstreichen zu lassen.

»Sehr gerne«, sagte ich entschlossen. »Das Problem ist nur, ich bin bereits mit einer Freundin verabredet. Hätten Sie etwas dagegen, wenn sie mitkommt?«

»Natürlich nicht. Kennen Sie das Trader Vic's im New Otani?«

»In der Nähe der Station Akasaka-Mitsuke?« Das Restaurant war erschreckend teuer.

»Ja, aber an so einem Abend nehmen Sie besser ein Taxi.«

»Okay«, stimmte ich zu, ohne auch nur im Traum daran zu denken. Ich hatte in den letzten zwei Jahren nur ein einziges Mal ein Taxi genommen und war beinahe hysterisch geworden, als der Fahrer den Preis nannte.

Mrs. Chapman fuhr zum ersten Mal mit der U-Bahn, und es gefiel ihr. Auf der Fahrt ins Zentrum von

Tokio instruierte ich sie, wie wir ihn über Setsuko Nakamura ausfragen sollten. Aber Mrs. Chapman schien sich mehr für sein Foto im *Weekender* und den kurzen Artikel über seinen guten Geschäftssinn zu interessieren.

Um fünf nach neun waren wir im Trader Vic's, ein perfektes Timing. Die meisten Geschäftsmänner, die in der gemütlichen pseudopolynesischen Bar saßen, blickten auf, als wir hereinkamen, was mich in dem Gefühl bestärkte, daß es richtig gewesen war, hohe Schuhe und Karens Kostüm anzuziehen, auch wenn ich vielleicht nicht aussah wie eine leitende Angestellte von Nichiyu. Entweder war ich die Attraktion, oder es lag an Mrs. Chapmans Besuch beim Friseur.

Joe war noch nicht da; vielleicht wollte er seine Macht demonstrieren, indem er mich warten ließ. Mrs. Chapman nahm einen Oldfashioned, und ich bestellte einen Whisky on the rocks. Während meine Freundin von Disneyland erzählte, blätterte ich mein Exemplar von *Kunst in Asien* durch, das ich mir mitgenommen hatte. Das Ganze machte mich nervös.

»Sehr fleißig«, brüllte mir eine ausländische Stimme ins Ohr, als ich mitten in einem Artikel über die kaum bekannten Landschaftsdrucke des Holzschnitzers Keisai Yeisen war. »Machen Sie mir einen Suffering Bastard bitte, Mori-san. Und setzen Sie ihn auf die Essensrechnung, mit den Getränken der Damen.«

Trotz seiner gut vierzig überflüssigen Pfunde strahlte Joe Roncolotta eine Energie aus, die ich faszinierend fand. Sein dickes silbernes Haar glänzte, und seine klaren blauen Augen schienen merkwürdigerweise sowohl mit Mrs. Chapman als auch mit mir zu flirten.

»Wie nett, einmal einen Gentleman kennenzulernen. Marcelle Chapman aus Destin, Florida.« Mrs. Chapman strahlte und streckte ihm die Hand entgegen.

»Woran haben Sie uns erkannt? Ich habe Ihnen nicht erzählt, daß meine Freundin Amerikanerin ist«, fragte ich, nachdem wir einen Tisch in der Mitte des kleinen, romantisch verdunkelten Speisesaals bekommen hatten, der an die Bar angrenzte.

»Sie tragen dasselbe Kostüm wie in Seiji Nakamuras Haus.«

Ich zuckte zusammen. Mein ausgeklügelter Plan löste sich schneller auf als die Eiswürfel in meinem Glas.

»Wie war das?« Mrs. Chapman klang eingeschnappt, und mir fiel ein, daß ich ihr gar nichts von der *tsuya* erzählt hatte. Aber jetzt war nicht die Zeit dafür.

»Was für eine Verbindung gibt es denn nun zwischen Nichiyu und Sendai? Und weshalb liest ein Mädchen mit einem japanischen Namen einen englischsprachigen Artikel über Holzdrucke?« Joes Lachen rollte durch den Speiseraum, so daß ein paar Leute aufblickten.

»Ich bin eigentlich hier, um über Sie zu sprechen. Wie Sie hier angefangen haben und so erfolgreich geworden sind, und natürlich wollte ich Ihnen Mrs. Chapman vorstellen. Sie sucht unkonventionelle Unterhaltungsmöglichkeiten in der Stadt.«

»Sightseeing, darüber kann ich Ihnen etwas erzählen«, sagte er und lächelte Mrs. Chapman an. »Aber sicherlich will keine von Ihnen beiden Geschichten aus der alten Zeit hören, da schlafen Sie ja ein.«

»Sie sind doch ein Selfmademan, das finde ich

faszinierend!« flirtete Mrs. Chapman und half mir aus.

»Ich bin mit der Navy nach Japan gekommen.« Joe lehnte sich in seinem Stuhl zurück. »Als Matrose war ich in Yokosuka stationiert, wo die Amerikaner die alte Schiffswerft der Kaiserlichen Marine übernommen hatten. Die Leute hatten immer noch zu kämpfen, obwohl der Krieg schon zehn Jahre vorbei war. Das einzige Geschäft, das blühte, war der Schwarzmarkt.«

Yokosuka. Irgend etwas tauchte in meiner Erinnerung auf, aber bevor ich etwas sagen konnte, war der Kellner gekommen, um unsere Bestellung aufzunehmen. Joe empfahl das Filet Mignon. Mrs. Chapman folgte seinem Rat, aber ich wählte ein südostasiatisches Gericht mit Garnelen.

»Sie wollten uns gerade vom Schwarzmarkt erzählen. Wie hat das funktioniert?« fragte ich, als der Kellner gegangen war.

»Die Ware ist hauptsächlich aus den Militärläden gekommen: Zigaretten, Nylonstrümpfe, Milky-Way-Riegel, Scotch wie der, den Sie heute abend trinken. Ich habe es wie jeder andere Matrose auch gemacht. Ich habe das Zeug hinausgebracht und es einem Typen gegeben, den ich nicht kannte. Dann kam ich auf die Idee, andere Matrosen für mich arbeiten zu lassen.«

»Sie wollten ein großes Geschäft daraus machen!« Ich fand das ziemlich geschmacklos, aber ich versuchte, meine Gefühle zu verbergen.

»Genau. Als meine Dienstzeit beendet war, verdiente ich auf dem Schwarzmarkt weit mehr, als ich in den Staaten jemals verdient hätte.«

»Sie hätten auf Kosten der Armee studieren können, wie mein Ehemann«, schlug Mrs. Chapman vor.

»Ich bin wahrscheinlich nicht so schlau wie Ihr Ehemann«, lachte Joe.

»Er ist gestorben.« Mrs. Chapman blinzelte.

»Far East Ventures macht jetzt aber keine Geschäfte mehr auf dem Schwarzmarkt?« Ich kehrte wieder zurück zum Thema.

Joe schüttelte den Kopf. »Anfang der sechziger Jahre führten die Bemühungen der Amerikaner, die Wirtschaft wieder aufzubauen, endlich zum Ziel. Die Leute hatten feste Anstellungen und genügend Geld, um sich Dinge wie Waschmaschinen und Fernseher zu kaufen. Die amerikanischen Hersteller wollten hier verkaufen, hatten aber nicht die geringste Ahnung, wie Marketing und Vertrieb in Japan funktionierten. Das war mein Gebiet.«

»Was machen Sie jetzt, wo niemand mehr amerikanische Fernseher kauft?« fragte ich.

»Ich gehe den umgekehrten Weg und berate japanische Firmen über Marketingstrategien in den Staaten. Und ich vertreibe immer noch ausländische Waren, die man hier nicht nachmachen kann – Designerjeans, Prestigehandtaschen, solche Dinge.« Sein Lächeln zeugte von Wohlstand.

»Hatte die, äh, die japanische Mafia«, es wäre unklug gewesen, das Wort *yakuza* in einem Raum voller wohlhabender Japaner auszusprechen, »nicht mit dem Schwarzmarkt zu tun?«

»Sicher. Mein Partner hat das Schutzgeld bezahlt, damit wir im Geschäft bleiben konnten. Als wir dann mit großen Firmen zu tun hatten, war das organisierte Verbrechen kein Problem mehr für uns. Wir verhandeln jetzt in Sitzungszimmern und nicht mehr in heruntergekommenen Hostessenbars.«

»In Hostessenbars! Waren Sie damals verheiratet? Was hat Ihre Frau davon gehalten?« Mrs. Chapman wirkte ein wenig entrüstet.

»Sie war Japanerin, sie kannte die Gepflogenheiten.«

»Was? Und jetzt?« fragte Mrs. Chapman.

»Jetzt ist sie tot.« Er verzog keine Miene.

»Das tut mir leid«, sagte ich. Es hörte sich immer mehr so an, als hätte er vielleicht eine Beziehung mit Setsukos Mutter gehabt, aber ich wußte nicht, wie ich dorthin gelangen sollte, wenn Mrs. Chapman mit ihrer romantischen Attacke fortfuhr.

»So, und jetzt sagen Sie mir bitte, wie ich Ihnen helfen kann.« Joe lehnte sich zurück und sah uns beide an.

»Es geht um eine Frau, die Sie womöglich gekannt haben. Sie hieß Harumi Ozawa.«

»Dazu fällt mir nichts ein. Aber in meiner Rolodex-Kartei stehen ein paar hundert Namen; die kann ich mir nicht alle merken.«

»Sie war Setsuko Nakamuras Mutter«, sagte ich und sah ihm ins Gesicht.

»Ich muß sie gestern abend übersehen haben.« Er schüttelte den Kopf. »Es ist schwierig, jeden zu entdecken, den man begrüßen sollte.«

»Harumi lebt nicht mehr. Aber als junge Frau hat sie in der Nähe der Marinebasis in Yokosuka gearbeitet. Sie hatte eine Beziehung zu einem Matrosen, der Anfang der fünfziger Jahre dort stationiert war.«

»Weshalb reden Sie mit mir darüber?«

»Ich dachte, Sie können vielleicht Setsukos Vater sein.«

In Joes scharfen blauen Augen sah ich etwas aufblitzen, und als er sprach, war sein jovialer Tonfall fast völlig verschwunden. »Der Name meiner Frau war Seiho Yamazaki. Wenn Sie alte Zeitungen von 1959 durchsehen, können Sie viel über sie nachlesen.«

»In der Klatschspalte? Rei sagt, Sie seien hier eine Berühmtheit«, schwärmte Mrs. Chapman.

»Nein, in den normalen Nachrichten. Ich habe sie getötet.«

Mrs. Chapman schrie auf, und ich mußte mich beherrschen, nicht nach Luft zu schnappen.

»Es ist während eines dieser fürchterlichen Stürme zur Taifunzeit passiert, bei denen man fast blind wird. Wir wollten nach Hause fahren. Ich habe die Straßenbahn nicht kommen sehen, und sie hat auf Seihos Seite unser Auto gerammt. Sie war schwanger. Das Baby habe ich auch umgebracht.«

Der Kellner kam mit den Vorspeisen. Ich war froh über die Unterbrechung, die mir Gelegenheit gab, mir eine angemessene Antwort auszudenken. Am Ende fiel mir nur ein: »Ich finde, Sie sind sehr hart zu sich selbst.«

»Es ging Ihnen nie darum, Reiskocher zu vertreiben, nicht wahr? Was kann ich wirklich für Sie tun, Rei?«

Ich überlegte. »Wie schon gesagt, ich suche nach Informationen über Setsukos Eltern. Vielleicht kennen Sie Harumis Matrosen.«

»Hören Sie, wenn Sie versuchen, einen Matrosen ausfindig zu machen, der ein Barmädchen geschwängert hat, da muß es Zehntausende gegeben haben, und nicht alle waren schlecht. Viele konnten es sich leisten, ihrem Mädchen ein kleines Haus einzurichten und nicht nur sie, sondern auch ihre Eltern und ihre Geschwister durchzufüttern. Wenn ein Mädchen klug war, dann hat sie sich einen neuen gesucht, wenn ihr Matrose zurückmußte.« Joe schnitt sein Steak an; ein Rinnsal Blut lief über seinen Teller.

»Mr. Roncolotta, es tut mir leid, daß Rei Ihnen das alles zumutet.« Mrs. Chapman warf mir böse Blicke zu.

»Harumi hat Schuhe geputzt, sie war keine Prostituierte.« Ich bohrte weiter. »Sie sah keine andere Möglichkeit, den Lebensunterhalt für sich und ihr Kind zu verdienen, da ihre Schwiegereltern sie nach dem Tod ihres Mannes hinausgeworfen hatten.«

»Ja, ja.« Joe verdrehte die Augen. »Sie müssen mir nicht erst erzählen, was für Snobs die ehemaligen Samuraifamilien sind. Deshalb habe ich ein Mädchen aus der Arbeiterklasse geheiratet.«

»Weshalb waren Sie auf der *tsuya?*« fragte ich.

»Geschäfte.« Joe schob sich ein großes Stück Steak in den Mund und kaute.

»Was für Geschäfte?«

»Mit Masuhiro Sendai. Seit zwei Jahren habe ich versucht, ihm vorgestellt zu werden, ohne Erfolg. Ich wußte, daß er dasein würde. Finden Sie das verwerflich?«

Ich schüttelte den Kopf und dachte an meine eigenen Motive. »Kennen Sie Mr. Nakamura eigentlich?«

»Ja, aber ich mag ihn nicht. Er ist falsch.« Joe hielt inne. »Die Chilis waren wohl ein bißchen scharf. Sie sehen aus, als könnten Sie ein Glas Wasser gebrauchen. Bedienung!«

»Mir geht es gut«, sagte ich, nahm aber das frisch aufgefüllte Glas dankbar an.

»Dieser Nakamura ist ein extrem unfreundlicher

Mann«, fügte Mrs. Chapman hinzu. »Es würde mich nicht überraschen, wenn er seine Frau umgebracht hätte.«

»Kennen Sie seine Vorgeschichte? Wissen Sie, daß er von Sansonic zu Sendai gewechselt hat?« fragte Joe. Ich sagte nichts, weil ich sehen wollte, ob sich seine Version der Geschichte von der unterschied, die mir Hugh erzählt hatte. »Angeblich soll er ein paar wichtige Akten mitgenommen haben, heißt es. Als Sansonic das herausgefunden hat, hat die Hälfte der Angestellten aus seiner Abteilung den Job verloren, und die Stellen, die Nakamura ihnen bei Sendai versprochen hatte, hat es nie gegeben. Was wirklich merkwürdig ist: Nakamura hat die Sansonic-Akten Sendai nie gezeigt, aber sie haben ihn trotzdem behalten. Japanische Sitten und Gebräuche.«

»Was hätten Sie gemacht, wenn Sie bei Sendai gewesen wären?«

»Ich hätte ihm gesagt, er solle die sprichwörtliche Fliege machen! Was hat ein Mädchen wie Sie überhaupt mit ihm zu tun? Ich dachte, er hätte nur innerhalb der Firma Affären gehabt.«

»Ich hatte nie etwas mit ihm. Mein Interesse gilt nur Setsuko, wie ich bereits gesagt habe.«

»Sie interessiert sich eigentlich für einen jungen Mann«, mischte sich Mrs. Chapman mit einem herablassenden Lächeln ein.

»Sie beide … diese ganzen Fragen … ich verstehe das alles nicht!« Joe Roncolotta warf die Hände in die Luft.

»Wir waren zur falschen Zeit am falschen Ort. Das heißt, wir waren in der Pension, als Setsuko starb«, erklärte Mrs. Chapman.

»Ich bin da mit hineingezogen worden.« Ich

wollte nicht noch einmal erzählen, wie ich Setsukos Leiche gefunden hatte. »Ich habe etwas gesagt, was dazu geführt hat, daß jemand beschuldigt wird, sie ermordet zu haben.«

»Der schottische Anwalt?« Joe hob den Kopf. »Was seine Unschuld betrifft, so kenne ich ihn nicht gut genug, um mir eine Meinung zu bilden. Er ist ein teuflisch guter Squashspieler, obwohl seine Knöchel ein wenig knacken. Ordentlich Kraft in den Armen.«

»Wo waren Sie denn an Silvester?« fragte ich. Es waren immer noch zu viele Zufälle, als daß mir wohl bei der ganzen Angelegenheit gewesen wäre.

»Ich habe mich mit ein paar Freunden im TAC betrunken – im Tokyo American Club. Sie können den Türsteher fragen.« Joe bestellte Kaffee für uns alle. Ich schüttelte den Kopf, als es um das Dessert ging. Bedauernd dreinblickend lehnte auch Joe ab. Mrs. Chapman nahm ein Stück Schokoladenkuchen.

»Ich sag' Ihnen was.« Er brachte seinen Kaffee mit Sahne und Zucker zum Überlaufen. »Wenn es Ihnen mit der Suche ernst ist, dann sollten Sie einmal mit dem Zug nach Yokosuka fahren. Jimmy O'Donnell, ein Oberstabsbootsmann, hängt immer im Veteranenclub herum. Der Kerl hatte von den späten Vierzigern bis in die Sechziger überall die Finger drin. Wenn sich jemand an Ihren Matrosen erinnert, dann Jimmy.«

»Das ist eine gute Idee. Danke.« Es munterte mich ein wenig auf.

»Gern geschehen. Ich kann mich nicht erinnern, wann ich ein überraschenderes Abendessen gehabt hätte. Ich würde wirklich gerne wissen, wer Sie sind.«

»Kein Stoff für die Klatschspalte«, sagte ich zurückhaltend.

»Erzählen Sie es mir, und ich beurteile es selbst.«

»Rei ist Expertin für Antiquitäten und völlig überqualifiziert für ihre jetzige Beschäftigung«, mischte Mrs. Chapman sich ein.

Mittlerweile ärgerte ich mich ziemlich, daß ich sie mitgenommen hatte. Monoton gab ich Joe eine fünfminütige Zusammenfassung: meinen Magister in Berkeley, der sich nicht ausgezahlt hatte, die katastrophalen Bewerbungsgespräche, die Alternative, als Hostess in einer Bar zu arbeiten oder als Sprachlehrerin bei Nichiyu.

»Es ist schwierig hier, wenn man keine Beziehungen hat«, sagte Joe, als ich fertig war. »Ich sage Ihnen, ich hätte mit meinem Geschäft nie Fuß gefaßt, wenn meine japanischen Partner nicht gewesen wären. Ich kenne jemanden im Vorstand des Nationalmuseums. Wenn ich ein gutes Wort für Sie einlegen soll ...«

»Ich halte nichts von Gefälligkeiten.« Das klang gräßlich scheinheilig, aber Leute, die nur die Freunde ihrer Freunde einstellten, hatten verhindert, daß ich einen anständigen Job in Tokio fand. Ich wollte auf keinen Fall werden wie sie.

»Dann sind Sie aber nicht sehr japanisch.« Er lachte.

»Ich bin es zur Hälfte, und ich höre solche Bemerkungen nicht sehr gerne.«

»Wenn Seiho und ich das Glück gehabt hätten, eine Tochter zu bekommen, wie hätte sie wohl ausgesehen? Wie Sie vielleicht.«

Joes Blick ruhte länger auf mir, als mir lieb war, und Mrs. Chapman gähnte laut. Wahrscheinlich war es nicht sehr unterhaltsam, mit einem gutaussehenden Mann seines Alters essen zu gehen, der einen dann einer Jüngeren wegen vernachlässigte.

»Wir sollten gehen«, sagte ich und holte meine Geldbörse aus der Tasche.

»Ich lade Sie ein.« Joe winkte dem Kellner, die Rechnung zu bringen. »Und selbst wenn Sie nichts von Gefälligkeiten halten, Rei, ich tue es. Weil Sie mir dann etwas für das Geld und die Zeit schulden, die ich in Sie investiert habe.«

»Oh!« Ich war entsetzt, besonders, nachdem er von mir wie von einer Tochter gesprochen hatte.

»Meine Liebe, ich möchte von Ihnen wissen, wo man am besten japanische Antiquitäten einkauft. Bemalte Wandschirme sind mehr oder weniger völlig verschwunden, für *tansu* zahlt man astronomische Preise, und wirklich schöne Stücke findet man gar nicht mehr.« Er sah so komisch verzweifelt aus, daß ich lachen mußte.

»Kennen Sie Heiwajima schon?«

»Diesen schrecklichen Markt im Ryūtsu Center?« Joe blickte gequält drein. »Es ist erbärmlich, mit anzusehen, wie die Ehefrauen meiner Freunde mit ihrem jämmerlichen Japanisch um einen Preisnachlaß feilschen. Am Ende schleppen sie dann Sachen nach Hause, die hier wahrscheinlich teurer sind als in Los Angeles. Ich bin seit vierzig Jahren hier, und langsam glaube ich, es hat keinen Sinn mehr, überhaupt noch etwas zu kaufen!«

»Sie müssen einfach nur klug kaufen«, belehrte ich ihn.

»Wie soll das gehen?«

»Drei Schritte«, sagte ich. »Zuerst müssen Sie einsehen, daß Sie nicht für alles Experte sein können. Sie müssen sich auf das konzentrieren, was Ihnen wirklich gefällt, ob das nun Möbel sind oder Blau-Weiß-Porzellan. Schritt zwei: Sie gehen in Museen und vergleichen das, was Sie dort sehen, mit den Auslagen der Schaufenster aller Antiquitätengeschäfte in der Stadt. Wenn Sie dann schließlich auf einen großen Markt wie Heiwajima gehen, nehmen sie von jedem Stand eine Visitenkarte mit und sehen sich die Adresse an. Die Händler, die von weit her kommen, geben eher einen Rabatt auf ihre Antiquitäten, als sie wieder mit nach Hause zu nehmen.«

»Wann ist dieser Markt?« fragte Mrs. Chapman.

»Erst wieder im Frühjahr, aber ich kann Ihnen etwas schicken, wenn Sie möchten. Ich kann mir nicht mehr als alte Stoffe und Porzellan leisten, aber meine eigentliche Liebe gilt Holzmöbeln aus dem neunzehnten Jahrhundert. Ich habe erst ein großes Stück gekauft. Für meine Eltern.«

»Wie das? Wohnen die nicht in Kalifornien?« fragte Joe.

Ich erzählte ihm die Geschichte, wie meine Mutter mich gebeten hatte, ihr eine *tansu*-Kommode zu suchen, die in einem Kunstkatalog abgebildet sein könnte. Die Kommode mußte aus Zelkovenholz mit Eisenbeschlägen sein, eine spezielle Lackierung haben und möglichst alt, aber nicht klapprig sein. Drei Wochenenden lang kämmte ich Läden und Flohmärkte durch, bis ich ein wunderschönes Stück zu einem vernünftigen Preis fand. Eine Lehrerin, die in die Staaten zurückkehrte, nahm es für dreihundert Dollar mit ihren eigenen Sachen mit. Dadurch sparte ich Tausende für einen eigenen Transport.

»Und wollen Sie wissen, was das beste war? Meine Mutter hat das Stück in San Francisco schätzen lassen – siebentausend Dollar mehr, als ich bezahlt hatte.«

»Vielleicht könnte ich das für die Damen in meinem Seniorenclub machen.« Mrs. Chapman sah aufgeregt aus. »Darauf werde ich mich in meiner restlichen Zeit hier konzentrieren – Antiquitäten!«

Joe prostete mir mit seiner Kaffeetasse zu. »Weshalb verschwenden Sie dann Ihre Zeit damit, Englisch zu unterrichten?«

»Nichiyu ist ein guter Arbeitgeber. Früher oder später werde ich das Sprachprogramm leiten.«

»Wenn Sie wirklich im Bereich Antiquitäten arbeiten wollen, dann sollten Sie das einfach tun«, beharrte er.

»Das hat man mir schon oft gesagt.« Ich versuchte nicht, meine Bitterkeit zu verbergen. »Die Leute, bei denen ich mich hier vorgestellt habe, haben mir alle geraten, zurück in die Staaten zu gehen. Vielleicht könnte ich einen Job in San Diego oder Seattle finden, wo es egal ist, ob ich *kanji* lesen und schreiben kann oder nicht. Das Problem ist nur, daß ich nicht von hier weg möchte.«

»Ich verstehe.« Joe überlegte. »Haben Sie schon einmal von einem privaten Einkaufsservice gehört?«

»Ich hatte einmal jemanden für meine Weihnachtseinkäufe. Das Problem war allerdings, daß die nur in einem Laden gekauft und überhaupt nicht nach Sonderangeboten gesucht haben!« Mrs. Chapman tupfte sich geziert den Mund mit einer Serviette ab.

»Genau. Rei sollte sich als Einkäuferin von Antiquitäten selbständig machen und sich auf Kunden in Übersee und die Ausländer, die in Japan leben, konzentrieren. Es wäre einfacher und billiger, als einen Laden aufzumachen.«

»An Einzelhandel hatte ich noch gar nicht gedacht. Nur an Museen.« Ich betrachtete den dunklen, zuckrigen Satz auf dem Boden meiner Kaffeetasse und dachte mir, daß ich die ganze Nacht nicht schlafen würde, wenn ich das austränke.

»Wenn Sie etwas Anspruchsvolleres machen wollen, dann halten Sie doch Vorträge und machen Führungen durch Museen. Ich werde mir ein paar Gedanken darüber machen.« Es schien, als wäre ein elektrisches Licht in Joe angezündet worden; ich verstand, warum Far East Ventures Erfolg hatte.

»Die Ausländer, die ich kenne, würden darauf niemals anspringen«, protestierte ich. »Sie haben genug damit zu tun, Miete und Telefon zu finanzieren.«

»Was ist mit meinen Freunden? Ehepaare bei Firmen, Spitzenleute beim Militär? Ich könnte Sie mit ein paar bekannt machen.« Er zog einen Terminkalender aus seiner Brusttasche. »Machen wir doch einen Tag der offenen Tür, sagen wir in sechs Wochen?«

»Im Gegensatz zu Ihren Spitzenleuten habe ich nicht das Geld, um ein Geschäft zu eröffnen.« Einen Augenblick lang bedauerte ich das und dachte an mein mickriges Sparkonto, an die Einlagen, an die ich eine Ewigkeit nicht herankam. Ich schüttelte mich. Es war seltsam, daß Joe mir so großzügige Tips für meine Karriere gab. Vielleicht wollte er mich nur von der Suche nach Setsukos Verwandten ablenken.

»Bei so einem Geschäft brauchen Sie kein Kapital. Nur Kontakte, PR, den Willen zum Erfolg!« Joe hörte nicht auf zu reden.

»Das glaube ich nicht.« Für jemand anderen wäre das eine großartige Idee. »Es tut mir leid, daß ich sie aufgehalten habe. Ich war nicht ehrlich zu Ihnen. Hier, bitte, lassen Sie mich meinen Anteil bezahlen.«

Ich deutete auf seine goldene American Express Karte, die auf der Rechnung lag.

»Acht meiner Freunde beobachten uns. Wollen Sie mich denn vor ihnen blamieren?« fragte er.

Es hätte wohl wirklich komisch ausgesehen, wenn wir in so einem schicken Restaurant mit so einem bekannten Mann die Rechnung geteilt hätten. Ich lächelte ihm halbherzig zu und fügte mich, da ich es für das beste hielt, den Abend nicht mit einer Szene zu beschließen.

»Ich habe noch eine Marketingfrage an Sie«, sagte ich, als wir durch die Lobby auf den New-Otani-Lift zugingen. »Bei uns in der Firma wollen wir gerade Caffè latte auf den Markt bringen. Die Frage ist nur, ob man latte oder ratte sagt. Halten Sie das für wichtig?«

»Ratte auf allen Schildern und Prospekten hier, und latte in Übersee.« Joe antwortete rasch.

»Aber finden Sie nicht, daß ratte fürchterlich aussieht? Werden die Leute nicht lachen?«

»Weshalb arbeiten Sie bei Nichiyu? Um die Kluge zu spielen, oder um ihnen zu helfen, ihre Produkte zu verkaufen?« gab Joe zurück. »Wenn Sie Produkte in diesem Land einführen wollen, dann müssen Sie sich anpassen.«

Am Silvesterabend hatte ich praktisch dieselben Worte gebraucht, um Hugh Glendinning zu kritisieren. Wie selbstgerecht ich gewesen war, mich meines enzyklopädischen Wissens über Japan gebrüstet hatte. Durch das Gespräch mit Joe Roncolotta war mir klargeworden, wieviel ich noch lesen mußte.

16

Als irgendwo in dem Tunnel zwischen Nacht und Morgen das Telefon klingelte, riß es mich aus einem schrecklichen Traum, in dem Nakamura mein Chef bei Nichiyu und Hugh mein Schüler war. Wir drei standen in einem Klassenzimmer voller riesiger Mandelsticks, die drohten umzufallen, wenn sich einer von uns bewegte.

Schläfrig langte ich nach dem Telefon. *»Moshimoshi?«*

»Entschuldigen Sie vielmals, Shimura-san. Hier spricht Okuhara.«

Ich schaltete eine alte Blechlaterne an, die ich an Strom angeschlossen hatte, und warf einen Blick auf meinen Seiko-Wecker. Es war zwei Uhr fünfzehn.

»Ich rufe wegen Mayumi Yogetsu an.« Der Polizeichef kam schnell zur Sache.

»Die Pensionsbesitzerin? Wenn es um das zerrissene *shōji*-Papier geht, ich zahle es.«

»Darum geht es nicht. Mrs. Yogetsu ist heute abend im Rettungswagen gestorben, nachdem sie um elf Uhr in der Station Minami-Senju, die bei Ihnen in der Nähe liegt, gestürzt ist.«

Ich hielt den Atem an, während Okuhara weitererzählte. Der Fahrer war gerade in südlicher Richtung in den Bahnhof eingefahren und bemerkte eine Frau mittleren Alters, die allein auf dem Bahnsteig wartete. Plötzlich löste sich eine Gestalt aus dem

Schatten und schubste die Frau auf die Gleise. Der Fahrer, der am anderen Ende des Bahnhofs halten sollte, konnte den Zug nicht mehr bremsen und überfuhr Mrs. Yogetsu. Als der Zug zum Halten gekommen war und die Türen aufgingen, war die Person, die sie gestoßen hatte, verschwunden.

»Das können Sie Hugh aber nicht anhängen.«

»Sicherlich nicht. Er ist an dem Abend in seiner Zelle gewesen und hat gejammert, daß wir ihm seinen Laptop zurückgeben sollen! Shimura-san, der Grund für meinen Anruf ist Ihre Rolle bei dem Unfall.«

»Meine Rolle? Ich verstehe nicht.«

»Die Handtasche der Toten wurde platt gefahren. Trotzdem haben wir einen Zettel darin gefunden, auf dem Ihre Adresse und Ihre Telefonnummer notiert waren.«

»O nein.« Ich erinnerte mich an meinen letzten Anruf in der Pension. Mr. Yogetsu hatte gesagt, seine Frau wolle mich sprechen, und ich hatte gleich aufgelegt.

»Wann sind Sie heute abend von der Arbeit nach Hause gekommen? Kann jemand Ihre Aussage bestätigen?«

»Ich bin noch einmal weggegangen.« Ich stammelte etwas über das Abendessen im Trader Vic's und war froh, daß uns so viele Leute gesehen hatten. Joe hatte darauf bestanden, uns in einem Taxi nach Hause zu schicken; der Fahrer würde sich an uns erinnern. Trotzdem, für Joe wäre es ein recht unangenehmes Nachspiel, wenn ihn jetzt noch ein Polizist belästigen würde. »Bitte rufen Sie meinen Begleiter erst morgen vormittag an, ich bin sicher, er schläft jetzt ...«

»Ich soll warten, bis Sie ihn vorgewarnt haben, meinen Sie? Ich brauche den Namen jetzt, damit ich den englischsprechenden Beamten in Tokio damit beauftragen kann.«

Nachdem Captain Okuhara aufgelegt hatte, saß ich ein paar Sekunden da und versuchte, das alles zu begreifen. Ich hätte gar nicht so schnell aus Shiroyama abreisen müssen; der Tod war mir offenbar gefolgt. Jetzt konnte ich mir nur noch den Kopf darüber zerbrechen, was mir Mrs. Yogetsu wohl hatte sagen wollen.

Vielleicht wußte es Mr. Yogetsu. Ich wählte die Nummer des Minshuku Yogetsu und übte schon, was ich sagen wollte. Doch ich legte gleich wieder auf, als ein Polizist an den Apparat ging.

Das Telefon klingelte schon wieder. Richard stöhnte protestierend auf der anderen Seite der Wand. Ich nahm ab, in der Erwartung, es sei wieder Okuhara. Doch jemand sagte schluchzend und schniefend meinen Namen. Ich brauchte eine Weile, bis ich begriff, daß es Mariko Ozawa war. Offenbar hatte sie doch beschlossen, Gebrauch von meiner Visitenkarte zu machen.

»Rei? Ich brauche dich«, jammerte sie.

»Was ist los?« Ich ahnte Schlimmes.

»Jemand … jemand hat versucht, mich umzubringen.«

»Was?« wiederholte ich und zog die Decken fester um mich. Die Temperatur im Raum schien plötzlich gefallen zu sein.

»Jemand hat mich draußen vor der Bar gepackt. Er hat mir einen Sack oder so etwas über den Kopf gestülpt und mich gewürgt. Wenn der Türsteher nicht rausgekommen wäre, wäre ich jetzt tot.«

Ich suchte fieberhaft nach Erklärungen; ich zwang mich zur Ruhe und fragte, wo sie stecke. Sie war in Narita, einer Stadt nordöstlich von Tokio, die hauptsächlich wegen ihres Flughafens bekannt ist.

»Willst du wegfliegen?« fragte ich.

»Ja. Deshalb rufe ich an. Kannst du mir deinen Paß und etwas Geld leihen?«

»Mariko, wir sehen uns nicht im mindesten ähnlich, und Leute mit amerikanischem Paß sprechen für gewöhnlich Englisch. Und was das Geld angeht, ich verdiene wahrscheinlich nicht einmal halb so viel wie du!«

»Ich weiß, aber du siehst aus wie jemand, der spart.«

»Erbärmlich wenig. Sag mir, wo du heute übernachtest.« Ich stellte mir vor, wie sie vor einem geschlossenen Bahnhof an einer Telefonzelle lehnte.

»Im Violet Venus.«

»Wo?«

»Das ist ein Love-Hotel, ein Stundenhotel. Es ist billig, und man muß seinen Namen nicht angeben.«

»Erzähl mir genau, was passiert ist.« Ich zog den Hörer mit unter die Decke, um die verbliebene Wärme noch zu erhalten.

»Um acht Uhr bin ich raus, um einen Liter Sahne für die White Russians zu holen.« Ich brauchte einen Moment, um zu begreifen, daß sie von Cocktails redete. »Jemand hat neben der Hintertür gewartet. Ich bin hinaus, da hat er mich gepackt und mir etwas Weißes über den Kopf gezogen. Ich habe ausgeholt, um ihn in die Eier zu treten, da hat er mich gewürgt.« Ein langgezogenes Schluchzen. »Dann hat unser Türsteher die Hintertür geöffnet. Der Typ hat mich hingeworfen und ist abgehauen.«

»Konntest du ihn sehen?«

»Er war doch hinter mir!«

»Was ist mit dem Türsteher?«

»Um die Ecke konnte er nichts sehen.«

Ich erwartete schon eine negative Antwort, fragte aber trotzdem: »Was meint die Polizei dazu?«

»Ich habe sie nicht angerufen. Kiki sagt, je weniger wir mit der Polizei zu tun haben, desto besser. Es hat einmal ein Problem mit der Alkohollizenz gegeben.«

»Aber jemand ist hinter dir her. Du kannst doch nicht dein Leben aufs Spiel setzen, nur weil Mama-san Lizenzprobleme hat!«

»Ich gehe nicht zurück.« Sie schluchzte wieder. »Auch wenn Kiki wahrscheinlich ein paar Freunde losschickt, nach mir zu suchen.«

In Kikis Metier waren diese Freunde höchstwahrscheinlich Gangster. Ich konnte nachvollziehen, weshalb Mariko nicht gefunden werden wollte.

»Es war sehr tapfer und intelligent, daß du heute abend die Bar verlassen hast«, sagte ich und versuchte, mich selbst davon zu überzeugen. »Ich komme morgen früh mit dem ersten Zug und hole dich ab. Mach dir keine Sorgen, okay? Ab jetzt gehören wir zusammen.«

Mariko erklärte sich widerwillig bereit, nach Tokio zurückzufahren und mich am nächsten Morgen vor der Station Shibuya bei der Statue von Hachikō, Japans berühmtestem Hund, zu treffen. In der Stadt erzählte man sich die Geschichte des Akita, der treuer Gefährte eines Professors war und ihn jeden Abend vom Zug abholte, um mit ihm zusammen nach Hause zu gehen. Der Hundebesitzer starb irgendwann in den zwanziger Jahren, und der Hund streunte herum. Trotzdem kam er noch über zehn Jahre lang jeden Abend zur Station Shibuya, in der Hoffnung, sein Herrchen würde aus dem Zug aussteigen. Der alte Hund wurde zu einem nationalen Symbol für Treue; als er 1935 dann in den Hundehimmel kam, wurde eine Bronzestatue aufgestellt. Hachikōs Abbild war als Treffpunkt so beliebt, daß man sich am Kopf oder Schwanz verabreden mußte.

Ich drängte mich durch Hunderte von Schülern, die sich für einen Ausflug versammelten, und fragte mich, ob ich wohl ebenso vergeblich warten würde wie Hachikō. Doch kurz darauf zupfte mich jemand am Ärmel.

»Mariko?« fragte ich zögernd. Vor mir stand jemand mit blonden Dreadlocks, schwarzer Lederjacke und engen Jeans über Stiefeln mit Plateausohle. Unter einem langen Chiffonschal, der am Hals etwas zur Seite gerutscht war, entdeckte ich schwache blaue Flecken.

»Urusai wa yo.« Nicht so laut, flüsterte sie.

»Dann schnell los.« Ich ließ den Blick über die Menschenmenge schweifen und entdeckte Richards Blondschopf, der auf und ab federte, als er auf uns zukam. Ich hatte ihm gesagt, er solle bei dem Williams-Sonoma-Schaufenster warten, bis ich ihm ein Zeichen gäbe, aber natürlich hatte er es so lange nicht ausgehalten.

»Deine Dreads sind superklasse. Spielst du in einer Band oder so?« schwärmte Richard in japanischem Slang.

Mariko schüttelte den Kopf und wurde rot. Richards blauäugig-blonder Zauber schien wieder seine übliche Wirkung zu entfalten.

»Das ist Richard«, stellte ich ihn vor. »Er ist so eine Art Bruder für mich. Wir wohnen zusammen, das konnte ich dir gestern nacht nicht mehr sagen.«

»Ich bin dein Leibwächter, okay?« Er vollführte einen filmreifen Karateschlag und brachte damit eine Gruppe Schulmädchen zum Kichern. »Ich habe mir einen ziemlichen Umweg für die Rückfahrt ausgedacht. Wir wechseln immer wieder zwischen der Ginza- und der Hanzomon-Linie hin und her, um etwaige Verfolger abzuschütteln.«

»Keine Sorge, mit dieser Frisur bist du absolut nicht zu erkennen«, beruhigte ich sie. Um ehrlich zu sein, ich fand sie schauderhaft.

»Das ist eine Perücke«, sagte sie stolz. »Ich wollte mir die Haare eigentlich bleichen, aber es war zu wenig Zeit.«

»Eine Freundin von mir macht es für den halben Preis. Die Jacke ist übrigens klasse. Ich habe eine Weste, die würde wunderbar dazu passen.«

»Gefällt sie dir? Ich habe sie in Shinjuku im New Boys Look gekauft.«

»So was!« krähte Richard. Lautlos hauchte er mir zu: »Danke, Baby!«

Während wir mit der U-Bahn in nördlicher Richtung fuhren, unterhielten sich die beiden über Kleider, was ich als Zeichen dafür interpretierte, daß Mariko sich langsam sicher fühlte. Als wir an der Station Minami-Senju ausstiegen und über die stählerne Fußgängerbrücke gingen, die zu der befahrenen Hauptstraße führte, verzog Mariko die Nase bei dem Gestank der Dieselabgase.

»Ich hätte nicht gedacht, daß hier *gaijin* leben«, sagte sie.

»Eine bessere Gegend können wir uns nicht leisten«, antwortete ich und führte sie ins Haus. Sie meckerte die ganze Zeit, während sie die drei Stockwerke hinaufstieg. Als ich die Wohnungstür öffnete, rauschte sie an mir vorbei und trat auf meinen Linoleumboden, den ich vergeblich versuchte sauberzuhalten.

»Deine Stiefel!« rief ich.

»Ich dachte, Ausländer tragen zu Hause Schuhe. Was ist denn das alles für historisches Zeug?« Mariko starrte meine mit Kimonos und Holzdrucken dekorierten Wände an.

»Das ist Teil deines Erbes. Gefällt es dir?« Ich hängte ihre Lederjacke über einen lackierten Kimonoständer.

»Tante Setsuko mochte Antiquitäten. Mir sind die siebziger Jahre lieber, Pink Lady und das ganze Zeug.«

Mariko war eine Meisterin im Ablenken; sie war bestimmt eine einmalige Hostess. Ich unterbrach einen Redeschwall über die längst aufgelöste Popgruppe Pink Lady und bestand darauf, daß sie Richard und mir von dem Überfall erzählte.

»Was soll ich noch dazu sagen? Ich habe euch schon alles erzählt. Ich will eigentlich gar nicht mehr daran denken, ich will einfach nur in Sicherheit sein.« Sie schwankte leicht, und Richard sprang ihr schnell zur Seite.

»Rei, du bist einfach gefühllos.« Er warf mir einen entrüsteten Blick zu.

»Ich will nicht, daß Mariko das gleiche wie Setsuko passiert«, sagte ich. »Mariko, überleg mal, wer in letzter Zeit in der Bar gewesen ist ...«

»Ich unterhalte mich mit vielen Männern, und manchmal werden sie sauer, wenn ich sie nicht privat treffen will. Es sind so viele, mindestens zwölf, wenn nicht viel los ist, und bis zu zwanzig, wenn viel Betrieb ist ... wie soll ich da den Überblick behalten? Außerdem kann ich nicht denken, wenn ich Hunger habe«, sagte sie mit Kleinmädchenstimme.

»Okay, wir frühstücken erst mal.« Ich ging in die kleine Küche und schnippelte *Shiitake*-Pilze und eine schrumpelige Schalotte. Ich wollte ein Sechs-Eier-Omelett machen und es dritteln.

»Rei, du mußt ein besseres Messer besorgen. Schau mal, wie schlecht es schneidet«, nörgelte Richard, als würde er jemals mehr in der Küche tun als eine Bierflasche öffnen.

»Mein Messer ist gut.« Ich blitzte ihn böse an. »Wenn der Messerschleifer wieder kommt, werde ich es ihm geben. Mariko, neben dem Futon ist übrigens ein Stapel Zeitungen mit Artikeln über den Tod deiner Tante. Vielleicht interessieren sie dich.«

Sie warf einen Blick auf die *Japan Times* und legte sie weg. »Ich kann nicht viel Englisch lesen. Ich bin wohl ziemlich dumm.«

»Das stimmt nicht. Du bist klug genug, um zu sagen, was du willst, und endlich diese Hostessenbar zu verlassen.« Ich hätte noch weitergepredigt, aber Richard schnitt mir das Wort ab, indem er anbot, den Artikel aus der *Japan Times* ins Japanische zu übersetzen. Mariko nahm das Angebot dankend an und rutschte ein Stück, so daß Richard es sich neben ihr auf meinem Futon bequem machen konnte. Sie gaben ein nettes Pärchen ab, die beiden, Richard, wie er bei der Übersetzung gelegentlich ins Stottern geriet, und Mariko, die darüber kicherte. Sie fühlte sich sichtlich wohl mit ihm. Ich war froh drüber, auch wenn uns das später Probleme bereiten konnte.

Sie selbst konnte das Problem sein. Als ich den Gasbrenner anschaltete, dachte ich daran, daß Mrs. Yogetsu an der Station Minami-Senju um elf Uhr umgebracht worden war, nachdem Mariko den Club Marimba verlassen hatte. Wenn sie direkt von der Bar nach Narita gefahren wäre, hätte sie mich gegen elf angerufen. Statt dessen hatte sie bis halb drei gewartet.

»Der Typ auf dem Bild, der war in der Bar!« unterbrach Mariko meine Gedanken und wedelte mit der Zeitung.

»Bist du dir da sicher? Ausländer sehen doch alle gleich aus.« Ich wollte nicht hören, wie sie über Hugh Glendinning herzog. Ich gab die Pilze in die Pfanne und konzentrierte mich aufs Anbraten.

»Sie spricht von Mr. Nakamura«, korrigierte mich Richard schroff.

»Das war der alte Seiji? Widerlich!« Marikos langer weißer Fingernagel stieß durch das Papier.

»Vorsicht, das ist das einzige Exemplar, das ich habe«, bat ich sie. »Wann hast du Nakamura gesehen?«

»Laß mich nachdenken.« Mariko schwieg einen Moment. »Zum ersten Mal zwei Wochen vor Silvester. Letzten Freitag war er noch einmal da. Er hat sich jedesmal ungefähr eine Stunde lang mit Kiki unterhalten. Ich bekam einen Rüffel, denn wenn er sich nicht an einen Tisch setzt, verdient keine von uns etwas. Ich ging zu ihm und habe ein bißchen geflirtet, um ihn an einen Tisch zu bringen. Kiki hat mich angebrüllt, ich solle mich um meine eigenen Angelegenheiten kümmern.«

»Kiki ist die Mama-san, oder? Was hat er zu ihr gesagt?« fragte Richard.

»Ich habe es nicht gehört. Ich mußte mich nach hinten setzen.«

»Sie wollte wahrscheinlich vermeiden, daß er dich anbaggert – oder glaubst du, er hat gewußt, daß du seine Nichte bist?«

»Er hat überhaupt nicht auf mich geachtet. Mir schien er ziemlich nervös zu sein.« Mariko klang nachdenklich.

»Hast du irgend etwas davon gehört, daß Setsuko ein Kind hatte?« Ich ging zurück zum Herd.

»Spinnst du? Sie mag Kinder überhaupt nicht! Als ich klein war, habe ich sie nie gesehen. Sie hat sich erst für mich interessiert, als ich ungefähr fünfzehn war. Urplötzlich wollte sie mich einkleiden, mir die Haare machen, mir beibringen, wie man sich richtig ausdrückt. Erst hat mich das geärgert, aber dann hat sie mir immer Sachen mitgebracht, und ich fand sie ziemlich cool.«

Ziemlich cool. Eine Liebeserklärung war das nicht gerade. Wie weit würde sie gehen, um Setsukos Tod zu rächen? Ich stellte die Flamme kleiner und legte den Deckel auf die Pfanne.

»Mariko, ich muß dich bitten, etwas für mich zu tun.«

»Ich spüle ab, *okay?«*

»Mach dir bitte keine Gedanken wegen der Hausarbeit.« Ich würde Mariko wie eine Königin behandeln, wenn sie tat, was ich von ihr wollte.

»Würdest du dir Setsukos Adreßbuch einmal ansehen? Vielleicht kennst du ein paar Namen darin.«

»Okay. Kein Problem.« Mariko vertiefte sich in das Buch, während ich Toast machte. Beim Essen sagte sie mir vor sich hin mampfend, was ich bereits herausgefunden hatte – daß die meisten Namen und Adressen zu Läden gehörten. Es war das Telefonbuch einer Kaufsüchtigen.

»Bei Mitsutan, sehen wir mal, da hat sie sich mit einer der Verkäuferinnen supergut verstanden, Yumiko Yokoyama hieß sie. Sie haben sich immer unterhalten.«

»Ist mir vielleicht eine Nummer oder eine Adresse entgangen, die deinem Großvater gehören könnte?« Setsukos Phantomvater wollte mir nicht aus dem Kopf gehen.

»Ich habe dir doch schon gesagt, daß sie mir nicht einmal seinen Namen gesagt hat. Ich habe unter *V* für Vater und unter *O* für Okāsan nachgesehen. Unter *O* steht etwas Merkwürdiges: eine Adresse in Kawasaki City und eine lange Nummer. Sie ist zu lang für eine Telefonnummer, und die Vorwahl wäre auch ganz falsch.«

Sie reichte mir das aufgeschlagene Buch. Dieser Eintrag, der erste auf der Seite, unterschied sich von den anderen, die meistens aus Name, Telefonnummer und Adresse bestanden. Hier folgte nach der Adresse die Nummer 63992 und der Code 62-22-3. Hatten Soldaten und Matrosen nicht Seriennummern? Das waren noch mehr Beweise, die ich nach Yokosuka mitnehmen konnte.

»Du hast recht, das ist merkwürdig«, sagte ich. »Wir können bei der Adresse vorbeifahren und nachsehen, wer dort wohnt. Auf der Rückfahrt von Yokosuka würde das ganz gut passen.«

»Wovon redest du?« Sie klang nicht sonderlich begeistert.

»Ich muß heute für ein paar Stunden nach Yokosuka, und ich dachte, du würdest vielleicht gerne mitkommen. Du willst doch herausfinden, wer dein Großvater ist, nicht?«

»Als Leibwächter sollte ich da ein Wörtchen mitzureden haben«, warf Richard ein. »Die *yakuza* sind überall. Ich persönlich finde, Mariko sollte zu Hause bleiben, um sich ihre Fingernägel frisch zu lackieren und Videos mit mir anzuschauen.«

»Mariko trägt ihre Dreadlocks, und es dauert nicht lange. Ich muß mit einem ehemaligen Matrosen in Yokosuka reden, der sich vielleicht an deinen Großvater erinnert. Wenn sie persönlich mit ihm spricht, fühlt er sich bestimmt verpflichtet.«

»Sprich doch bitte direkt mit mir, nicht über ihn!« beschwerte sich Mariko.

»Okay, Mariko, es ist nur eine Stunde entfernt«, bat ich.

»Ich weiß«, meinte sie ungeduldig. »Ich bin dort geboren. Als ich klein war, habe ich mit Kiki dort gewohnt.«

»Dann kannst du mich ja führen!« Ich war ganz aufgeregt.

»Ich komme mit. Unter einer Bedingung«, sagte Mariko.

»Was immer du willst«, versprach ich vorschnell.

»Richard kommt auch mit.«

17

Auf den ersten Blick wirkte Yokosuka wie die Verschmelzung einer japanischen Kleinstadt und einer amerikanischen Großstadt. Junge Männer in übergroßen Jeans tanzten zu einem dröhnenden Breakdance-Beat aus einem Ghettoblaster, den einer auf der Schulter trug. Reklametafeln warben für Hot dogs und Levi's Jeans in amerikanischen Größen. Hinter einer Parkbucht voller Taxis und japanischer Busse waren die glitzernde blaue Bucht sowie die Überreste eines alten Militärwachturms und einer kaputten Betonmauer zu sehen.

»Der Teil hat der Kaiserlichen Marine gehört, bevor die Amerikaner gekommen sind«, erzählte Mariko. »Siehst du die alten Eisenbahnbohlen im Gras? Da haben sie Waffen und Vorräte reingebracht. Jetzt ist das alles ein öffentlicher Park. Dort drüben in dem Pool habe ich Schwimmen gelernt.«

»Du hast bestimmt entzückend ausgesehen!« Richard hatte schon die ganze Zeit mit ihr geflirtet, so daß ich mich allmählich fragte, ob ein Leopard Streifen bekommen konnte.

»So entzückend, daß die meisten Mütter nichts mit mir zu tun haben wollten.« Mariko kaute auf der Unterlippe. »Wenn wir aus dem Wasser kamen, haben sie die anderen Mädchen immer ermahnt, sich im Schatten aufzuwärmen, damit sie nicht so braun werden wie ich.«

»Du kennst dich gut aus mit japanischer Geschichte.« Ich wechselte das Thema, damit sie auf andere Gedanken kam.

»Das einzige, was ich kenne, ist mein mieses kleines Leben!«

Wir liefen etwa zehn Minuten und kamen an einem glänzenden Hotelturm und einem riesigen Einkaufszentrum vorbei, die neu gebaut worden waren, wie Mariko sagte. In einem Geschäft, in dem es militärische Abzeichen und Aufnäher gab, saß eine ältere, großmütterliche Japanerin hinter einer Nähmaschine. Sie hob abwehrend die Hände, als ich eintrat.

»Keine Jesussachen mehr, okay? Ich kaufe schon WACHTURM.«

»Verzeihung?« fragte ich irritiert auf japanisch.

»Baptisten oder Jehovah? Sie sind wiedergeboren, von dieser Kirche, *neh?*« Ärgerlicherweise sprach sie auf englisch weiter.

»Auf dem Stützpunkt gibt es alle möglichen Spinner, die mit Flugblättern herumlaufen, Amerikaner und konvertierte Japaner«, erklärte Mariko leise. »Das war schon so, als ich klein war.«

»Ich gehöre keiner Glaubensgemeinschaft an«, sagte ich freundlich lächelnd. »Ich suche den Club der Veteranen. Kennen Sie ihn?«

»So früh am Samstag vormittag eine Bar? Was sind Sie denn für ein Mädchen?« rief die Frau.

»Ein ganz schlimmer Finger!« Richard war entzückt.

»Ich brauche nur eine Auskunft.« Ich versuchte, Haltung zu bewahren.

»Ich kenne gar niemanden mehr.« Die Näherin zog eine Schublade auf, nahm eine kleine Pfeife heraus und zündete sie an.

»Es kommen doch bestimmt viele Soldaten hierher«, versuchte ich sie zu ermuntern.

»Die alten Männer sind alle wieder in den Staaten. Sie sagen, Japan zu teuer jetzt. Sogar die jungen Soldaten kaufen nicht so viele Abzeichen.« Sie deutete auf ihre Auslage, die Hunderte von Aufnähern mit applizierten Motorrädern, Schiffen und Heavymetal-Motiven zierten. »Das Skelett mußte ich wegnehmen, wegen den Missionaren.«

»Soll das heißen, Sie beugen sich der Zensur? Sehen Sie sich doch Ihre Landsleute dort draußen an, die tapfer dem Eindringling trotzen!« rief Richard.

Die Frau lächelte ihn an und zog einen Grateful-Dead-Aufnäher aus einer Schublade. »Gefällt Ihnen? Für Sie, Spezialpreis. Weil nicht Missionar.«

Das war genau das Ding von Richard und Mariko. Sie fingen an, die Vorteile von Totenköpfen gegen die des Harley-Davidson-Adlers abzuwägen, während ich den Blick auf das Fenster gerichtet hielt und den Strom der Passanten beobachtete. Ein grauhaariger Amerikaner war stehengeblieben und betrachtete stirnrunzelnd die Auslage. Er schien mir das richtige Alter zu haben. Ich bat Richard und Mariko, kurz auf mich zu warten.

Als ich auf den Mann zuging, machte er eine abwehrende Handbewegung. »Ich gehe jeden Sonntag zur Messe, okay?«

»Ich bin keine von den Fundamentalisten, ich möchte nur wissen, wo hier in der Stadt ein Club für Stabsbootsmänner im Ruhestand ist.« Ich bedachte ihn mit meinem gewinnendsten Lächeln.

»Junge Frau, Sie sprechen mit einem Kapitän zur See, nicht mit einem Stabsbootsmann«, bellte er und legte die Hand auf die goldene Monstrosität, die seinen Hut zierte.

»Dann gratuliere ich«, sagte ich. »Aber haben Sie vielleicht trotzdem von diesem Veteranenclub gehört?«

»Ich verkehre nicht mit gemeinen Soldaten.« Ungemein würdevoll stolzierte er davon.

Ich zog eine Grimasse hinter seinem Rücken und trabte zurück zu Richard und Mariko, zu denen sich inzwischen zwei amerikanische Matrosen gesellt hatten. Auf ihren Jacken prangten zahllose Aufnäher.

»Da geht nicht gerade viel ab dort, weißt du?« Der größere, der modisch ein Tuch um den Kopf gebunden hatte, lümmelte an der Theke und unterhielt sich mit Richard.

»Die nächste rechts, dann zwei Straßen weiter, und dann wieder links, stimmt's?« fragte Richard und warf mir einen triumphierenden Blick zu.

»Hat der Club überhaupt einen Namen?« fragte ich den Mann mit dem Kopftuch.

»Der inoffizielle Name ist Alter Seebär. Ich sage immer Alter Saubär. Aber das Bier dort ist billig, und man kann in Dollar zahlen.« Der Matrose schien mich zu taxieren. »Wie viele Tressen hat denn dein Freund, daß er gleich zwei Torten dabeihat?«

Als Richard mich verständnislos ansah, gab ich ihm einen Stups und sagte: »Ich glaube, er fragt nach deinem militärischen Dienstgrad.«

»Sehe ich etwa aus wie ein amerikanischer Matrose?« Richard grinste und fuhr sich schwungvoll durch seine kurzen, eingeölten Haare.

Richard hatte die falsche Körpersprache gesprochen.

»Bist du 'ne Tunte oder was?« Der größere der

beiden Matrosen glotzte ihn an, und sein Freund machte ein kehliges Geräusch.

»Gehen wir«, sagte ich auf japanisch, denn ich fürchtete, Richards Stolz könne ihn zu einer provozierenden Antwort veranlassen. Innerhalb von Sekunden waren wir bei der nächsten Straße. Ich drehte mich noch einmal um und sah die alte Frau, die uns besorgt nachblickte, während die beiden Matrosen höhnisch johlten.

»Und wenn sie uns verfolgen?« Ich geriet in Panik, als wir immer tiefer in ein Viertel mit kleinen Bars und Imbißlokalen gerieten.

»Dann kämpfen wir«, sagte Richard. »Ihr beide werdet mich kleinen Schwächling verteidigen.«

Der Alte Seebär war genau da, wo uns die beiden Matrosen hingeschickt hatten. Richard öffnete die Tür zu einer verrauchten Höhle. An den Wänden hingen die berühmten Poster aus den siebziger Jahren, die Farah Fawcett in einem Badeanzug zeigten.

»Junge, nimm deine Mädels wieder mit. Dieser Club ist nur für Stabsbootsmänner.« Derjenige, der uns so begrüßte, war ein Mann mit angehender Glatze und einem Bauch, der die Nähte seines Pepsi-T-Shirts auf eine harte Probe stellte. Doch er klang wenigstens nicht ganz so schroff wie der Kapitän zur See, bei dem ich so abgeblitzt war.

»Ich weiß, daß das etwas ungewöhnlich ist, aber Joe Roncolotta schickt mich.« Ich ergriff das Wort, bevor Richard die Chance hatte, irgendeinen Schaden anzurichten.

»Joe ist ganz in Ordnung für jemanden, der es nur bis zum Obermaat geschafft hat.« Ein Kratzen war zu hören, und aus der Dunkelheit heraus sprach ein zweiter Mann. »Kommen Sie aus Tokio?«

»Ja. Ich bin hier, um Jimmy O'Donnell zu treffen.« In dem diffusen Licht entdeckte ich einen Mann mit schneeweißen Haaren und dunkelblauen Augen, die auf mich gerichtet waren.

»Setzen Sie sich«, befahl der Mann gebieterisch.

»Ich habe zwei Freunde mitgebracht«, sagte ich und deutete auf Richard und Mariko.

»Okay. Aber Sie müssen Ihre Getränke zu Nichtmitgliederpreisen zahlen.«

»Zwei Bud und einen Kaffee für Rei«, bestellte Richard mit supermaskuliner Stimme. »Ich zahle.«

»Ein Mädel, das Ray heißt? Ihre Mom und Ihr Dad müssen sich aber wirklich einen Sohn gewünscht haben«, sagte der Mann, der mich hereingelassen hatte.

»Das ist ein japanischer Name.« Ich reichte ihm meine Karte. »Ist Mr. O'Donnell da?«

Pepsi wollte etwas antworten, aber der Anführer schnitt ihm das Wort ab.

»Es ist zur Zeit ziemlich schwierig, den Oberstaabsbootsmann zu erwischen. Er lebt ein ruhiges Leben in den Bergen.«

»Auf welchem Berg denn?« Ich glaubte ihm nicht.

»Einem sehr weit entfernten. Wir können Jimmy etwas ausrichten. Was für ein Problem haben Sie denn?« fragte der Anführer.

Während ich noch zögerte und überlegte, wieviel ich preisgeben konnte, sagte Mariko zwar mit Akzent, aber in überraschend gutem Englisch: »Ich bin das Problem.«

»Nicht schon wieder eine.« Pepsi, der sich ärgerte, daß er zu lange übergangen worden war, setzte sich neben sie. »Sie suchen Ihren Mann, stimmt's? Hat er sich abgesetzt?«

»Sind Sie verrückt? Ich bin zu jung, um verheiratet zu sein!«

»Wir suchen ihren Großvater. Anfang der fünfziger Jahre war er hier stationiert und hat sich in eine Frau namens Harumi Ozawa verliebt. Er hatte eine Tochter mit ihr, dann ist er zurück nach Amerika«, erklärte ich.

»Arme kleine Kirschblüte«, grinste Pepsi.

»Nimm ein bißchen Rücksicht«, schimpfte der Anführer. »Das Mädchen könnte schließlich auch von dir sein.«

»Unmöglich. Mein Großvater hatte Geld, und er hätte seinen Lebensabend niemals in einer heruntergekommenen Bar verbracht«, sagte Mariko frech.

»Wir wissen nur, daß er in die Staaten zurückgekehrt ist und dort geheiratet hat. Aber er hat Harumi trotzdem weiter unterstützt und sogar nach ihrem Tod noch Geld nach Japan geschickt.«

»Wo liegt dann das Problem?« Der weißhaarige Mann hörte sich ganz vernünftig an.

»Das Problem liegt darin, daß Marikos Tante das einzig lebende Familienmitglied war, das mit ihm Kontakt hatte. Sie ist vor kurzem gestorben, und zwar eines unnatürlichen Todes. Nach ihrer Hochzeit hieß sie Setsuko Nakamura.«

»Das hab' ich gesehen«, sagte Pepsi. »Ich bin überrascht, daß sie das nicht einem Matrosen angehängt haben. Uns schiebt man nämlich sonst immer die Schuld zu.«

»Okinawa, yeah, das war schon ein irres Ding«, sagte Richard ironisch. Er bezog sich auf die scheußliche Gruppenvergewaltigung eines jungen Schulmädchens durch drei US-Soldaten im Jahr 1995.

»Hey, aufgepaßt!« rief Pepsi. »Das waren Marineinfanteristen, zumindest zwei davon.«

»Wenn Sie vorher noch nie mit Ihrem Großvater gesprochen haben, weshalb wollen Sie jetzt Kontakt mit ihm aufnehmen?« Der weißhaarige Anführer sprach Mariko direkt an. »Selbst wenn Sie seine Enkelin sind, heißt das noch nicht, daß er Ihnen etwas vermacht.«

»Das ist mir egal«, gab Mariko zurück.

»Erzählen Sie mir ein bißchen mehr über Ihren Großvater.« Er blieb erstaunlich geduldig.

»Warum? So, wie Sie uns hier behandeln?« Mariko legte fest die Hand auf Richards Arm.

Es wurde Zeit für mich, einzugreifen. »Ich glaube, wir könnten etwas haben, das uns zu dem Vater führt. Vielleicht ist es eine militärische Seriennummer.«

Die beiden Männer beugten sich über das Adreßbuch, so daß wir ausgeschlossen waren. Als sie wieder aufblickten, sprach der Weißhaarige.

»Das ist keine Seriennummer. Es sind zu viele Ziffern.«

»Sind Sie ganz sicher?« Er hatte mir allen Wind aus den Segeln genommen.

»Seriennummern sind doch Sozialversicherungsnummern. Neun Ziffern. Hier stehen zehn, wenn man die lange Zahl und den Code mitzählt.«

»Sie haben uns sehr geholfen, aber könnten wir jetzt vielleicht Mr. O'Donnell anrufen?«

»Er würde nicht mehr wissen als wir.«

»Aber kümmern sich Oberstaabsbootsmänner denn nicht um ihre Matrosen?« Ich versuchte, ihnen zu schmeicheln. »Wenn ein Matrose seine japanische Freundin liebte, aber nach Hause zurückkehren mußte, hätte er da nicht den Oberstaabsbootsmann um Rat gefragt?«

»So eine große Sache ist das nun auch wieder nicht. Sie sprechen von einer Situation, in die buchstäblich Tausende von Matrosen geraten sind. Wir sind nicht stolz auf sie. Ich jedenfalls bin hiergeblieben und habe mein Mädchen geheiratet«, erzählte Pepsi.

»Ach ja? Wirklich aufopfernd.« Richards Stimme hatte einen gefährlich sarkastischen Tonfall, und seinem Lächeln nach zu urteilen schien er auf irgendeine Art von Konfrontation aus zu sein.

»Geburten und Todesfälle werden im Rathaus registriert«, warf der Weißhaarige ein.

»Danke.« Wir mußten also an einem Werktag wiederkommen, aber das konnte ich arrangieren.

»Wissen Sie, wo Missouri ist?« fragte Mariko unerwartet, als wir aufstanden, um zu gehen.

»Zwischen Kentucky und Kansas«, sagte Pepsi, ein richtiger Klugschwätzer.

»Nein, die Bar«, sagte Mariko. »Hier gab es mal eine Bar namens Missouri.«

»Na klar!« rief Pepsi. »Die Missouri-Bar. Ein ganz junges Ding hat die geführt, die hatte eine unglaubliche Schnauze.«

Mariko nickte. »Wo war die Bar?«

»Dort, wo jetzt die JaBank ist, in der Straße, die wir Ginza nennen, weil dort die ganzen Kaufhäuser sind. Aber natürlich ist das kein Vergleich zu Tokio. Warum?«

»Ich möchte sehen, wo ich aufgewachsen bin«, sagte Mariko. Ich war verblüfft.

»So was!« Pepsi schien zu grübeln. »Wissen Sie, was mit den Mädels passiert ist, die dort gearbeitet haben?«

»Die Miete wurde erhöht, deshalb sind wir umgezogen.« Mariko blinzelte mir kurz zu, als befürchtete sie, ich würde etwas sagen. Ich tat es nicht. Ich wollte mehr über ihre Kindheit erfahren, aber ich wußte, daß ich sie nicht drängen durfte.

Wegen Mariko gingen wir sofort in die JaBank von Yokosuka. Mein Ärger darüber, wie sie im Alten Seebär alles sabotiert hatte, war Selbstkritik gewichen. Sie nach Yokosuka mitzunehmen, war keine gute Idee gewesen, nach dem Schock, den sie erst ein paar Stunden vorher erlitten hatte.

Ich stand vor dem verglasten Foyer, in dem sich der Geldautomat befand, und beobachtete Mariko, die ruhelos auf und ab ging. Als Richard dann seine Geheimnummer eingab, um Geld abzuheben, blieb sie hinter ihm stehen. Sie schien ihm über die Schulter zu blicken.

Ich versuchte, Richards Aufmerksamkeit zu erregen, doch er redete unablässig von einem Curryrestaurant, das Mariko noch aus ihrer Kindheit kannte. Wir gingen zwanzig Minuten, bis wir ein schmieriges kleines Lokal fanden, in dem weit und breit keine Inder zu sehen waren. Statt dessen verteilte eine mondgesichtige Japanerin vorgerückten Alters eine pampige Soße über eine Portion klebrigen japanischen Reis und klatschte ein Spiegelei darauf.

»Echt ekelhaft hier.« Mariko sprach japanisch, jetzt, wo wir drei wieder unter uns waren. »Ich will hier raus.«

»Ich dachte, du wolltest hierher«, erinnerte ich sie. »Mein Geschmack ist das auch nicht. Wenn du richtig indisch essen willst, mußt du zu Moti in Roppongi.«

»Mußt du immer alles besser wissen, Rei!« schimpfte Richard.

Ich explodierte. »Was soll denn das jetzt für eine Scheiße sein? Sobald du eine neue Freundin hast, verwandle ich mich in eine Art Bösewicht. Sieh dich vor, Richard. Mehr kann ich dazu nicht sagen.«

Mariko räusperte sich. »Richard-san? Was bedeutet das Wort, das diese Matrosen zu dir gesagt haben – *Tunte?«*

»Das ist ein Slangwort für Jungs, die auf Jungs stehen. Homosexuelle, du weißt schon.« Richard zog neckisch die Augenbrauen hoch.

»Aber warum haben sie das zu dir gesagt?« Mariko klang verstimmt. »Womit hast du sie geärgert?«

»Mit gar nichts. Manchmal merken es die Leute einfach.«

»Armer, armer Richard-san!« Sie umarmte ihn. »Du kannst das ändern, wenn du willst. Ich kenne ein Mädchen, das sich auf solche Jungen spezialisiert hat.«

»Aber das will ich nicht«, sagte Richard. »Frag Rei. Das Leben ist zu schön so, wie es ist.«

Falls sie mich fragen sollte, könnte ich ihr erzählen, daß *Debbie Does Dallas* und *Harry Does Hongkong* Bestandteil seiner Videosammlung waren. Aber mir gingen beide auf die Nerven.

»Ich kann das nicht essen, und ich möchte in Kawasaki noch die Adresse überprüfen, die Mariko mir gezeigt hat«, sagte ich.

»Da komme ich nicht mit. Ich habe heute schon genug für dich gemacht. Bei diesen widerlichen alten Männern bin ich mir vorgekommen wie in der Bar!« murrte Mariko.

»Wie viele Abende pro Woche hast du im Marimba gearbeitet?« fragte ich.

»Sechs! Es war wahnsinnig anstrengend.«

»Und an Silvester?«

»Da auch. Wieso?« Sie starrte mich an. Die Wahrheit dämmerte ihr langsam. »Du bist ekelhaft. Du willst mir den Mord an meiner Tante anhängen!«

»Hat Kiki, die Mama-san, auch gearbeitet?«

Sie warf ihre Dreadlocks nach hinten. »Natürlich! Wenn du mir nicht glaubst, frag doch einen von den Verlierertypen, die ich amüsieren mußte. Im Marimba habe ich die Visitenkarten.«

»Rei wird dich nicht mehr belästigen«, versprach ihr Richard. »Zumindest weißt du, daß ich da bin, um dich zu beschützen.«

Richard tätschelte ihre Dreadlocks, und Mariko kuschelte sich an seine Brust. Sie wirkten glücklich in ihrer Umarmung. Zu glücklich. Als ich aufstand und mich verabschiedete, beachtete mich nur die Curryköchin. Die beiden würden auch ohne mich nach Hause finden.

Vierzig Minuten später war ich in Kawasaki. Bewaffnet mit der Adresse, die ich in Setsukos Buch gefunden hatte, ging ich zu einem Polizeiwachhäuschen. Der diensthabende Beamte zeigte mir die Adresse auf einem übergroßen Stadtplan an der Wand.

»Am besten nehmen Sie den Bus, denn mit dem Taxi wird es teuer«, riet er mir. Er hatte wohl beschlossen, mich als Rucksacktouristin einzustufen. »Aber Sie sollten nächste Woche hinfahren. Seit heute mittag ist geschlossen.«

Ich verstand nicht, was er meinte.

»Das Postamt.« Er klopfte bedeutsam auf die

Landkarte. »Sie haben mich nach dem Postamt des nördlichen Bezirks gefragt.«

Teufel auch, daß sie das Land so schnell aufbauten, dachte ich, als ich im Bus saß; ich wollte sichergehen, daß er recht hatte. Wer auch immer da gewohnt hatte, wo das glänzende weiße Postamt jetzt stand, war längst weg. Ich ging zu dem Obstverkäufer auf der linken Seite und dem Schreibwarenladen auf der rechten, aber niemand wußte etwas über ein Haus, das früher einmal hier gestanden hatte, oder wohin seine Bewohner gezogen sein könnten.

Es dauerte zwölf Minuten, nach Tokio zurückzufahren, lange genug, daß die Depression sich auf mich senken konnte wie eine schwere Decke. Lieber wäre mir eine Bettdecke gewesen, unter der ich schlafen und alles vergessen konnte. Ich würde meine Befürchtungen ignorieren, daß Mariko im Begriff sein könnte, Richards Bankkonto zu plündern, oder daß sie irgend etwas über Setsukos Tod wußte. Ich würde die brutale Vorstellung von Mrs. Yogetsu wegschieben, die wegen eines Geheimnisses, das ich nicht hatte hören wollen, in den Tod gestürzt war. Und ich würde es nicht wagen, einen Gedanken an Hugh zuzulassen.

Ich hatte mich eigentlich ein Stündchen hinlegen wollen, aber als ich aufwachte, war es stockdunkel und eiskalt. Ich streckte einen Arm unter dem Futon hervor und angelte mir die Jeans, die ich zuletzt getragen hatte. Ich zog eines von Richards Oxfordshirts und meinen Parka an, bevor ich mich auf die Suche nach etwas Eßbarem machte. Nichts. Die einzige Lösung war ein Snack aus dem Lebensmittelgeschäft. Eilig machte ich mich auf den Weg und dachte an meine Lieblings*onigiri,* mit Seetang umwickelte

Reisbällchen mit einer pikanten eingelegten Pflaume in der Mitte. Ich war so gefangen von dieser Vorstellung, daß ich eine schwarze Limousine übersah, die um die Ecke schoß, aber ich sprang gerade noch rechtzeitig zurück.

»Was gibt es Neues?« Mr. Waka legte die Boulevardzeitung weg, als ich seinen Laden betrat.

»Nicht viel. Ich bin heute abend allein. Richard amüsiert sich gerade mit einem Mädchen, das bei uns eingezogen ist und meinen Platz eingenommen hat.«

»Hier, nehmen Sie von meinem *oden.* Das ist gut fürs bekümmerte Herz.« Mr. Waka ging zum Tresen und rührte in einem Kessel mit einer goldbraunen Flüssigkeit, so daß ein paar Wurststückchen und Fischkuchen an der Oberfläche auftauchten.

»Mmm, mir hat eher etwas Leichteres vorgeschwebt«, wandte ich ein. »Nur etwas Reis. Gibt es noch *onigiri?«*

Mr. Waka schüttelte bedauernd den Kopf. »Leider nein. Nur mit Lachs, aber die mögen Sie ja nicht.«

Ich suchte im Kühlschrank und in den Gefriertruhen herum und nahm schließlich eine Sweet-Sixteen-Eistüte. Das war etwas Einfaches und Wohltuendes, und es würde auf dem Heimweg kalt bleiben.

Als ich mit der Eistüte in meiner behandschuhten Hand nach Hause ging, hallten meine Schritte laut wider, vielleicht, weil es in dem Viertel so ruhig war. Samstag abend in einer der am dichtesten bevölkerten Städte der Welt, und keine Menschenseele zu sehen. Ich sehnte mich nach irgendeinem Zeichen von Leben, etwas, das mich davon überzeugte, das ich nicht der einsamste Mensch von ganz Tokio war.

Ich revidierte meinen Wunsch sofort, als ich um die Ecke in meine Straße einbog. Vor meiner Tür parkte mit eingeschalteter Warnblinkanlage die schwarze Limousine, die mich gestreift hatte.

18

Ich blickte hinauf zu meinem erleuchteten Fenster und sah die Schatten von zwei Leuten. Waren das Richard und Mariko oder Kikis Gangster? Ich versuchte mich im Eingang der Sandalenfabrik zu verstecken.

Das Auto wurde angelassen, die Scheinwerfer leuchteten auf und blendeten mich kurz. Auf der Fahrerseite wurde das Fenster heruntergelassen.

»So ganz allein an einem Samstag abend, Rei Shimura! Du überraschst mich.« Ich fiel aus allen Wolken, als ich Hugh Glendinnings runde Vokale erkannte. Er schaltete die Innenbeleuchtung an, so daß ich ihn gut sehen konnte. Er war frisch rasiert und blaß, und er trug sein Shearling-Jackett und Kordhosen. Als er sich zurechtsetzte, sah ich seinen bandagierten Knöchel.

»Sie haben dir weh getan!« sagte ich, als ich ins Auto einstieg.

»Nein, das ist beim Skifahren passiert. Weißt du noch?« Er legte den Rückwärtsgang ein und vollführte eine unglaubliche Kehrtwende in der Sackgasse. Über die Schulter blickte ich zu meiner Wohnung hoch, und die Gestalten im Fenster winkten: Es waren also doch Richard und Mariko.

»Ich habe dieses Auto seit sechs Monaten. Nicht schlecht, was?« fragte Hugh und stellte J-WAVE ein, einen englischsprachigen Popmusiksender.

»Du hättest mich vorne beim Laden beinahe überfahren.«

»Erzähl mir nicht, daß du dieser Idiot warst, der mitten in der Nacht in Schwarz herumläuft?« Er sah meinen Parka. »Du warst es also.«

»Wie hast du mich gefunden?« Ich riß das Papier der Eistüte auf, die ich beinahe vergessen hätte.

»Mr. Ota hat es mir beschrieben. Ich kann es gar nicht fassen, daß du hier lebst. Die Gegend ist ja schlimmer als die Hölle.«

»Es ist ein armes, aber sicheres Viertel.« Als wir am Schnapsladen vorbeikamen, ging wie vorprogrammiert die Tür auf, und ein Betrunkener kam heraus, der einen Schwall Flüssigkeit auf den Gehsteig erbrach.

»Nicht vom Standpunkt der Volksgesundheit aus betrachtet. Hast du das gesehen?« rief Hugh.

»Es ist nicht schlimmer als in den Zügen. Komm schon, erzähl mir, wie du rausgekommen bist!«

»Ich schäme mich, das zuzugeben, jetzt wo die Getsu-Frau tot ist ...«

»Yogetsu«, korrigierte ich ihn.

»Stimmt.« Hugh drückte aufs Gas und fuhr in Richtung des Shuto-Expressway. »Weil Mrs. Yogetsu die wichtigste Belastungszeugin gegen mich war, habe ich vorgeschlagen, daß Ota ein bißchen bei ihr herumschnüffelt. Er hat etwas Interessantes herausgefunden: ihre Diplome beim Blumenstecken waren nicht in Ordnung. Sie hat sich als Meisterlehrerin ausgegeben, hatte aber nur den dritten Grad. Was auch immer das bedeutet.«

»Das bedeutet, daß sie praktisch eine Betrügerin war! Mir haben ihre Blumengestecke nie gefallen. Ich hätte wissen müssen, daß da etwas nicht stimmt.«

»Mr. Ota hat ihr gedroht, das an die Öffentlichkeit zu bringen, falls ich vor Gericht muß. Deshalb hat sie ihre Behauptung, sie hätte mich mit Setsuko im Bad gehört, zurückgenommen.«

»Sie hat dich gerettet.« Die Frau, die mir so unsympathisch gewesen war, hatte richtig gehandelt. Was machte es schon, wenn es ihr dabei vor allem um ihren eigenen Ruf gegangen war?

»Mr. Ota hatte das Gefühl, daß es noch etwas gab, was sie weder ihm noch der Polizei erzählt hat. Nachdem sie die neue Aussage unterschrieben hatte, ist Mrs. Yogetsu nach Tokio gefahren, wahrscheinlich, um dich zu treffen.«

»Ich war an diesem Abend aus, deshalb hat sie mich nicht angetroffen. Und dann wurde sie in der U-Bahn-Station getötet. Wenn ich am Telefon mit ihr gesprochen hätte, wäre es vielleicht nie passiert«, gestand ich.

»Es war tragisch. Ich habe erst heute morgen bei meiner Verhandlung davon erfahren, als der Staatsanwalt entschieden hat, mich laufenzulassen.«

»Demnach bist du jetzt frei und über jeden Verdacht erhaben?« Ich war verblüfft.

»Nicht ganz. Captain Okuhara sucht immer noch nach einer Möglichkeit, mich wieder einzulochen. Wenn man Yamamotos Leiche findet und es Hinweise auf einen gewaltsamen Tod gibt, dann werde ich vielleicht wieder beschuldigt.«

»Es tut mir so leid«, sagte ich. »Alles.«

»Ich habe doch geschrieben, daß ich dir verziehen habe.« Seine Stimme klang nicht gerade herzlich.

»Ja, Mr. Ota hat mir dein Fax geschickt. Hat er dir auch erzählt, daß ich bei Setsukos Trauerfeier gewesen bin?«

»Das weiß ich alles. Hikari hat gesagt, du hast ein Adreßbuch an dich genommen, das sie Mr. Ota geben wollte. Ich hätte gerne, daß du es ihm gibst. Deine Arbeit ist getan, Rei. Ich möchte nicht, daß du dich wegen irgendwelcher Schuldgefühle verpflichtet fühlst, oder weil wir einmal eine Nacht zusammen verbracht haben.«

»Sprich nicht so mit mir!« Ich hatte mich also nicht über den kalten, distanzierten Stil des Faxes getäuscht. Ein verkrampftes Schweigen senkte sich über uns, das erst gebrochen wurde, als Hugh ein Taschentuch aus dem Handschuhfach nahm und es mir reichte.

»Du bist keine Träne wert.« Ich knüllte es zusammen und warf es ihm zurück.

»Danke, aber dein Eis tropft trotzdem auf meinen Autositz.«

Ich hatte den Batzen Erdbeereis, der mir hinuntergetropft war, nicht bemerkt. Ich wischte ihn hastig auf.

»Was steht denn nun in dem Adreßbuch?« Er versuchte es wieder.

»Namen. Ich überprüfe die wichtigen Leute.«

»Und weshalb solltest du das besser können als mein Rechtsanwalt?«

»Weil ich ständig auf die Leute stoße. Ich habe sogar schon ihre Nichte Mariko in meiner Obhut.«

»Was! Wie alt ist das Kind?« Hugh bremste scharf, um nicht auf einen Minibus aufzufahren.

»Vierundzwanzig. Sie wohnt im Moment bei mir, falls ich dir beweisen soll, daß es sie wirklich gibt …«

»Ich glaube dir«, sagte er mürrisch. »Erzähl weiter.«

Ich berichtete, was ich über Setsukos einfache Herkunft und ihre wenigen noch lebenden Verwandten erfahren hatte. Als ich zu dem Überfall auf Mariko kam, schnalzte er mißbilligend mit der Zunge.

»Ist sie denn wirklich in Sicherheit bei dir? In dem Haus, in dem du wohnst, gibt es keinen Pförtner, geschweige denn irgendeine Art von Sicherheitssystem.«

»Bist du oben gewesen?« Es hätte mich nicht überrascht, wenn Mariko und Richard ihm die Tür geöffnet hätten. Dummerweise hatte ich die Wohnung so unordentlich hinterlassen.

»Nein. Ich habe gerufen, und sie haben mir geantwortet, du seist ausgegangen. Sie haben gesagt, ich solle hochkommen, aber ich kann keine Treppen steigen. Deshalb habe ich beschlossen, in meinem bequemen Auto zu warten.«

Hugh fuhr langsamer, als er den Expressway Richtung Roppongi Crossing verließ, das Zentrum des Nachtlebens. Dreimal mußte die Ampel umschalten, bis wir es über die Kreuzung schafften, die vollgestopft mit Luxusmotorrädern und Taxis war, aber wenigstens konnte ich die Menschen betrachten: die dramatische Wiedervereinigung eines ledergekleideten Pärchens, junge Mädchen auf dem Weg in die Diskothek, Straßenhändler in Smoking und Minirock, nicht immer entsprechend dem Geschlecht. Beim Roi Building bog Hugh nach links ab und fuhr einen steilen Hügel hinunter. Im Halteverbot vor einem Friedhof blieb er stehen.

»Könntest du mir beim Aussteigen behilflich sein?« bat er und zog die Krücken von der Rückbank hervor. »Mein kleines Lieblingslokal ist gleich dort drüben.« Er zeigte auf einen Kellerpub mit dem Union Jack davor.

Während wir darauf zuhumpelten, eilte uns ein japanischer Türsteher zu Hilfe, der gekleidet war wie ein Rugbyspieler. »Hugh-san, Hugh-san! Endlich sind Sie wieder da, aber Sie sind verletzt ...«

»Nichts Schlimmes, Kozo«, sagte Hugh, als der starke junge Mann übernahm.

»Abunai, Hugh-san. Bitte Sie seien Sicherheit ...« Kozo bemühte sich, Stühle für einen winzigen Tisch in der Ecke des dunklen, verrauchten Raums zu finden, in dem lauter rotgesichtige Ausländer vornehmlich mittleren Alters saßen.

»Hugh-san wird es bequem haben, denke ich«, sagte der Kellner und legte Hughs Bein auf einen weiteren Stuhl.

»Danke, Kozo«, sagte Hugh, und als ich mich endlich aus meinem Mantel befreit hatte, ertönten Stimmen aus allen Ecken und Enden des alten Britischen Empire.

»Es ist Shug, er ist doch wieder da!«

»Haben sie dir die Beine gebrochen, um ein Geständnis aus dir herauszubekommen?«

»Das hätte ich mir denken können, daß du mit einer weiblichen Polizeieskorte auftauchst!«

»Das war so ungefähr das einzig Vernünftige, was ich in den japanischen Alpen gefunden habe: jemanden, der englisch spricht«, brummte Hugh, als jeder seinen Kommentar abgegeben hatte. »Aber ich bin überrascht, euch an einem Samstag abend so früh hier zu sehen. Habt ihr nichts Besseres zu tun?«

»Wir hatten so das Gefühl, daß etwas Interessantes passieren könnte. Ein Tip von einer guten Quelle«, antwortete ein Australier grinsend.

»Piers.« Hugh hatte seine Aufmerksamkeit einem sehr blassen Mann in Anzug zugewandt, der auf uns zukam. »Exzellente Verhandlungsführung. Ich bin dir zu Dank verpflichtet.«

»Bleib in der Stadt und halte dich von Schwierigkeiten fern, Hugh. Um mehr bitte ich dich nicht.« Piers Clancys Augen ruhten eine halbe Sekunde auf mir, bevor er den Blick abwandte, als hätte er etwas Scheußliches gesehen. »Hast du vor, Ota zu behalten?«

Als Hugh nickte, sagte Piers: »Du solltest Ichikawa in Betracht ziehen. Er hat damals Raymond bei der Anzeige wegen Notzucht freigekriegt. Er ist großartig.«

»Ich bin nicht halb so schlimm dran wie Raymond. Immerhin war ich es ja nicht«, gab Hugh zurück.

Von allen Seiten waren nun Beteuerungen wie: »Vergiß es, wir wissen, daß du sauber bist!« und »Deine Freunde halten zu dir, Shug!« zu hören, die verstummten, als Piers seinen Burberry holte und sich verabschiedete.

»Er hat sicher zu arbeiten.« Ich versuchte, das Ganze positiv zu sehen.

»Es war nett, Hugh, aber ich muß los.« Ein schlaksiger Engländer klopfte Hugh auf die Schulter. Einem anderen Freund fiel plötzlich ein, daß er in der Wohnung einen Anruf aus dem Büro in London entgegennehmen mußte, und die Australier brachen auf, um ein paar Models im Motown zu treffen.

»Mit dem Bein hast du bestimmt keine Lust zu tanzen«, sagte einer von ihnen, bevor er ging.

»Danke.« Hugh sah auf die Uhr. »Es hat also genau fünf Minuten gedauert, um praktisch als Paria eingestuft zu werden.«

»Warum sagen alle Shug?« fragte ich.

»Das ist nur ein Spitzname für Hugh. Ein schottischer Ausdruck, den du nicht verstehen würdest.«

»Stimmt, sprachlich bin ich überhaupt nicht begabt. Warum hast du mich hierhergebracht? Hier geht es ja zu wie am Hauptbahnhof.«

»Ich wollte nicht mit dir allein sein.« Hugh blickte an mir vorbei und betrachtete den Verkehr durch das Fenster. »Beim letzten Mal gab es doch diese Komplikationen. Ich entschuldige mich, daß ich die Beherrschung verloren habe.«

Kozo kam wieder. Hugh bestellte sich ein Tennent's Lager, während ich in Anbetracht meines leeren Magens beim Perrier blieb.

»Wo war ich stehengeblieben?« fragte Hugh, als Kozo wieder weg war.

»Du hast gesagt, daß du dich nicht mehr für mich interessierst.« Ich starrte ihn an und hoffte, er würde das abstreiten.

»Du wirst nichts mehr mit mir zu tun haben wollen, wenn du die Wahrheit kennst. Das garantiere ich dir.«

»Die Wahrheit? Du meinst, was du mir in Shiroyama sagen wolltest?« Als er nickte, sagte ich: »Versuch's.«

»Na gut, also los. Erinnerst du dich noch an den Artikel in der *Japan Times* über amerikanische Geschäftsmänner in Japan, die japanische Geschäftsleute für besondere Informationen bezahlen?«

»Die Industriespione.« Ich erinnerte mich. »Es hat sich herausgestellt, daß die CIA dahintersteckt. Wenn ich solche Geschichten höre, schäme ich mich, einen amerikanischen Paß zu haben.«

»Genau. Einige europäische Länder fanden die Idee ganz vernünftig; damit konnten sie ihre Ausgangsposition für potentielle Handelsbeziehungen verbessern. Also habe ich – na ja, du kannst es dir ja vorstellen.«

Die Vorstellung, daß dieser Mann, der kein Japanisch sprach und kaum mit Eßstäbchen umgehen konnte, herumschlich, um an Firmengeheimnisse zu kommen, war einfach grotesk. Ich fing an zu lachen, eine Reaktion, die ihm gar nicht gefiel.

»Verdammt noch mal, Rei, verstehst du nicht, was das bedeutet? Wenn Okuhara nur genügend ausgräbt, dann bin ich schneller aus diesem Land draußen als mit der U-Bahn von Roppongi in Hiroo.«

»Aber was hat das mit Setsuko zu tun?« Ich bemühte mich, wieder ernst zu sein.

»Sie war eine meiner Quellen.« Ich hatte das Gefühl, er hätte mir einen Schlag in die Magengrube versetzt. Ich konnte ihn nicht mehr ansehen, sondern starrte nur auf mein Mineralwasser und sah zu, wie die Blasen zerplatzten. »Weißt du noch, wie du mir vorgeworfen hast, daß ich ihr Geschenke gemacht habe? Das war eigentlich gar nicht ich. Es war ein international tätiger staatlicher Konzern.«

»Oh, das macht die Sache natürlich viel besser! Du kommst in dieses Land und streckst die rechte Hand aus, um bezahlt zu werden. Und währenddessen stiehlst du mit der linken!«

»Ich glaube nicht, daß es so unrecht ist, was ich mache.« Er hob eine Augenbraue. Nie mehr wieder würde ich das reizvoll finden. »Hast du eine Ahnung, wie hoch das jährliche Handelsdefizit in deinem Heimatland ist? Über fünfzig Milliarden im Jahr. Meine Arbeit treibt nur den freien Handel voran.«

»Das Handelsungleichgewicht wird nicht deshalb

größer, weil die Japaner so skrupellos sind, sondern weil der US-Dollar stärker wird! Gib es doch zu! Was du tust, ist nicht *ehrlich.*«

»Du und deine Ehrlichkeit. Du mußtest ja auch ganz schnell Okuhara anrufen, ohne vorher mit mir zu sprechen!« Hughs Wut brach nun doch aus ihm heraus.

»Ich kann halbe Wahrheiten nicht ausstehen. Ich habe Okuhara angerufen, weil ich versuchen wollte, die Teile zusammenzusetzen. Wenn Informationen zurückgehalten werden, kann man das nicht.«

»Wenn sich Setsuko nur zurückgehalten hätte.« Hugh starrte in die goldene Flüssigkeit in seinem Glas. »Sie hatte kein Problem damit, die Telefongespräche ihres Mannes zu belauschen. Es hat ihr Spaß gemacht, weil sie ihn gehaßt hat.«

»Und weil sie dich wollte«, sagte ich. Mir war schmerzlich bewußt geworden, wie einen das Begehren dazu bringen konnte, sehr dumme Dinge zu tun.

»Ich habe ihr schon ein bißchen gefallen. Wahrscheinlich habe ich das ausgenutzt.«

»Wie du es mit uns allen tust, nehme ich an.«

»Möchtest du mein Herz aufgeschnitten zu den Getränken serviert bekommen? Ich habe es satt, mit dir zu flirten.« Hugh erhob sich, aber ich wollte vor ihm draußen sein.

»Danke, daß du mich daran erinnert hast. Dann gehe ich wohl besser.« Ich bedeutete Kozo, die Rechnung zu bringen.

»Du willst es so beenden?« Hugh zuckte zusammen, als sein linker Fuß den Boden berührte.

»Was beenden?«

»Du fährst mich nach Hause«, sagte er. »Das kannst du wenigstens noch für mich tun. Ich kann nicht laufen und habe etwas getrunken, und Roppongi Hills ist nur fünf Minuten von hier entfernt.«

»Hast du noch nie etwas von Taxis gehört? Dein Freund Kozo kann dir bestimmt eines rufen, und wenn du kein Geld hast, kann ich dir etwas leihen.«

»Ich stehe im Parkverbot. Wenn ich das Auto über Nacht dort lasse, ist es morgen abgeschleppt.«

»Ich darf in Japan nicht fahren!« Ich hatte zwar einen internationalen Führerschein, aber er war abgelaufen. Außerdem war ich noch nie im Linksverkehr gefahren, schon gleich gar nicht in Tokio. Ich versuchte, Hugh das alles begreiflich zu machen, aber er winkte nur ab.

»Du bist nüchtern, hast die richtige Hautfarbe, dich halten sie in hundert Jahren nicht an! Rei, und wenn es das letzte ist, was du für mich tust, bitte bring mich nach Hause.«

Ich mußte auf der linken Seite bleiben, das wiederholte ich immer wieder wie ein Mantra. Wie ein ängstlicher Zombie fuhr ich die Roppongi Dori entlang, doch sobald wir in einer ruhigeren Nebenstraße waren, entspannte ich mich. Das Auto war nicht schwierig zu fahren. Es hatte sogar einen Sensor, der summte, wenn man zu nahe an etwas heranfuhr. Mit so einem System konnte es mir gar nicht passieren, daß ich etwas rammte.

Als ich mir überlegte, wie es wohl wäre, mit dem Windom auf der Autobahn zu fahren, ragten die Zwillingstürme von Hughs Wohnhaus auf wie eine sterile Monsterkolonie. Hugh dirigierte mich am Haupteingang von Roppongi Hills vorbei. Ich bog um eine Ecke und fuhr direkt in die Tiefgarage. Ich parkte an dem mit seinem Namen bezeichneten

Platz. Ziemlich nobel, mit den Acuras und Mercedes, die auf den benachbarten Parkplätzen standen.

»Soll ich nicht absperren?« fragte ich, nachdem ich seine Kleidertasche und den Laptop vom Rücksitz geholt hatte.

»Das ist eines der billigeren Autos in der Garage. Niemand, der auch nur halbwegs bei Verstand ist, käme auf die Idee, es anzurühren.« Hugh humpelte in Richtung Aufzug, und ich nahm sein Gepäck und folgte ihm. Ich kam mir vor wie sein Packesel.

Mit einem elektronischen Piepsen öffneten sich die Aufzugtüren im zweiundzwanzigsten Stockwerk auf einen Korridor, der mit einem cremefarbenen Wollteppich ausgelegt war. Ich warf einen Blick auf die verspiegelte Wand und runzelte die Stirn, als ich meine zerzauste, mitgenommene Erscheinung sah.

»Ich weiß, hier sieht es aus wie in den siebziger Jahren, lächerlich«, sagte Hugh, als wäre mein unglückliches Gesicht eine Reaktion auf die Ausstattung. »In der Wohnung sieht es genauso aus. Sie war fast vollständig möbliert, also gib mir nicht die Schuld daran.«

Entspannt machte ich mich also auf etwas ziemlich Erbärmliches gefaßt. Die geöffnete Tür gab den Blick auf einen gekachelten Eingangsbereich frei, in dem große, teuer gerahmte Poster von völlig verdreckten Rugbyspielern hingen, die sich fest umklammert hielten.

»Du bist ja ein richtiger Kerl!« Ich war platt.

»Ich dachte, ich hätte alle Lichter ausgeschaltet, bevor ich in Urlaub gefahren bin. Die Stromrechnung wird mörderisch«, stöhnte Hugh, als ich die Schuhe auszog und durch den Flur in ein riesiges

Wohnzimmer ging. Hinter einer soliden Glaswand sah man den Tokio Tower und das Hotel Okura aufragen, die grandios vor dem dunklen Himmel leuchteten.

Die Aussicht war das Schönste an dem großen Raum, der mit sterilen Ledermöbeln eingerichtet war, die im Ton zum Teppich paßten. Das Eßzimmer war kaum besser. Es wurde von einem glänzenden Rosenholztisch und sechs steif aussehenden Stühlen dominiert. Eine Wand war verspiegelt, an der anderen hing die Reproduktion eines Bildpaares: *Rote und weiße Pflaumenblüten* von Ogata Kōrin, einem Maler des frühen achtzehnten Jahrhunderts.

»Setsuko hat das ausgesucht.« Hugh hatte meine unausgesprochene Frage über das einzig Japanische in der Wohnung vorweggenommen.

»Kein Wunder. Von dir hätte ich allenfalls Sumoringer erwartet, oder etwas, was deinen Rugbyspielern näher ist.«

»Die Ringer hängen im Schlafzimmer«, sagte er mit einem Anflug seines alten Lächelns.

»Du hast mehr Platz, als du brauchst, nicht wahr?« Ich bemühte mich, mich nicht aufzuregen. Mein Apartment würde fünfmal in die beiden Zimmer passen, die ich bis jetzt gesehen hatte. Mir schoß kurz durch den Kopf, daß die Räume mit meiner Kunst- und Textilsammlung etwas wärmer wirken würden, aber ich schob den Gedanken weg.

»Entschuldige mich«, sagte ich, als ich eine halb geöffnete Tür sah, die ins Badezimmer zu führen schien. Ich ging hinein und bemerkte im Spiegel eine schnelle Bewegung. Ich schrie auf und wollte zurückweichen, aber meine Hand hatte bereits den Lichtschalter gedrückt. Innerhalb einer Millisekunde beleuchteten die Strahler einen Mann, der sich gegen den Wäscheschrank drückte: Kenji Yamamoto, ängstlich, aber eindeutig lebendig.

19

»Der Kammerjäger war vor kaum einem Monat hier, also erzähl mir nicht ...« Hugh verstummte.

»Sumimasen, es tut mir so leid!« Yamamoto, der offenbar einen von Hughs teuren Skipullis über seinen Skihosen trug, ließ sich auf die Knie fallen und begann, sich zu verbeugen, wie es in Tempeln üblich ist.

»Leid? Ich hätte mir Ihretwegen fast die Knöchel gebrochen!« Hugh fuchtelte mit einer Krücke vor ihm herum.

»Bitte vergeben Sie mir. Bitte verstehen Sie!« flehte Yamamoto.

»Ich bitte vielmals um Verzeihung, aber ...«, sagte ich und sah die beiden vielsagend an. Yamamoto stand auf, und Hugh humpelte hinter ihm hinaus.

Als ich ein paar Minuten später zu ihnen stieß, saßen die beiden mit einer Flasche Scotch am Eßtisch.

»Das ist Cadenhead's, einer meiner Lieblingswhiskeys, ein Single Malt. Du hast ihn noch nicht probiert.« Hugh streckte mir ein Glas entgegen.

»Du trinkst mit jemandem, der vielleicht Setsuko umgebracht und es zugelassen hat, daß dir die Schuld dafür gegeben wurde? Leg dich doch gleich hin und gib ihm ein Messer in die Hand, damit er dich endgültig fertigmachen kann!« Ich stürmte in die Küche, wo ich von einem Schock in den nächsten geriet, als ich einen richtigen Herd mit Ofen, die Spülmaschine und die kleine Kochinsel in der Mitte mit der Metzgerblockplatte sah. Es war unfaßbar. So eine luxuriöse Küche hatte ich nicht mehr gesehen, seit ich Amerika verlassen hatte.

»Wenn du schon da drin bist, könntest du vielleicht ein paar Shepherd's Pies aus dem Gefrierfach nehmen? Ich glaube, wir könnten alle was zwischen die Zähne gebrauchen«, rief Hugh mir nach.

Wofür hielt er das hier, für eine Dinnerparty? Ich suchte im Gefrierfach herum und schob Eiscremepackungen, Fischstäbchen und Lammcurry zur Seite, bis ich auf ein Doppelpack Shepherd's Pie stieß. Ich schob es in die blitzsaubere Mikrowelle, die an die Wand montiert war, und suchte etwas für mich. Ich fand schließlich französische Cracker, auf die ich Patak's Original Lime Pickle strich und mit ein paar dünnen Scheiben einer bleichen Tomate belegte.

»Hast du Tischsets?« fragte ich, als ich wieder hinüberging.

»In der zweiten Schublade im Sideboard. Danke. Magst du denn kein Pie?«

»Du weißt doch, daß ich kein Fleisch anrühre.« Ich sah ihm zu, wie er durch den Kartoffelbrei und die tot aussehenden Erbsen bis zu dem fettigen Hackfleisch schnitt, bevor ich meine Aufmerksamkeit Yamamoto zuwandte. »Wie sind Sie denn hier eingebrochen?«

»Hugh-san hat mir vor langer Zeit den Schlüssel gegeben. Er hat gesagt, wenn ich etwas Ruhe bräuchte, dann dürfte ich kommen.«

»Aber das sollte eigentlich vorher abgesprochen werden – wissen Sie noch?« sagte Hugh.

»Es war keine Zeit dazu. Ich mußte weg aus Shiroyama. Bei Sendai konnte ich nicht weiterarbeiten, deshalb mußte ich verschwinden.«

»Wie wäre es mit einer Kündigung?« fragte ich.

»Bei den *yakuza* kann man nicht kündigen.«

Ich starrte Hugh an. »Du gehörst zu den japanischen Gangstern? Ich wußte gar nicht, daß sie ... Ausländer nehmen.«

»Hätte ich doch bloß eine Kamera, um diesen entrüsteten Blick festzuhalten.« Hugh lachte einfach.

»Damit du unsere Fotos im ganzen Land herumschicken und einen Killer auf uns ansetzen kannst?« Ich streckte seinem Kollegen eine Hand entgegen. »Yamamoto-san, wenn Sie die Wahrheit sagen, dann hätten Sie nicht zu *ihm* gehen sollen.«

»Aber die Sache mit den *yakuza* hat doch nichts mit Hugh-san zu tun! Das betrifft Nakamura-san und den Eterna.« Yamamoto wich vor mir zurück.

»Den Eterna?« Ich war verwirrt.

»Den Long-life-Akku, den wir für unsere Laptops entwickeln. Ich habe dir davon erzählt«, sagte Hugh.

»Das war mein Spezialprojekt. In der Woche, bevor wir nach Shiroyama gefahren sind, habe ich immer bis spät in die Nacht gearbeitet – noch länger als Sie und Nakamura-san«, sagte Yamamoto betont. »Ich bin in sein Büro gegangen, um ihm die Expansionspläne für Singapur auf den Schreibtisch zu legen, und dabei habe ich eine Diskette gefunden, auf der Taipeh stand.«

»Taipeh? Dort haben wir doch gar keine Kontakte.« Hugh hörte auf zu essen.

»Genau! Ich war neugierig und habe mir die Diskette angeschaut. Ich bin kein Techniker, aber mir ist aufgefallen, daß Lithiumionen erwähnt wurden, auf denen die Entwicklung des Akkus basiert.«

»Die Formel ist immer noch geheim, weil die Patentierung noch nicht abgeschlossen ist. Wieso liegt sie auf Nakamuras Schreibtisch?« fragte Hugh.

»Er will sie über die *yakuza* verkaufen, wie ich schon gesagt habe.«

»Ich müßte erst eine Kopie dieser Diskette sehen, bevor ich das glaube«, sagte Hugh.

»Ich habe eine gemacht und sie mitgenommen, um sie Ihnen im *minshuku* zu geben. Sie ist aus meinem Koffer verschwunden. Ich habe es an Neujahr bemerkt.«

»Ich nehme an, Sie haben noch eine Festplattenkopie auf Ihrem Computer im Büro?« sagte Hugh.

»Dann hätte man mich doch beschuldigen können! Das konnte ich nicht riskieren.«

»Ich möchte gerne mehr über die *yakuza* hören«, unterbrach ich.

»Mr. Nakamura geht jeden Donnerstag nachmittag im Café gegenüber mit einem Mann etwas trinken.« Yamamoto hielt inne. »Das ist Ichiro Fukujima, der zur Saito-Familie gehören soll.«

»Nakamura mag vielleicht einen Gangster zum Freund haben, aber Sendai ist kein *yakuza*-Unternehmen. Masuhiro Sendai würde nie dulden, daß auch nur der Hauch eines Skandals auf die Firma fällt. Das sehen Sie schon daran, wie schnell ich von der Arbeit suspendiert wurde!« gab Hugh zu bedenken.

»Gangster operieren heimlich«, insistierte Yamamoto. »Am dritten Januar war wieder jemand in meinem Zimmer im *minshuku* und hat sehr teuren Schmuck dort deponiert. Perlen, die ich von Mrs. Nakamuras Hals kannte.«

Ich schnappte nach Luft, während Hugh ganz ruhig fragte: »Was haben Sie mit dem Schmuck gemacht?«

»Ich habe ihn in meinen Wandschrank geworfen. Ich wollte an diesem Abend mit Ihnen reden, aber Sie sind mit Rei essen gegangen. Als Sie zurückgekommen sind, sind Sie zusammen geblieben.« Er warf mir einen erbosten Blick zu. »Die ganze Nacht, glaube ich, denn es war nicht leise.«

»Möchte jemand Tee?« Ich verzog mich rasch in die Küche. Yamamoto und Hugh hatten angrenzende Zimmer gehabt. Der Wandschrank war von beiden Seiten zugänglich. Das also war des Rätsels Lösung.

Mit der Teekanne, Zucker und einem kleinen Krug Sauermilch auf dem Tablett ging ich zurück ins Wohnzimmer. Als ich den beiden einschenkte, stellte ich Yamamoto die Frage, die mir auf der Seele brannte – weshalb hatte man ihm seiner Meinung nach die Kette untergeschoben?

»Ich dachte, wenn Mr. Nakamura ein Mitglied der *yakuza* ist, dann hat er keine Angst vorm Töten. Als ich die Kette gefunden habe, dachte ich, er wollte mich warnen«, erklärte Yamamoto.

»Deshalb sind Sie also davongelaufen«, sagte Hugh und zog eine Grimasse, als er einen Schluck von seinem Tee mit Milch nahm.

»Ich wußte nicht, was das für Schwierigkeiten geben würde.« Yamamoto klang, als würde er gleich weinen. »Als ich bei der ersten Abfahrt vor Ihnen unten war, habe ich die Ski in eine Schlucht geworfen und mir ein Taxi nach Shiroyama genommen. Mit dem Zug bin ich nach Yokohama gefahren, wo ich ein paar Tage bei einem alten Freund gewohnt habe.

Aber seine Eltern waren bereits auf der Rückreise von ihrem Neujahrsurlaub, und deshalb konnte ich nicht bleiben.«

»Warum sind Sie nicht zu Ihren Eltern?« Hugh schob seine Teetasse zur Seite und schenkte sich noch einen Whisky ein. »Sie hätten Ihnen helfen können, sich einen realistischeren Abgang auszudenken.«

»Meine Eltern wissen nichts. Wie könnte ich ihnen erklären, daß ich vor Sendai weglaufe? So ein angesehener, guter Arbeitgeber? Das würden sie niemals verstehen.«

»Ist Ihnen eigentlich klar, daß sie wahrscheinlich gerade Ihre Beerdigung vorbereiten? Sie müssen sie anrufen«, beharrte Hugh.

»Aber bei Sendai darf es keiner erfahren.«

»Warum rufen wir nicht die Nationalpolizei an?« fragte ich. »Die bemühen sich doch wirklich, etwas gegen das organisierte Verbrechen zu unternehmen.«

Hugh versuchte auf die Beine zu kommen. »Wenn Sie noch eine Nacht hier verbringen dürften, würden Sie dann zu Hause anrufen?«

»Das würde ich gerne, aber es ist ein Ferngespräch nach Yokohama.«

»Rufen Sie jetzt an! Bitte!« bellte Hugh.

»Du solltest selbst bei der Nationalpolizei anrufen«, brummelte ich, als Yamamoto in Hughs Arbeitszimmer gegangen war, um zu telefonieren. »Ich traue ihm nicht. Außerdem muß die Polizei die Wahrheit über die Perlen erfahren.«

»Ich rufe überhaupt niemanden an«, entschied Hugh. »Die Perlen sind kein Problem – ich bin schließlich raus aus dem Gefängnis. Und ich würde gerne dieses Chaos um den Eterna-Akku entwirren.«

»Warum, damit du deinen Job wiederbekommst? Vergiß Sendai. Du könntest überall auf der Welt arbeiten. Ich dachte, du bist ein Mann, der immer auf Achse ist, alle anderthalb Jahre ein neuer Job …«

»Ich will *hier*bleiben.« Er klang starrsinnig.

Ich warf einen Blick auf seine Messingkapitänsuhr auf dem Sideboard. Es war nach Mitternacht, und das hieß, daß keine U-Bahn mehr fuhr. Ich würde mir ein Taxi nehmen müssen.

»Ich gehe.« Ich trug die Teller und Gläser in die Küche. Mir fiel auf, daß Yamamoto seinen Scotch nicht angerührt hatte. Ich überlegte, ob ich die Spülmaschine einräumen sollte, entschied mich aber dagegen. Die beiden sollten auch etwas zu tun haben.

Hugh tauchte mit seinen Krücken hinter mir auf, als ich meine Schuhe anzog.

»Ich fahre dich mit dem Auto. Dein miserabler Tee hat mich wieder nüchtern gemacht.«

»Auf keinen Fall. Du mußt auf Yamamoto aufpassen, und für mich ist es einfacher, ein Taxi zu nehmen.«

»In ein paar Stunden fahren wieder die ersten Züge. Geh nicht.« Hugh betrachtete mich auf eine Weise, die mich an die Nacht erinnerte, die wir zusammen verbracht hatten, die Nacht, bevor alles zusammengebrochen war.

»Mir reicht es. Auf Wiedersehen, Shug.« Ich warf einen Blick über die Schulter, um seine Reaktion zu sehen, und war verärgert, daß er mir nicht einmal nachblickte. Er war bereits mit etwas anderem beschäftigt, denn er redete in die Gegensprechanlage.

Vor dem Haus war gerade ein Taxi vorgefahren. Zu meinem Glück. Ich lächelte dem Pförtner von Roppongi Hills zu, als er mir die Tür aufhielt, aber ich staunte nicht schlecht, als er dem Fahrer meine Adresse und einen brandneuen 5000-Yen-Schein gab.

»Von Glendinning-san«, erklärte er mir.

Hugh mußte diesen subversiven Akt der Barmherzigkeit über die Gegensprechanlage organisiert haben.

Es hätte mir eigentlich peinlich sein müssen, aber es war nun tatsächlich so, daß eine Taxifahrt durch die Stadt katastrophal für meine persönlichen Finanzen war. Wie schmutzig Hugh Glendinnings Geld auch sein mochte, ich würde es nehmen.

20

Am nächsten Morgen zog ich mich im Badezimmer an, um Mariko nicht zu wecken, die leise auf dem Gästefuton schnarchte. Ich hätte selbst gerne ausgeschlafen, aber sonntags war in den Läden immer am meisten Betrieb. Es wäre sicher von Vorteil, im Mitsutan aufzukreuzen, bevor Setsukos Lieblingsverkäuferin, von der mir Mariko erzählt hatte, zu beschäftigt war.

Während ich mit der U-Bahn Richtung Shinjuku fuhr, stellte ich mir die geheimnisvolle Miss Yokoyama vor, wie sie Chanel-Schals zusammenlegte und Handtaschen von Prada in gläsernen Vitrinen arrangierte. Ich war ziemlich enttäuscht, als mich die Dame an der Information in die Kinderabteilung schickte. Was für ein Interesse hatte Setsuko denn an Kinderkleidung, bis auf die gelegentlichen Geschenke für den Nachwuchs ihrer Freundinnen? Vielleicht hatte es etwas mit ihrem geheimen Baby zu tun. Grübelnd fuhr ich mit der Rolltreppe hinauf ins Land von Baby-Moschino und ging auf zwei Verkäuferinnen zu, die gerade die kleinsten Pullover zusammenlegten, die ich je gesehen hatte.

»Arbeitet hier jemand namens Yokoyama?« Ohne viel Hoffnung sah ich die beiden an.

»Mein Name ist Yokoyama. Womit kann ich dienen?« Die kleinere von beiden mit dem ordentlichen Zopf lächelte mich mit leicht vorstehenden Zähnen an. Sie war definitiv zu wenig extravagant, um eine Freundin von Setsuko gewesen zu sein.

»Ich suche etwas ... ein hübsches Sweatshirt.« Ich hoffte, sie von ihrer Kollegin weg auf die andere Seite der Abteilung locken zu können. »Etwas für ein älteres Mädchen.«

»Wissen Sie die Größe?« Miss Yokoyama führte mich zwischen die Regale mit rosafarbenen und roten Sachen.

»Ich bin eigentlich gekommen, um Sie etwas über Setsuko Nakamura zu fragen. Sie wissen vielleicht nicht, daß sie verstorben ist?«

»Oh, doch. Es war tragisch.« Miss Yokoyama blickte über die Schulter zu der anderen Verkäuferin, dann wandte sie sich wieder mir zu. »Waren Sie auf der *tsuya*? Was hatte sie an?«

»Der Sarg war geschlossen, wegen der Obduktion.« Ihre Frage überraschte mich, bis mir einfiel, daß Kleider verkaufen ja ihr Beruf war. »Ich habe ein paar Fragen wegen ihrer Einkaufsgewohnheiten. Ich regle die Finanzen der Familie.«

»Oh?« Miss Yokoyama sog Luft zwischen den Zähnen ein. »Ich fürchte, ich verstehe nicht ganz.«

»Sie haben sie bedient, wenn sie hierherkam, nicht wahr? Ich weiß, daß sie immer viel ausgegeben hat.«

»Darüber weiß ich nichts.« Miss Yokoyama antwortete bereits, bevor ich fertiggesprochen hatte.

»Das wird vertraulich behandelt, also machen Sie sich bitte keine Sorgen.« Ich nahm ein Sweatshirt in die Hand und staunte darüber, was ein Kleidungsstück aus hundert Prozent Acryl kostete. Antike Seidenkimonos wurden auf den Schreinflohmärkten für weniger verkauft.

»Es tut mir leid, aber ich glaube wirklich nicht, daß ich Ihnen weiterhelfen kann.«

»Können wir uns vielleicht in der Damentoilette oder so treffen?«

»Vor ein Uhr haben wir keine Pause.«

»Ich warte auf Sie!«

»Wollen Sie etwas von mir kaufen?« fragte sie plötzlich. »Wenn jemand fragt, was wir beide so lange gemacht haben, kann ich sagen, Sie konnten sich nicht entscheiden.«

»Okay.« Meine Visakartenrechnung würde diesen Monat horrend ausfallen, aber sei's drum.

»Kaufen Sie ein T-Shirt«, riet sie mir. »Das ist billiger, und ich denke, ich kann etwas finden, das Ihnen paßt. Sie sind klein genug.«

»Was soll das heißen?« *So* flach war ich nun auch wieder nicht.

»Das ist modisch! Ganz, ganz winzige T-Shirts betonen die Brust. Sie sind doch Ausländerin, nicht?« Miss Yokoyama winkte mir, ihr in die Teenagerabteilung zu folgen. »Kein Wunder, daß Setsuko-san mit Ihnen befreundet war. Sie mochte Ausländer.«

»Haben Sie Mr. Glendinning kennengelernt?«

Sie nickte und errötete leicht.

»Was haben sie gekauft?« fragte ich.

»Ach, alles mögliche. Ein Kleid, wenn sie auf eine Gesellschaft mußte. Spanische Porzellanfiguren. Sie mochte auch englisches Geschirr.«

»Aber das verstehe ich nicht. Wenn Sie nur Kinderkleidung verkaufen ...«

»Ich war vorher bei der Kundenbetreuung.«

»Ach so. Das hat Mariko nicht gesagt.«

»Sie kennen Mariko-san?« Miss Yokoyama lächelte kurz. »Dieses verrückte Mädchen. So anders als Setsuko-san.«

»Hat Setsuko Nakamura versucht, ihr Chanel schmackhaft zu machen?«

»Oh, ja. Aber Mariko-san wollte immer lieber *bodikon*, Sie wissen schon, Kleider, die so eng sitzen wie Handschuhe.«

»Und wer hat gewonnen?« Ich schüttelte den Kopf, als sie mir eine Elle T-Shirt entgegenhielt.

»Mariko-san.« Miss Yokoyama zeigte beim Lächeln ihre Zähne. »Sie hat nie etwas zurückgegeben.«

»Zurückgegeben?« Ich war verwirrt.

»Setsuko-san hat es sich oft anders überlegt.« Ein Schleier schien sich über Miss Yokoyamas Gesicht zu legen.

Setsuko hat es sich oft anders überlegt. Auch wenn man etwas mit Kreditkarte bezahlt hatte, bekam man in einem japanischen Kaufhaus üblicherweise Bargeld zurückerstattet. Setsuko hätte also mit der Rückgabe von Hughs Geschenken so etwas wie ein eigenes Einkommen haben können.

»Ich muß wieder an die Arbeit. Nehmen Sie einfach das hier, das ist ein Sonderangebot.« Miss Yokoyama streckte mir ein weißes Top mit zwei sich küssenden Katzen darauf entgegen. Es trug die Aufschrift: LOVE CATS FRIENDSHIP, QUALITY CLOTHING SINCE 1981 WE MAKE FOR YOU.

»Sie haben dafür gesorgt, daß sie alles zurückgeben konnte, was sie gekauft hat, nicht wahr?« Ich lächelte dabei, weil ich sie nicht einschüchtern wollte.

»Ich weiß schon, daß das keine gute Idee war, aber jetzt ist es vorbei. Bitte verraten Sie mich nicht.« Miss

Yokoyama sah aus, als wäre sie am liebsten im Erdboden versunken. »Ich habe Ihnen alles gesagt, was ich weiß.« Mit dem T-Shirt und meiner Kreditkarte eilte sie zu der Kasse in der Nähe ihrer Kollegin. Als ich ein paar Minuten später nach unten ging, wurde mir klar, daß der Preis für die Information satte dreitausendzweihundert Yen plus Steuer betragen hatte. Aber ich konnte es ja zurückgeben. Genau wie Setsuko.

Taro und Yuki Ikeda standen als nächstes auf meiner Liste. Ich kam etwas verfrüht bei unserem Treffpunkt in Omotesandō an und beschloß, mich ein wenig umzusehen. Genau wie in Roppongi waren die Läden voller importierter Luxusgüter, die sich nur wohlhabende Japaner und Ausländer mit hohem Spesenkonto leisten konnten.

In der Tokyo Union Church wurde sonntags immer eine überkonfessionelle englischsprachige Messe gelesen. Ein silberhaariger Mann in langem Mantel und eine auffällige ältere Frau auf dem Weg in die Kirche erregten meine Aufmerksamkeit. Joe Roncolotta und Mrs. Chapman. Joe war bei dem Essen im Trader Vic's einigermaßen höflich zu Mrs. Chapman gewesen. Deshalb war ich völlig verblüfft, daß die beiden sich verabredet hatten. Ich eilte auf sie zu.

Joe tat so, als müsse er zweimal hingucken, während Mrs. Chapman kicherte und eine Plastiktüte in die Höhe hielt. »Rei, Sie hätten heute morgen dabeisein sollen! Ganz in der Nähe war ein Antiquitätenflohmarkt.«

»Beim Togo-Schrein, ich weiß. Er ist großartig.«

»Die Polizei hat mich neulich mitten in der Nacht

angerufen, Ihretwegen.« Joe sah mich prüfend an. »Wir sollten uns einmal darüber unterhalten. Was haben Sie jetzt vor?«

»Ich bin auf dem Weg zu Freunden. Taro und Yuki, Sie erinnern sich doch, Mrs. Chapman.« Ich hätte Yuki Ikeda, die so gerne andere verkuppelte, nichts mehr gegönnt, als Mrs. Chapmans Begleiter zu sehen.

»Kuchen ist absolut das letzte, was ich jetzt gebrauchen kann«, gurrte Mrs. Chapman. Sie war also auf Diät. Es war unglaublich, was die Liebe mit der Frau anstellte, die mir einmal erzählt hatte, daß alle Männer Mistkerle seien.

»Hätten Sie vielleicht Lust, morgen mitzukommen?« fragte Joe. »Ich wollte Marcelle nachmittags die Börse von Tokio zeigen, und anschließend gehen wir zu einer verfrühten Happy Hour in den TAC.«

Aus den Ausgangswinkeln heraus warf ich einen Blick auf Mrs. Chapman und sah, daß sie merkwürdig das Gesicht verzog. Wahrscheinlich signalisierte sie mir, ich solle ablehnen.

»Am Montag muß ich immer sehr lang unterrichten, tut mir leid«, sagte ich. »Ich möchte Sie natürlich wiedersehen, Sie beide. Wie lange bleiben Sie denn noch?«

»Ich stehe auf der Warteliste für einen Flug Ende der Woche. Es ist unglaublich, wie schlecht dieser Flughafen organisiert ist!«

»Rufen Sie mich an, wenn Sie noch einmal Schwierigkeiten mit der Fluggesellschaft bekommen sollten.« Solange mit Joe alles glattging, stellte sie ihre Abreisepläne wahrscheinlich sowieso hintan. »Sollten Sie nachmittags anrufen, wenn ich nicht da bin, geht vielleicht Mariko ans Telefon. Sie versteht Englisch, aber Sie müssen langsam sprechen.«

»Noch eine Mitbewohnerin? Herrje, ich dachte, Sie wohnen nur mit diesem warmen Bruder zusammen. Für mich war ja kein Platz dort, wissen Sie noch?« In ihrer Stimme lag ein gekränkter Unterton, und ich ärgerte mich, daß ich so unachtsam gewesen war.

»Es ist nur vorübergehend. Sie ist eine Freundin, die grade in Schwierigkeiten steckt und von zu Hause ausziehen mußte ... Ich helfe ihr, etwas zu finden.«

»Das ist nett von Ihnen. Lassen Sie es mich wissen, wenn ich helfen kann – ist sie zweisprachig?« fragte Joe.

»Einigermaßen.« Leider war das, was Mariko zur Zeit von sich gab, hauptsächlich das obszöne Englisch, das Richard ihr beigebracht hatte. Das erwähnte ich aber nicht.

Etwa neun Minuten zu spät kam ich am Hanae-Mori-Building an. Yuki blickte schon suchend durch das Fenster und winkte, als ich auf sie zueilte.

»Es tut mir leid, daß Sie warten mußten«, keuchte ich. »Aber Sie erraten nie, wen ich getroffen habe.«

»Sie hätten sie mitbringen sollen! Ich finde das schön, so eine zweite Chance im Leben und in der Liebe«, sagte Yuki, als ich ihnen von Mrs. Chapman erzählt hatte.

»Das nächste Mal. Gibt's hier auch eine Speisekarte?« Ich war ganz schwach, weil ich das Mittagessen ausgelassen hatte, und deshalb bestellte ich den größten Kuchen in der Vitrine: einen Apfelstrudel. Taro gefiel meine Wahl; er selbst nahm einen Schwarzwälder Kirschkuchen. Yuki, die noch ihre Neujahrsdiät hielt, blieb bei ihrem schwarzen Kaffee.

Nachdem die Kellnerin uns das Gebäck gebracht hatte, stellte Taro mein antikes Kästchen auf den Tisch. Ich öffnete es und stellte fest, daß das Zeitungspapier, mit dem das Kästchen ausgekleidet gewesen war, entfernt worden war. Nur schmale Papierstreifen und Klebereste waren noch da.

»Was ist denn da passiert?« Ich verbarg meine Bestürzung nicht.

»Ich habe das Zeitungspapier bereits entziffert. Es stammt aus den frühen sechziger Jahren, weil Kronprinz Naruhito in einem Artikel erwähnt wird. Sehen sie, ich habe Ihnen eine Übersetzung gemacht.« Taro reichte mir einen maschinegeschriebenen Text. »Sie scheinen traurig zu sein. Sehen Sie noch einmal in das Kästchen.«

Ich sah mir die Innenseite des Kästchens an und fuhr mit dem Finger über das vernarbte Holz. Die Originallackierung war abgesplittert, und plötzlich sah ich es: Buchstaben, die in *hiragana* eingraviert waren, dem phonetischen japanischen Alphabet. Es war das leichteste Alphabet; ich hatte es schon mit neun Jahren beherrscht.

»Shiroyama«, buchstabierte ich. »Vielleicht kommt die Schachtel ja doch von dort.«

»Da sind noch mehr Buchstaben«, sagte Yuki.

Ich sah noch einmal genauer hin und las: »Uchida Miyo«. Das war der Name der verlorenen Prinzessin aus der Sage von Shiroyama, die Taro am Silvesterabend erzählt hatte.

»Wir wissen nicht, ob es echt ist«, sagte ich und versuchte mir meine Aufregung nicht anmerken zu lassen. Jeder hätte es hineinritzen können. Doch die Furchen der Buchstaben hatten glatte Ränder, als wären sie schon vor langer Zeit geschnitzt worden.

»Wir könnten das Kästchen in einem der Antiquitätengeschäfte hier in der Gegend begutachten lassen«, schlug Taro vor.

»Diese Leute wissen nur, wie man die Preise für Touristen erhöht. Ich gehe lieber zu Mr. Ishida.« Yasushi Ishida war der Mann, der mir vor einem Jahr diese phantastische *tansu*-Kommode verkauft hatte. Ich würde auf dem Heimweg vorbeigehen.

»Jedenfalls ist das eine nette Ablenkung von all den Problemen«, meinte Yuki.

»Problemen?« wiederholte ich.

»Hugh-san ist im Gefängnis. Er soll den Mord begangen haben. Wußten Sie das nicht?« Yuki machte große Augen.

»Er ist schon wieder frei«, sagte ich kurz.

»Wirklich?« fragte Taro.

»Rei-san, Sie haben ihn doch nicht etwa gesehen?« klagte Yuki.

Der Kaffee nahm den falschen Weg, und ich hustete in meine Serviette.

»Das ist aber keine gute Idee. Hugh-san ist vielleicht im Moment frei, aber die meisten Leute glauben, daß er ein Verbrecher ist!« Taros Stimme war so scharf, daß die beiden Großmütter, die schweigend am nächsten Tisch aßen, den Kopf wandten.

»Ich dachte, Sie hätten ihn gern«, sagte ich.

»Er war sehr freundlich und lustig, aber die Polizei nimmt niemanden fest, wenn nicht ein starker Verdacht besteht«, sagte Taro. »Sein wahrer Charakter muß anders sein als unser erster Eindruck!«

»Wenn er angeklagt wird, dann vergessen Sie nicht, daß der Richter in neunundneunzig Prozent aller Fälle verurteilt. Das ist das japanische System«, sagte Yuki nüchtern.

»Dieses japanische System, ich glaube, das verstehe ich nicht ganz, Yuki. Ich frage mich zum Beispiel, warum Sie und Ihr Mann unbedingt mein Sexualleben vor Captain Okuhara ausbreiten mußten.« Die Wut, die eine Woche lang in mir geschlummert hatte, brach nun doch durch.

»Ich habe dir doch gesagt, du sollst es nicht sagen!« keifte Yuki ihren Mann an.

»Wenn ein Polizist fragt, muß man die Wahrheit sagen«, gab Taro zurück. »Rei-san muß beschützt werden! Dieses Mädchen weiß nichts über das Wesen der Männer.«

»Verzeihen Sie«, sagte ich. »Wenn Sie mich beleidigen möchten, dann tun Sie es bitte direkt.«

»Rei-san, ich bin nicht mit Ihnen verwandt, deshalb kann ich Ihnen nichts vorschreiben. Aber bitte, Sie dürfen ihn nicht wiedersehen. Sie müssen vorsichtig sein«, sagte Taro.

»Das bin ich immer.« Ich riß die Rechnung aus dem kleinen Silberständer, in den die Kellnerin sie gesteckt hatte, und versuchte, die Wut zu unterdrücken, die in mir aufstieg. Ich verdankte den Ikedas viel. Sie hatten mich in Shiroyama herumgeführt, die Schnitzerei in dem Kästchen entdeckt und es sogar persönlich in die Stadt gebracht, um es mir zurückzugeben. Aber ich verdankte ihnen auch noch etwas, das ich nicht wollte: quälende Zweifel.

Ishida Antiques hatte bereits geschlossen, als ich an dem schmuddeligen Haus aus den dreißiger Jahren ankam, wo Mr. Ishida zwischen seinen japanischen Schätzen arbeitete und wohnte. Wahrscheinlich war er zu Hause. Ich klopfte, bis er den Kopf aus einem der oberen Fenster streckte.

»Shimura-san! Warten Sie kurz, bitte!« Ein Lächeln zeigte sich auf dem Gesicht des Mannes, der auf den Schreinflohmärkten immer so fromm dreinblickte wie ein Mönch.

Ich wartete, bis er die Tür entriegelte, die knarzte wie in einem Horrorfilm, aber in ein Paradies voller staubiger Möbel führte: Tische standen übereinander, Keramikurnen waren in Türmen gestapelt, die sich zwar neigten, aber nie umfielen. Heute roch es in dem Laden nach Orangen. An einem wunderschön geschnitzten Miniaturschrein über dem Eingang entdeckte ich schließlich ein paar Mandarinen als Opfergabe.

»Ich habe Ihnen etwas Geheimnisvolles mitgebracht.« Ich zog mein Kästchen aus der Mitsutan-Einkaufstüte. Während Mr. Ishida es untersuchte, erzählte ich ihm die Sage von Prinzessin Miyo.

»Ich kenne die Geschichte natürlich. Sie möchten wahrscheinlich wissen, ob Ihr Kauf etwas mit der Legende zu tun hat.« Er stellte das Kästchen hin.

»Könnte es echt sein?« fragte ich.

»Es ist interessant. Besonders, weil der Name in *hiragana* und nicht mit *kanji* geschrieben ist.«

»Die meisten Frauen haben in *hiragana* geschrieben, oder?«

»Ja, sie haben die phonetische Schrift benutzt, weil sie früher keine *kanji* lernen durften. Aber Prinzessin Miyo war um 1860 eine junge Dame. Damals wurde im Zuge der nationalen Reformen ein Lehrplan für alle eingeführt. Gerade eine Prinzessin hätte einen Privatlehrer gehabt.« Mr. Ishida kratzte sich an der Wange.

»Was ist mit der Schnitzerei? Glauben Sie, eine Frau hätte so etwas beigebracht bekommen?«

»Aber sicher. Adelige Frauen hatten oft ein Messer dabei, um im Notfall Selbstmord begehen zu können.«

»Vielleicht ist es also gar keine Fälschung.« Meine Laune besserte sich.

»Selbst wenn sie das nicht selbst geschnitzt hat, wurde es auf jeden Fall im neunzehnten Jahrhundert gemacht. Ich zeige Ihnen etwas zum Vergleich.« Mr. Ishida wühlte in einer Ecke und brachte einen kleinen hölzernen Hibachi zutage – ein Becken, in dem früher Kohle verbrannt wurde, um das Haus zu heizen. Die eine Seite des Hibachi war mit kalligraphischen Schriftzeichen verziert, die durch das Alter verwittert waren; wir verglichen sie mit der Schnitzerei in meinem kleinen Kästchen.

»Das Holz Ihres Kästchens ist leichter und billiger, aber es stammt aus derselben Gegend. Das fühle ich.« Mr. Ishida hielt mein Kästchen beinahe ehrfürchtig hoch. »Höchstwahrscheinlich hat jemand zwischen 1830 und 1870 diesen Namen eingraviert. Wahrscheinlich ein Kind.«

»Es könnte sie gewesen sein.« Ich stellte mir ein hübsches kleines Mädchen in einem handgearbeiteten Seidenkimono vor, den Kopf beim Schnitzen eifrig über das Kästchen gebeugt.

»Darf ich es ein paar Tage behalten?« Mr. Ishida unterbrach meine Tagträume. »Ich habe einen Kollegen im Nationalmuseum, der sich für die Aristokratie interessiert.«

»Natürlich«, murmelte ich, bevor ich mir überlegen konnte, ob das Miyo überhaupt recht gewesen wäre. Ich schloß die Augen, spürte wieder die unheimliche Verbindung. Nur war es diesmal nicht ein kleines Mädchen in einem feinen Kimono; ich selbst war es, in der ersten Klasse, als ich panisch wurde, weil ich nicht wußte, mit welcher Wachsmalkreide ich meine Hautfarbe malen sollte. Es war die kleine Setsuko, die in einem Pappkarton kauerte, und Mariko, die am Swimmingpool von den anderen zurückgewiesen wurde. Wir vier, japanisch *shi*, eine Zahl, die angeblich Unglück brachte, weil sie gesprochen und geschrieben wurde wie *Tod*.

21

Ich hätte beinahe vergessen, daß Montag der Recyclingmüll abgeholt wurde. Deshalb mußte ich noch einmal kehrtmachen, um die Tüte mit Flaschen und Dosen zu holen, nachdem ich bereits auf dem Weg nach unten gewesen war. In der Wohnung klingelte das Telefon. Ich rannte an Mariko vorbei, die sich noch tief in ihren Futon kuschelte.

»Hey, Rei. Was gibt's Neues?« Es war Hugh Glendinning.

»Wie ist es mit Yamamoto weitergegangen?« Ich war sauer, weil er mich gestern nicht angerufen hatte.

»Ich habe ihn nach Hause gefahren, zu seiner Mutter und seinem Vater. Ein tränenreiches Wiedersehen, und so weiter.«

»Hat er schon mit der Polizei gesprochen?« Als Hugh nicht antwortete, platzte ich. »Du bringst dich um, weiß du das? Du könntest wegen Mittäterschaft bei seinem vorgetäuschten Tod angeklagt werden!«

»Begünstigung«, korrigierte er mich. »Aber ich bin mir ziemlich sicher, daß er unschuldig ist. Erinnerst du dich noch an die Diskette, die mit der Formel für den Akku? Hikari hat sie im Büro nicht gefunden. Ganz wie Yamamoto angenommen hat: Nakamura muß nervös geworden sein und sie mit nach Hause genommen haben.«

»Oder Yamamoto erzählt uns Lügengeschichten.« Ich warf einen Blick auf Mariko, deren Pferdeschwanz ein bißchen weiter oben unter den Decken hervorspitzte. Sie lauschte.

»Schieß doch bitte deine Pfeile erst ab, wenn ich die Diskette gefunden habe«, bat mich Hugh.

»Wenn du sie gefunden hast? Was hast du denn vor, willst du bei ihm einbrechen?«

»Rein technisch gesehen wird es kein Einbruch sein. Du wirst schon sehen.«

»Was meinst du damit?«

»Ich brauche dich, Rei.« Hughs Stimme klang samtig. »Du weißt, wie man zu dem Haus kommt. Und was die rein körperliche Suche betrifft – unter Tische kriechen und so –, dazu bin ich leider noch nicht fähig.«

»Weshalb beauftragst du nicht einen professionellen Detektiv damit?« Ich suchte nach einer logischen Alternative.

»Unmöglich. Wenn Ota Wind von der Sache bekäme, würde er mich fallenlassen wie eine heiße Kartoffel. Nein, das muß ich schon selber machen. Wir verschaffen uns durch eine List Zugang. Wir putzen anstelle der regulären Reinigungskraft das Haus.«

»Na klasse, du weißt wirklich, was mich anmacht.« Zuerst die Toilette der Nakamuras, jetzt das ganze Haus. Der Weg nach oben stand mir offen.

»Ich habe das Mädchen, das bei mir immer saubermacht, schon gebeten, eine Uniform für dich mitzubringen. Wir fahren morgen hin. Und wenn das für dich aufregender ist: ich bezahle dich von meinem Regierungskonto.«

»Daß du fürs Essen und für das Taxi zahlst, ist schon beschämend genug, aber ich habe nun mal keine Wahl. Daß du aber mit mir über deine Spionagegelder sprichst, ist eine unglaubliche Beleidigung. Selbst wenn ich mitkommen wollte, ich habe morgen mittag Unterricht.«

»Könntest du nicht Koliken bekommen oder irgendwelche von diesen mysteriösen Mädchendingen, bei denen Chefs so ungern genauer nachfragen?«

»Sei nicht so sexistisch«, schimpfte ich. Andererseits war es vielleicht gar nicht so dumm, sich in Setsukos Haus umzusehen, vielleicht fand ich einen brauchbaren Hinweis auf den amerikanischen Vater. Vielleicht konnte ich Hugh beweisen, daß Setsukos Tod weniger mit High-Tech-Diebstahl zu tun hatte als mit gestörten Familienverhältnissen.

»Richard könnte mich wahrscheinlich vertreten. Aber wenn ich mitkomme ...«

»Ich weiß.« Er lachte. »Du fährst.«

In einem Auto würde ich mich sicherer fühlen als in einem Zug, dachte ich, als ich zur Station Minami-Senju ging, um zur Arbeit zu fahren. Mir ging immer wieder durch den Kopf, wie Mrs. Yogetsu hier gestorben war. Mir lief es kalt über den Rücken, als ich über den Bahnsteig ging, wo sie hinuntergestoßen worden war, aber keiner der Pendler, die regelmäßig dort warteten, hatte über den Vorfall gesprochen.

Für mich war der Bahnhof ein finsterer Ort geworden. Wenn ich allein war, stellte ich mir vor, wie jemand im Schatten lauerte, und wenn ich umgeben von Menschen war, stellte ich mir vor, wie mir jemand unbemerkt ein Messer in den Rücken rammte oder mich auf die Gleise stieß. Manche Leute glauben ja, daß man in einer Gruppe auf jeden Fall sicher ist, aber ich war nur noch paranoid.

Ich kam wohlbehalten an. Richard erwartete mich bereits mit einer Nachricht in der Hand.

»Rate mal, wer angerufen hat!« Er hielt einen imaginären Kilt hoch und ahmte einen schottischen Tanz nach.

»Er hat hier auch angerufen? Ich habe keine Ahnung, was er sich dabei denkt.« Ich rollte den Zettel zusammen, bevor ich ihn in die Tasche steckte.

»Miss Bun hat mich ans Telefon geholt, weil er nicht japanisch spricht. Er hat irgendwas von einer dringenden Mitteilung an dich gesagt. Baby, wenn du es geschickt anstellst, kannst du nach Roppongi Hills ziehen.«

»Oder ins Gefängnis! Ist bei ihm alles in Ordnung?«

»Er ist zu Hause, zwischen seinen ganzen traumhaften Luxushaushaltsgeräten mit Blick auf den Tokio Tower.« Richard seufzte. »Ich finde es wirklich ärgerlich, daß du das Schlafzimmer nicht gesehen hast. Ich habe ihn gefragt, aber er hat behauptet, ihr hättet es wirklich nicht getan.«

»Das hast du nicht!« Ich war entsetzt.

»Natürlich habe ich das. Er hat etwas furchtbar Trockenes und Britisches gesagt und gelacht. Ein sehr sexy Lachen.«

»Richard, du mußt mir helfen.« Ich konnte Mr. Katoh nicht erzählen, daß ich schon wieder zu einer Trauerfeier mußte. Nach ein paar Minuten Genörgel erklärte sich Richard bereit. Wir besprachen gerade die Einzelheiten, als Mr. Katoh hereinkam.

Ich war überrascht, ihn zu sehen, denn um diese Zeit besprach er sich normalerweise mit den anderen Abteilungsleitern. Ich rutschte von dem Schreibtisch, auf dem ich gesessen hatte, und verneigte mich.

Mr. Katoh grüßte uns beide freundlich, dann richtete er seine Aufmerksamkeit auf mich.

»Heute ist schlechtes Wetter, Miss Shimura, nicht wahr? Gar nicht wie in Ihrem Kalifornien.«

»Ach, mittlerweile rechne ich schon damit, daß es um diese Jahreszeit regnet.« Sein Tonfall verriet mir, daß etwas anderes im Busch war. Auch Richard merkte es und floh mit der Entschuldigung, er habe Unterlagen in einem Klassenzimmer vergessen.

»Wollen wir in das Konferenzzimmer gehen? Ich habe ein Problem, bei dem Sie mir hoffentlich behilflich sein können. Wie Sie vielleicht bereits wissen, wollen wir die Sprachabteilung ausbauen.«

»Wollen Sie neue Lehrkräfte einstellen?« Ich setzte mich ihm gegenüber auf einen der schönen Lederstühle, die die leitenden Angestellten bei ihren Sitzungen benutzten.

»Letztendlich schon. Wir planen beträchtliche Erweiterungen für Osaka.«

Osaka war eine aufblühende Wirtschaftsstadt und wohl das Herz des kapitalistischen Japans. Trotzdem war Osaka allseits bekannt für seine Tristheit. Niemand, den ich kannte, würde das multikulturelle, spannende Tokio gegen Osaka eintauschen wollen. Doch mein Chef zählte auf mich.

»Die English Teachers' Association kann Ihnen bestimmt ein paar gute Lehrer vermitteln«, sagte ich höflich.

»Das glaube ich auch.« Irgend etwas in der Stimme meines Chefs sagte mir, daß es aber nicht das war, worauf er hinauswollte. »Miss Shimura, wir sind sehr zufrieden mit Ihrer Arbeit.«

»Danke.« Ich neigte den Kopf ein wenig, um meine Anerkennung zu zeigen.

»Die Firma würde Ihnen gerne eine Beförderung anbieten.« Sein unglücklicher Gesichtsausdruck stand im Widerspruch zu seinen Worten. »Nach Ihren langjährigen treuen Diensten als freie Mitarbeiterin würden wir Sie gerne als Firmenangestellte mit allen Leistungen übernehmen. Wir würden Sie gerne in Osaka einsetzen.«

»Auf Dauer?« krächzte ich.

»Ja. Sie könnten im Wohnheim für weibliche Angestellte wohnen.«

Na toll. Soviel ich gehört hatte, waren die gemeinsamen Zimmer der Wohnheime winzig. Es gab kaum Platz, seine Kleider aufzuhängen, ganz zu schweigen von meinen Antiquitäten. Im Wohnheim zu leben wäre wie eine Rückkehr ins College, nur daß es abends eine Sperrstunde und eine mürrische Aufseherin an der Tür geben würde.

»Warum schicken Sie denn nicht Richard hin?« Das Schicksal war mir zur Zeit nicht gewogen.

»Mr. Randall kommt nicht ganz so gut mit der japanischen Kultur zurecht. Wir haben vor allem an Sie gedacht.«

»Darüber muß ich gründlich nachdenken.« Ich fragte ihn gar nicht nach der Bezahlung, denn ich hatte plötzlich das Gefühl, kein Betrag der Welt könnte mir den Verlust meiner Freunde und Verwandten und des Lebens, das ich mir so mühsam aufgebaut hatte, aufwiegen.

»Miss Shimura, was halten Sie davon?« Mr. Katohs müde braune Augen sahen mich bittend an.

»Darf ich Ihnen meine Antwort später geben?«

»Natürlich.« Mr. Katoh klang überrascht, und das bestärkte mich nur in dem Gefühl, daß sein Angebot eigentlich ein Befehl von oben war.

Mr. Katohs Vorschlag hatte mich so verblüfft, daß mein inszenierter Kollaps kurz vor der Mittagspause ziemlich realistisch war. Mr. Katoh regte sich furchtbar auf und wollte einen Krankenwagen rufen, aber Richard kam auf die wunderbare Idee, mich in ein Taxi zu setzen, das angeblich ins St.-Luke's-Krankenhaus fuhr. Ich ließ das Taxi an der U-Bahn-Station halten, wo ich in die Hibiya-Linie stieg, um nach Roppongi zu fahren.

Als Hugh mir die Wohnungstür öffnete, merkte ich sofort, daß das Hausmädchen dagewesen war. Vorher war es schon ordentlich gewesen, aber jetzt war alles wie geschleckt. Die CDs und die Zeitschriften waren offenbar alphabetisch geordnet, die Fenster glänzten ohne einen einzigen Putzstreifen, und überall roch es nach Reinigungsmittel mit Fichtennadelgeruch. Wenn ich auch so etwas vollbringen sollte, steckte ich in Schwierigkeiten.

»Weshalb hast du mich in der Arbeit angerufen? Du hättest alles vermasseln können.« Ich schüttelte den Kopf, als er mir eine Tasse Tee anbot.

»Ich wollte nur wissen, welche Kleidergröße du hast. Du hast nicht zurückgerufen, deshalb mußte ich einfach nehmen, was Fumie mir mitgebracht hat.«

»Tragen Putzfrauen wirklich so etwas?« Ich hielt das schwarze Polyesterkleid mit der gerüschten weißen Schürze hoch. Es sah aus, als würde es aus einem nicht jugendfreien Video stammen.

»Keine Sorge, es ist frisch gewaschen.« Er führte mich in sein Zimmer und ging hinaus. Ich sah mich um und stellte fest, daß da wirklich ein Triptychon aus Sumoringern an der Wand hing. Das Siegel des Künstlers konnte ich allerdings nicht erkennen.

Beim Versuch, es aus der Nähe zu betrachten, stieß ich mit der Ferse gegen ein Rudergerät und fluchte.

Das einzige andere Möbelstück im Raum war ein massives Empirebett. Ich setzte mich auf die Bettkante und zog mein konservatives Arbeitskostüm an. Irgend etwas kam mir merkwürdig vor. Als ich ganz ausgezogen war, wurde mir klar, was es war: Ich hatte keine Gänsehaut. Nirgendwo im Zimmer entdeckte ich ein Heizgerät. Hugh hatte Zentralheizung, die erste, die mir in einem japanischen Wohnhaus untergekommen war.

Ich hängte meine Sachen in seinen Wandschrank und fuhr unwillkürlich mit der Hand durch die lange Reihe seiner Anzüge. Die feinen Materialien und Farben waren zu teuer, als daß ich sie hätte bestimmen können: Graubraun, Blaugrau und Pechschwarz. Was sagte das über ihn aus, daß er so teure Sachen trug? Ich schloß die Schranktür und ging ins Wohnzimmer. Hoffentlich würde er mir nicht ansehen, daß ich herumgeschnüffelt hatte.

»Die Länge steht dir gut«, sagte er, als er das zu kurze Kleid betrachtete. Er hatte sich Notizen auf dem Faltplan gemacht, und sein verletzter Knöchel ruhte auf dem Beistelltisch. Der Verband ragte ein paar Zentimeter unter seinen grauen Flanellhosen hervor. Er hatte mir zwar ohne Krücken die Tür geöffnet, aber er hinkte immer noch leicht.

»Hast du eine Bibel?« fragte ich ihn. Mir war plötzlich eine Idee gekommen.

»Tut mir leid, ich bin vom Glauben abgefallen.«

»Eins von denen tut es auch.« Aus dem Bücherregal holte ich einen großen, in Lederimitat gebundenen Gesetzesband. »Jetzt siehst du wie ein Zeuge Jehovas aus.«

Während wir das Auto mit einem Plastikeimer und Putzmitteln beluden, erklärte ich ihm meinen Plan. Es gab keinen vernünftigen Grund, weshalb sich ein *gaijin* im Anzug in der Vorstadt herumtreiben sollte. Außer natürlich, er war in Sachen Religion unterwegs.

»Wenn ich den Mund aufmache, bin ich verloren«, stöhnte Hugh.

»Niemand erwartete von dir, daß du großartig Japanisch sprichst. Aber wenn du einen ehemaligen amerikanischen Soldaten spielst, sollte dein schottischer Akzent möglichst nicht zu hören sein.«

»Keine Chance, Mann.« Er übte einen kalifornischen Valley-Boy-Akzent, bei dem ich die ganze Zeit kichern mußte, bis wir auf dem Shuto Expressway waren, wo mich die plötzlichen Spurwechsel völlig verwirrten. In der kurzen Zeit schaffte ich es nicht, die *kanji*-Zeichen zu lesen; Hugh dirigierte mich, und ich folgte gehorsam.

»Wie lange müssen wir denn noch fahren? Das hat überhaupt keinen Spaß gemacht.« Ich rieb meine verspannten Nacken- und Schultermuskeln, als wir endlich die Staus von Yokohama hinter uns gelassen hatten und auf einer verkehrsarmen Mautstraße fuhren.

»Den Schildern nach zu urteilen noch etwa eine Stunde. Du kannst schneller fahren, aber du siehst ja, niemand fährt mehr als hundert Stundenkilometer.« Hugh stellte seine Lehne zurück und streckte sich aus.

»Du hast gut reden, bei deinen ganzen Verwarnungen«, sagte ich und drückte aufs Gas.

»Nur wegen Falschparkens. Weshalb sollte ich denn zu schnell fahren wollen? Wenn man schneller als hundert fährt, geht dieser blöde kleine Summer los. Da, hörst du, schon ist es soweit! Rei Shimura, ich habe hier ein Mobiltelefon. Ich könnte sofort die Polizei anrufen!«

»Das würdest du nicht tun.« Ich blieb ein paar Minuten auf hundertzehn und verlangsamte dann wieder, weil mich der Summer langsam wahnsinnig machte. Die eingebaute Überwachungsmaschine in dem Toyota funktionierte wirklich.

»Du stellst dich gar nicht dumm an für jemanden, der noch nie links gefahren ist. Du bist nicht sonderlich oft auf den Seitenstreifen gefahren, und es war beeindruckend, wie du in der Stadt abgebogen bist«, lobte mich Hugh.

»Danke.« Gegen meinen Willen freute ich mich doch.

»Du solltest dir ein eigenes Auto kaufen«, fuhr er fort. »Jeder verkauft hier nach ein paar Jahren sein Auto, um keine Steuern zahlen zu müssen; du kannst sicher günstig einen Gebrauchtwagen bekommen. Es wird allerdings schwierig sein, in deinem Ghetto eine Parkgarage zu finden.«

»Suchst du mir bitte was im Radio?« Der Gedanke, Tokio wegen Osaka verlassen zu müssen, belastete mich.

Hugh stellte den Sender ein, mit dem ich jeden Morgen aufwachte.

»Einen schönen Nachmittag, es ist zwei Uhr, sagt die singende Uhr von J-WAVE!« Ich sang zu dem blöden Trailer des Senders mit, auf den ein Hit von den Spice Girls folgte. Er wurde in ein altes Lieblingsstück von Echo and the Bunnymen übergeblendet, und Hugh begleitete es mit einem vollen Tenor. Irgendwie überraschte es mich nicht, daß er gut singen konnte. Was mich jedoch wirklich überraschte, war die Tatsache, daß er den Text von »Lips Like Sugar« ebensogut konnte wie ich.

»Wie alt bist du noch mal?« fragte ich.

»Zweiunddreißig. Uralt, weißt du nicht mehr? Das ist Musik aus den achtziger Jahren, dazu habe ich in Deutschland und in New York getanzt.«

»Wir sind fünf Jahre auseinander.« Ein halbes Jahrzehnt.

»Du bist gut in Mathe, warum unterrichtest du das nicht? Oder Musik. Deine Stimme gefällt mir.«

Gemeinsam sangen wir noch ein Weilchen weiter. Hugh ahmte Robert Smith, den traurigen Leadsänger von The Cure nach, was mich so sehr zum Lachen brachte, daß ich die Ausfahrt Hayama verpaßte. Mir war es völlig unbegreiflich, wie ich so fröhlich sein konnte, wo ich doch kurz davor stand, ein Verbrechen zu begehen. Es stellte sich heraus, daß die Einfahrt von Hayama über die Mautstraße anders war als die Strecke, die ich mit Hikari im Taxi gefahren war. Nachdem ich eine Weile ziellos herumgerirrt war, gestand ich Hugh, daß ich keine Ahnung hatte, wie es weiterging.

»Hikari hat gesagt, wir sollen Richtung Norden fahren.« Hugh zog wieder seine Karte heraus.

»Hikari sagt viel, was ich ihr nicht glaube. Ich würde lieber bei einem Polizeiwachhäuschen halten und fragen.«

»Spinnst du? Möchtest du unsere Namen und Gesichter wieder bei der Polizei registrieren lassen?«

»Mich kennt niemand. Ich könnte hineingehen, während du dich versteckst. Wenn du dich ein bißchen anders hinsetzt... nein, nicht mit dem Kopf in meinen Schoß.« Ich schob ihn weg und fuhr weiter.

Wo war das Meer? Um mich herum waren nur Hügel. Schließlich entdeckte ich den Laden, den ich noch in Erinnerung hatte.

»Ich bleibe im Auto, damit ich dir dein Putzfrauenimage nicht verderbe.« Hugh sah aus wie eine riesige, in graues Flanell gekleidete Schnecke, die sich vor dem Beifahrersitz zusammengerollt hatte. Ich hätte gelacht, wäre es nicht so gefährlich gewesen.

Wir gingen den Plan ein letztes Mal durch. Ich würde das Auto auf die Rückseite des Hauses fahren und mit den Putzutensilien aussteigen. Hugh sollte fünf Minuten warten, um sicherzugehen, daß niemand hinsah, dann das Auto irgendwo unauffällig parken und zu Fuß zurückkehren.

Ein paar Hausfrauen aus der Nachbarschaft plauderten und fegten vor Nakamuras Haus Blätter von der Straße. Ich fuhr an ihnen vorbei und bog in die schmale Gasse ein, die hinter dem Block entlangführte. Ich parkte vor dem Gartentor Nakamuras.

»Wenn wir hier ungeschoren davonkommen, bist du mir was schuldig«, sagte ich zum Abschied.

»Ich habe dir bereits Geld angeboten.« Von seiner unbequemen Position aus blickte er hoch zu mir.

»Das ist nicht das, was ich will.« Ich stieg aus und schlug die Tür zu.

22

Als ich das Haus betrat, empfand ich zuallererst Dankbarkeit. Dankbarkeit, daß die Tür problemlos aufgegangen war, daß niemand zu Hause war und daß der Partyservice nach der *tsuya* so gut aufgeräumt hatte, daß mir nur noch wenig sauberzumachen blieb. Ich zog die Schuhe aus, ging durch das Erdgeschoß und stellte fest, daß ich nur auf die Küche ernsthaft Energie verwenden mußte.

Japanische Küchen waren fürchterlich. Ich war immer wieder überrascht, daß die peinliche Hygiene, die auf den menschlichen Körper angewendet wurde, keinen Eingang in den Bereich gefunden hatte, wo man das Essen zubereitete. Die kleine Spüle und die Arbeitsfläche in der Küche der Nakamuras waren verschmiert. Die Hängeschränke hatten einen Fettfilm und waren wüst mit Schachteln und Gläsern vollgestopft. Auf den Schränken standen Mixer und andere elektrische Haushaltsgeräte, deren Kabel herunterhingen und Unfälle geradezu herausforderten. Das Trockengestell war mit einem gefährlichen Aufbau von Geschirr und Besteck überladen; eine falsche Bewegung, und alles konnte herunterkrachen.

Ich schaltete den Boiler ein, um meinen Eimer zu füllen. Als ich den matten Linoleumboden betrachtete, fiel mein Blick auf ein metallumrandetes Viereck in der Mitte. Die *yukashita*, ein Vorratsfach im Fußboden, war ein erstklassiges Versteck. In meiner

Küche verstaute ich dort Leckerbissen, die Richard nicht finden sollte.

Ich hob den Deckel und blickte in ein ordentliches Fach, das einen Napf Miso und einen Sack Zwiebeln enthielt. Außerdem sah ich noch eine ziemlich große, tote Spinne, die meinen Atem etwas beschleunigte. Ich knallte schnell wieder den Deckel drauf.

Ich durchsuchte die Schränke, fand aber keine Geheimnisse, sondern nur genügend Platz, um das Geschirr aufzuräumen. Ich war gerade dabei, alles mit viel Spülmittel abzuwischen, als es an der Tür klingelte.

Ich öffnete die Hintertür einen Spalt, sah Hugh aber nirgends. Aus irgendeinem Grund mußte er zur Vordertür gegangen sein. Ich trottete zum Eingang und flüsterte eine Begrüßung in die Gegensprechanlage.

»*Konnichiwa*«, grüßte Hugh herzlich zurück und hielt das große Buch in die Höhe. »Die Zeugen Jehovas sind hier.«

Ich zog meine Schuhe an und ging mit gesenktem Kopf nach draußen. Dort verneigte ich mich, öffnete das Tor und ließ ihn hinein.

»Ein paar Hausfrauen haben mich bemerkt, als ich das Auto geparkt habe, deshalb dachte ich, es ist besser, auf der Hauptstraße zu bleiben. Ich habe eine ganze Weile gebraucht, das richtige Tor zu finden, aber ich habe den Namen über dem Briefkasten erkannt, weil das *kanji* dasselbe ist wie in deinem Nachnamen.«

»*Mura*, das bedeutet Dorf. Hast du etwa gelernt?«

»Hier drinnen kann ich meinen Atem sehen. Das ist ja wie in Shiroyama.« Hugh ging ins Eßzimmer und schaltete eine Elektroheizung an, die hoch oben an der Wand hing. Warme, trockene Luft strömte aus. »Soll ich hier anfangen?«

»Solange du auch ans Abstauben und Staubsaugen denkst.« Ich wollte unbedingt, daß er mir beim Saubermachen half. Eine halbe Stunde später, als ich mit meiner Arbeit in der Küche fertig war, kam ich zurück. Er war gerade halbherzig dabei, eine *tansu* abzuwischen.

»Schau mal, was in dieser Kommode ist.« Er schob die verzierte Vorderfront auf, und ein Stahlsafe kam zum Vorschein.

»Kriegst du ihn nicht auf?« fragte ich.

»*Diese* Art von Spion bin ich nicht.«

»Warte einen Moment.« In meiner Handtasche hatte ich ein Stückchen Papier mit dem Code, den Mariko in Setsukos Adreßbuch gefunden hatte. Ich schob Hugh zur Seite und versuchte es dreimal ohne Erfolg.

»Was sollte das denn?« Hugh klang ungeduldig. »Hier können wir nichts mehr tun. Ich muß mich beeilen, wenn ich die Diskette finden will.«

»Versuch es doch in Mr. Nakamuras Arbeitszimmer. Es liegt am Ende des Ganges, auf der rechten Seite.«

»Danke.« Er humpelte davon, und ich ging in das Zimmer, in dem der Sarg gestanden hatte. Der Trauerschmuck war verschwunden. Ein niedriger Tisch stand in der Mitte, auf dem ein paar Zeitschriften und Fotoalben lagen. Ich legte eines mit den ältesten Fotos zur Seite, um es mir später genauer anzusehen.

Oben fing ich in einem kleinen Zimmer an, das wahrscheinlich für ein Kind bestimmt gewesen war – oder für einen Ehemann, nach dem ungemachten Einzelbett zu urteilen. Ich bezog das Bett und räumte auf, bevor ich mich an das Bücherregal machte. Ich blätterte ein paar japanische Klassiker und Thriller durch, die bestimmt Mr. Nakamura gehörten, und auch einige, die wohl Setsuko gehört hatten: internationale und japanische Reiseführer, Shizuko-Natsuki-Krimis und ein paar Bücher über japanische Kunst und Antiquitäten. Ich ging methodisch ihre Sammlung durch und öffnete jedes Buch, auf der Suche nach versteckten Papieren. Als ich ein Buch mit Holzdrucken von Utamaro fand, dem führenden Maler von Kurtisanen in der Edo-Periode, blätterte ich langsamer. Ich verweilte über einem Bild von einer hübschen jungen Frau mit einem Glas Sake in der einen und einer gedünsteten Krabbe in der anderen Hand. Der übersetzte Titel lautete ungefähr: »Loses Gör, gesehen durch die moralisierende Brille seiner Eltern.« Ich lächelte.

»Das hier ist keine Bibliothek.« Hugh sprach mir direkt ins Ohr, so daß ich zusammenzuckte.

»Bist du unten fertig?« Ich schlug das Buch zu.

»Ja, Madam. Ich habe Disketten gefunden, aber keine davon war so beschriftet, wie Yamamoto es beschrieben hat. Ich habe sicherheitshalber alle kopiert, damit ich sie zu Hause durchsehen kann.«

»Ich habe viele Reiseführer gefunden, über Kalifornien, Florida, die Ostküste ... auch über England und Schottland. Wolltest du Setsuko mit nach Großbritannien nehmen?«

»Nein! Wie oft muß ich dir noch sagen, daß wir kein Paar waren?« Hugh klang zornig.

»Da waren auch ein paar amerikanische Telefonbücher aus Dallas und San Diego. Vielleicht hat sie jemanden in Amerika gesucht«, sagte ich rasch.

»Aber du hast doch gesagt, sie hat ihren Vater

gekannt.« Hugh nahm mir das Telefonbuch von Dallas aus der Hand und warf einen Blick auf den Buchrücken. »Mann, die sind ja aus der Bibliothek des TAC. Die werden mich köpfen!«

»Vielleicht steht der Name ihres Vaters darin ... oder der eines anderen Familienmitglieds.«

»Jetzt haben wir jedenfalls keine Zeit zum Lesen.« Er steckte die Bücher in eine undurchsichtige Mülltüte.

Das große Schlafzimmer war eindeutig von Setsuko eingerichtet worden. Nur ein mit malvenfarbener Seide bezogenes Bett stand darin, auf einem schwarzlackierten Unterteil. Eine lange, vergoldete Tafel, auf die Schmetterlinge und Sommergräser gemalt waren, hing über dem Bett. Zu beiden Seiten des Bettes stand eine niedrige *tansu*-Kommode. Sehr Zen, sehr elegant. Eine dünne Staubschicht auf den Möbeln und den festgesteckten Bettdecken sagte mir, daß Mr. Nakamura seit einiger Zeit nicht mehr hier geschlafen hatte.

Ich durchsuchte die Kommoden und stieß dabei auf Toilettenartikel und Setsukos Unterwäsche, weiche Seiden- und Nylonstücke, die viel hübscher waren als alles, was ich besaß. Gemeinsam nahmen wir uns den Wandschrank vor. Es war klar, welche Seite Nakamura gehörte: Anzüge, Hemden, Golfkleidung. Ein schwarzer Spitzenbody steckte dazwischen, den Hugh schwungvoll herauszog.

»Glaubst du, er ist ein Transvestit?« fragte Hugh.

»Zu klein. Das ist ja fast meine Größe«, antwortete ich.

»Aber der Stoff ist zu billig, als daß es Setsuko hätte gehören können, und ihre Unaussprechlichen sind in der Kommode.« Hugh blickte mich skeptisch an, als ich an dem Body schnüffelte, der Spuren eines Puderdeodorants aufwies. Als das Telefon klingelte, schreckten wir beide zusammen.

»Vielleicht ist es jemand aus der Nachbarschaft, der überprüfen will, ob alles in Ordnung ist.« Trotz der Kälte wurde mir in der schwarzen Polyesteruniform langsam heiß.

»Der Anrufbeantworter müßte anspringen«, meinte Hugh.

Er tat es nicht. Ich zählte sechs Klingelzeichen, bis der Anrufer auflegte.

»Wir sollten verschwinden«, meinte ich, aber Hugh fuhr unbeirrt mit seiner Suche fort. Ich sah zu, wie er mit den Händen sanft durch die hellen Seidenblusen und die feinen Strickkostüme Setsukos fuhr. Als wären sie immer noch ein Teil von ihr, dachte ich mit einem flauen Gefühl im Magen.

»Wann er wohl ihre Sachen ausräumt«, überlegte ich laut, aber Hugh schien mich nicht zu hören. Er ging die Kleider schneller durch und überprüfte die Etiketten.

»Es ist nicht dabei«, sagte er. »Ein rotes Gianni-Versace-Kostüm, das ich ihr bei Mitsutan gekauft habe. Ist sie darin begraben worden?«

»Der Sarg war geschlossen, deshalb kann ich es nicht mit Sicherheit sagen, aber ich bezweifle, daß man ihr etwas Rotes angezogen hat. Das ist zu grell.«

»Wo kann das Versace-Kostüm dann sein?« Er ging durch das Zimmer.

»Wahrscheinlich hat sie es zurückgegeben.«

»Niemals! Sie hat großartig darin ausgesehen. Außerdem hatte ich die Kreditkarte und die Quittung.«

»In japanischen Kaufhäusern kann man auch Sachen gegen Bargeld umtauschen, die man mit

Karte bezahlt hat, ohne daß Fragen gestellt werden. Setsuko hat das häufig getan. Ich habe das letzten Sonntag herausgefunden.«

»Soll das heißen, sie hat mich betrogen?« Hugh setzte sich auf das Bett und drückte die makellos gefaltete Bettdecke ein.

»Ach komm, du hast für Informationen bezahlt! Spielt es denn eine Rolle, in welcher Form? Kleider oder Bargeld?« Ich erklärte ihm, was Miss Yokoyama angedeutet hatte.

»Mich stört nur, daß sie mich hintergangen hat«, murrte er, als wir oben fertig saubermachten. »Wenn ich gewußt hätte, daß sie Geld will, hätte ich es ihr gegeben. Aber sie hat sich sichtlich für die Kleider begeistert.«

»Japanische Frauen dürfen kein Interesse an Geld zeigen. Das zeigt sich auch an der Höhe des Lohns. Du verdienst bestimmt fünfmal so viel wie ich.« Ich schleppte die schwere Tüte mit den Telefonbüchern nach unten.

»Das wußte ich nicht. Aber tust du nicht trotzdem das, was du gerne machst?« Er stieg langsam hinter mir die Treppen hinunter.

Ha. Ich stellte mir vor, wie ich im Schnellzug zu meinem schrecklichen neuen Job in Osaka fuhr, während ich herumlief und die Lichter und Heizgeräte ausschaltete. Wir hatten eine kleine Unstimmigkeit darüber, ob die Tür zum Wohnzimmer offengestanden hatte oder nicht; am Ende hob ich hilflos die Hände und erlaubte ihm, die Tür zu schließen.

»Ist die Eingangstür abgesperrt?«

»Sieh nach!« rief ich zurück. In der Küche dachte ich noch daran, den Boiler abzuschalten und meine Putzmittel einzusammeln. Dann verschwand Hugh mit seinem Gesetzbuch durch die Hintertür, und meine Wartezeit begann. Irgendwie waren diese letzten Minuten allein die schlimmsten; nach meiner Uhr waren es nur zwölf Minuten, aber ich hatte das Gefühl, es sei eine halbe Stunde. Endlich hörte ich, wie der Windom schnurrend durch die Gasse auf der Rückseite fuhr, und ich ging mit den Büchern und meinen Mülltüten hinaus.

Ich hatte mich verrechnet. Das Auto, das vor dem Tor hielt, war ein weißer Mercedes. Ich versteckte mich rasch hinter einem Kamelienbusch und lauschte. Die Autotür ging auf und Schritte kamen über den Gartenweg näher. Ich sah schwarzglänzende Lederhalbschuhe und eine dunkelblaue Hose.

Mein Blick wanderte nach oben, und ich sah Seiji Nakamuras Gesicht.

Er blieb stehen und sah sich um. Offenbar hatte er gewußt, daß geputzt werden sollte, denn er hatte einen Umschlag mit Bargeld am Eingang hingelegt. Wir hatten ihn genommen, um keinen Verdacht zu erregen.

Mir kam ein anderer Gedanke – was, wenn er auf ein Stelldichein mit der Putzfrau gehofft hatte? Weshalb sollte er sonst während der Arbeitszeit nach Hause fahren? Ich dachte an den Spitzenbody, der in seinem Wandschrank hing.

Die Schritte kamen näher. Er durfte mich einfach nicht entdecken. Ebenso fürchterlich war die Vorstellung, daß Hugh vorfuhr. Nakamura war an mir vorbeigegangen, ohne mich bemerkt zu haben. Er schlich außen an der Küche entlang und blickte durch die Fenster. Er war mißtrauisch.

Jetzt oder nie, ich mußte fliehen. Ich richtete mich

auf und ging auf Zehenspitzen in Richtung Gartentor.

Der Wind fing sich in den Tüten mit meinen Utensilien, so daß das Plastik knisterte. Ich lief schneller, denn ich wollte so schnell wie möglich von dem Grundstück runter. Ich hörte Nakamuras Schritte auf dem Zementboden. Er kam zurück. Ein brummender Motor näherte sich. *Bleib nicht hier stehen*, dachte ich, während ich mit dem Riegel kämpfte und endlich hinaus auf die schmale Straße trat.

»Wer ist da?« brüllte Seiji Nakamura, als Hugh in die Straße einbog. Ich rannte an Nakamuras Mercedes vorbei und verließ mich darauf, daß Hugh langsam fuhr, mir folgte und mich auf der Hauptstraße auflas.

Doch dazu kam es nicht. Hugh legte den Rückwärtsgang ein und fuhr zurück. Er bog leise um die Ecke und verschwand im Nirgendwo.

Ich rannte weiter. Ich hörte, wie Mr. Nakamura mir nachbrüllte, als ich an zwei Hausfrauen vorbeilief, die große Augen machten. Am Anfang hatte ich nur Angst gehabt, von Nakamura erwischt zu werden, aber jetzt dachte ich auch an die Polizei.

Ich warf einen kurzen Blick über die Schulter, sah Nakamura aber nicht; ich verringerte mein Tempo, keuchend vor Angst und Erschöpfung. Meine Lage war nicht besonders erfreulich. Ich hatte mich in einer japanischen Vorstadt verirrt, ohne Geld und mehrere Meilen von einem Bahnhof entfernt. Außerdem hatte ich keine Ahnung, wie ich Hugh wiederfinden sollte. Die cremefarbenen Häuser dieses Viertels, die beim ersten Mal so verführerisch ausgesehen hatten, wirkten jetzt spöttisch und bedrohlich zugleich. Mir war alles außer Kontrolle geraten, schienen sie zu sagen. Ich hatte versagt.

Ich war den ganzen Hügel hinunter bis zu dem Laden gelaufen, als der Windom neben mir hielt.

»Er hat mich gesehen!« Ich ließ mich mit den zerrissenen Mülltüten in den Sitz fallen.

»Wer? Was? Und weshalb bist du losgerast wie eine Verrückte, gerade, als ich ankam?«

»Nakamura! Er ist in dem weißen Mercedes gekommen. Ich dachte, du hättest ihn gesehen.«

»Das Auto hat die Straße blockiert. Ich bin nicht durchgekommen, deshalb habe ich den Rückwärtsgang eingelegt. Ich habe überhaupt nicht gedacht ...«

»Er hat mich von hinten gesehen. Vielleicht glaubt er, daß die Putzfrau nur schüchtern war. Jedenfalls ist das Haus sauber«, fügte ich niedergeschlagen hinzu.

»Stimmt. Wir dürfen jetzt nicht panisch werden«, sagte Hugh, als müsse er sich selbst überzeugen, während er knapp vor den entgegenkommenden Autos gefährlich nach rechts abbog. Ich schrie, schloß die Augen und öffnete sie erst wieder, als er auf der Mautstraße war und den Tempomaten bei achtundneunzig Stundenkilometer eingeschaltet hatte.

»Das war eine Falle«, verkündete ich. »Die Putzfrau muß ihm verraten haben, daß wir kommen. Oder deine Sekretärin, Hikari.«

Hugh schüttelte den Kopf und schwieg. Lange hielt ich es nicht aus und schaltete das Radio ein. »Entschuldige mal«, bellte Hugh und drehte J-WAVE ab. Er war offenbar ziemlich mitgenommen. Nun gut, er hatte schließlich mehr zu verlieren als ich.

Nach fünfzehn Minuten nahm er die linke Hand vom Lenkrad und schloß sie über meiner rechten. Wahrscheinlich wollte er sich entschuldigen oder brauchte Trost. Ich erwiderte den Druck seiner Hand und wollte dann loslassen. Doch er strich über meinen Ringfinger.

»Was ist denn das?« Er wandte den Blick einen Moment lang von der Straße ab.

»Den habe ich zu Weihnachten bekommen.« Es war ein moderner Ring aus Sterlingsilber mit eingelegtem Onyx und Perlmutt, den mir meine Mutter geschickt hatte.

»Warum hast du ihn in Shiroyama nicht getragen?«

»Ich nehme nichts Wertvolles mit, wenn ich verreise.«

Hugh legte die Hand wieder auf das Lenkrad. Ich blickte aus dem Fenster und betrachtete die Nadelbäume und Berge, die langsam den Wolkenkratzern und Fabriken wichen. Als der Shuto Expressway näher kam, las ich ihm die Streckenangaben vor, die wir vor unserem Ausflug aufgeschrieben hatten.

»Ab hier kenne ich mich aus, danke«, sagte er kurz.

Es war schon dunkel, als wir wieder bei Roppongi Hills ankamen, wo sich vorm Eingang ein kleiner Stau von Pressewagen gebildet hatte. Hugh raste vorbei und wollte in die Garageneinfahrt einbiegen. Aber ein junger Mann, der an der Einfahrt gewartet hatte, richtete eine Kamera auf uns und schlüpfte unter dem hochgehenden Tor hindurch. Hugh stieß mit einem fürchterlichen Quietschen zurück und schoß durch eine enge Straße.

»Laß mich bitte in der Nähe eines Bahnhofs raus,

ja? Ich fahre allein nach Hause.« Sein Fahrstil mußte notgedrungen zu einer Festnahme führen, und damit wollte ich nichts zu tun haben.

»Und was ist mit mir? Ich kann jetzt stundenlang nicht nach Hause, und ich bin nicht in der Stimmung, in Roppongi etwas trinken zu gehen. Dort erkennt man mein trauriges ausländisches Gesicht überall.« Seine Trostlosigkeit erinnerte mich an den Neujahrstag, wo er ganz allein in der Bar gesessen hatte.

»Du könntest es mal in einem richtig miesen Viertel wie meinem versuchen«, schlug ich vor. Eigentlich erwartete ich einen abfälligen Kommentar über die heruntergekommene Gegend.

»Gute Idee. Wir könnten die Zeit totschlagen, indem wir die Telefonbücher durchgehen.« Hugh klang nachdenklich.

»Das hört sich ja echt gut an.« Ich gähnte, als ich an die gewaltige Aufgabe dachte, die vor uns lag.

»Darling, willst du damit sagen, daß du lieber etwas anderes tun würdest?«

»Das will ich nicht, und du bist nur unter ganz bestimmten Bedingungen eingeladen«, warnte ich ihn.

»Und was sind das für Bedingungen?« Er schien amüsiert.

»Erstens mußt du fahren wie ein gesetzestreuer Mensch. Und zweitens, der einzige, der hier Darling genannt wird, ist Richard, okay?«

23

Augenscheinlich in froher Erwartung steckte Richard den Kopf aus der Wohnungstür, als ich Hugh nach oben half. Er wollte mir meinen Parka abnehmen und schnappte unwillkürlich nach Luft, als er die Zimmermädchenkluft sah, die ich immer noch trug.

»Ja, ja, es gibt nichts Schöneres, als seine Phantasien auszuleben.«

»Wo ist Mariko?« Ich zog die Schuhe aus und bedeutete Hugh, dasselbe zu tun.

»Sie hat einen Zettel hinterlassen. Sie mußte schnell in die Arbeit.«

»In die Arbeit! Glaubst du ihr?« fragte ich.

»Jedenfalls hatte sie genügend Zeit, um noch mein Super-Hard-Gel und deinen Lieblings-MAC-Lippenstift zu benutzen.«

»Na toll.« Mariko hatte nicht viel getan, um ihre Unschuld zu beweisen, aber trotzdem machte ich mir Sorgen um sie. Erschöpft lehnte ich mich gegen die Wand, so daß ein Kimono verrutschte.

Hugh war hereingekommen und begutachtete die Wohnung. Ich folgte seinem Blick über die Regale aus Ziegelsteinen und Brettern, auf denen meine Kunstbücher und Richards japanische Comics standen, meine Wäsche, die neben den Heizgeräten trocknete, und schließlich den verdrückten Futon, den ich an diesem Morgen nicht zusammengerollt hatte.

»Das erinnert mich an das Zimmer meines jüngeren Bruders«, sagte Hugh lächelnd. »Nicht die Antiquitäten, wohlgemerkt, sondern die Unordnung.«

»Das hier sind Reis Räumlichkeiten«, erklärte Richard. »Mein Teil der Wohnung beginnt jenseits dieser Türen. Ich nehme nicht an, daß du meine Sammlung von Erwachsenenvideos sehen möchtest?«

Schon ewig hatte ich mich nicht mehr so geschämt. Ich rannte herum und stopfte verstreute Kleidungsstücke in den Schrank, während Richard Hugh herumführte – was angesichts der Größe unserer Wohnung nur fünf Sekunden dauerte.

»Habt ihr ein Telefon?« fragte Hugh vorsichtig.

»Natürlich. Aber keine Ferngespräche!« verlangte Richard.

»Ich höre nur meinen Anrufbeantworter ab, versprochen.« Hughs Schultern bebten vor Lachen, als er seine Nummer wählte. Ich betrachtete Richard stirnrunzelnd – es gefiel mir nicht, wie schnell er Hugh mit Beschlag belegt hatte – und zog das Fotoalbum aus einer der Mülltüten. Ich setzte mich damit neben das Heizgerät; Richard blickte mir über die Schulter.

»Welche ist Setsuko?«

»Die hübsche auf der linken Seite.« Eine neun- oder zehnjährige Setsuko blickte uns in einem marineblauen Matrosenanzug entgegen. Ein etwas älteres, stämmiges Mädchen stand neben ihr vor einem kleinen, baufälligen Haus mit Ziegeldach, wie sie heute gar nicht mehr gebaut werden.

»Ist das Mauerblümchen daneben ihre Schwester?« fragte Richard.

»Vielleicht.« Ich sah mir das verblaßte Photo genauer an. »Nein. Das muß Kiki sein, Marikos Vormund.« Schon damals war ein harter Zug um Kikis Mund, und ich erkannte ihre flache Nase wieder. Kiki trug ihr Kostüm so provokativ, wie es in Anbetracht der Umstände nur ging, der Rock war ein wenig hochgezogen, was aber leider nur ihre dicken Beine betonte.

»Ach was, das muß Setsukos Schwester sein«, insistierte Richard und blätterte im Album zurück. »Sie sehen sich zwar nicht sehr ähnlich, aber sie sind auf allen Fotos zusammen.« Da sah man sie, in geblümten Kimonos am Kindertag. Ich blätterte langsam die anderen Bilder durch, die sie in der späteren Kindheit und Jugend zeigten. Das letzte Bild war am aufschlußreichsten: die Teenager Setsuko und Kiki in Minikleidern, in einem verrauchten Nachtclub mit japanischen Geschäftsmännern posierend, die mehr als doppelt so alt waren wie sie. Sie hatten also zusammen als Hostessen gearbeitet.

»Was wissen wir über Marikos Mutter?« Hugh legte den Hörer auf und kam zu uns. Er streckte sich auf dem Boden aus, um seinen Knöchel zu entlasten.

»Setsukos Schwester Keiko ist nach Marikos Geburt gestorben«, sagte ich. »Das hat mir die Tante erzählt. Ich wollte es im Rathaus von Yokosuka überprüfen, aber ich hatte noch keine Zeit.«

»Aber Mr. Ota.« Hugh klang selbstgefällig. »Ich habe gerade die Nachricht bekommen, daß der Name Keiko Ozawa nicht bei den Todesfällen verzeichnet ist. Im Geburtenregister hat er 1954 einen Eintrag für Keiko gefunden, und 1956 war Setsukos Geburt eingetragen. Keiko hatte den japanischen Vater und wurde als eheliche, erstgeborene Tochter eingetragen. Weil Setsuko ein uneheliches Kind war, lautete ihr Eintrag anders ...«

»*Onna*«, sagte ich. Das war eine abfällige Bezeichnung für Frau, die selten ausgesprochen wurde. »Das ist aber was ganz anderes als das, was mir Mrs. Ozawa, die Großtante, erzählt hat. Sie hat gesagt, Setsuko war die ältere, eheliche Tochter!«

»Nicht nach den offiziellen japanischen Akten. Entweder hat das Tantchen gelogen, oder wir sind großzügig und sagen, sie hatte Alzheimer.«

Kondenswasser vom Heizgerät hatte die Fenster beschlagen, und ich wischte mit den Fingern über das Glas, um auf die Straße hinauszusehen. Plötzlich lag die Wahrheit so klar und deutlich vor mir wie die leuchtende Neonreklame für SAPPORO über dem Spirituosenladen.

»Wenn Setsuko die jüngere Schwester war, dann war der Amerikaner *ihr* Vater. Mariko hat uns die Wahrheit erzählt«, sagte ich.

»Und Kiki ist Marikos Mutter?« fragte Richard.

»Das glaube ich nicht. In Setsukos Autopsiebericht stand, daß sie ein Kind hatte«, fiel mir wieder ein. »Überlegen wir mal: Mariko ist vierundzwanzig. Wenn sie 1973 geboren wurde, dann war Setsuko erst siebzehn. Ich kann verstehen, weshalb sie ihre Tochter weggegeben hat.«

»Zu einer Schwester, die nur drei Jahre älter war?«

»Aber nicht so hübsch. Mit weniger Aussichten.«

»Ich finde, es ist Zeit für ein paar Drinks im Marimba. Ein paar Drinks und ein Gespräch mit Mariko und Kiki.« Hugh sah auf die Uhr.

»Ihr braucht mich dort, weil Mariko zu mir am meisten Vertrauen hat«, sagte Richard.

Hugh wurde starr, aber ich blickte ihn streng an, bis er schließlich sagte: »In solche Lokale gehen Männer gewöhnlich in Gruppen.«

»Natürlich!« Richard tat so, als ginge er regelmäßig in Hostessenbars.

»Und sie sind gut angezogen, weil sie gerade aus dem Büro kommen«, forderte Hugh ihn heraus.

»Möchtest du mich modisch beraten?« Über die Vorzüge von Hugo Boss versus Junko Shimada for Men dahinplappernd, führte Richard Hugh in sein Zimmer.

Ich ging ins Badezimmer, wo ich mich kurz unter die Dusche stellte und mir so schnell die Beine rasierte, daß ich mich an beiden Knien schnitt. Ich dachte an das, was mir Kiki das letzte Mal über meine Aufmachung gesagt hatte, und zog deshalb Karens schwarzes Cocktailkostüm an, das ich zum Dinner mit Joe getragen hatte, einen schwarzen BH, aber keine Bluse und hauchdünne schwarze Strümpfe. Ich fand eine Make-up-Probe von Shiseido und zog mir mit dem grellen Stift, den mir Mariko dagelassen hatte, die Lippen nach.

»Du siehst ja richtig fies aus«, sagte Hugh, als ich aus dem Bad kam.

»Das hatte ich zum Essen im Trader Vic's an, und da war es durchaus passend.« Ich durchsuchte meine Schuhschachteln nach meinem einzigen Paar Stöckelschuhe.

»Es ist vielleicht angemessen, aber wundere dich nicht, wenn dich jemand bittet, dich auf seinen Schoß zu setzen.«

»Mariko sagt, das passiert hauptsächlich bei Ausländern. Du wirst dich doch beherrschen, oder?« Vorsichtig schob ich das Fotoalbum in meinen Rucksack. Es war keine Abendhandtasche, aber wenigstens war er schwarz.

»Leichter als Richard. Es war eine ganz schöne

Arbeit, ihm seinen Zungen- und Ohrenschmuck auszureden.«

»Jetzt siehst du mal, was ich alles aushalten muß.«

»Ich mag ihn, auch wenn ich dich am liebsten erwürgt hätte, als du ihm das Fotoalbum gezeigt hast.« Hugh hielt mir einen Arm hin, als ich in die höchsten Schuhe stieg, die ich besaß. Mit den zusätzlichen acht Zentimetern fühlte ich mich richtig stark.

»Er weiß alles über Mariko. Er hat recht, sie hat Vertrauen zu ihm. Deshalb sollte er auch mitkommen.«

»Je mehr Leute in die Geschichte verwickelt werden, desto riskanter wird es. Ich kann mir schon vorstellen, wie der junge Richard zu meinem Einbruchsprozeß vorgeladen wird.«

»Er würde für dich lügen. Für mich lügt er ständig«, versicherte ich ihm.

»Aber vor Gericht soll man nicht lügen!« protestierte Hugh.

»Du und deine Ehrlichkeit.« Ich wiederholte damit, was er in dem englischen Pub so höhnisch zu mir gesagt hatte. Diesmal lachten wir beide.

Hugh übernahm den Eintritt – siebeneinhalbtausend Yen pro Person, eine Flasche Whisky inbegriffen. Als wir dem Türsteher unsere Mäntel reichten, flüsterte ich Hugh leise zu, daß das hoffentlich die europäische Union bezahle. Er nickte und legte einen Finger auf die Lippen.

Im Club war mehr Betrieb als an dem Nachmittag, an dem ich dort gewesen war. Beinahe jeder Tisch war besetzt. Ich war die einzige Frau im Raum, die nicht hier arbeitete. Ich machte mir keine Illusionen darüber, weshalb ich eingelassen worden war: die

Männer in meiner Begleitung waren einfach so klasse, daß man sie nicht abweisen konnte.

»Wir würden gerne Mariko-san sprechen«, sagte Hugh zu Esmerelda, der Filipina in dem burgunderfarbenen Spitzenunterkleid, die uns mit schwingenden Hüften an einen Tisch führte.

»Hier gibt es keine Mariko«, sagte sie verlegen. »Meint ihr Mimi-chan?«

»Ja, ja. Die Mädchen haben alle Barnamen«, erklärte Richard.

»Was habt ihr denn gegen mich?« schmollte Esmerelda.

»Überhaupt nichts, Darling«, versicherte ihr Hugh. »Aber der kleine Mann hier steht auf Mimi.« Er zeigte auf Richard, der strahlend lächelte.

»Ah, ihr wollt ein Doppel. Doppelte Bezahlung?« Esmerelda begutachtete Hughs Anzug, bevor sie ihm tief in die Augen blickte.

»Kein Problem«, sagte Richard, als würde auf der Kreditkarte sein Name stehen.

»Ich glaube, ich sehe sie.« Ein paar Tische weiter entdeckte ich den Rücken eines schlanken Mädchens mit federnden Locken.

»Sie wird sich freuen, daß wir sie uns persönlich gewünscht haben«, sagte Richard. »Das bringt einen Bonus von zweitausend Yen.«

Zwei *salarymen*, die nach uns hereingekommen waren, setzten sich an den Nachbartisch. Bauerntölpel, dachte ich, ihren billigen Anzügen nach zu urteilen und der Art, wie einer von ihnen eine Kamera herauszog und sie auf den tiefen Ausschnitt seiner Hostess richtete. Richard reckte den Hals, um besser zu sehen, aber mit einem Tritt lenkte ich seine Aufmerksamkeit wieder auf uns.

Nach wenigen Minuten brachte Esmerelda Mariko. Die beiden Hostessen kamen Arm in Arm und mit einem breiten Lächeln auf unseren Tisch zu. Als Mariko nahe genug war, um unsere Gesichter zu erkennen, fluchte sie und machte sofort wieder kehrt.

»Mimi-chan …« Esmerelda verstummte und rutschte neben Hugh auf die Sitzbank. »Ich glaube, ihr geht es nicht gut. Krämpfe oder so etwas.«

Hugh zwinkerte mir zu, und von irgendwoher kam ein greller Lichtblitz. Ich schloß schnell die Augen.

»Ich schenke allen ein.« Esmerelda beugte sich so vor, daß ihr Kleid den Blick auf ihren Busen freigab. Sie streifte Hughs Hand mit ihren Fingern, als sie ihm sein Glas reichte, während sie meines nur halb füllte und auf den Tisch stellte.

»Wie wäre es mit einem Spielchen?« Esmerelda zog ein Kartenspiel aus einer winzigen schwarzen Handtasche, in der ein Bündel Geldscheine und eine Chanelpuderdose waren.

»Ich bin ein guter Spieler, wie steht es mit dir?« Hugh lächelte sie an.

»Ist die Mama-san heute abend hier?« unterbrach ich.

»Ja, aber wenn du Arbeit suchst, da muß ich bedauern. Mama mag jüngere Mädchen.« Esmerelda teilte geübt die Karten aus. »Was sollen wir spielen? Strip-Poker? Dafür brauchen wir ein Separée.«

»Ein Séparée?« Richard rümpfte die Nase. »Ich bin aber gar nicht schüchtern, Baby.«

»Mir ist schlecht. Ich gehe mal zur Toilette.« Ich nahm meinen Rucksack und stand auf. Der Anblick der beiden Männer, die zu einer Testosteronpfütze dahinschmolzen, war unerträglich. Bei Hugh konnte ich das noch verstehen, aber Richard?

»Hinten.« Esmerelda wandte den Blick nicht von ihren Eroberungen ab.

Als ich an dem Tisch vorbeischlenderte, an dem Mariko wieder bei ihren vorigen Kunden saß, sagte einer von ihnen etwas und deutete auf mich. Ich lächelte und ging auf sie zu. Mariko schüttelte den Kopf.

»Hey, einen schönen Lippenstift hast du. Treffen wir uns auf der Damentoilette?« sagte ich auf englisch zu ihr.

Doch dort kam ich nie an. In dem unbeleuchteten Korridor, der vom Hauptraum wegführte, packte mich jemand. Ich kämpfte kurz gegen die Faust, die mich unterhalb der Rippen traf und mir die Luft nahm. *Sie werden nie erfahren, was passiert ist*, dachte ich, als sich eine große, schweißige Hand über meinem Mund schloß und mir ein Knie von hinten in den Oberschenkel stieß.

24

Mein Aufstöhnen wurde durch die Hand des Angreifers gedämpft, und ich landete in einem dunklen, überheizten Raum, in dem es nach Brennstoff roch. Die Geschichte mit der Gasheizung in Shiroyama fiel mir wieder ein, und mir kam zu Bewußtsein, daß ich diesmal vielleicht wirklich sterben könnte. Hugh und Richard würden mindestens eine Stunde lang mit der verführerischen Esmerelda beschäftigt sein.

Eine Neonröhre an der Decke ging an und zeigte mir, daß ich mit Marikos Mama-san in der Garderobe saß. Ein Kerosinofen brannte. Er stank zwar, war aber nicht tödlich.

»Wir müssen uns über einiges unterhalten, Keiko.« Ich schwankte ein bißchen, als ich mich auf den Hocker vor dem Spiegel setzte. Es war die einzige Sitzgelegenheit im Raum, ein Machtspiel, das ihr nicht entgehen konnte. Sie lehnte an der Tür, respektheischend. Ich blickte von dem weinroten Samtkleid, das über ihrem Bauch spannte, hoch zu dem unvorteilhaften fedrigen Haarschnitt und den harten, kühlen Augen, die denen von Setsuko sehr ähnlich waren.

»Ich heiße Kiki.« Ihre Stimme blieb ruhig. »Da Sie Ausländerin sind, ist Japanisch vielleicht ein bißchen schwierig für Sie.«

»Kiki ist der Spitzname einer Hostess, die ihre

wahre Identität verbergen will. Und das Blut, das durch meine Adern fließt, ist japanisch und amerikanisch, wie bei Ihrer Schwester.«

»Setsuko war nicht meine Schwester.« Sie warf einen schnellen Blick zur Tür. Wen erwartete sie wohl?

»Ich habe nicht gesagt, daß ich Setsuko meine, aber danke, daß Sie es mir bestätigt haben.« Ich öffnete den Reißverschluß meines Rucksacks, nahm das Fotoalbum heraus und blätterte zu dem Bild der beiden Teenager in den Armen der Geschäftsmänner.

»Das war damals in Yokosuka, nicht wahr? In dem Nachtclub, der jetzt eine Bank ist.«

Als Keiko das Foto betrachtete, änderte sich ihr Gesichtsausdruck. Ich reichte ihr das Album, damit sie es selbst durchblättern konnte.

»Ich möchte wissen, weshalb die Tochter mit dem reinen Blut am Ende in einer Bar landet, während die *konketsujin* den Geschäftsmann und ein Haus in der Vorstadt bekommen hat.« Meine Angst verschwand langsam.

»Was ich tue, ist völlig in Ordnung. Ich zahle meine Miete und die Steuern, und ich habe zwölf Angestellte – wie viele Frauen in diesem Land können das noch von sich behaupten?« Keiko schob mir das Album wieder zurück.

»Aber Sie können mir nicht erzählen, daß die Bar der richtige Platz für Mariko ist. Wo wird sie in zehn Jahren sein? Sie hat keine Sicherheiten und muß sich vollkommen auf Männer verlassen.«

»Immerhin regieren die Männer die Welt.« Keiko starrte ihr schlaffes Gesicht im Spiegel an.

»Erzählen Sie mir von Marikos Vater.« Ich versuchte mein Glück.

»Es war ein amerikanischer Soldat, der hier auf Urlaub war.« Sie sprach monoton. »Als er wieder nach Vietnam ging, ist er dort auf eine Miene getreten. Setsuko hat kurz vor Marikos Geburt davon erfahren.«

»Wirklich?« Wenn das stimmte, war Mariko amerikanischer als ich – ganze drei Viertel.

»Sehen Sie.« Keiko nahm das Album noch einmal zur Hand und zeigte mir ein Gruppenbild, das ich vorher mit wenig Interesse betrachtet hatte. Eine junge Setsuko saß auf dem Schoß eines gutaussehenden, hellhäutigen Schwarzen, der um die Zwanzig zu sein schien und mit seinem Bürstenhaarschnitt und den Hundemarken um den Hals eindeutig zum Militär gehörte. Ihr kurzes, ausgestelltes Kleid deutete darauf hin, daß das Bild Anfang der siebziger Jahre aufgenommen worden war. Ich hatte dasselbe Gefühl wie beim Anblick des Fotos mit den japanischen Geschäftsmännern – sie war zu jung dafür. Ihr offener, aufgeregter Gesichtsausdruck erinnerte mich an die kichernden Schulmädchen in Uniform, die ich immer in der U-Bahn sah.

»Setsuko war so dumm, schwanger zu werden, gerade als sie in die Branche eingestiegen ist. Und noch dümmer war, das Baby tatsächlich zu bekommen. Es war klar, daß sie es niemals unterbringen würde.«

»Weil Mariko zur Hälfte schwarz ist?«

»Ja. Es sind Mädchen wie sie, die die Stripbars und Massagesalons füllen – man betrachtet sie als Exoten. Ein großes Unternehmen würde sie niemals einstellen. Es war ein Wunder, daß Setsuko die Stelle in der Bank für sie gefunden hat«, sagte Keiko.

»In den Vereinigten Staaten hätte Mariko es vielleicht leichter. Immerhin hat ihr amerikanischer Großvater Geld …«

»Vergessen Sie den Amerikaner«, sagte sie knapp.

»Sie kannten ihn? Wie war er?«

»Ich erinnere mich an einen Mann, der mir Schokolade geschenkt hat. Er war ein paar Jahre da, dann ist er verschwunden. Er hat eine standesgemäße Frau geheiratet, hat mir meine Mutter gesagt.« Keiko ging zum Kleiderständer und fummelte an einem Cocktailkleid herum.

»Sie erinnern sich doch sicher an seinen Namen«, flötete ich.

»Hören Sie zu, ich habe Sie nach hinten gebracht, um Sie zu warnen. Es reicht! Heute abend haben zwei Kunden gebeten, Sie an ihren Tisch zu schicken! Ich mußte sagen, daß Sie keines von meinen Mädchen sind.«

»Wenn sie mir den Namen von Setsukos Vater nennen, komme ich nie mehr wieder.«

Sie kannte den Namen. Es war völlig klar, so wie sie die Luft anhielt, bevor sie ausatmete und ihr alkoholgeschwängerter Atem mein Gesicht traf. »Es reicht! Sie und Ihre Freunde trinken jetzt Ihren Whisky aus und gehen.«

»Ich will erst sicher sein, daß Mariko nicht in Gefahr ist. Haben Ihre *yakuza*-Freunde …«

»Sagen Sie dieses Wort nicht. Die Wände haben Ohren!«

»Okay, haben *sie* herausgefunden, wer sie angriffen hat?« Sie gab mir keine Antwort, deshalb fragte ich: »Warum glauben Sie, daß sie hier sicher ist?«

»Ich glaube nicht, daß es jemand speziell auf Mariko abgesehen hatte. Esmerelda ist auch überfallen worden, aber sie hat einen kühlen Kopf bewahrt und ist nicht zu Ausländern gerannt, um Schutz zu suchen«, schimpfte Keiko. »Ich habe eine Frage an Sie – weshalb kümmert Sie das eigentlich? Sie haben Ihr eigenes Leben.«

»Ich mag Mariko«, sagte ich. Das stimmte, obwohl mir wirklich nicht klar war, was sie vorhatte. Ich mochte ihren direkten Stil und war der Meinung, sie hatte ein besseres Leben verdient. Vielleicht konnte man sie dazu bringen, ihren Job bei der Bank ernster zu nehmen, vielleicht konnte sie sogar eine bessere Laufbahn einschlagen.

»Das ist amerikanischer Blödsinn. Die Leute aus Ihrem Land sagen nach einer Nacht, daß sie verliebt sind. Das kenne ich schon.«

»Ich mag sie wirklich! Wir sind nicht seelenverwandt, aber wir verstehen uns. Ich weiß auch, daß sie meinen Mitbewohner Richard sehr sympathisch findet.«

»Verliebt, pah«, schnauzte Keiko. »Diese Geschichten sind älter als der Krieg, aber es gibt sie immer noch: das japanische Mädchen fällt auf den ausländischen Mann herein. Er denkt, sie ist eine Geisha, die ihm jeden Wunsch erfüllt, und sie denkt, er ist stärker als ihr eigenes Volk. Wie Sie auch. Es ist wie in dieser Oper, wie heißt sie noch mal?«

»*Madame Butterfly*. Was meinen Sie?«

»Weshalb sind Sie mit Big Red zusammen, statt mit einem Japaner?«

Hugh und ich waren nicht zusammen, und die traurige Wahrheit war, daß die meisten Japaner an einem Mischling wie mir nicht interessiert waren.

»Sie wollen den Ausländer, und ganz Asien will ihn. Meine Mädchen aus Thailand, Singapur und von den Philippinen sind alle gleich. Es ist immer noch wie vor hundert Jahren.«

Und damit warf Keiko mich hinaus.

Hugh und Esmerelda spielten gerade Händeklatschen, als ich zur Sitzbank gegenüber humpelte.

»Wie war das Spiel?« Ich nippte an meinem Whisky und setzte das Glas ab. Die schottische Version war mir lieber.

»Ich habe Esmerelda Rommé beigebracht, und sie hat gleich beim ersten Mal gewonnen.« Hugh sah mich mit hochgezogener Augenbraue an.

»Kann ich mir vorstellen. Wo ist Richard?«

»Er wollte mit Mariko reden. Hast du ihn nicht hinten gesehen?«

Ich fixierte Esmerelda und sagte: »Ich war in der Garderobe. Ich habe mich lange mit deiner Mamasan unterhalten. Sie hat mir erzählt, daß du vor kurzem überfallen worden bist.«

»Was ist passiert, Esmerelda? Erzähle«, bat Hugh.

Esmereldas Gesicht glühte. »Ach, das ist keine schöne Geschichte! Die ist nichts für dich ...«

»Im Gegenteil.« Hugh legte den Arm um sie. »Ich möchte alles über dich wissen.«

»Ich wollte Zigaretten kaufen gehen.« Sie hielt inne. »Ich weiß, du rauchst nicht, aber ich tue es. Eine Hostess hat viel Streß in ihrem Leben.«

»Erzählt mir was von Streß!« Richard gesellte sich wieder zu uns, und ich rückte zur Seite, um ihm Platz zu machen.

»Sag schon, Kleines. An welchem Tag war das?« Hugh spielte an einem von Esmereldas Spaghettiträgern herum.

»Es war an dem Mittwoch vor Silvester. Nachts

war es sehr kalt. Ich bin das nicht gewohnt, weil ich aus Manila komme.« Esmerelda zitterte, so daß ich mich fragte, weshalb sie keinen Pullover über ihr knappes Seidenkleid zog. »Ich hatte nur einen Schritt vor die Tür getan, als mich jemand von hinten gepackt hat. Ein Kissenbezug wurde mir über den Kopf gezogen, und zwei Hände legten sich um meinen Hals. Und eine Stimme. Englisch.«

»Ein britischer Akzent?« fragte ich, denn mir fiel wieder ein, daß Hugh vor Neujahr in Tokio gewesen war.

»Das weiß ich nicht. Sie hat es merkwürdig gesagt. Maryko. Ich sage auf englisch: No, No! Ich bin Esmerelda! Ich habe meine Tasche mit der Aufenthaltserlaubnis auf dem Boden ausgeleert. Dann hat sie mich getreten, so daß ich hingefallen bin. Als ich dalag, habe ich gehört, wie sie sie aufgehoben hat. Sie hat mich noch einmal getreten. Danach sollte ich bis hundert zählen, sonst würde sie mich umbringen. Dann ist sie gegangen.«

»Und du glaubst, daß es eine Frau war?« Japaner, die englisch sprachen, verwechselten manchmal »er« und »sie«; ich wußte nicht, ob das bei Leuten von den Philippinen auch der Fall war.

»Ich bin mir nicht ganz sicher. Es waren rauhe Hände, rauh wie bei einem Mann, aber die Stimme war eher von einer Frau. Ich bin nicht ganz sicher. Ich sage das nur, weil ...« Sie schlug die Augen nieder.

»Ja?« hauchte Richard.

»Als ich an den Körper dieser Person gedrückt wurde, habe ich ...« Esmerelda lächelte verschämt und deutete auf ihre Brüste. »Wie heißt das feine Wort dafür auf englisch?«

Hugh hustete. Ich wollte ihn nicht ansehen, aber ich merkte, daß Richards Augen funkelten.

»Brüste«, sagte ich sachlich. »Was ist mit dem Kissenbezug geschehen?«

»Ich habe ihn liegenlassen.« Esmerelda zuckte die Achseln. »Wahrscheinlich hat ihn der Müllmann später mitgenommen.«

Ich warf die Hände hoch. »Du hast wichtiges Beweismaterial verloren.«

»Ich konnte ihn doch nicht zurückgeben! Man hätte nur Fragen gestellt.«

»Wo hättest du ihn denn zurückgegeben?« fragte Hugh.

»In einem Hotel«, antwortete Esmerelda schüchtern.

»Wie kommst du auf ein Hotel?« Er fragte das ganz beiläufig.

»Er hatte ausländische Maße und war so groß, daß er mir über Kopf und Schultern gepaßt hat. Und gute weiße Baumwolle, wie sie es im New Otani haben. Ich habe da mal einen Nachmittag verbracht. Deshalb weiß ich es.«

Ich dachte an Joe Roncolotta und wie gut er sich mit Hotels auskannte. Er könnte sich die Brust ausgestopft haben, damit man ihn für eine Frau hielt, und sein Südstaatenakzent konnte jemanden, der nicht fließend Englisch sprach, durchaus verwirrt haben. »Was war mit der Handtasche?« fragte ich.

»Die hat sie nicht mitgenommen. Ich habe sie noch hier.« Sie klopfte auf das teure kleine Täschchen.

Als Hugh Esmerelda bat, ihm den Vorfall noch einmal zu beschreiben, wandte ich mich an Richard.

»Ich habe versucht, draußen mit Mariko zu reden«, flüsterte Richard. »Ich habe mich entschuldigt für … für eine Peinlichkeit, die passiert ist. Dann ist der Türsteher gekommen und wollte mich wegschicken. Mariko mußte ihn bitten, mich wieder in den Club zu lassen.«

»Was für eine Peinlichkeit? Hat Mariko deinetwegen die Wohnung verlassen?«

»Nein, nein.« Richard warf einen nervösen Blick auf Hugh und Esmerelda, die uns gar nicht beachteten.

»Ich erzähle dir immer alles!« zischte ich in das Ohr meines Mitbewohners.

»Okay.« Richard hörte sich erbärmlich an. »Als du heute nachmittag weg warst, hat sie versucht, mich zu bekehren.«

»O nein!«

»Sie konnte einfach nicht begreifen, daß ich kein Interesse habe, und deshalb ist sie gegangen.«

Keiko kam und knallte die Rechnung vor Hugh auf den Tisch. »Wenn Sie jetzt gehen, verpassen Sie nicht den letzten Zug.«

»Keine Sorge. Ich bin mit dem Auto da.« Er blickte hoch und lächelte.

»Wirklich? Gehört Ihnen der schwarze Windom? Ich habe bereits den Abschleppdienst gerufen!« sagte Keiko in gespielt besorgtem Tonfall.

»Gibst du mir deine Karte?« Esmerelda schien untröstlich, als Hugh Bargeld für die Rechnung auf den Tisch blätterte.

»Mit Vergnügen.« Hugh gab ihr seine Karte und einen Fünftausend-Yen-Schein. »Bitte paß auf Mariko auf. Und auf dich natürlich.«

»Du bist zu freundlich. Das ist wirklich nicht

nötig«, strahlte sie und steckte sich das Trinkgeld in ihr kleines Täschchen.

»Ach, das ist nur ein Zeichen der Dankbarkeit eines Schotten. Denk daran, ich bin kein Engländer.« Er lachte, als wäre das ein alter Witz zwischen ihnen beiden.

»Kein Engländer«, wiederholte sie, als wolle sie es sich einprägen. »Komm bald wieder!«

25

Ich pflückte einen Strafzettel von der Windschutzscheibe und reichte ihn Hugh, bevor ich mich hinter das Steuer setzte.

»Ich bezahle ihn, versprochen. Früher oder später.« Er steckte ihn ein und rutschte auf den Beifahrersitz. Richard hatte sich hinten zusammengerollt und die Füße ans Fenster gestemmt.

»Wohin soll es gehen?« Ich spürte eine unwahrscheinliche Energie in mir.

»Wir setzen erst deinen Mitbewohner ab, dann entscheiden wir.« Hugh warf einen Blick nach hinten zu Richard. »Er schläft wie ein Baby. Kannst du mich jetzt vielleicht darüber aufklären, weshalb ich diese Juniorausgabe von Joan Collins allein unterhalten mußte?«

Ich schilderte ihm, wie Keiko mich abgefangen, ich den Spieß dann umgedreht und sie mir schließlich etwas über Marikos Eltern erzählt hatte.

»Sie neigt also zu Gewalt.« Hugh drückte die Türknöpfe von innen zu, als lauere irgendeine Gefahr in den Straßen des hellerleuchteten Kabuki-cho. »Sie hätte Mariko und Esmerelda leicht überfallen können.«

Ich konnte mir das kaum vorstellen, da die jungen Frauen für sie arbeiteten und sie beinahe eine Mutter-Tochter-Beziehung hatten. Ich erklärte ihm meine Zweifel.

»Wenn Keiko Esmerelda angegriffen und sie dabei mit dem Namen einer *anderen* Frau angesprochen hat, dann wurde sie auf alle Fälle für eine Außenstehende gehalten, die die Bar nicht kannte«, schlug Hugh vor.

»Das ist viel zu verworren.« Bei Hughs Bemerkung war mir wieder eingefallen, daß mir Mariko bei meinem Besuch in der JaBank erzählt hatte, eine junge Bankangestellte sei von einem Unbekannten überfallen worden. Drei Überfälle an zwei Arbeitsstellen von Mariko; anscheinend wurde sie von jemandem gesucht. Aber weshalb? »Vielleicht hat Keiko Setsuko ausgeschaltet und versucht jetzt, Mariko umzubringen, damit sie Anspruch auf das Erbe des Amerikaners erheben kann«, meinte ich.

»Weshalb sollte sie sie erst jetzt umbringen? Warum hat sie das nicht schon vor zehn Jahren getan? Und was hat mein neuer Laptopakku damit zu tun?«

»Um deinen Akku geht es gar nicht. Aber Keiko war auf jeden Fall irgendwie gerührt, so wie sie die alten Fotos von Setsuko betrachtet hat. Egal, wie sehr sie über Setsuko schimpfen mag, sie ist ihr keinesfalls gleichgültig.«

»In Familienangelegenheiten erhitzen sich die Gemüter leicht. Vielleicht hat die Schwester, die sich mühsam ihren Lebensunterhalt verdienen mußte, die andere beneidet, die den *salaryman* und das Haus in einem Vorort an Land gezogen hat. Eines Tages war es ihr dann zuviel.«

»Weshalb ist Mr. Nakamura zweimal in ihrer Bar gewesen? Dummerweise habe ich Keiko nicht danach gefragt.« Ich war mittlerweile im Norden von Tokio und fuhr durch dunkle, einsame Straßen.

Vorm Haus langte Hugh nach hinten, um Richard an der Schulter zu rütteln. »Es ist Zeit, aufzustehen, Junge.«

»Was ist mit Rei?« brummte Richard.

»Sie fährt mich nach Hause«, antwortete Hugh, als hätte ich bereits zugestimmt.

»Hast du deinen Schlüssel?« Richard hielt ihn hoch und wankte schläfrig auf das Haus zu.

»Ich bin gleich wieder da«, versprach ich Hugh und stieg schnell aus. Ich empfand merkwürdig mütterliche Gefühle für meinen Mitbewohner.

Der Korridor war dunkel. Der knauserige Vermieter hatte die Beleuchtung mit einem Timer gekoppelt, so daß wir genau drei Minuten Zeit hatten, um die Treppen bei Licht hinaufzusteigen.

»Heute geht mir gar kein Licht auf«, kicherte Richard und fummelte an dem Schalter herum. Ich langte an ihm vorbei und klickte ein paar Mal erfolglos hin und her. Anscheinend war die Glühbirne durchgebrannt. In dem Haus gab es nur noch zwei andere Mieter, und leider hatte keiner von ihnen die Birne ersetzt. Wie immer würde ich es am nächsten Morgen tun.

Die Stufen zur Wohnung kannte ich auswendig, und ich wäre schnell die Treppen hinaufgeeilt, wäre da nicht mein teilnahmsloser Mitbewohner gewesen, dem ich behilflich sein mußte. Es dauerte eine Ewigkeit, bis wir an der letzten Treppe waren, die zu unserem Stockwerk führte. Richard kicherte darüber, daß ich ihn an der Hand nahm.

Nur noch fünf Stufen. Ich setzte entschlossen den Fuß nach vorne und trat ins Leere.

Mit einem Arm packte ich Richard fest, mit dem anderen suchte ich das Geländer. Ich hatte keine

Ahnung, was mit der Treppe passiert war. Ich suchte noch einmal und stellte fest, daß die Stufe, auf die ich hatte treten wollen, weg war. Auch darüber befand sich nichts. Ich streckte die Hand aus und fuhr über die unebenen, zersplitterten Ränder, wo vorher die Holzstufen gewesen waren.

»Was'n los, Rei? Mach schon, ich muß mal.«

»Richard, die Treppe ist weg.«

Die Glühbirne konnte keines natürlichen Todes gestorben sein, genauso wie die fehlenden Stufen sich nicht mit Altersschwäche erklären ließen. Die Person, die den Schaden angerichtet hatte, hatte genau die Stufen herausgebrochen, die zu meiner und Richards Wohnung führten.

Dieser Anschlag hatte mir gegolten. Ich sollte hinunterstürzen. Selbst wenn ich es über die enorme Lücke hinweg geschafft hätte, wußte ich nicht, was oben auf dem Treppenabsatz auf mich wartete. Ein weiteres Loch, oder vielleicht derjenige, der die Stufen herausgeschlagen hatte.

»Wir gehen hinunter«, flüsterte ich Richard zu. »Ich gehe voraus.«

Wir waren schneller wieder unten, als wir oben gewesen waren. Während Richard zum Randstein ging, um sich im Mondlicht zu erleichtern, erzählte ich Hugh von der Treppe.

»Ich gehe noch mal mit einer Taschenlampe rein«, sagte er sofort und zog eine aus dem Handschuhfach.

»Du bist zu wackelig auf den Beinen! Ich mußte dich vorhin doch beinahe nach oben tragen. Und es ist sehr gefährlich.«

»Was haben wir denn für eine Alternative? Die Polizei?«

»Lieber nicht.« Die Polizei würde uns fragen, was wir den Tag über gemacht hatten, und wenn sie sich in der Wohnung umsehen wollten, würden sie sofort Setsuko Nakamuras Fotoalbum auf dem *kotatsu*-Tisch entdecken.

»Was fangen wir mit ihm an?« Hugh nickte zu Richard hinüber, der mittlerweile seinen Reißverschluß zugemacht hatte und »It's a Shame About Ray« singend auf uns zuschwankte.

»Er kann bei Simone schlafen.« Ich überlegte kurz. Zwei ihrer Mitbewohnerinnen waren noch im Urlaub in Frankreich, so daß sich ein freier Futon für ihn finden würde. Ich rief Simone über das Autotelefon an; sie war einverstanden und drängte mich, ebenfalls bei ihr zu übernachten. Ich lehnte ab; für mich hatte ich andere Pläne.

Als wir Richtung Süden fuhren, stellte Hugh einen Jazzsender ein. Akiko Yano sang mit ihrer hohen, süßen Stimme von Erinnerungen, die die Farbe des Windes hatten. Keikos Erinnerungen waren weitaus düsterer. Schwarz genug womöglich, um mir eine rasche, gefährliche Botschaft zu senden.

Ich hatte die Vorarbeit dafür selbst geleistet. Bei meinem ersten Besuch im Club Marimba hatte ich Mariko meine Karte gegeben, auf der sowohl in Englisch als auch Japanisch meine Dienst- und meine Privatanschrift standen. Sie hatte sie in ihre Tasche gesteckt, die offen auf dem Garderobentisch gelegen hatte, als Keiko hereingekommen war. Entweder hatte Mama-san die Karte genommen, oder Mariko hatte sie ihr gegeben.

Wir setzten Richard in Simones enger, aber sicherer Wohnung in Ebisu ab und fuhren weiter nach Roppongi, wo ich durch das Autofenster all die verschiedenen Pärchen sah. Wasserstoffblonde Hostessen stiegen in die protzigen Autos alter, reicher Japaner; natürlicher aussehende japanische Sekretärinnen hielten Händchen mit rotgesichtigen Ausländern, die sie wahrscheinlich in der Arbeit kennengelernt hatten. Mir fiel wieder ein, was Keiko über die schiefen Beziehungen zwischen Ausländern und Japanern gesagt hatte.

»Ich habe eine Frage.« Ich versuchte möglichst locker zu klingen. »Siehst du mich eher als Japanerin oder als Amerikanerin?«

»Ich verstehe nicht, wie du dir nach so einem Abend über so etwas Gedanken machen kannst – diese Treppe hätte dich das Leben kosten können …«

»Du hast einmal behauptet, ich hätte ein Problem damit, mich zu definieren. Es interessiert mich, was du darüber denkst. Ich bin neugierig«, fügte ich hinzu. Ich spürte seinen Blick auf mir ruhen.

»Beides«, sagte er schließlich. »Biege hier ab. Ich möchte Roppongi Crossing umfahren.«

»Man kann unmöglich beides sein!« Es ärgerte mich, wie er sich herausredete.

»Was soll ich denn sagen? Daß dein Gesicht und dein Körper aus einem japanischen Kunstband sein könnten, aber daß du einen gemeineren Charakterzug hast als Tonya Harding? Das du dich trotz deiner Teezeremoniemanieren durch nichts einschüchtern läßt? Ich habe schon gehört, wie du Piers Clancy behandelt hast.« Hugh seufzte, woraus ich schloß, daß die beiden sich gestritten hatten.

»Er hat es verdient.« Ich wußte nun wieder, wo wir waren, fuhr langsam in die Einfahrt zu Roppongi Hills und hielt Ausschau nach Fotografen. Niemand war zu sehen, bis auf eine gutaussehende blonde Frau, die Einkaufstüten aus dem Kofferraum eines Volvo hob. Sie beeilte sich, so daß wir alle gleichzeitig am Aufzug waren. Ich war froh, daß es den Lift gab; eine Treppe hätte ich an diesem Abend nicht mehr ertragen, nicht einmal bei Licht.

»Hallo Hugh! Du weißt wahrscheinlich, daß die Fernsehleute den ganzen Nachmittag und Abend auf dich gewartet haben? Ich wollte ihnen schon eine Tasse Tee anbieten.« Zu mir sagte sie übertrieben langsam und laut: *»Konnichiwa.«*

»Konbanwa«, antwortete ich. Die Lehrerin in mir mußte sie einfach verbessern – es hieß nicht *Guten Tag*, sondern *Guten Abend*.

»Ja, ja. Vier Jahre bin ich schon hier, und ich kann es immer noch nicht.« Ihr rauhes Lachen paßte zu ihrer großen, schlanken Gestalt und dem schwarzen Nerz, der ihr bis an die schmalen Fesseln reichte. Leichte Fältchen um ihre harten blauen Augen sagten mir, daß sie eine fanatische Sonnenanbeterin oder ein paar Jahre älter als Hugh war.

»Rei, das ist Winnie Clancy.« Hugh gähnte doppelt so lange wie vorher im Auto. »Du kennst ihren Mann Piers.«

»Ah so desu ka?« Ist das so? fragte ich. Aber Winnie schien sich nur für Hugh zu interessieren.

»Jetzt, wo du aus diesem faden Gefängnis draußen bist, kannst du doch nächstes Wochenende auf den Schwarz-Weiß-Ball zugunsten des Swimmingpools der International School kommen.« Winnie setzte ihre riesigen Einkaufstüten auf dem Boden des Aufzugs ab und drängte mich damit in eine Ecke. »Wenn du einen Zehnertisch kaufst, würde das die Kosten für das Sprungbrett decken. Ich habe schon eine

Partnerin für dich, ein nettes Mädchen aus Wiltshire, das beim Kulturattaché arbeitet ...«

Ich lächelte. Es war interessant, was die Leute sagten, wenn sie glaubten, man verstand ihre Sprache nicht.

»Winnie, bitte.« Hugh schien das äußerst peinlich zu sein.

»Ach, wie unhöflich von mir. Du hast ja heute abend einen *Gast*.« Die Tür öffnete sich in ihrem Stockwerk, aber Winnie lehnte noch in der Tür und schien nicht gehen zu wollen. »Wenn deine kleine Freundin gegangen ist, komm doch noch auf einen Sherry vorbei.«

»Lieber nicht. Ich bin todmüde.« Hugh winkte und drückte auf den Knopf, um die Tür zu schließen.

»Also ich weiß nicht, Hugh. Du scheinst ein bizarres Verhältnis zu älteren, verheirateten Frauen zu haben.« Ich hob meinen Rock hinten an, um mir den Oberschenkel zu reiben, der mir von Keikos Tritt immer noch weh tat.

»Wenn Winnie nicht gewesen wäre, hätte mich Piers sicher in Shiroyama verrotten lassen.« Hugh sah stur geradeaus. Ich folgte seinem Blick und stellte fest, daß er mich im Spiegel beobachtete. Ich ließ mir Zeit, den Saum meines Rocks wieder fallen zu lassen, und trat vor ihm aus dem Fahrstuhl.

»Laß mich erst dein Bein ansehen, bevor du gehst«, sagte er, als er den Schlüssel ins Schloß steckte.

»Ist mir der Dr. med. auf deiner Karte entgangen?« Ich schleuderte meine Schuhe von mir und ließ mich auf das Sofa fallen.

»Ich bin der König der Sportverletzungen! Mein Arzneischrank ist gut gefüllt: Heftpflaster, warme und kalte Kompressen, Tabletten gegen Entzündungen ...«

»Gut.« Ich langte unter meinen Rock und zog an meiner Strumpfhose.

»Was machst du da eigentlich?« fragte Hugh energisch.

»Das müßte der Nachfahre eines heidnischen Volkes doch wissen. Hilf mir mal, ich komme nicht ganz hin.« Ich legte meine Beine auf seine und ließ mir von ihm die Strumpfhose ganz ausziehen. Er schüttelte sie aus und legte sie zu einem kleinen Viereck zusammen.

»Du bist so ordentlich, daß du einen Job als Unterwäschezusammenleger im Mitsutan bekommen könntest«, neckte ich ihn und genoß gleichzeitig das Gefühl, als seine Hände über meine Oberschenkel glitten. Der Schrecken mit der Treppe war schon ganz weit weg.

»Ich habe vergessen, welches Bein es war.« Er wirkte nervöser, als ich ihn je gesehen hatte, wie ich mit einem plötzlichen Glücksgefühl feststellte.

»Soll ich mich umdrehen, damit du besser nachsehen kannst?«

»Du mit deinen Spielchen, Rei, ich lehne jede Verantwortung ab.«

»Das ist kein Spiel. Du schuldest mir etwas.« Ich beugte mich vor und berührte ganz langsam seine Lippen mit dem Mund. Er zögerte einen Moment, dann stöhnte er und drückte mich an sich. Als wir uns wieder voneinander lösten, lagen unsere Jacken auf dem Boden, und er betrachtete zärtlich die Sicherheitsnadeln am Bund meines Rocks.

»Ich dachte, du würdest mich nie mehr wieder in deine Nähe lassen«, sagte er.

»Im English Pub hast du aber etwas ganz anderes gesagt.« Die Erinnerung daran schmerzte immer noch.

»Da wollte ich es dir nur leichter machten.« Er bedeckte meinen Hals mit Küssen.

»Und du sagst, ich sei diejenige mit den Teezeremoniemanieren! Sag mal, wollen wir eigentlich die ganze Nacht auf diesem rutschigen Sofa bleiben?«

»Ich erwarte nicht von dir, daß du in mein Schlafzimmer kommst. Es eilt nicht.« Hugh lehnte sich zurück und sah mich an.

»Warum nicht? Ich war heute schon einmal dort, und es sieht ganz passabel aus. Für die Rudermaschine könntest du einen besseren Platz finden, aber die Sumoringer und dein Schrank voller Kaschmir haben mir gefallen.« Ich knöpfte bereits sein Hemd auf.

»Das ist zwar ein zweifelhaftes Kompliment, aber ich nehme es an.« Seine Augen fixierten mich. »Und dich nehme ich auch.«

Seinem Wort getreu ließ Hugh sich lange Zeit mit mir. Es war nach ein Uhr, als die letzten Kleidungsschichten fielen und wir uns über das Empirebett wälzten. Die nächsten Erkundungen schienen ein ganzes Jahrhundert zu dauern.

Als Hugh schließlich in mich eindrang, stoppte er mittendrin und strich mit dem Finger über meine feuchte Wange. »Tue ich dir weh?« flüsterte er.

Ich spürte keinen Schmerz, sondern eine überraschende Gefühlswallung. Ich zog ihn näher zu mir und hauchte, daß ich sterben würde, wenn er sich nicht gleich bewegte. Hatte ich gewußt, daß es so werden würde? *Ja*, dachte ich, als wir anfingen. Zwischen uns war kein Raum mehr. Mit jedem Stoß spürte ich, wie ich mich in etwas anderes, in jemand anderen verwandelte.

»Ich bin dir völlig verfallen«, keuchte Hugh, als mein Körper in hundert verschiedene Richtungen zu zersplittern schien. Auf dem Höhepunkt seiner Leidenschaft hielt er schließlich die Luft an und stieß ein letztes Mal fest zu.

Hugh nahm mich in die Arme, nachdem er das Kondom entsorgt hatte. Wir atmeten beide so schnell wie nach einem einstündigen Dauerlauf.

»Magst du es so?« fragte er leise.

»Mit dir mag ich es wahrscheinlich auf alle Arten.« Allein bei dem Gedanken daran, was gerade passiert war, mußte ich die Beine zusammenpressen.

»Weshalb kannst du beim Sex so ehrlich sein, während du sonst so unehrlich, so brutal zu mir bist?«

»Du bist derjenige, der brutal ist. Du fängst einen Streit an, während ich hier noch in den Nachwehen liege und genieße.«

»Nachwehen?« Er fuhr mir mit der Zungenspitze übers Genick. »Wer spricht hier von Nachwehen?«

»Ich dachte, Männer könnten nicht so schnell ...« Ich langte hinunter und stieß auf den gegenteiligen Beweis.

»Sehen wir mal, was passiert«, schlug er vor, und genau das taten wir.

Gegen Morgen mußten wir kurz eingeschlafen sein. Scheinbar schon in der nächsten Minute brüllte der Morgenmoderator von J-WAVE: »London, dreiundzwanzig Uhr ... Moskau, ein Uhr ... Tokio, sieben Uhr. Heute aus Tokio!«

Hugh küßte mich auf die Schulter und zog mir sanft die Decke weg.

»Aufgewacht, aufgewacht, mein Schatz. Es ist Zeit, aufzustehen.«

»Warum?« stöhnte ich und steckte den Kopf unter ein Daunenkissen.

»Du mußt Richards Klasse in zwei Stunden übernehmen, und wir müssen noch frühstücken.«

»Bist du etwa ein Morgenmensch?« Ich hob das Kissen und sah ihn blinzelnd an.

Er lachte. »Es ist ein sehr guter Morgen, weil wir die Geschichte verändern.«

»Ich kann am frühen Morgen keine Vorträge verkraften.«

»Bisher hatten wir immer einen fürchterlichen Streit, wenn du aus meinen Armen entschwunden bist. Heute abend kommst du doch gutgelaunt wieder, oder etwa nicht?«

»Wer kann schon die Zukunft vorhersagen?« fragte ich.

Als Hugh mit nichts als dem Verband um seinen Knöchel bekleidet aus dem Bett stieg, sah er ziemlich göttlich aus. Ich rollte mich auf die Seite, um ihn zu betrachten, und grinste wie die Cheshire Cat.

»Wie wär's mit einer Dusche? Es ist Platz für zwei.«

Er ging ins Bad, drehte das Wasser auf und sang etwas, das entfernt an »Obsession« von den Eurythmics erinnerte.

»Ich wußte gar nicht, daß ein Mann ohne Job und Zukunft so fröhlich klingen kann«, scherzte ich und folgte ihm unter die Dusche.

»Vor mir liegt eine großartige Zukunft: als Einbrecher, als Spion oder als Attentäter ... Du hattest bestimmt noch nicht das Vergnügen, mit jemandem wie mir ins Bett zu gehen?«

Ich zögerte gerade lange genug, um ihm zu denken zu geben. Immerhin kam ich aus den USA, dem Weltzentrum des Verbrechens. »Nein, hatte ich nicht.« Ich schlang die Arme um ihn.

»Dann wird das Verfahren eingestellt.«

Unser Gelächter plätscherte durch das gekachelte Badezimmer, als gäbe es nichts, worüber wir uns Sorgen machen müßten.

Während wir frühstückten, sahen wir uns immer wieder an. Hugh trug einen weißen Frotteebademantel, und ich hatte eines seiner Thomas-Pink-Hemden an, bei dem ich die Ärmel zweimal umgeschlagen hatte. Er hatte sich vorne an den Knöpfen zu schaffen gemacht. »Der Ausschnitt darf nicht zu tief sein, weil du Vertreter unterrichtest, und die kenne ich nur zu gut. Aber dein schönes Schlüsselbein sollte doch zur Geltung kommen.«

»Ich habe mir noch nie so viele Gedanken darüber gemacht, was ich zur Arbeit anziehe. Tust du das jeden Morgen, bevor du zu Sendai gehst?« brummte ich.

»Nie. Wenn ich je wieder eingestellt werde, machst du dir dann vielleicht für mich Gedanken?« Er lächelte und reichte mir eine Tasse Darjeeling, in die er bereits Milch und Zucker gegeben hatte.

Es gab ein einfaches Frühstück. Hugh aß eingeweichte *Weetabix*, was ich dankend ablehnte. Er machte mir einen Toast und widmete sich wieder dem *Asian Wall Street Journal*. Als ich den angenehm süßen Tee trank, fiel mein Blick auf den Bademantel, der sich an den Schenkeln leicht geöffnet hatte, und ich wünschte, ich könnte dableiben. Ich mußte eine gute halbe Stunde am Telefon verbringen, um meinem Vermieter klarzumachen, wie dringend die anstehenden Reparaturen waren, und danach mußte ich dem armen verkaterten Richard erklären, weshalb er noch nicht nach Hause gehen konnte.

»Was steht heute auf deinem Plan?« fragte ich, als ich mich schließlich zum Gehen fertigmachte.

»Ich fange mit einer Massage im TAC an, dann esse ich mit Mr. Ota zu Mittag. Heute nachmittag will ich in Setsukos Reisebüro. Ota hat den Namen und die Adresse herausgefunden, aber ich habe gesagt, ich würde lieber selbst hingehen. Ich dachte, ich bemühe mich ein bißchen mehr um meine Integration.« Er band mir den Gürtel zu und gab mir einen festen Kuß, der nach Zahnpasta und Rasierschaum roch. »Bist du zufrieden?«

»Nur vorübergehend.« Ich riß mich los, bevor es um mich geschehen war. Ich fuhr mit zwei Geschäftsmännern im Lift nach unten und eilte durch die Lobby. Meine Pumps klackten auf dem Marmorfußboden. Ich trat hinaus in das blendende Sonnenlicht und wäre beinahe gestolpert, als ich meinen Namen hörte.

»Shimura-san, Shimura-san!«

Ich drehte mich um und sah mich zwei Kameras gegenüber.

»Sie sind doch mit Glendinning-san befreundet, der des Mordes angeklagt ist?«

»Hoffen Sie auf eine Stelle als Hostess im Club Marimba?«

»Chigai-masu«, sagte ich. Der Ausdruck, der übersetzt »Es verhält sich anders« bedeutet, war die höfliche Art, etwas zu leugnen. Doch es folgten weitere Fragen, und wenn ich sie recht verstand, lautete die letzte, ob ich die Nacht in Glendinnings Bett

genossen hatte. Ich suchte verzweifelt nach einer Fluchtmöglichkeit und entdeckte ein Taxi, dessen Tür bereits einladend offenstand.

Ich sprang hinein und verriegelte beide Türen, ohne auf den älteren *salaryman* mit dem Stock zu achten, der genau auf das Auto zusteuerte.

»Bakayaro!« Der *salaryman* fluchte und drohte mit der Faust, als das Taxi abfuhr. Doch der Fahrer zwinkerte mir im Rückspiegel zu, und mir wurde klar, daß ich mich zum allerersten Mal in Tokio benahm, als sei ich jemand.

26

Bei Nichiyu wartete Mr. Katoh bereits an meinem Schreibtisch und erkundigte sich besorgt nach meinem Gesundheitszustand. Ich versicherte ihm, ein Aspirin und Schlaf hätten mich fast vollständig wiederhergestellt.

»Vielleicht sind Sie doch zu früh wiedergekommen.« Mein Chef musterte mich besorgt. »Ihr Gesicht ist gerötet und Ihr Mund ist geschwollen, vielleicht sollten Sie besser Fieber messen ...«

Mit anderen Worten, meine Nacht war mir anzusehen. Ich hoffte, trotzdem mit den Vertretern zurechtzukommen, eine besonders üble, rein männliche Auswahl kleinerer Angestellter. Seit dem Betriebsausflug im letzten Sommer war unser Verhältnis gestört; die Männer hatten mich gebeten, für ein nettes Bild auf einen Tisch zu steigen. Bevor ich begriff, was vor sich ging, hatte mir jemand die Kamera unter den Rock gehalten und ein Foto gemacht. Ich hatte Mr. Katoh den Vorfall als *seku hara* – als sexuelle Belästigung – gemeldet, aber die einzige Konsequenz war, daß ich ein mysteriöses Zusatzhonorar für zwei Wochen bekam und Richard den Unterricht der Vertreter übernahm.

Um neun Uhr ging ich in das Klassenzimmer und trug die neue Espressomaschine wie eine Rüstung vor mir her. Richard hatte vorgehabt, heute alle Teile der Maschine auf englisch zu erklären sowie ein bißchen Konversation auf französisch und italienisch zu machen. Am Anfang kicherten ein paar, doch ich beachtete sie gar nicht. Ich kam gleich zur Sache und bat zwei Schüler, uns die Begegnung zwischen dem Kunden und dem Verkäufer vorzuspielen.

»Was ist Caffè rat-te?« fragte Mr. Takeuchi seinen Partner Mr. So.

»Caffè rat-te ist ein köstliches Getränk aus Milche und Exsu-presso–«

»Expresso!« rief Mr. Nara, der Besserwisser, aus der hintersten Reihe.

»Espresso«, fuhr Mr. Takeuchi fort. »Es schmeckt besonders köstlich, wenn Sie eine Prise Zimt, Muskat oder Kakao darauf streuen.«

»Schön gesagt. Mr. So, könnten sie uns die perfekte Rezeptur für Caffè latte geben?«

»Eine Hälfte Milche, eine Hälfte *kohi*«, sagte Mr. So.

»Nein, zwei Teile Milch, ein Teil *kohi*«, korrigierte ihn Mr. Takeuchi.

»Mr. Takeuchi hat recht, aber denken Sie bitte daran, daß wir nicht Kaffee oder *kohi* sagen dürfen. Wir müssen das italienische Wort Espresso verwenden, um die Besonderheit des Produkts hervorzuheben.« Die Maschine gehörte nicht zu meinen Lieblingen. Vor zwei Wochen hatte ich mir bei dem Versuch, Milch damit aufzuschäumen, die Hand verbrannt. Doch dies war weder der Ort noch die Zeit für meine persönliche Meinung. Die Männer arbeiteten während der Unterrichtsstunde erstaunlich gesittet mit, so daß uns am Ende noch eine Viertelstunde verblieb.

»Miss Shimura, dürfen wir bitte Konversation machen?« bat Mr. So. Ich war überrascht; normalerweise mochten die Schüler keine Übungen, bei denen sie nicht im Buch spicken konnten. Ich stimmte bereitwillig zu.

»Worüber sollen wir denn heute sprechen? Irgendwelche Vorschläge?« fragte ich.

»Aktuelles!« rief Mr. Nara.

»Gern. Was gibt's Neues?« Ich hatte an diesem Morgen nur das *Asian Wall Street Journal* gesehen und keine Ahnung, was los war.

»Mr. Nara, haben Sie heute morgen ferngesehen?« fragte Mr. So derartig steif, daß ich mich fragte, ob er das vorher geübt hatte.

»Aber ja! Ich habe die Nachrichten gesehen. In dieser Sendung gab es sehr interessante Neuigkeiten.« Mr. Nara grinste und rieb sich die Hände. »In der Sendung sagen sie, daß Miss Shimura mit einem *satsujin-han* befreundet ist.«

»Das heißt Mörder«, sagte ich. Mir wurde kalt.

»Dieser Mörder ist ein *gaijin* aus Schottland. Schottland ist ein Teil von Großbritannien.« Mr. Nara grinste den Rest der Klasse an.

»Es ist interessant, daß Sie beschlossen haben, diesen Mann einen Mörder zu nennen«, antwortete ich. »In Japan darf ein Mensch genausowenig wie in den Vereinigten Staaten als Mörder bezeichnet werden, wenn er nicht verurteilt worden ist. Und wie Sie vielleicht gehört haben, wurde Mr. Glendinning verhört und freigelassen.«

»Verurteilt?« Jemand aus der Klasse bat um eine Übersetzung.

»Miss Shimura, sind Sie seine Freundin?« Mr. Nara kam näher auf meinen Schreibtisch zu und überschritt damit sowohl physische als auch emotionale Grenzen.

Über sein Privatleben zu sprechen war in Japan undenkbar; erst einen Tag nach der Geburt wurde zum Beispiel bekannt, daß Mr. Katohs Frau ein Baby erwartet hatte. Wenn Schwangerschaft innerhalb der Ehe ein Tabu war, wie stand es dann mit einer Affäre zwischen zwei Unverheirateten? Ich zögerte einen Moment zu lange, bevor ich sagte: »Ich weiß nicht genau.«

»Kein *commento*?« sagte irgendein Schlauberger.

»Dieser Kurs dient der Konversation über Sie, nicht über mich.« Ich wandte ihnen den Rücken zu und schrieb etwas auf die Tafel. »Hier ist ein Thema: Ich möchte von jedem wissen, wie die Verkaufsziele auf neue und interessante Art erreicht werden können.«

»Aber Miss Shimura, Sie sind neuer und interessanter!« jammerte Mr. So.

Wie konnte sich etwas Gutes so schnell zum Schlechten wenden? Ich verdrängte die Gedanken an Hugh und zwang mich, den Unterricht zu Ende zu führen. Als endlich die elektronische Melodie erklang, fiel mir die Antwort ein. Die Dinge waren die ganze Zeit über schlecht gestanden. Ich hatte es nur vergessen.

Merkwürdigerweise war Richard nicht gekommen, um seinen Abendkurs zu halten. Er hatte im Büro die Nachricht hinterlassen, daß ein Notfall eingetreten war; ich hoffte inständig, daß er nicht in der Wohnung gewesen war und eine weitere Katastrophe entdeckt hatte. Ich mußte schließlich seine Abendschüler mit meinen zusammen unterrichten und doppelt so viele Fragen und Gekicher ertragen.

Nach der Arbeit blieb ich an meinem Schreibtisch

sitzen und überlegte. Nachdem ich im Fernsehen gewesen war, brauchte ich eine Tarnung. Ich rief im Oi-Beauty-Salon an. Mrs. Oi hatte die Mittagsnachrichten gesehen und bot an, mir per Kurier eine Perücke zu schicken – ihr Enkel würde kommen, der absolut vertrauenswürdig sei, wie sie mir versicherte.

Es war schon dunkel, als der Kurier auftauchte. Ich verwandelte mich in die japanische Barbie, zog Richards alten Regenmantel über und verließ Nichiyu durch den Lieferanteneingang.

In meinem Mietshaus funktionierte das Licht, und die Treppe war mit brandneuen, solide wirkenden Brettern repariert worden. Ich machte vorsichtige Schritte. Als ich die Wohnungstür öffnete, hatte ich ein wenig Angst, aber sobald ich drinnen war, fühlte ich mich sofort wohl, wie immer, wenn ich nach Hause kam.

Richard war offenbar hiergewesen und wieder gegangen. Nasse Fußabdrücke verrieten mir, daß er vor relativ kurzer Zeit vom Badezimmer zum Telefon gerannt sein mußte. Der Anrufbeantworter hatte elf Nachrichten aufgezeichnet.

Die erste Nachricht war um zwölf Uhr dreißig aufgenommen worden und stammte von Hugh.

»Darling, Winnie hat mir gesagt, daß du in den Morgen- und Mittagsnachrichten zu sehen warst. Wenn jemand anruft, bleib ruhig und verweise sie an Mr. Ota. Mach dir keine Sorgen.«

»Hallo, Mrs. Shimura? Hier spricht Manami Tsureta.« Eine selbstsichere Frauenstimme. »Ich bin Reporterin bei der *Japan Times* und arbeite an einer Story über den Sendai-Mord. Ich hätte gerne eine Stellungnahme über Ihre Beziehung zu Hugh Glendinning. Bitte rufen Sie mich zurück.«

Bisher war ich ein Fan von Ms. Tsuretas investigativem Journalismus gewesen, aber ich wollte absolut nicht zu einem ihrer Fälle werden. Als sie ihre Nummer sagte, spulte ich weiter zum nächsten Anruf, der von einem Mann mit rauher, primitiver Stimme stammte.

»Hier spricht Nao von *News To You*. Wir machen einen Beitrag zum Thema ›Die Geliebten des Mörders‹ und hätten gerne, daß Sie zu diversen Vorwürfen Stellung nehmen. Es ist in Ihrem Interesse. Sie finden sich sicher bereit dazu.«

»Hier ist Karen. Ich sehe, daß du immer noch mein Junko-Shimada-Kostüm in der Stadt herumführst. Die Aufnahme abends hat mir gut gefallen, wo du keine Bluse darunter trägst. Ich würde das ja auch gerne einmal versuchen, aber bei meiner Oberweite würden sie mich wahrscheinlich festnehmen. Wieso hast du eigentlich heute morgen Stilettos getragen? Total abgefahren!«

»Okuhara hier, Polizei von Shiroyama. Ich muß noch einmal mit Ihnen sprechen.«

»Hier ist Ishida, ich rufe wegen Ihres antiken Kästchens an. Ich habe Neuigkeiten aus dem Museum. Bitte rufen Sie mich möglichst bald an, wenn Sie Zeit haben.«

»Hallo, Rei, hier ist Joe Roncolotta. Mittwoch, gegen Mittag. Sie hatten heute morgen einen klasse Auftritt im Fernsehen. Ich wollte Sie nur wissen lassen, daß jetzt der ideale Zeitpunkt wäre, um Ihren Antiquitäteneinkaufsservice zu eröffnen. Rufen Sie mich zurück, ja?«

»Rei, hier spricht deine Mutter. Wo warst du letztes Wochenende, und weshalb hast du mich nicht zurückgerufen? Wir wüßten gerne, ob du noch lebst.«

»Wakajima vom *Yomiuri Shibum*. Wir veröffentlichen eine Story über Hugh Glendinning und brauchen Ihre Stellungnahme. Ich versuche es in Ihrem Büro.«

»Hier ist noch mal dein Liebhaber. Ich war jetzt in Setsukos Reisebüro ... die haben mir etwas Merkwürdiges erzählt. Wann kommst du denn von der Arbeit nach Hause? Ruf mich an, bevor du vorbeikommst, dann kann ich schon mal das Badewasser einlassen. Ach, Richard, diese Nachricht gilt übrigens nicht dir.«

»Rei, hier spricht dein Cousin Tom. Ein Engländer ist ins Krankenhaus gekommen, mit einem blauen Auge und einem gebrochenen Knöchel. Es könnte sich um einen Verrückten handeln. Jedenfalls hat er mich gebeten, mich mit dir in Verbindung zu setzen ...«

Hier wurde Toms Nachricht unterbrochen. Richard mußte zu diesem Zeitpunkt ans Telefon gegangen sein. Jetzt wußte ich, weshalb er nicht zum Unterricht erschienen war. Ich entledigte mich rasch meiner Strumpfhose und der Arbeitskleidung, zog mir Gymnastiksocken über meine von den Pumps wunden Füße und schlüpfte in Jeans und das Love-Cats-Friendship-T-Shirt. Ich band meine Perücke zu einem Pferdeschwanz, griff nach meinem Parka und rannte los.

Eine Stunde später traf ich Richard im Wartezimmer der Notaufnahme des St. Luke's. Mariko saß neben ihm.

»Wenn dieser fürchterliche Parka nicht wäre, würde ich dich nicht wiedererkennen.« Er berührte meine künstlichen Haare und zuckte zurück. »Was meinst du, Mariko?«

»Ich hätte euch gestern abend aus der Bar schicken sollen, weil ich gewußt habe, daß die Reporter da waren. Ich habe alles vermasselt«, brummte Mariko.

Allmählich wurde einiges klarer. Die *salarymen* mit der Kamera am Nebentisch mußten zwei Journalisten gewesen sein. Sie waren Hugh und mir wahrscheinlich vom Club Marimba bis zu Roppongi Hills gefolgt und hatten mich deshalb am nächsten Morgen in aller Frühe erwischt.

»Kiki hatte Angst. Sie wollte auf alle Fälle verhindern, daß ihr wiederkommt und alles durcheinanderbringt …« Mariko verstummte.

»Keiko hat ein paar Schläger geschickt, die Hugh die Beine brechen sollten«, fügte Richard hinzu. »Glücklicherweise haben sie nur den angeknacksten Knöchel erwischt.«

Eine Schwester am Empfang hatte ihr Klemmbrett gesenkt und starrte uns an. Vielleicht war ich durch das Fernsehen schon so berüchtigt, daß sie mich trotz Perücke erkannte. Dann hörte ich, wie jemand neben ihr »Shimura-*sensei*« flüsterte, und ich begriff, daß ihr Interesse auf meiner Verbindung zum Schwarm des Krankenhauses beruhte.

»Kümmert sich mein Cousin um Mr. Glendinning?« Ich ging an den Empfang und hielt mich nicht erst mit den üblichen Höflichkeitsfloskeln auf.

»Im Moment nicht. Endo-*sensei* ist jetzt bei ihm, aber wir sollen Shimura-*sensei* anpiepsen, wenn Sie hier sind.«

»Würden Sie das bitte tun?«

»Wir haben es bereits getan.« Sie blickte mich tröstend an. Ich bedankte mich und ging wieder zu Richard und Mariko zurück.

»Hat man die Angreifer erwischt?« fragte ich.

»Dein Cousin hat Hugh geraten, keine Personenbeschreibung abzugeben oder Anzeige zu erstatten, da es *ya-san* waren«, flüsterte Richard.

»Großartig. Die eine Chance, die wir hatten, Keiko festnehmen zu lassen und mit dem Mord an Setsuko in Verbindung zu bringen, ist vertan.« Ich vergrub den Kopf in den Händen.

»Weshalb nennt ihr Kiki eigentlich immer Keiko?« unterbrach Mariko. Sie klang mißmutig. Richard und ich warfen uns Blicke zu.

»Weil es ein und dieselbe Frau ist.« Ich hatte keine Zeit für milde Worte. Ich war wütend auf Mariko, weil sie weggelaufen war und das ganze anschließende Chaos verursacht hatte.

»Nein. Meine Mutter war eine großartige Frau, keine Mama-san!« Mariko schüttelte so heftig den Kopf, daß eine ihrer Dreadlocks Richard am Mund traf.

»Du hast recht, sie war großartig«, versicherte ihr Richard. »Das hast du nämlich von ihr geerbt.«

Mariko blickte skeptisch drein. Ich holte tief Luft und sagte: »Setsuko war deine Mutter.«

»Das finde ich nicht sehr lustig, jetzt wo meine Tante tot ist.«

Meine vorherige Direktheit tat mir jetzt leid, und ich erklärte ihr: »Setsuko war sehr jung, als du geboren wurdest – erst siebzehn. Keiko hat angeboten, sich um dich zu kümmern, und Setsuko hat dich nie vergessen. Das siehst du daran, wie sie sich immer noch um dich gekümmert hat.«

»Aber ich sehe ihr gar nicht ähnlich. Ich bin so dunkel ...«

»Du bist schön«, sagte ich, und Richard schlang die Arme um sie.

»Was ist dann mit meinem Vater? Angeblich soll er nach Australien gegangen sein, um dort zu arbeiten …«

»Wir glauben, daß er ein amerikanischer Kriegsheld war, der in Vietnam gestorben ist. Wir haben ein Foto von ihm. Vielleicht könntest du mit Hilfe eines Rechtsanwalts Verwandte von ihm ausfindig machen …«

»Ich halte nichts davon, Leute ausfindig zu machen, die nichts von einem wollen. Und von diesem Scheiß hier halte ich auch nichts.« Eine Träne lief aus Marikos Auge und hinterließ eine dunkle Linie. Sie befreite sich aus Richards Umarmung, und ihre kleine, in schwarzes Leder gekleidete Gestalt verschwand taumelnd in dem glänzenden grauen Gang. Ein kleiner schwarzer Star, der aus dem Nest gefallen war, vielleicht für immer.

»Geh schon«, forderte ich Richard auf, und er folgte ihr.

Zehn Minuten später führte mich Tom zu Hugh, nachdem er alle Vorschriften, die nur Verwandtenbesuche erlaubten, mit seinem weißbekittelten Ärmel beiseite gewischt hatte.

»Sind die Reporter schon da?« flüsterte ich.

»Nein, und hier dürfen sie auch nicht herein. Wir berufen uns auf die ärztliche Schweigepflicht, um ihn zu schützen. Ich habe auch den Sicherheitsdienst alarmiert, weil unter Umständen, äh, *ya-san* auftauchen könnten.«

Hugh lag auf einem Krankenbett, das aussah, als wäre es fünfzehn Zentimeter zu kurz. Tom zog einen Trennvorhang darum zu, der uns vom Rest des Raumes abteilte. Gemeinsam betrachteten wir Hugh, der im Schlaf ruhig atmete. Es war offensichtlich, daß er dem Tod kein bißchen nahe war, aber sein linkes Bein hing in einer Schlinge.

»Er muß mindestens eine Woche hierbleiben«, sagte Tom.

»Wegen eines gebrochenen Knöchels?« fragte ich skeptisch.

»Das ist in Japan so.« Tom zuckte die Schultern. »Glaub mir, eine Woche ist noch bescheiden angesetzt. Ich kann versuchen, ihn früher zu entlassen, aber hier kann er sich wahrscheinlich sicherer ausruhen als anderswo.«

»Es kann immer noch sein, daß er angeklagt wird. Er braucht Zeit, um sich mit seinem Anwalt zu besprechen. Er hat keine Zeit, sich auszuruhen!« Toms unbekümmerte Art am Krankenbett ärgerte mich.

»Ja, darüber hat er sich vor der Operation auch schon beklagt. Ich nehme an, das ist der Mann, für den du den Autopsiebericht übersetzen solltest?«

Als ich nickte, verzog er das Gesicht, ähnlich wie damals Tante Norie, als sie mit der Qualität des Gemüses auf dem Bauernmarkt nicht zufrieden war. »Das ist also der Mann, der in Shiroyama im Gefängnis saß, dann nach Tokio zurückgekehrt ist und mit dir in einer ordinären Hostessenbar gesehen wurde?«

»Du siehst dir derartige Sendungen im Fernsehen an?« Ich hätte nicht gedacht, daß mein kopflastiger Cousin dazu Zeit hatte.

»Meine Mutter tut es.« Tom machte ein finsteres Gesicht. »Keine Angst, sie wird deinen Vater nicht anrufen. Sie schämt sich, daß so etwas passiert ist, während sie für dich verantwortlich war.«

»Sie ist nicht für mich verantwortlich«, protestierte ich. »Seit ich hier bin, habe ich allein in Tokio gelebt.«

»Da liegt das Problem. Als Mann in unserer Familie möchte ich dich bitten, aus Sicherheitsgründen bei uns einzuziehen. Sie haben versucht, deinem Freund die Beine zu brechen. Er ist ein großer Mann, sehr stark, und er hat sich gewehrt. Stell dir vor, was sie dir antun könnten. Und deinem Mitbewohner, er ist sehr klein ...«

Hugh bewegte sich. Ich trat näher ans Bett und nahm seine Hand. Er drückte sie, aber sein grüngoldener Blick war verschwommen.

»Du wirst bald gesund, Hugh«, flüsterte ich. Ich mußte mich beherrschen, ihn nicht zu küssen.

»Kennen wir uns?« murmelte Hugh.

»Er hat drei verschiedene Medikamente bekommen, Rei«, sagte Tom. »Es war wahrscheinlich keine gute Idee, dich zu ihm zu lassen.«

»Rei«, sagte Hugh, als wolle er den Klang des Wortes ausprobieren. »*Reizōko*. Das heißt Kühlschrank.« Ich wartete noch ein wenig, aber mein Liebhaber verabschiedete sich mit einem gewaltigen Gähnen. Er schlief wieder. Ich warf Tom einen hilflosen Blick zu und ließ mich von ihm hinausführen.

27

Tante Norie erwähnte mit keinem Wort, wie merkwürdig es war, daß ich um Mitternacht zu Besuch kam. Sie führte mich zu dem kleinen Bett mit den vielen Stofftieren im Zimmer meiner Kusine Chika. Währenddessen machte sie mir lauter liebgemeinte Vorschläge: ein einfaches Abendessen, bestehend aus Misosuppe, Reis und eingelegtem Gemüse, danach ein ausgiebiges Bad. Sie war beeindruckt, daß ich meine eigenen Toilettensachen und mein Nachthemd mitgebracht hatte. Wie perfekt, und wie nett der Besuch doch werden würde!

Nicht einmal meine eigene Mutter behandelt mich derart überschwenglich, dachte ich, während ich ihr zusah, wie sie in ihrer kleinen Küche hantierte und mir das Zen-Gericht und Tom ein reichlicheres Mahl zubereitete. Als ich eine Stunde später ins Bett schlüpfte, stopfte Tante Norie flauschige Badetücher um mich herum, damit ich es auch wirklich warm hatte. Das war wohl ihre Version übertriebener Mutterliebe. Bestimmt vermißte sie Chika, die in Kyoto studierte. Ich fragte mich, wie lange Tante Norie wohl mit meinem Bleiben rechnete.

Tom mußte erst nachmittags in die Klinik, aber er stand früh auf, um zu joggen und danach mit mir zu frühstücken. Tante Norie grillte jedem eine kleine Makrele und servierte sie mit etwas Misosuppe, Reis und *natto*, den stechend riechenden, fermentierten Sojabohnen, die die Basis von Toms neuer Diät bildeten.

»Es wird schon besser, findest du nicht?« Tom zwickte sich in den Bauch, was ich lächerlich fand. Tom mußte nicht abnehmen, um eine Frau oder sonst irgend etwas zu bekommen. Als ich ihm erzählte, was für eine mächtige Attraktion er an seinem Arbeitsplatz war, lachte er.

»Genau das gefällt mir nicht – das Wort ›mächtig‹. Warum denn nicht ›schlank‹? Dr. Tsutomu Shimura, die schlanke Attraktion im Saint Luke's?«

Tante Norie lächelte über unsere Witzeleien, als sie uns die Morgenzeitung brachte. Dann warf sie einen Blick auf die Titelseite und blieb stehen. »Keine Sorge. Wenn es japanisch ist, kann ich nicht sonderlich viel lesen«, versicherte ich ihr.

»Gib sie mir, bitte. Rei sollte wissen, was man über sie schreibt«, sagte Tom. Er übersetzte mir zwei Artikel. Der erste war ein Interview mit Captain Okuhara über den mangelnden Fortschritt bei den laufenden Ermittlungen in dem Mordfall. Der kürzere Artikel ging über mich und war illustriert mit einer Skizze, die mein Exfreund Shin Hatsuda vor etwa einem Jahr angefertigt hatte. Das Bild zeigte mich in einer halboffenen *yukata*, während ich meine kurzen, nassen Haare kämmte. Es war ganz klar inspiriert von einem Holzdruck des Künstlers Hashiguchi Goyō aus dem frühen zwanzigsten Jahrhundert. Ich fragte mich, ob die Zeitung Shin für das Bild bezahlt hatte oder für den gemeinen Kommentar, daß ich früher mal ein nettes Mädchen gewesen, dann aber extrem herrisch geworden sei.

»Können wir die Nachrichten ansehen?« Ich langte nach der Fernbedienung.

»Wie du willst!« Tante Norie hängte Wäsche auf der Terrasse auf und klopfte jedes Stück besonders heftig aus, um ihre Mißbilligung zu demonstrieren. Sie schlug die Stirn noch mehr in Falten, als *News To You* mit düsteren Trommeln anfing.

Mr. Nanda, der Mann, der mir auf den Anrufbeantworter gesprochen hatte, berichtete, daß Rei Shimura, Angestellte bei Nichiyu-Küchengeräten, höchstwahrscheinlich als Zeugin der Verteidigung aussagen würde, sollte Hugh Glendinning erneut festgenommen werden. Die Filmaufnahmen zeigten mich in ziemlicher Panik vor Roppongi Hills, und der Reporter sagte, das japanisch-amerikanische Partygirl habe zwei Abende zuvor mit Hugh und einem weiteren Ausländer den Club Marimba besucht.

Der öffentlich-rechtliche Sender brachte einen seriöseren Beitrag über das offensichtliche Verschwinden von Hugh Glendinning, das die Polizei von Tokio nicht kommentieren wollte.

»Die Polizei weiß, daß er im St. Luke's ist. Ich habe sie informiert«, sagte Tom.

»Wie aufmerksam.« Ich verdrehte die Augen.

»Das mußte ich doch! Es ist gefährlich, so einen Patienten zu haben. Eigentlich …«; ihm war plötzlich eine Idee gekommen, »Rei, wenn du als Zeugin aussagst, könnten sie dich vielleicht unter ständigen Polizeischutz stellen.«

»Ich bin völlig in Sicherheit, jetzt, wo ich im Blickpunkt der Öffentlichkeit stehe. Wer wird mir denn etwas tun, wenn die ganze Zeit Kameras auf mich gerichtet sind?«

»Ich glaube, es wäre am besten, wenn du hier bei

meiner Mutter bleibst. Kein Gangster wird dich in einem Häuschen in der Vorstadt suchen.«

»Ich muß ins Krankenhaus und zu Nichiyu.« Mein Schock hatte sich gelegt, und die Vorstadt fand ich wenig reizvoll. Um fünf Uhr morgens hatten mich die Amseln mit ihrem wilden Gezwitscher geweckt, ein weit furchterregenderes Geräusch als alles, was ich je im Norden Tokios gehört hatte.

»Der Unterricht sollte für dich jetzt an letzter Stelle stehen, und wenn dein Arbeitgeber ein wenig Erbarmen hat, dann wird er einsehen, daß du eine Beurlaubung brauchst«, insistierte Tom. Mein Cousin in seinem Elfenbeinturm wußte wenig über das Leben eines freien Mitarbeiters. Eine Beurlaubung bedeutete, daß ich nichts verdiente. Ich würde meinen Mietanteil nicht mehr bezahlen können, und Richard müßte sich einen neuen Mitbewohner suchen.

Meine Sorgen wurden größer, als ich am Bahnhof ein paar englischsprachige Zeitungen kaufte. Die *Japan Times* brachte ein Foto von mir mit einem Bier in der Hand, das auf einer Feier von Nichiyu aufgenommen worden war. Zweifellos hatte ihnen einer meiner Schüler das Bild überlassen. Ich hoffte bloß, der Unterhosenschnappschuß würde nicht in den Zeitungen auftauchen. Der Reporter der *Japan Times* schrieb, ich hätte jeden Kommentar verweigert, was keinen besonders guten Eindruck machte. Ich hätte mich von Roppongi Hills ferngehalten, wenn ich gewußt hätte, daß ich für Hughs Verteidigung würde aussagen müssen. Weshalb hatte Hugh nicht daran gedacht? Dann kam mir der scheußliche Gedanke, daß Hugh vielleicht gerade aus diesem Grund mit mir geschlafen hatte – weil die kleine

Englischlehrerin von Nichiyu bestimmt tun und sagen würde, was immer er wollte, sobald er sie einmal im Griff hatte.

Als ich in die Orthopädie ging, war die Laus, die mir über die Leber gelaufen war, schon so groß wie der Ueno-Park. Ich schob den Vorhang zur Seite, der den Eingang zu Hughs Zimmer verdeckte, und betrachtete den großen weißen Rosenstrauß mit der Karte, auf der stand: »Grüße von Winnie und Piers« und die gelben Tulpen von Hikari Yasui, bevor ich zu Hugh ging, der hinter der *Japan Times* steckte.

»Ich bin noch nicht soweit, Schwester«, brummte er. Als ich die Zeitung wegzog, hellte sich seine Miene auf. »Rei! Ich dachte, du wärst eine Krankenschwester. Jede Viertelstunde drängen sie mir eine Bettpfanne auf. Das ist die demütigendste Erfahrung, die ich je in meinem Leben machen mußte.«

»War es im Gefängnis nicht schlimmer?« Ich erwiderte sein charmantes, schiefes Lächeln nicht.

»Ziehst du bitte den Vorhang zu?« Er klopfte auf den Bettrand, damit ich mich setzte. Das tat ich auch, wich seinen ausgestreckten Armen aber geflissentlich aus. Seufzend sagte er: »Ich sehe schon, du wirst den Bedingungen unserer Vereinbarung gerecht.«

»Die da wären?«

»Meine Strafe. Es passiert jedesmal, wenn wir anfangen, uns näherzukommen. Ich finde das ziemlich lästig, besonders in einer Zeit wie dieser.«

»Ich hasse dich ja nicht«, flüsterte ich wegen der offenstehenden Tür. »Nur wurde ich heute morgen etwas unliebsam vom Fernsehen und den Zeitungen überrascht. Angeblich soll ich als Zeugin der Verteidigung benannt werden.«

»Würdest du nicht für mich aussagen?«

»Nein! Nicht, wenn ganz Tokio weiß, daß ich morgens um acht Uhr fünfzehn deine Wohnung verlassen habe. Ich stehe da wie deine Geliebte, nicht wie eine objektive Beobachterin.«

»Verstehe.« Hugh dachte nach. »Ich weiß, daß es deinem Image nicht guttut, mit mir in Verbindung gebracht zu werden. Das ist auch der Hauptgrund, weshalb ich so lange versucht habe, Abstand zu dir zu halten.«

»Du hättest mich netterweise fragen können, ob ich aussagen würde.«

»Kleines, Anwälte arbeiten nicht so. Sie fragen nicht, sie laden vor. Und wenn ich dich gefragt hätte und du eingewilligt hättest, dann hätte der Ankläger genau wissen wollen, was wir zusammen ausgeheckt hätten. Es war wirklich das beste so.«

Er bluffte. Die Durchsuchung von Nakamuras Haus und die gemeinsame Nacht hatten meiner Glaubwürdigkeit irreparabel geschadet. Das wußten wir beide.

»Wir reden nicht mehr über die Verteidigung oder die Verhandlung. Von jetzt an, zu deinem und meinem Besten.« Hugh warf mir den Blick zu, bei dem ich das letzte Mal dahingeschmolzen war. »Ich habe schon genug Sorgen wegen dieser Dreckskerle, die mich zusammengeschlagen haben.«

»Der Überfall war meine Schuld. Es tut mir leid, daß ich Keiko provoziert habe ...«

Hugh winkte ab. »Unter Umständen könnte mir das sogar ganz nützlich sein. Wenn ich im Rollstuhl vor Gericht erscheinen muß, hat Mr. Ota ein gewichtiges und augenfälliges Argument dafür, daß irgendwer versucht, die Wahrheit über Setsukos Tod zu vertuschen.«

»Aber wir wissen doch noch nicht sicher, daß Keiko hinter dem Mord an Setsuko steckt. Mariko hat erzählt, Keiko war am Silvesterabend in Tokio, viel zu weit weg von Shiroyama, um irgend etwas angestellt zu haben«, erinnerte ich ihn.

»Die Gangster hätten Setsukos Auto bis nach Shiroyama folgen können, so wie sie mir gestern gefolgt sind. Ich habe den Cadillac in der Nähe meiner Wohnung gesehen und dann noch einmal vor dem Reisebüro, als ich dich angerufen habe. Sie haben mich angegriffen, nachdem ich die Telefonzelle verlassen hatte.«

»Wenn du in aller Öffentlichkeit zusammengeschlagen wurdest, weshalb weiß dann niemand, daß du im Krankenhaus bist? Hier ist niemand von der Presse, und die Zeitungen und das Fernsehen melden es auch nicht.«

»Alle haben sich verzogen, bevor die Polizei gekommen ist. Niemand wollte Zeuge sein.«

»Ich würde erzählen, was zwischen Keiko und mir vorgefallen ist.« Ich legte meine Hand auf seine. »Du weißt, daß du dich auf mich verlassen kannst.«

»Wir wollten nicht darüber sprechen.« Hugh drückte meine Hand. »Jedenfalls bin ich froh, daß ich so viel Verstand hatte zu sagen, daß ich das Gesicht dieser Schläger nicht gesehen habe. Dein Cousin – ein ziemlich hilfsbereiter Bursche, dieser Tom – hat das bestätigt. Er hat mir auch alle möglichen überraschenden Dinge über dich erzählt, auf die ich nie gekommen wäre.«

»Zum Beispiel?« Ich hatte plötzlich ein flaues Gefühl im Magen und hoffte, Tom hatte ihm nicht beschrieben, wie unansehnlich ich mit fünfzehn war.

»Daß deine Armut selbstgewählt ist. Dein Vater

ist in den Staaten Chefpsychiater oder so etwas ...«

»Macht mich das attraktiver für dich?« Ich erstarrte.

»Es bringt mich nur auf den Gedanken, daß es nicht den geringsten Grund für dich gibt, in diesem heruntergekommenen Viertel zu hausen.«

»Im Moment wohne ich bei Tom und meiner Tante Norie.«

»Warum schläfst du nicht in meiner Wohnung? Dort gibt es Türsteher, einen Portier und eine Menge Polizei, jetzt wo ich so berüchtigt bin. Während eines Hurrikans ist der sicherste Ort im Auge des Sturms.«

»Du kennst meine Tante Norie nicht. Sie ist eine großartige Beschützerin.« Ich lächelte bei dem Gedanken daran, daß ich nicht ohne ein frisch gebügeltes Taschentuch und eine gutgefüllte Lunchbox hatte gehen dürfen.

»Ich fürchte nur, sie könnte dich vor mir beschützen.« Hugh zog mich näher und spielte mit den Knöpfen an meiner Bluse. Ich schob seine Hände weg, als der Vorhang aufging und eine junge Schwester mit einer Bettpfanne dastand, der der Mund offen stehenblieb.

»Ich glaube, du brauchst jetzt etwas Ruhe.« Ich stand auf.

»Und was brauchen Sie?« Hugh sah die Schwester an.

»Haare waschen und rasieren gefällig, Sir?« Sie schien ihn auf jede nur mögliche Art bedienen zu wollen.

»Hmm, vielleicht.« Er fuhr sich über sein stoppeliges Kinn.

Es war ein guter Zeitpunkt, zu gehen. Ich legte

zwei Videokassetten, die ich auf dem Weg ins Krankenhaus besorgt hatte, zwischen die Blumensträuße.

»Was läßt du mir hier, eines von Richards aufregenden Videos?«

»Tut mir leid. Ich habe dir *Die sieben Samurai* und *Yojimbo* von Akira Kurosawa mitgebracht.« Ich erzählte ihm vom Urvater des japanischen Films und fügte hinzu: »Das sind Schwarzweißklassiker über die Zeit der Samurai, und sie haben sogar Untertitel! Da kannst du ein bißchen an deinem Japanisch arbeiten.«

»Lieber würde ich an dir arbeiten.« Seine Stimme sandte Ströme durch meinen Körper, die ich jetzt nicht brauchen konnte, nicht, wenn Krankenschwestern durch das Zimmer sausten wie Kugeln in einem Pachinkoautomaten.

»Ich komme morgen wieder. Soll ich dir irgendwas mitbringen?«

»Wie wär's mit meiner Post, meinem Laptop und allen Disketten von Nakamura? Der Pförtner läßt dich rein.« Seine Miene hellte sich auf. »Warte. Hol dir Yamamotos Zweitschlüssel.«

»Mein Leben ist kompliziert genug«, protestierte ich.

»Wir haben nichts von ihm gehört oder gesehen, seit er zu Hause ist. Treib ihn doch ein bißchen in die Enge und stelle ihm ein paar von deinen gemeinen Fragen. Wenn man dein Verhör von Keiko als Maßstab nehmen kann, dann bekommst du wahrscheinlich etwas Brauchbares aus ihm heraus.«

Vielleicht würden sie dann noch jemandem die Beine brechen. Ich schrieb mir die Telefonnummer auf und winkte ihm von der Tür aus zum Abschied. Ich wollte lieber nicht noch einmal in seine Nähe.

28

Kenji Yamamoto wohnte mit seinen Eltern im Sunshine Mansions, einem weißgekachelten Apartmenthochhaus inmitten eines Meers glänzender geparkter Autos in der Vorstadt Setagaya, wo die obere Mittelklasse lebte. Ich hatte vorher angerufen und seine Mutter überredet, mich mit ihm sprechen zu lassen. Als ich kam, öffnete er die Tür, noch bevor ich überhaupt Zeit gehabt hatte zu klingel, und streckte mir Hughs Schlüssel entgegen. Das ging mir alles zu schnell.

»Hier, bitte, auf Wiedersehen, Miss Shimura …«

»Tut das gut, nach der Kälte dort draußen!« rief ich, zog meinen Mantel aus und strich meine seidige Perücke glatt. Yamamotos Mutter, die hinter ihrem Sohn gestanden hatte, nahm mir wie ein Roboter den Mantel ab und hängte ihn in eine pseudofranzösische Garderobe.

»Bitte, kommen Sie doch herein, Shimura-san. Mein Sohn hat mir erzählt, Sie hätten sich im Urlaub kennengelernt, vor seinem schrecklichen Unfall«, sprudelte Mrs. Yamamoto los.

»So desu neh«, bestätigte ich. »Das ist aber eine hübsche Wohnung!«

»Ach, es ist fürchterlich eng hier.« Sie deutete auf die spießige grüne Samtgarnitur und die gerahmten europäischen Landschaften an den Wänden.

»Sind das alles Originale? Sie sind bezaubernd.«

Ich trat ganz nahe davor und erkannte, daß zwei davon Malen-nach-Zahlen-Bilder waren.

»Wir haben sie letztes Jahr gekauft, als wir in Europa im Urlaub waren«, erzählte Mrs. Yamamoto. »Mein Mann und ich hatten unser ganzes Leben lang davon geträumt, Venedig zu sehen. Viele talentierte Künstler bieten ihre Werke ganz billig auf der Straße an! Da habe ich zu meinem Mann gesagt, wer weiß, wer der nächste da Vinci wird!«

»Ganz recht. Ich liebe die italienischen Maler!« Ich setzte mich an die äußerste Ecke eines kleinen Sofas und hustete hinter vorgehaltener Hand. »Oh, verzeihen Sie. Meine Kehle ist ein wenig trocken, weil so ein kalter Wind bläst.«

»Ich koche Tee!« verkündete Mrs. Yamamoto.

»Bitte machen Sie sich keine Mühe«, widersprach ich. Ich spielte meine Rolle vollendet.

»Kenji-kun, du hättest mir wirklich sagen sollen, daß deine nette Freundin uns besucht. So, es dauert nicht lange, Sie können sich ja ein bißchen unterhalten ...« Als Mrs. Yamamoto in die Küche ging, begriff ich, daß sie sich vielleicht Hoffnungen für ihren unverheirateten Sohn machte.

Ich lächelte Yamamoto vertraulich an und klopfte auf den Platz neben mir.

»Darf ich Kenji-kun sagen?« Wörtlich übersetzt bedeutet das »Kenji-Junge«.

»Okay.« Er sah nicht sehr glücklich aus, als er sich zu mir setzte.

»Was haben Sie Ihrer Mutter erzählt?« fragte ich auf englisch.

»Sie glaubt, ich hatte einen Skiunfall und irgendeine Nervengeschichte, so daß ich nicht arbeiten kann. Hugh-san hat mir dabei geholfen«, flüsterte er.

»Was gibt es Neues von der Polizei?«

»Die Nationalpolizei führt eine verdeckte Ermittlung durch. Ich bin sicher, daß nichts dabei herauskommt.« Er beugte sich vor, um die Fernbedienung von dem Beistelltisch aus Rosenholz zu nehmen.

Ich nahm ihm die Fernbedienung weg. »Woher wissen Sie das?«

»Ichiro Fukujima hat viele Freunde in höheren Positionen.«

»Sind Sie sicher, daß Sie über diese Erpressungsgeschichte nicht voreilige Schlüsse ziehen?« fragte ich. »Könnte Mr. Nakamura den Entwurf vielleicht für andere Zwecke gebraucht haben?«

»Nein! Nakamura ist ein schrecklicher Mensch, nur ich begreife das!«

»Das stimmt nicht.« Ich wollte weitersprechen, aber Mrs. Yamamoto kam mit grünem Tee herein. Ich nahm eine Tonschale und trank erst, nachdem ihr Sohn den ersten Schluck genommen hatte.

»Sie müssen soviel wie möglich mit meinem Sohn sprechen, damit er sein Gedächtnis wiedererlangt. Die Ärzte glauben, es kommt mit der Zeit zurück.« So, wie sie mich anlächelte, schien sie mich nicht mit dem Mädchen aus den Zeitungen in Verbindung zu bringen.

»Welche Ärzte?« fragte ich Yamamoto, als seine Mutter wieder gegangen war.

»Die Polizei hat etwas arrangiert.« Er zuckte die Achseln.

»Jeder arrangiert etwas für Sie, nicht?« Er war der passivste junge Mann, den ich je kennengelernt hatte. »Wie haben Ihre Probleme mit Nakamura eigentlich begonnen?«

»Ich weiß es nicht. Vielleicht, als unsere Abteilung nach der Arbeit noch trinken gegangen ist.«

»Wie oft mußten Sie mit?« Bei Nichiyu war es gang und gäbe, daß die Mitarbeiter mindestens zweimal die Woche mit Kollegen trinken gingen. Dort wurden Dinge ausgesprochen, die innerhalb der Büros nicht gesagt werden konnten, und dies häufig auf sehr vulgäre Art und Weise. Mich mit Leuten zu betrinken, die mir ohnehin feindselig gesinnt waren, entsprach nicht meiner Vorstellung von guter Unterhaltung, und so ging ich nur bei den Feiertagsveranstaltungen mit.

»In Mr. Nakamuras Abteilung sind wir etwa dreimal die Woche gegangen.« Yamamoto dachte nach. »Das Problem ist, daß mir von Alkohol schlecht wird. Mir wird schwindlig, und ich bekomme keine Luft mehr. Deshalb habe ich immer so getan, als sei ich betrunken, und gehofft, daß mir niemand mehr etwas einschenkt.«

»Und Mr. Nakamura hat das gemerkt?« Mir fiel Yamamotos unangetasteter Whisky bei Hugh wieder ein, und daß er an Silvester kaum Bier getrunken hatte.

»Leider. Einmal hat er gesehen, wie ich den Scotch in einen Blumentopf geschüttet habe. Er hat gesagt, ich sei ein Baby.« Yamamoto starrte mich verdrießlich an.

»Sie hätten nicht auf ihn achten sollen.«

»Sie verstehen das nicht.« Yamamoto erhob die Stimme. »Er dachte, ich gehöre nicht zum Team, und wollte es den anderen erzählen. Er hat mich immer wieder vor Mr. Sendai beleidigt und behauptet, daß ich mich mehr für mich selbst interessiere als für die Firma. Auf Mr. Nakamuras Schreibtisch habe ich eigentlich meine Akte gesucht. Ich habe mir große Sorgen gemacht.«

»Haben Sie sie gefunden?«

»Ja. Darin stand, daß ich sehr faul bin, eine lockere Moral habe und der schlechteste Mitarbeiter in meinem Bereich ...«

»Er ist fürchterlich«, stimmte ich zu. »Aber was geschieht jetzt mit Ihnen? Es ist doch sicherlich dumm, einen Posten wegzuwerfen, für den Tausende junge Leute sterben würden.« Ich hielt inne, als mir klar wurde, wie unpassend ich mich ausgedrückt hatte.

»Ich kann erst wieder zu Sendai zurück, wenn Mr. Nakamura geht. Mir gefällt die Atmosphäre nicht, die er schafft. Mittags schon trinken, oder um fünf gehen, um sich ein paar Stunden in Kabuki-cho zu amüsieren ...«

Mir fiel der schwarze Body in seinem Schlafzimmerschrank ein, und ich fragte Yamamoto, ob er glaube, daß Nakamura Kontakt zu einer Prostituierten hatte.

»Wer weiß? Typen wie er sind auch hinter Sekretärinnen her.«

»Er ist ziemlich pervers«, stimmte ich zu. »Er hat es sichtlich genossen, mit mir über den Mann zu sprechen, der mich im Zug betatscht hat.«

»Vielleicht sollte ich mich jetzt entschuldigen.« Yamamoto seufzte tief.

»Häh?« Er mußte mein Englisch falsch verstanden haben.

»Ich hatte keine Ahnung, wie Sie reagieren würden. Ich hatte seit Silvester Gewissensbisse deswegen.«

»Weswegen?« Ich begriff immer noch nicht.

»Ich bin zum Tempel gegangen und habe um Vergebung gebetet. Bitte, sagen Sie es Hugh nicht. Lassen Sie mich weitererzählen …«

Während Yamamoto weitersprach, traf mich die Wahrheit endlich wie ein Sack Recyclingmüll. Er war an Silvester im selben Zug gewesen. Ich erinnerte mich an die Gestalten, die ich in der Spiegelung im Fenster gesehen hatte. Auch ein junger *salaryman* war darunter gewesen, der halb von einer Zeitung verdeckt worden war. Das mußte er gewesen sein. Seine Hand war hinter der Zeitung versteckt gewesen.

»Sie sind krank«, flüsterte ich. Er war jung, gebildet, gut aussehend. Wenn er wollte, könnte er mit einem hübschen Mädchen wie Hikari Yasui befreundet sein.

»Ich hätte das nie getan, wenn ich gewußt hätte, daß Sie Ausländerin sind.« Yamamoto lief rot an. Er traute sich nicht, mir in die Augen zu sehen.

»Es war in Ordnung, weil Sie dachten, ich sei Japanerin?« Jede Entschuldigung machte mich nur noch wütender.

»Das tun doch viele Männer«, verteidigte er sich. »Manchen Frauen macht das gar nichts aus. Außerdem weiß ich, daß Sie gerne angefaßt werden. Ich habe es mit eigenen Ohren gehört.«

Hugh würde durchdrehen, wenn er wüßte, was sein Assistent getan hatte, aber Kenji Yamamoto mußte lernen, daß Frauen sich selbst verteidigen konnten. Ich bedachte den jungen *salaryman* mit einem nachsichtigen Lächeln, während ich mir noch eine Tasse lauwarmen grünen Tee einschenkte, ohne mir die Mühe zu machen, ihn abzuseihen. Seine Mutter kam gerade zur Tür herein, als ich ihm den Tee ins Gesicht schüttete.

Bevor ich in die Arbeit ging, setzte ich die Langhaarperücke ab, damit mich der Sicherheitsbeamte von Nichiyu wiedererkannte. Ich hätte mir die Befürchtungen sparen können. Angestellte, die vorher nie das geringste Interesse an mir gezeigt hatten, begrüßten mich enthusiastisch. Ich bahnte mir meinen Weg in die Sprachabteilung und wartete nervös auf Mr. Katoh.

»Eigentlich ist alles ganz einfach.« Ich sprang auf, als er hereinkam. »Manchmal wird man in etwas hineingezogen, was man nicht unter Kontrolle hat – wie jetzt ein Todesfall. Ich entschuldige mich, daß ich neulich früher gehen mußte, und wahrscheinlich haben Sie gehört, daß ich Zeit brauche, um vor Gericht auszusagen. Ich bedauere es sehr, Ihnen und der Firma Unannehmlichkeiten bereitet zu haben.« Zum Abschluß machte ich eine tiefe Verbeugung und stellte dabei fest, daß meine Schuhe dringend geputzt werden mußten.

»Ich schätze Ihre Höflichkeit, Miss Shimura.« Mr. Katoh wirkte unnatürlich ruhig, als er mich in den kleinen Konferenzraum schob und die Tür schloß. »Ich habe gute Neuigkeiten für Sie.«

»Es genügt mir, wenn Sie mir vergeben«, stotterte ich.

»In Osaka können Sie all Ihre Schwierigkeiten vergessen. Sie bekommen kostenlos einen Platz im Wohnheim. Es geht bereits nächste Woche los!«

»Osaka?« wiederholte ich dümmlich.

»Wir haben doch darüber gesprochen. Sie werden dort gebraucht, und von dieser Geschichte wird man dort nicht allzuviel ...«

»Mr. Katoh, ich wollte doch darüber nachdenken.« Ich starrte auf die polierte Platte des Teaktisches, an dem er, Richard und ich viele lange Stunden gesessen hatten.

»Ich verstehe.« Sein mürrischer Gesichtsausdruck verriet mir, daß er es nicht tat. »Miss Shimura, wenn Sie bei Nichiyu bleiben möchten …«

Sprich es aus, wollte ich sagen. Obwohl mir klar war, wenn er nur noch ein bißchen deutlicher werden würde, hätte ich keine andere Wahl, als zu kündigen.

»Ich habe mich sehr für Sie eingesetzt«, fuhr er fort. »Auf der PR-Sondersitzung habe ich mich gegen die Meinung mehrerer Vorstandsmitglieder für Sie ausgesprochen, wegen meiner Dankbarkeit für Ihren zuverlässigen Dienst. Unsere Verkaufskräfte sprechen jetzt besser Englisch, sie können sogar eine Unterhaltung führen.«

»Bitte sagen Sie jetzt nichts mehr«, bat ich. »Mein Unterricht beginnt in fünf Minuten, ich darf nicht zu spät kommen.«

»Verstehen Sie nicht, daß alles bereits entschieden ist?«

Ohne ihm eine Antwort zu geben, nahm ich Reißaus.

An diesem Nachmittag unterrichtete ich in einer Art Vakuum. Ich war so geschockt wegen Osaka, daß mich der Unterton der neugierigen Bemerkungen meiner Schüler nicht mehr verletzte. Ich verbesserte Grammatik und Syntax aufs genaueste, damit keine Zeit mehr für freie Konversation oder irgendwelche Gedanken blieb. Mit meinen eigenen hatte ich schon genug zu tun.

Ich fing Richard um acht im Aufenthaltsraum ab. Als ich ihm von meiner Versetzung erzählte, wirkte er nicht überrascht.

»Sie haben mich auch gefragt, ob ich wechseln will, aber ich habe nein gesagt. Ich würde eingehen, wenn ich in einem Wohnheim mit Sperrstunde schlafen müßte. Ich hätte wissen müssen, daß sie dich dazu zwingen wollen.«

»Ich mache das nicht«, sagte ich. »Morgen lehne ich ab, und wenn das bedeutet, daß ich gefeuert bin, dann soll es eben so sein. Ich finde schon was anderes.«

»Du könntest bei Hugh wohnen.«

»Ohne seinen Job bei Sendai ist er bald raus aus der Luxusbude.« Ich verzog mein Gesicht zu einer Grimasse. »Ich komme nach Hause. Jetzt wird es wohl sicher sein. Du bist schon seit ein paar Tagen da, und das einzige, was wahrscheinlich gestorben ist, ist mein Ficus.«

»Also, eigentlich schlafe ich gerade in deinem Zimmer.« Er verschränkte die Arme vor der Brust. »Wir müssen es uns teilen.«

»Was?«

»Es muß sein. Ich habe Mariko überredet, bei uns zu wohnen, aber sie wollte unbedingt ein eigenes Zimmer. Außerdem hat mir dein Zimmer sowie immer besser gefallen.«

»Wegen des Ausblicks auf die Sandalenfabrik?« fragte ich ungläubig.

»Du bist doch kaum noch da. Du machst mich verrückt mit deiner Unentschlossenheit. Und die ganzen Anrufe! Weil du nicht reagierst, rufen die immer wieder an.«

Widerwillig nahm ich den vollgekritzelten Zettel, den er mir reichte. Ich war noch nicht soweit, mit Journalisten zu sprechen, und auch nicht mit meiner Mutter. Aber ich rief Joe Roncolotta an. Als er abhob, hörte ich ein hohles Klopfen in der Leitung. Als ich fragte, ob bei ihm eine Baustelle sei, lachte er.

»Ich applaudiere Ihnen, Kleines, über die Freisprechanlage. Sie sind dabei, die berüchtigste junge Frau seit Rie Miyazawa zu werden – wenn ich es mir recht überlege, klingen die Namen ziemlich ähnlich …«

»Wenn Sie mir schmeicheln möchten, haben Sie den falschen Vergleich gewählt.« Rie Miyazawa war Schauspielerin und Model gewesen. Sie war in Tokio einmal ganz heiß gehandelt worden, weil sie in einem Buch mit künstlerischen Aktaufnahmen abgebildet war. Jetzt kämpfte sie angeblich gegen die Magersucht und das nachlassende öffentliche Interesse.

»Ach, alle wissen doch, daß Sie eigentlich eine nette kleine Englischlehrerin sind. Einer meiner Freunde möchte sogar, daß Sie bei Nichiyu kündigen und eine neue Sprachenschule für ihn aufmachen.«

»Ich hoffe, Sie haben ihm gesagt, ich sei nicht interessiert.« Ich wollte nie wieder unterrichten.

»Ja, das habe ich. Ich habe schon angefangen, Sie zu managen.«

»Mich zu managen?« fragte ich skeptisch. »Ich versuche, mich möglichst zurückzuziehen, Joe. Ich trage eine Perücke und verstecke mich bei meinen Verwandten, weil die *yakuza* Hugh krankenhausreif geprügelt haben …«

»Sagen Sie dieses Wort nicht am Telefon«, schimpfte er.

»Wo waren Sie eigentlich an dem Mittwoch abend vor Silvester?«

»Erzählen Sie mir nicht, daß noch jemand umgebracht wurde«, sagte er sarkastisch.

»Aber überfallen. Vor dem Club Marimba.«

»Überprüfen Sie mein Alibi bei meiner Sekretärin, und passen Sie bis Freitag abend gut auf sich auf. Jemand mit Informationen, die Sie betreffen könnten, möchte mich im TAC treffen. Da findet der Schwarz-Weiß-Ball statt. Treffen wir uns dort um acht.«

»Okay«, sagte ich nach kurzer Überlegung.

»Stellen Sie sich auf eine lange Nacht ein, und tragen Sie Ihr schärfstes schwarzes oder weißes Kleid. Und kommen Sie ohne Perücke. Ich möchte, daß Rei Shimura als Rei Shimura kommt.«

»Morgen ziehe ich wieder in meine Wohnung«, sagte ich zu Tante Norie, während ich mit den Austern beschäftigt war, die sie zum Abendessen sautiert hatte. Sie war beunruhigt, weil ich ohne Tom nach Hause gefahren war, der noch im Krankenhaus zu tun hatte.

»Rei-chan, das hast du dir nicht gründlich überlegt.« Sie schob mir ein Tellerchen mit eingelegten Pflaumen, die ich besonders gerne mochte, hin.

»Ich kann doch nicht ewig hierbleiben. Das kann ich dir nicht zumuten.« Ich steckte mir eine verschrumpelte Pflaume in den Mund. Der süßsaure Geschmack war wie ein Abschied.

»Du bist das Kind des Bruders meines Mannes. Wenn dir etwas passieren würde – die Nachrichten über dich sind schon schlimm genug …«

»War ich wieder im Fernsehen?«

»Du nicht, aber Glendinning-san. TBS Network hat berichtet, daß er mit Verletzungen von den *yasan* im Krankenhaus liegt. Jetzt wissen es alle!«

»Das ist gut so. Die *yakuza* sind so schlau, nicht vor einem Dutzend Kamerateams anzugreifen.

Weißt du nicht, daß es im Auge des Hurrikans am sichersten ist?« Ich benutzte Hughs Worte für meine eigenen Zwecke.

»Heute hat ein Polizist angerufen. Ein Ferngespräch.« Sie spitzte die Lippen, und ich kaute weiter. Den Geschmack von Austern hatte ich noch nie gemocht, und auch nicht das wässrige Zeug in der Mitte. »Rufst du Captain Okuhara nicht an?« Sie ging ins Wohnzimmer und kam mit dem schnurlosen Telefon wieder.

»Ich würde lieber erst fertigessen.«

»Er hat gesagt, es sei dringend.« Tante Norie knallte das Telefon vor mir auf den Tisch.

Ich schob meinen Teller weg und wählte die Nummer, die sie auf einen Hello-Kitty-Block notiert hatte. Es dauerte drei Minuten, bis ich zu Okuhara durchgestellt war. Als er endlich am Apparat war, war ich schon ziemlich nervös.

»Shimura-san! Welch eine Überraschung, daß Sie eine richtige japanische Familie haben! Jetzt ist es gar kein Problem mehr, Ihnen Nachrichten zu hinterlassen.«

»Es tut mir leid, daß ich nicht früher zurückrufen konnte«, sagte ich. »Es ist alles etwas schwierig zur Zeit.«

»Das macht überhaupt nichts, aber wir haben noch ein paar Fragen an Sie. Es geht um ein paar Dinge, die geklärt werden müssen.«

»Worum geht es?« Langsam brach mir der Schweiß aus.

»Dazu würden wir Sie lieber persönlich befragen. In Shiroyama.« Meine Eßstäbchen fielen klappernd auf den Tisch.

»Wir können Sie abholen lassen, Sie können aber

auch allein anreisen. Das liegt ganz bei Ihnen.« Captain Okuharas falsche Freundlichkeit wirkte wie ein kalter Regen.

»Im Moment paßt es mir gar nicht. Sie wissen doch, daß ich hier als Lehrerin arbeite, und nach Shiroyama ist es sehr weit.« Okuhara konnte mich sofort festnehmen, so wie er es mit Hugh gemacht hatte.

»Ich bin aber sehr interessiert daran, was Sie am Dienstag in Nakamuras Haus gemacht haben.«

Das konnte ihm nur Kenji Yamamoto gesagt haben. Ich dachte kurz an mein offenes Rückflugticket nach San Francisco. Nein, ich mußte ruhig bleiben.

»Ich komme natürlich, aber ich muß erst mit meinem Chef darüber sprechen.«

»Wir möchten Sie morgen sehen.«

»Ich unterrichte. Ich muß erst meinen Lehrverpflichtungen nachkommen. Wahrscheinlich kann ich am Wochenende kommen.« Ich könnte ihm die Diskette mit dem Marketingplan für Taipeh mitbringen, und was auch immer Joe Roncolotta mir am Freitag abend anzubieten hatte.

Er schwieg einen Moment, dann sagte er: »Keine Ausflüchte, Miss Shimura. Keine Tricks. Man wird am Flughafen auf Sie achten.«

»Das wird sicher langweilig werden.« Ich hängte auf, bevor ich mich noch weiter festlegte. Ohne Tante Norie zu beachten, ging ich ins Bad und übergab mich.

29

Am nächsten Morgen fuhr ich schon vor acht zu Roppongi Hills, um Hughs Laptop zu holen. Ich beschloß, einfach wortlos an der Empfangstheke vorbeizugehen.

»Shimura-sama?« Der Pförtner drückte sich so höflich wie nur möglich aus und verbeugte sich tief. »Damit Sie keine Schwierigkeiten bekommen, sollten Sie wissen, daß die Leute von TBS Television gewöhnlich innerhalb der nächsten Viertelstunde hier auftauchen. Vielleicht sollten Sie den Seiteneingang nehmen.«

Ich eilte den Korridor entlang zu Hughs Apartment und fragte mich, wieso der Mann mich kannte und wußte, wohin ich wollte. *Big brother*, dachte ich, als ich den kleinen Stapel Zeitungen und Briefe aufhob, der vor Hughs Tür lag. Den Geruch der Wohnung hatte ich ganz vergessen, eine Mischung aus Ledermöbeln, Putzmittel mit Fichtennadelduft und etwas Undefinierbarem. Ein grauer Wollpullover lag auf der Couch, neben einem der amerikanischen Telefonbücher. Ich konnte mir gut vorstellen, wie er dort lag und darin blätterte.

Der kleine Nichiyu-Wasserkocher auf der Arbeitsfläche war noch eingesteckt. Ich schaltete ihn an und brühte mir eine Tasse Darjeeling auf. Als ich im Kühlschrank nach Milch suchte, entdeckte ich eine Flasche Champagner und ein Körbchen makelloser

Treibhauserdbeeren. Offenbar hatte er etwas besonders Leckeres vorbereitet.

Ich trank den Tee, während ich im Arbeitszimmer den Laptop einpackte. Es waren zu viele Disketten, um sie in die gepolsterte Hülle des Laptops zu stecken, deshalb packte ich sie in eine leere Paul-Smith-Einkaufstüte, die ich im Schlafzimmerschrank fand. In der Küche stellte ich meine Tasse in die Spülmaschine und schaltete sie ein, obwohl sie erst halbvoll war.

Das japanische Wort für Nostalgie, *natsukashii*, hat mehr von Traurigkeit als von Freude. Diese Art von Melancholie überkam mich jetzt. Mir war plötzlich klar, daß Hugh vielleicht nie mehr nach Hause kommen würde, um seinen Pullover anzuziehen, eine Tasse Tee zu trinken oder noch einmal mit mir zu schlafen, nach allem, was Okuhara anscheinend über unseren Einbruch in Nakamuras Haus wußte.

Ein Japsen entfuhr mir, das ich kaum als Weinen erkannte; ich hatte schon so lange nicht mehr geweint. Ich setzte mich mit Hughs *Asian Wall Street Journal* an den Küchentisch und weinte ganze Bäche, die mich bis nach Shiroyama hätten tragen können. Jetzt verstand ich, weshalb ich Hugh hätte ausweichen sollen: jemanden zu verlieren, den man sehr gern hatte, war ausgesprochen schmerzlich.

Irgendwo klingelte das Telefon. Ich ging ins Wohnzimmer und nahm das schnurlose Telefon vom Glastisch, bevor ich begriff, wie vorschnell ich reagiert hatte. Wenn der Reporter von *News to You* nun am anderen Ende war, dann hätte er eine nette sendefähige Aufnahme von einer flennenden Geliebten.

»Wer ist da?« fragte Hugh. »Rei, bist du das?«

»Woher wußtest du das?« Ich schluchzte erleichtert.

»Eigentlich wollte ich meinen Anrufbeantworter abhören. Wenn du das Telefon hättest klingeln lasen, wäre er angesprungen.«

»Ich lege auf, wenn du willst.«

»Nein, nein. Du bist also bei mir eingezogen! Aber weshalb weinst du?«

»Ich habe einen Schnupfen, verdammt, und ich bin nicht bei dir eingezogen, ich hole nur deinen Laptop ab. Ich muß ihn dir doch heute nachmittag vorbeibringen – oje, ich muß Schluß machen ...«

»Na gut. Komm, sobald es geht. Könntest du mir vielleicht etwas zu essen mitbringen? Diese Krankenhauskost bringt mich noch um. Ich habe mich schon bei Mr. Ota darüber beklagt, aber er bringt mir immer nur japanische Nudeln mit.«

Bei diesem Telefongespräch fiel mir mein eigener Anrufbeantworter ein.

»Was war in Setsukos Reisebüro?« fragte ich. »Du wolltest mir irgendwas Wichtiges erzählen, bevor du überfallen wurdest.«

»Ach ja. Im Reisebüro haben sie kaum Englisch gesprochen, deshalb hat mir eine Angestellte den Ordner mit allen Quittungen gegeben. Setsuko hat unsere Zimmer im voraus bezahlt, mit der Kreditkarte von Sendai.«

»Noch mehr Material gegen Mr. Nakamura?«

»Das meine ich gar nicht. Ich bin auf etwas sehr Interessantes gestoßen: eine Quittung für ein offenes, einfaches Ticket nach Dallas im neuen Jahr. Es hat tausend Dollar gekostet und war auf ihren Mädchennamen ausgestellt. Und es wurde bar bezahlt. Das Geld hatte sie wahrscheinlich von mir.«

»Im Ernst!«

»Ich glaube, sie hat gewußt, daß sich da ein großes Unglück anbahnt mit ihrem Mann, den *yakuza* und dem Eterna-Akku, und sie wollte verschwinden.«

»Oder sie wollte ihren Vater besuchen«, meinte ich.

»Vielleicht«, sagte Hugh mißmutig. »Aber es könnte auch noch andere Männer gegeben haben.«

Hatte es denn noch einen anderen Mann in Setsukos Leben gegeben? Sie war jung und schön gewesen, mit einer Handtasche voller Geld. Sie hatte mehr Möglichkeiten gehabt als die meisten Frauen, ich eingeschlossen.

Nachdem ich aufgelegt hatte, saß ich noch zehn Minuten mit Jammermiene in Hughs Wohnung herum. Ich packte die Erdbeeren zu den Dingen, die ich ihm mitbringen wollte, und verließ das Haus durch die Seitentür. Der überdachte Eingang von Mrs. Chapmans Hotel an der Roppongi Dori leuchtete hell und einladend. Vielleicht würde ich dort eine Stunde Trost finden. Ich mußte nicht ganz so dringend arbeiten, wie ich Hugh erzählt hatte.

»Rei, ich schalte nur mein Gymnastikvideo aus, dann bin ich gleich unten!« Mrs. Chapman zeigte sich am Haustelefon sehr erfreut über meinen Überraschungsbesuch. Ein paar Minuten später kam sie in einem türkisfarbenen Veloursjogginganzug, den ich bei Mitsutan gesehen hatte, aus dem Aufzug. Vielleicht trainierten Joe und sie gemeinsam. Wie wunderbar es doch sein mußte, einen Freund zu haben, der beide Beine gebrauchen konnte.

»Kleines, Sie weinen ja!« Ihre Arme umschlangen mich wie beruhigende Stahlgürtel.

»Nein.« Ich machte mich los.

»Ich habe noch nicht gefrühstückt, und Sie?« Mrs. Chapman griff nach einer meiner schweren Einkaufstüten und nahm meinen Arm.

»Doch, aber ich dachte, Sie hätten vielleicht ein bißchen Zeit für mich.«

Mrs. Chapman steuerte auf einen Coffeeshop zu und ging gleich nach hinten durch, wo es ruhiger war. Sie war offenbar Stammgast hier, so wie sie von den Kellnerinnen im Chor begrüßt wurde.

»Das Frühstücksgedeck?« Ein junges Mädchen mit einer Schürze und einem Bürstenhaarschnitt wie meinem kam, um uns zu bedienen. Sie sah mich an und kicherte.

»Das Salatgedeck, ich muß Diät halten. Für zwei«, bestellte Mrs. Chapman, ohne mir Gelegenheit zu geben, sie davor zu warnen, was nun kommen würde: eine einzelne Scheibe blaßgoldenen Toasts und ein Tellerchen mit Kopfsalat, Tomate und Gurke mit Mayonnaise darauf.

»Im Hotel gibt es das gleiche zum doppelten Preis«, sagte sie und langte mit Genuß zu, als das Frühstück kam.

»Treffen Sie sich noch mit Joe Roncolotta?«

»Ja, allerdings. Aber ich mache mir Sorgen um Sie! Wo kommen Sie denn so früh am Tag her?«

»Aus Hughs Wohnung.« Als sie mich tadelnd anblickte, begriff ich meinen Fehler. »Ich meine, ich war in seinem Apartment, aber er war nicht da.«

»In der *Japan Times* steht, er liegt im Krankenhaus.«

»Ja, das ist eine lange Geschichte, aber keine gute.« Der Kaffee schmeckte bitter, als würde er schon seit Stunden warm gehalten. Ich setzte die Tasse ab und starrte in die trübe Flüssigkeit. »Mein Mitbewohner sagt, ich wähle immer den schwersten Weg. Ich schwöre Ihnen, so etwas wie diese Geschichte wollte ich nie.«

Mrs. Chapman schnalzte mit der Zunge und drückte mich mit ihrer rauhen, großen Hand. »Ist er schwer verletzt?«

»Es ist ein unkomplizierter Bruch, aber er wird lange nicht laufen können. Ich bringe ihm heute ein paar Sachen. Ich habe da so ein Gefühl ...«

»Was denn, Kleines?«

»Ich habe das Gefühl, wir hatten fast herausgefunden, *warum* Setsuko umgebracht wurde, wahrscheinlich auch *von wem*. Aber jetzt liegt Hugh im Krankenhaus, und ich muß alles allein machen. Ich habe so wenig Zeit.«

»Joe und ich können Ihnen doch helfen«, beschwerte sich Mrs. Chapman. »Weshalb haben Sie denn neulich seine Einladung, etwas trinken zu gehen, ausgeschlagen? Er war wirklich gekränkt.«

Ich dachte daran, daß er mich ohne sie auf den Schwarz-Weiß-Ball eingeladen hatte. Das mußte ich unbedingt für mich behalten. Statt dessen sagte ich: »Mit mir gesehen zu werden, ist eine Schande, und ich will ihm keine Schwierigkeiten mehr bereiten. Außerdem muß ich wahrscheinlich sowieso weg aus Tokio.«

»Wieso das denn?«

»Eine Versetzung, die ich nicht will. Und weil ich die Geliebte eines Mörders geworden bin. Alles mögliche.«

»Eher alles Unmögliche.« Mrs. Chapman preßte die Lippen zusammen. »Vielleicht ist es eine Botschaft von Gott.«

»Gott?« wiederholte ich dümmlich. Dann fiel mir wieder ein, daß sie in die Kirche ging. Sie war so fromm, daß sie sogar die englischsprachige Gemeinde in Omotesandō ausfindig gemacht hatte.

»Gott sendet uns manchmal die Botschaft, daß es Zeit für eine Veränderung in unserem Leben ist. Vielleicht ist es an der Zeit, daß Sie in die Staaten zurückkehren«, meinte sie.

»Ich hoffe nicht«, sagte ich, stand auf und nahm meine Taschen und Tüten. »Gott weiß jedenfalls, daß ich zu spät komme! Es tut mir leid, aber ich muß los.«

Mit müden Beinen kam ich an diesem Nachmittag im St. Luke's an. Ich lief so langsam, daß eine Fotografin ihre Kamera in Ruhe auf mich einstellen konnte. Ich blieb stehen, um sie mir anzusehen – sie war die erste Kamerafrau, die ich in Japan zu Gesicht bekam, und in ihrer Weste und ihren Khakis sah sie bei weitem gepflegter aus als ihre Kollegen in Bluejeans. Etwas überrumpelt verbeugte sie sich, fast als würde sie sich für das, was sie tun mußte, entschuldigen. Ich erwiderte die Verneigung. Eine Kamera wurde ausgelöst, als ich wieder hochkam. Gut. Prinzessin Masako hätte sich nicht sittsamer verhalten können.

Im Schwesternzimmer der Chirurgie sagte man mir, Hugh sei in ein anderes Zimmer verlegt worden. »Das Problem mit der Presse«, flüsterte mir die junge Schwester zu, die ihn am Tag zuvor rasieren wollte. Sie bestand darauf, mich in den Sicherheitsbereich zu begleiten, wo sie eine Codenummer eintippte, bevor wir in den langen Gang eingelassen wurden. Ich entdeckte eine große Gestalt in einem blauen Bademantel, die an Krücken lief.

»Hugh?« rief ich. Er drehte sich um, verlor das Gleichgewicht und schlug längelang hin.

»Das wollte ich nicht!« Ich entschuldigte mich auf englisch und japanisch, während die Schwestern kreischten und die Pfleger um den auf dem Boden liegenden Körper zusammenliefen.

»Ich habe mich nur blöd angestellt. Es ist nichts passiert«, protestierte Hugh, obwohl ein Kratzer an seinem Arm blutete.

Ein halbes Dutzend Schwestern und Pfleger mußte mit anpacken, um Hugh ins Bett zu bringen und das Bein hochzuhängen. Als wir endlich allein waren, nahm Hugh mein Gesicht in die Hände und küßte mich so lange, daß ich beinahe vergaß, wo wir waren.

»Ich habe ziemlich schlechte Nachrichten«, flüsterte ich.

»Laß mich erst essen«, sagte er. »Was ich da rieche – ist das indisch?«

»Von Moti«, bestätigte ich, stellte es auf das schwenkbare Tablett und schob es vor ihn hin. »Ich habe dir das beste Spinatcurry und *naan* mitgebracht.«

»Mit deinem Essen und der Krankenhauskost bin ich Vegetarier, wenn ich hier herauskomme«, murrte er. Trotzdem aß er mit Heißhunger und fragte mich verspätet, ob ich auch etwas wolle.

»Nein, ich habe ausgiebig gefrühstückt. Du kommst nie darauf, wer mich dazu eingeladen hat.« Ich erzählte ihm von Mrs. Chapman.

»Sie ist ziemlich launisch, nicht? Daß sie immer noch in Tokio ist ...« Er hob die rechte Augenbraue, und ich streckte den Finger aus, um sie wieder nach unten zu stupsen.

»Der Besuch hat mich wieder aufgerichtet.«

»Wieso?« Er zog mich wieder zu sich. »Was hat dich denn so beunruhigt?«

»Captain Okuhara will mich noch einmal verhören – in Shiroyama. Er weiß, daß ich in Nakamuras Haus war. Aber er weiß nicht, daß du auch dabei warst.« Ich wandte den Blick von seinem besorgten Gesicht und betrachtete meine Fingernägel, an denen ich mittlerweile wieder kaute.

»Mr. Ota hilft dir«, sagte Hugh nach einem Moment. »Es tut mir leid, daß ich dich überredet habe, mitzukommen. Nakamura muß dich im Garten entdeckt haben.«

»Nein, es war sicher Yamamoto, der es Captain Okuhara erzählt hat.«

»Wieso denn das?«

»Ich bin schuld. Als ich bei Yamamoto war, habe ich erwähnt, daß ich Nakamuras Schrank durchsucht habe. Und Yamamoto war sehr böse auf mich. Ich glaube, das war seine Rache.«

Es klopfte kurz, und mein Cousin steckte den Kopf durch die Tür.

»Doktor Tom!« begrüßte ihn Hugh. »Die morgendliche Visite?«

Tom sah mich verlegen an. Sollte ich gehen? Ich wollte aufstehen, aber Hugh nahm meine Hand.

»Erzählen Sie! Was gibt es Neues?« Er klang recht munter, aber ich spürte die Besorgnis darunter. »Ich bin heute eine Meile an Krücken durchs Krankenhaus gelaufen, aber Dr. Endo sagt immer noch nichts davon, daß ich gehen darf.«

»Eine Meile gelaufen und dann hingefallen, wie ich gehört habe«, sagte Tom und studierte Hughs Krankenblatt.

Ich trat ans Fenster und blickte auf den Sumida-Fluß. Auf so engem Raum mit meinem Cousin und meinem Liebhaber eingeschlossen zu sein, machte mich wider alle Vernunft nervös.

»Sie wissen, wie wir Patienten wie Sie nennen? Unkooperativ.« Tom sagte das ganz leichthin.

»Während Sie sich einfach der Polizei fügen. Und den *yakuza*, wie ich mir vorstellen kann, denn offenbar scheint ja jeder zu wissen, wo ich bin ...«

»Hör auf!« befahl ich Hugh, dann wandte ich mich meinem Verwandten zu. »Tom, ich muß dich warnen: Hugh versteht keinen Spaß. Er hat einen sehr unterentwickelten Sinn für Humor.«

»Hugh-san, bitte lassen Sie mich meine Arbeit machen.« Tom hob Hughs Fuß an und drückte leicht auf seinen großen Zeh. »Tut das weh?«

»Ich spüre überhaupt nichts«, antwortete Hugh, obwohl ich sah, wie er zusammenzuckte.

»Er ist immer noch ziemlich geschwollen, wahrscheinlich weil Sie herumgelaufen sind. Wenn Sie liegen bleiben würden, würde die Schwellung zurückgehen, und wir könnten Ihnen endlich den Gips anlegen.«

»Moment. Dr. Endo hat mir etwas anderes gesagt. Angeblich werde ich nächsten Montag einen Gips bekommen, weil der Orthopäde wieder da ist. Ich werde behandelt wie ein drittklassiger Patient!«

»Es stimmt, wir haben sehr viel zu tun. Es schadet Ihnen nicht, wenn Sie noch eine Weile im Krankenhaus bleiben. Uns ist es lieber, wenn wir sichergehen können, daß der Patient vor der Entlassung vollständig genesen ist.«

»Sie erzählen mir also, daß man in Japan die Leute lieber länger im Krankenhaus behält, weil die Versicherung dann mehr zahlt?« Hugh blickte unschuldig drein, aber seine Worte hatten gesessen.

»Sie sind gut im Argumentieren, *neh*? Ein richtiger Anwalt.« Tom schüttelte den Kopf und legte Hughs Fuß wieder in die Schlinge. »Gut. Heute abend bekommen Sie etwas Unterhaltung, denn Sie müssen noch einmal hinunter zum Röntgen. Wir müssen überprüfen, ob Sie sich bei Ihrem Sturz noch mehr verletzt haben. Rei-chan, deine Perücke ist in einer Mitsutan-Einkaufstüte im Schwesternzimmer. Ich würde dir empfehlen, sie aufzusetzen. Heute abend habe ich um elf Uhr Schluß – ich möchte nicht, daß du wieder ohne mich nach Hause fährst, so wie gestern.«

»Ich fahre heute abend in meine eigene Wohnung. Ich habe schon mit Tante Norie darüber gesprochen.«

»Du wohnst in meinem Apartment«, mischte sich Hugh ein.

»Glauben Sie denn, meine Kusine würde in Ihrer Wohnung schlafen?« Tom schien nach Worten zu ringen. »Hugh-san, ich muß Ihnen erklären, daß in Japan so ein Benehmen gar nicht gut für das Image eines jungen Mädchens ist.«

»Tom, ich bin alt genug, um zu schlafen, wo ich will. Wie kannst du, ein Verwandter, den ich höchstens fünf- oder sechsmal getroffen habe, mir vorschreiben, was ich zu tun habe?«

»Tanin yori miuchi«, murmelte Tom.

»Was heißt das?« fragte Hugh.

»Er sagt, Verwandte sind besser als Fremde.« Ich warf meinem Cousin einen finsteren Blick zu.

»Eines Tages bin ich sicher ein Bona-fide-Verwandter«, sagte Hugh, und sein Lächeln war beinahe eine Beleidigung. Die zwei waren einfach lächerlich – sie sprachen von mir, als könnten sie über mich verfügen. Ich wollte sie gerade beide ausschimpfen, als eine Schwester mit einem Kurzhaarschnitt hereinplatzte. Ich hätte schwören können, daß sie am Tag zuvor noch lange Haare gehabt hatte.

»Shimura-*sensei*, glauben Sie, Mr. Glendinning kann einen weiteren Besucher empfangen?« piepste sie, ohne die zwei Männer zu beachten.

»Wer ist es?« fragte Hugh.

»Nakamura-san von Sendai Limited.«

»Das geht in Ordnung. Ich muß meine Runde fortsetzen.« Tom rauschte hinaus, ohne sich umzudrehen. Mir war klar, daß er wütend war.

»Danke!« Hugh winkte Tom nach, dann flüsterte er mir zu: »Bitte bleib. Ohne dich bin ich verloren.«

Seiji Nakamura war in den drei Wochen, seit ich ihn im Minshuku Yogetsu zum ersten Mal gesehen hatte, um ein Jahrzehnt gealtert. Seine Haut wirkte fahl, und die Ringe unter seinen Augen waren zu Tränensäcken geworden. Die Linien um seinen Mund hatte ich dem Rauchen zugeschrieben, aber jetzt registrierte ich, daß sie in Verbindung mit seinem finsteren Blick standen. Mit ebendiesem bedachte er mich, bevor er sich beflissen über Hugh beugte.

»Glendinning-san hatte in letzter Zeit so viele Schwierigkeiten.« Er machte eine plötzliche Bewegung mit den Händen, die er hinter dem Rücken gehabt hatte. Ich lachte innerlich, als er eine lederne Aktentasche absetzte und das eigentliche Geschenk präsentierte: eine Schachtel mit fünf Jumbo-Pfirsichen, von denen jeder durch eine Schaumstoffbanderole geschützt wurde.

»Sie werden in einem speziellen Treibhaus gezogen, aber wahrscheinlich mag Glendinning-san gar keine Pfirsiche ...«

Er hielt sich genau an die gesellschaftliche Routine, wies auf den offensichtlichen Wert seines Geschenks hin, während er es gleichzeitig herabsetzte, das verhaßte Ritual, das ich auswendig konnte.

»Rei wird sie mögen. Sie ißt nur Obst, Nüsse und solche Sachen«, sagte Hugh, statt ihm geradeheraus zu danken. Ich nahm die Pfirsiche, da Hugh sie offenbar nicht wollte, und stellte sie neben das indische Essen auf das Tablett.

»Ich habe heute morgen die Zeitung gelesen. Ich habe es sehr bedauert, von der schrecklichen Verletzung meines Freundes hören zu müssen«, sagte Nakamura.

»Der Aufenthalt hier ist recht angenehm und entspannend«, antwortete Hugh. »Als ich auf den Skipisten nach Yamamoto gesucht habe und in Shiroyama im Gefängnis saß, da hätte ich einen Freund gebraucht.«

»Die Umstände waren nicht einfach für mich ...«

»Ihre Frau war gerade gestorben«, murmelte ich und warf Hugh einen tadelnden Blick zu. »Sie hatten genug mit sich selbst zu tun.«

»Deshalb bin ich heute gekommen.« Mr. Nakamura warf mir einen *Raus-hier!*-Blick zu, der bei seinen Sekretärinnen wahrscheinlich funktionierte. »Ich habe viele Gebete gesprochen, um die Probleme zu lösen, aber alles ist nur schlimmer geworden.«

»Wieso das?« Hugh klang täuschend unbeteiligt.

»Am Anfang galt es als Selbstmord. Dann hat sich dieses neugierige Mädchen eingemischt, und es wurde zu Mord. Die Hälfte der Leute, die zur Trauerzeremonie eingeladen waren, kamen nicht. Nur die falschen sind gekommen.« Er sah mich böse an. »Wie Sie, Shimura-san. Haben Sie denn gedacht, ich würde Sie mit diesen unverschämten Augen und der Teenagerfigur nicht erkennen?«

»Sie müssen sehr böse gewesen sein«, sagte ich. Ich merkte, wie sich Hughs Körper unter der Decke anspannte. Mir war klar gewesen, daß ich Mr. Nakamura an diesem Abend nicht getäuscht hatte. Genausowenig war ich bei dem Hausputz unbemerkt geblieben.

»Weshalb hätte ich Sie sonst die Toilette putzen lassen sollen? Ich konnte in meinem Haus keine Szene machen, auch wenn ich das gerne getan hätte!«

Ich rutschte unbehaglich auf der Bettkante herum.

»Und dann habe ich sie vor drei Tagen noch einmal gesehen, wie sie sich in meinem Garten versteckt hat.« In gespielter Fassungslosigkeit sah er Hugh mit großen Augen an. »Was habe ich getan? Warum verschwindet diese Frau nicht aus meinem Leben?« Er sah mich an. »Was ist es? Wollen Sie meine zweite Frau werden?«

»Ich würde nie die Frau eines *salaryman* werden! Dazu bin ich viel zu ehrgeizig.« Mir fiel der billige Body in seinem Schlafzimmerschrank ein. Für Keiko war er zu klein, aber ich konnte trotzdem beweisen, daß Nakamura sie kannte. Jetzt schien mir ein geeigneter Zeitpunkt, das anzusprechen. »Sie waren vor kurzem in einer Bar namens Club Marimba, wo Setsukos Schwester arbeitet.«

»Die Schwester meiner Frau ist tot.«

Ich schüttelte den Kopf. »Keiko ist gesund und munter und hat beste Kontakte zum Mob. So wie demzufolge Sie auch.«

»Was, sind Sie verrückt geworden?«

»Verrückt ist nur, daß Sie dachten, mit dem Mord an ihr ungeschoren davonzukommen.« Ich war ganz mutig, in Anbetracht der Phalanx von Schwestern und Pflegern direkt vor der Tür.

Nakamura sah Hugh mitleidheischend an. »Wir sind Freunde! Was erzählen Sie denn den Leuten?«

»Es wäre nett gewesen, wenn Sie mir gesagt hätten, was Sie mit dem Akku vorhaben.« Hugh zog irgendeine Diskette aus der Paul-Smith-Tüte und winkte damit, als sei das die besagte. *Paß auf*, wollte ich sagen. Ich mußte doch Captain Okuhara etwas mitbringen.

»Es ist völlig normal, daß ich Informationen über die Produktentwicklung habe – immerhin sitze ich in der Geschäftsleitung.«

»Wenn es so normal ist, weshalb wußte dann Mr. Sendai nichts davon?« Hugh schob die Diskette wieder in die Tüte und lächelte. »Damit bin ich wieder im Geschäft, und Sie sind draußen: Ich rette den Eterna und nenne Ihnen den korrupten Angestellten, der ihn an die Konkurrenz verkauft hätte.«

»Schicken Sie sie raus, damit wir uns unterhalten können.« Der *salaryman* nickte in meine Richtung.

»Das kann ich leider nicht. Rei ist eine Art Partner.« Hugh drückte meine Hand.

»Wenn Sie mit mir verhandeln wollen, dann ist das eine Sache zwischen uns beiden Männern.«

»Warum?« fragte ich. »Sie hatten kein Problem, mit Keiko zu verhandeln.«

»Sie sind eine unverschämte junge Frau!« bellte Nakamura.

»Rei, es tut mir leid.« Hughs Augen schienen mir alles mögliche mitteilen zu wollen, das einzige aber, was mich kümmerte, war, daß ich verschwinden sollte.

»Na gut, ich gehe. Viel Glück euch beiden in eurer Männerwelt«, preßte ich heraus, zog meinen Parka vom Bett und stieß dabei versehentlich Mr. Nakamuras teure Pfirsiche zu Boden. Vier davon kullerten unter das Bett, und dem einen, der mir im Weg lag, versetzte ich einen festen Tritt.

30

Zu meiner Überraschung wohnten Richard und Mariko wieder zusammen in seinem Zimmer. Das bedeutete, ich konnte lange und bequem schlafen. Es war beinahe elf, als ich ins Lebensmittelgeschäft ging, um mir einen Reiskloß zu kaufen.

»Lange nicht gesehen, Shimura-san! Ich dachte, Sie seien zu den *beautiful people* nach *downtown* gezogen!« Mr. Waka begrüßte mich überschwenglich.

»Es ist lange her«, pflichtete ich ihm bei. »Zu lange.«

»Sehen Sie, sehen Sie!« Er hielt die druckfrische Ausgabe der Boulevardzeitschrift *Friday* hoch. Das Titelbild zeigte mich, wie ich mich vor Hughs Haus vor der Fotografin verneigte. Die Schlagzeile lautete *»Rei no Rei!«* oder *»Reis Verbeugung«*, ein Wortspiel mit einer zweiten Bedeutung meines Namens.

»Es ist ein recht guter Artikel. Sie befragen Ihre Schüler, Ihre Freunde, Ihren Cousin im Krankenhaus, nur um Ihren wahren Charakter herauszufinden und ob Sie sich der Justiz beugen werden – und das tun Sie doch bestimmt! In Anbetracht der Umstände war es eine sehr positive Story.«

»Hmm.« Ich öffnete die Dose grünen Tee, die ich mir an dem Automaten vor der Tür gekauft hatte.

»Junge Frauen lassen sich die Haare wie Sie schneiden, ist Ihnen das aufgefallen? Sie nennen es den *Rei-Styru*. In einem Salon in Harajuku kostet der Schnitt sechstausend Yen.«

»Oh, nein.« Ich fuhr mir durch die Haare, die noch naß vom Duschen waren.

»Sie müssen das lesen. Ich gebe Ihnen die Zeitschrift kostenlos, weil es ein so besonderes Ereignis ist. Bitte.« Mr. Waka sah so aufgeregt aus, daß ich das Magazin nahm, zusammenrollte und in meinen Rucksack steckte.

»Sie sind zu freundlich«, murmelte ich pflichtgemäß zum Abschied.

»Ich bin gar nicht freundlich. Nur ein Verehrer.«

Auf dem Weg zur U-Bahn holte ich das Heft heraus und las. Ich konnte nicht glauben, daß Richard mit ihnen gesprochen hatte. Und Tom. Hätte ich nur mehr *kanji* lesen können; es war gräßlich, nicht entziffern zu können, was die Leute über mich sagten.

Das Gesicht in die Zeitschrift vergraben, stieg ich langsam die metallenen Stufen der Fußgängerüberführung hinauf. Wegen des morgendlichen Berufsverkehrs roch es besonders stark nach Dieselabgasen. Das Stottern und Aufheulen der Autos unter mir war ein starker Kontrast zu der friedlichen Ruhe von Tante Nories Viertel. Ein kluger Mensch hätte freie Kost und Logis dort nicht einfach aufgegeben.

Ein heftiger Windstoß riß mir die Zeitschrift aus der Hand. Gleichzeitig wurde der Verkehrslärm lauter, als wäre ein Auto hinter mir. Ich warf einen Blick über die Schulter und sah etwas absolut Verbotenes: ein großes schwarzes Motorrad fuhr über die Fahradrampe auf die Überführung.

Das glänzende schwarze Gefährt schien es genau auf mich abgesehen zu haben. Ich wich aus. Der Fahrer, eine anonyme Gestalt mit Helm, korrigierte die Richtung und erhöhte die Geschwindigkeit.

Ich drückte mich flach gegen das Sicherheitsgeländer, wie fast alle anderen auf der Fußgängerbrücke. Der *kamikaze*-Fahrer war jetzt kaum mehr als drei Meter entfernt. Ich war zweifellos das Ziel, ohne eine Möglichkeit zur Flucht. Außer ich sprang.

Eine wilde Verzweiflung ließ mich über das Geländer klettern. Zu spät fiel mir ein, daß das riesige Auffangnetz an der Außenseite gerade beim Reparieren war. Ich wollte abwarten, bis die Gefahr gebannt war. Ich war schon halb darübergeklettert, als das Motorrad gegen das Geländer fuhr.

Eine schwarz behandschuhte Hand schoß vor und versetzte mir einen Stoß. Ich schwankte, fiel und griff verzweifelt nach dem Geländer. Meine rechte Hand schloß sich um einen Stahlstange, und ich hing in zehn Metern Höhe über den Bahngleisen.

Alles war ganz schnell gegangen, aber ich nahm jedes Detail wie in Zeitlupe wahr. Meine Pumps rutschten mir von den Füßen und fielen hinunter; ihnen folgte mein Rucksack, der an meiner linken Schulter hing. Ich wurde immer schwerer. Jeder Teil von mir schien nach unten zu ziehen. Erfolglos schwang ich den linken Arm hin und her; ich wollte das Geländer erreichen, aber ich hatte nicht genügend Kraft. Klimmzüge hatte ich noch nie gekonnt, schon in der Schule waren sie mir mißlungen.

Ich hatte zu viel Angst, um zu weinen, zu viel Angst, um irgend etwas anderes zu tun, als schnell zu atmen und zuzusehen, wie der Motorradfahrer über die Fußgängerrampe wieder auf die Straße raste.

»Passen Sie auf«, rief mir eine Frau im Kostüm von der sicheren Seite der Fußgängerbrücke aus zu. Eine ganze Gruppe Pendler stand bei ihr; sie machten besorgte Bemerkungen und diskutierten, ob sie die Polizei oder die Feuerwehr rufen sollten. Das ist egal, wollte ich sagen, so lange kann ich mich sowieso nicht mehr festhalten.

Ein paar zerlumpte Obdachlose hatten sich direkt unter mir versammelt und hielten diverse Tüten und Teile ihrer Papphütten hin, als könnten sie damit meinen Fall sicher auffangen. In der Ferne hörte ich Verkehrsgeräusche und vielleicht eine Sirene.

»Nehmen Sie das.« Ich hörte eine rauhe Stimme und blickte nach oben. Ich sah das schmutzige Gesicht des Obdachlosen, über den ich einmal gestolpert war und dem ich das Essen geschenkt hatte. Er hielt das Seil in der Hand, mit dem er sich sonst Decken um den Körper band.

Er ließ das Seil nach unten, und nach ein paar vergeblichen Versuchen erwischte ich es mit der linken Hand. Mein Retter und jemand hinter ihm zogen mich aufwärts. Mit der linken Hand erreichte ich das Geländer, und starke Hände griffen unter meine Arme und zerrten mich hinüber.

Ich war gerettet. Hyperventilierend lag ich auf der Stahlbrücke.

»Sumimasen deshita. Sumimasen.« Zwischen meinen stoßweisen Atemzügen wimmerte ich Entschuldigungen. Ich wußte, es war lächerlich, aber ich konnte nicht aufhören. Vielleicht war ich hysterisch.

»Der Kerl war wahrscheinlich *bōsōzoku*«, zischte mein Retter. »Diese verdammten Motorradbanden!«

»Haben Sie sein Nummernschild gesehen?« keuchte ich.

»Er hatte kein Nummernschild!« Der Mann beugte sich zu mir herab und flüsterte so nahe an meinem

Gesicht, daß ich seine Sakefahne roch. »Versuchen Sie nicht, es herauszufinden. *Bōsōzoku* sind Freunde der *ya-san*.«

Zwei Polizisten kamen auf uns zugelaufen, und ihre Schritte ließen die Brücke unter meinem Rücken federn. Ich richtete mich mühsam auf, und mein zotteliger Freund verschwand zwischen den Pendlern. Als die Polizisten ihre Notizbücher hervorholten, erzählte ich ihnen stockend und mit zittriger Stimme von dem Phantomfahrer.

Der Ranghöhere unterbrach mich. »Ihre Aufenthaltserlaubnis, bitte?«

Ich hätte wissen müssen, daß das ihr größtes Problem war. Ich deutete auf meinen Rucksack, der neben meinen Schuhen unten auf den Gleisen lag. Dort konnten sie sich den Ausweis holen.

Schmutzig und verspätet kam ich bei Nichiyu an, aber ich ging direkt ins Büro der Sprachabteilung und knallte einen Umschlag auf Mr. Katohs Schreibtisch. Seine Sekretärin, Mrs. Bun, ließ mich nicht aus den Augen, und ich überlegte, ob sie wohl Erkundigungen einziehen würde. Fünfzehn Minuten später sah ich sie mit dem Personalchef flüstern und wußte, daß meine Vermutung richtig gewesen war.

Im Waschraum säuberte ich mich, aber ich war immer noch völlig verstört, als ich meinen Mittagskurs unterrichtete. Alles war anders. Mein Unterrichtsstil war formell geworden, und ich hielt mich an alle Vorschriften. Es war Ironie des Schicksals: ausgerechnet jetzt, da die lesende Bevölkerung Japans enge Bekanntschaft mit mir schloß, hielt ich die Menschen, mit denen ich seit Jahren zusammenarbeitete, auf Distanz. Am Ende des Unterrichts verneigten sich ein paar Schüler und sagten *sayonara*, statt des üblicheren: »Bis nächste Woche«. Vielleicht spürten auch sie, daß etwas vorbei war.

Mr. Katoh rief mich in das Konferenzzimmer. Er redete über das schlechte Wetter und machte ein paar abschätzige Bemerkungen über das Verhalten der Presse in letzter Zeit. Schließlich sah er mich an und sagte: »Sie wollen uns also verlassen.«

»Ich sehe mich dazu gezwungen.« Ich betrachtete die Wand mit den gerahmten Plakaten von Nichiyus berühmtesten Produkten. Die Kaffeemaschine mit integrierter Kaffeemühle. Der komplizierte Wasserkocher. Die Anbringung des »Caffe-ratte«-Plakats an der Wand würde ich wohl nicht mehr erleben.

»Sie haben geschrieben, Sie möchten der Firma Schande und Demütigung ersparen. Ich fühle mich persönlich verantwortlich für diese Schwierigkeiten.« Mr. Katoh senkte den Kopf. »Ich war es schließlich, der Ihnen vorgeschlagen hat, im Urlaub nach Shiroyama zu fahren.«

»Dafür können Sie doch nichts ...«

»Ich verstehe nicht, weshalb Sie sich so hineinziehen lassen mußten. Es waren doch noch andere Gäste dort, aber deren Namen sehe ich nicht mehr in den Zeitungen. Nur Ihren und den des Engländers.«

»Er ist Schotte, kein Engländer.« Ich merkte, daß ich vom eigentlichen Zweck des Gesprächs, meiner Kündigung nämlich, abkam. »Mr. Katoh, es war eine große Freude, hier zu arbeiten, aber mit meinen Schülern komme ich nicht mehr voran. Wie ich in meinem Brief bereits geschrieben habe, lenkt sie das Geschehen um mich herum zu sehr ab.«

»Wann möchten Sie gehen?« Seine Stimme klang traurig.

»Ich muß nächsten Montag zur Polizei in Shiroyama.«

»Oh, nein, Miss Shimura. Haben Sie einen Anwalt?«

»Ja«, log ich.

»Vielleicht wird ja noch alles gut.« Er klang alles andere als hoffnungsvoll.

»Ich bedaure sehr, wie sich alles entwickelt hat«, sagte ich.

»Bitte rufen Sie mich an, wenn die Befragung vorüber ist. Vielleicht kann ich eine Teilzeitstelle für Sie finden. Sie haben einen so schönen Kommentar für das Caffe-ratte-Video aufgenommen. Von unseren Händlern in Übersee weiß sicher keiner von Ihren Problemen hier.«

Mein brüsker, väterlicher Chef versuchte auf höchst unorthodoxe Art, mir zu helfen. Ich war gerührt und wollte ihm danken, aber er winkte ab.

»Wir müssen in der Sprachabteilung trotzdem etwas ändern. Da Sie so lange hier waren, können Sie mir vielleicht einen Rat geben, wie ... wie ich Mr. Randall am besten von Osaka überzeugen kann?«

Ich wollte nur nach Hause und meinen müden Körper unter Decken begraben, aber ich konnte meinen Termin bei Ishida Antiques nicht platzen lassen. Als ich den Laden betrat, hängte Mr. Ishida das GESCHLOSSEN-Schild an die Tür und ging nach hinten in eine winzige Küche, um den Wasserkessel zu füllen.

»Wo waren Sie denn gestern? Ich habe ein paarmal angerufen«, beschwerte ich mich, als er wiederkam, um seinen Abakus und die Quittungen von dem niedrigen *kotatsu*-Tisch wegzunehmen und für den Tee zu decken.

»Ich habe mich noch einmal mit meinem Freund vom Tokio-Nationalmuseum getroffen. Honda-san ist ein Mann mit vielen Verpflichtungen, deshalb muß ich zu ihm gehen, wenn er Zeit für mich hat.« Mr. Ishida stellte eine dunkelrote Kutani-Teekanne auf den Tisch, Schalen und ein kleines Sieb. Es waren sehr schöne Stücke; ich wunderte mich, daß er sie im Alltag gebrauchte.

»Und?«

»Geduld, Miss Shimura.« Er ging in die Küche, um den pfeifenden Kessel vom Herd zu nehmen. Ich sah mir währenddessen das Porzellan an und drehte es um, um die Stempel auf der Unterseite betrachten zu können.

Als er herauskam, goß er mir die erste Tasse ein.

»Bitte, versuchen Sie.«

»*Itadakimasu.*« Ich sprach das Tischgebet, bevor ich die dampfende, hellgrüne Flüssigkeit probierte. »Ein bißchen nach Gras schmeckt es. Frisch.«

Er schien sich zu freuen. »Das ist *gyokuro*, grüner Tee der höchsten Qualität. Er kommt von einer Plantage in Shizuoka, die es bereits seit acht Generationen gibt. Ich habe ihn genau eine Minute lang ziehen lassen.«

Ich nahm noch einen Schluck und schwieg. Vielleicht veranlaßte ihn meine traurige Berühmtheit zu dem merkwürdigen Verhalten; womöglich wollte er herausfinden, ob ich immer noch der Mensch war, den er gekannt hatte.

»Ich habe etwas getan, über das Sie sich vielleicht nicht freuen werden«, sagte er, als wir unsere zweite Tasse tranken. Ob ihn die Presse kontaktiert hatte? Bestimmt hatte er für mich eintreten wollen, und es war schiefgelaufen.

»Ich verstehe«, sagte ich. »Alle reden, meine Kollegen, meine alten Freunde …«

»Reden?« Er wirkte verwirrt.

»Mit den Reportern der Boulevardzeitungen.«

»Boulevardzeitungen?« Er blickte so verdrießlich drein wie damals, als uns jemand bei einem Schreinflohmarkt Reproduktionen von Holzdrucken verkaufen wollte. »Seit fünf Jahren lese ich nur noch Kunstmagazine. Gibt es neue Schwierigkeiten?«

»Ja. Aber nichts, was unsere Freundschaft betrifft«, sagte ich vorsichtig. »Bitte sagen Sie mir, worüber ich mich unter Umständen ärgern könnte.«

»Es geht um Ihr Kästchen aus Shiroyama.«

Ich seufzte. Es war also doch eine Fälschung.

Mr. Ishida fuhr fort. »Obwohl mir das Kästchen nicht gehört, habe ich veranlaßt, daß es verkauft wird. Ich konnte Sie nicht erreichen und um Erlaubnis fragen, deshalb noch einmal meine Entschuldigung.«

»Erzählen Sie.« Ich beugte mich vor und stützte beide Ellbogen auf den Teetisch. Ich zog sie sofort wieder zurück, als mir mein Lapsus bewußt wurde. Nur Geduld.

»Der Käufer ist das Zentrum für Volkskunst in Shiroyama. Mein Freund im Nationalmuseum hat eine Großaufnahme des Kästchens und sein Gutachten hingeschickt, und daraufhin haben sie ein Gebot abgegeben. So einfach ist das.«

»Ihr Freund hat bestätigt, daß es von Prinzessin Miyo ist?«

»Allerdings. Prinzessin Miyo war eine merkwürdige junge Dame, *neh*?« Mr. Ishida lächelte. »Eine ihrer Merkwürdigkeiten war, daß sie mit der linken Hand gegessen und geschrieben hat. Mein Kollege glaubt, die Schnitzerei wurde Mitte des neunzehnten Jahrhunderts von einem Linkshänder gemacht.«

»Reicht das denn, um etwas zu identifizieren? Bestimmt ...«

Mr. Ishida hob eine Hand hoch und lächelte wieder. »Selbst heute noch müssen die meisten Linkshänder die rechte Hand benutzen. Das wissen Sie.«

Mein Vater hatte sehr darunter gelitten. Eine halbe Welt entfernt von seiner anständigen Erziehung in Yokohama fühlte er sich endlich frei genug, um mit der linken Hand zu schreiben. Trotzdem würde es ihm nicht im Traum einfallen, die Eßstäbchen in die linke Hand zu nehmen.

»Wie Sie schon ganz richtig erkannt haben, war das Kästchen selbst nicht von besonderer Qualität. Es stammt aus der Werkstatt von Koichi Hashimoto in Hakone und wurde zwischen 1850 und 1860 hergestellt. Damals konnte man es für ein paar *sen* kaufen. Mein Freund glaubt, daß Prinzessin Miyo das Kästchen wahrscheinlich von einem Verwandten oder Freund der Familie geschenkt bekommen hat, von jemandem, der auf der Tokaido-Straße unterwegs war und in Hakone haltgemacht hat.«

Wie seltsam das Geschäft mit den Antiquitäten doch war! Da hatte ich mich jahrelang bemüht, die beste Qualität zu kaufen, die ich mir leisten konnte; jetzt hatte ich Trödel aus dem neunzehnten Jahrhundert erstanden, der plötzlich wichtig war. Sehr wichtig sogar für den kleinen Ort, wo er herkam.

»Ich rate Ihnen deshalb, das Kästchen zu verkaufen, weil es von begrenztem Interesse ist und keine Wertsteigerung mehr erfährt«, erklärte mir Mr. Ishida. »Aber für das Zentrum der Volkskunst in Shiroyama ist es sehr bedeutend.«

»Ich würde es gerne stiften, da ich ja kaum etwas dafür bezahlt und es aus der Stadt mitgenommen habe, in die es gehört«, schlug ich vor.

Mr. Ishida schüttelte den Kopf. »Damit sich Ihr Ruf als Antiquitätenhändlerin gleich in Rauch auflöst? Das lasse ich nicht zu.«

»Aber ich bin doch gar keine Händlerin«, entgegnete ich, obwohl ich doch bereits an das Geld dachte.

»Miss Shimura, ich bestehe auf Bezahlung. Ich habe alles arrangiert, und es wäre ein absoluter Gesichtsverlust, wenn Sie diese Vereinbarung für ungültig erklären würden.«

»Darf ich fragen, wieviel sie dafür bezahlen wollen?« Meine direkte Frage stand im Raum. Ich schämte mich.

»Eins Komma zwei Millionen Yen. Zuerst wollten sie nicht mehr als eine Million ausgeben, aber dann haben sie ihre Meinung doch geändert. Deshalb wäre es sehr peinlich für mich, wenn Sie ablehnen würden.«

Ich ließ ihn die Zahl wiederholen, um sicher zu sein, daß ich ihn wirklich richtig verstanden hatte. Er sprach von zehntausend Dollar für ein Kästchen, das mich fünfzig Dollar gekostet hatte, den durchschnittlichen Preis für einen *Rei-styru*-Haarschnitt.

»Das können die sich leisten?« Es wunderte mich, denn die Galerie war recht klein.

»Das Zentrum wird von Nachkommen der Familie Shiroyama unterstützt, die ein beträchtliches Vermögen haben. Die Verwalter wissen, daß die Summe, die sie Ihnen zahlen, bald wieder über den erhöhten Zulauf hereingeholt ist. Sie haben vor, das Kästchen in den Mittelpunkt einer neuen Werbekampagne zu stellen, mit Artikeln und Anzeigen in der örtlichen und der nationalen Presse und einer Suche nach der Familie, der der Schatz einmal gehört hat, den Sie entdeckt haben.«

»Die Leute werden endlich erfahren, daß Prinzessin Miyo geflohen ist. Vielleicht sogar, was aus ihr geworden ist.« Da bestand eine seltsame Ähnlichkeit zu meiner Suche nach Setsuko.

»Das ist mein Vertragsentwurf. Wenn Sie möchten, können Sie ihn auch einem Rechtsanwalt zeigen.« Mr. Ishida streckte mir einen Stapel Papier entgegen.

Ich schüttelte den Kopf. Hugh würde daraus sowieso nicht schlau werden, und Mr. Ota hatte Wichtigeres zu tun. Ich wußte auch, daß das ein astronomischer Preis war für eine billige Schachtel aus Kiefernholz, die nicht einmal hundertfünfzig Jahre alt war.

»Wenn Sie mir das Wort für Wort übersetzen, unterschreibe ich gleich.«

Mr. Ishida fing an, und die Freude in seiner Stimme war deutlich zu hören, während er den trockenen Text vorlas. Es beeilte sich nicht einmal, als ein Kunde an die Tür klopfte.

Als ich einen Kugelschreiber herauszog, um den Vertrag zu unterschreiben, schüttelte er den Kopf.

»Haben Sie keinen *hanko*?« Er sprach von meinem persönlichen Namensstempel. Ein *hanko* wurde für sicherer gehalten als eine Unterschrift von Hand; diese Tradition war schon Hunderte von Jahren alt.

»Natürlich.« Ich suchte in meiner Tasche und fand das schlanke Klötzchen mit der Gummikappe, in die mein Name geschnitzt war. Mein Vater hatte ihn mir als Glücksbringer für mein neues Leben in Japan geschenkt.

»Ehrgeiz. Ein vielversprechendes *kanji*, um den Anfang einer neuen Karriere zu feiern«, sagte Mr. Ishida, als er das erste Zeichen meines Nachnamens betrachtete.

Ich wurde rot und meinte nur: »*Okage samade*«; *Ihretwegen*, die rituelle Art, anderen für den eigenen Erfolg zu danken. Ich war wie eine Verrückte durch die Gegend gerannt, während Mr. Ishida und Taro Ikeda ihre Zeit damit verbracht hatten, meinen Kauf zu begutachten. Ich mußte mir unbedingt etwas für sie ausdenken.

Vor dem St. Luke's begrüßte mich eine Reporterschar. Nachdem ich bei Karen gebadet und ihren Schrank durchsucht hatte, war ich eine neue Frau: ich trug einen weißen Ledertrenchcoat über einem cremefarbenen Satinstretchabendkleid, die sie beide noch für Fotoaufnahmen brauchte. »Du darfst nicht einmal daran denken, die Sachen schmutzig zu machen!« flehte sie, während ich Stein und Bein schwor, daß nichts passieren würde. Ich zog mir den knappen Mantel über die Oberschenkel, reagierte nicht auf die Fragen über meinen Unfall an der Station Minami-Senju und eilte in das angenehm warme Krankenhaus.

»Eine Vegetarierin, die Leder trägt. Wie erfrischend«, sagte Hugh, als ich an sein Bett trat.

Als ich den Mantel auszog, betrachtete er das geschmeidige Abendkleid. »Von wem ist das? So etwas trägst du doch sonst nicht.«

»Von Karen. Na ja, eigentlich ist es von *Classy* ausgeliehen.« Ich war froh, daß er sich mit meiner Kleidung beschäftigte. Ich hatte beschlossen, ihm nichts von dem Angreifer auf dem Motorrad zu erzählen.

»Ich meinte eigentlich«, er seufzte wegen der Sprachbarriere, die immer noch zwischen uns bestand, »wer dieses Kleid entworfen hat. Sonst trägst du doch nur deine Wildfang- oder Missionarskluft. Komm mal näher, damit ich es besser sehen kann.«

»Es ist von Hervé Léger.« Ich fühlte mich plötzlich ganz nackt.

»Du siehst aus wie eine ziemlich aufreizende Brautjungfer.« Sein Gesicht verriet mir nicht, ob es ein Erfolg oder eine Katastrophe war. »Mit den ganzen Riemen und ausgeschnittenen Stellen.«

»Karen hat gesagt, weil es teuer und französisch ist, kann ich es anziehen, aber ich weiß nicht ...«

»Das kommt nur darauf an, was du tust und mit wem.« Er schob die Hand unter das Oberteil, und es durchzuckte mich, als seine Finger über meine nackte Haut glitten.

»Ich muß heute auf den Schwarz-Weiß-Ball im TAC.«

»Du spielst ein Spiel mit mir, nicht wahr?« fragte Hugh und zog die Hand weg. »Ein Eifersuchtsding.«

»Nein, es geht nur um einen Mann, der mir mit dem Amerikaner weiterhelfen kann ...«

»Wer ist es?«

»Joe Roncolotta.«

Hugh war eine Minute lang still. Als er weitersprach, klang er mißmutig. »Seit wann bist du mit dem Zaren des *gaijin*-Businessestablishments befreundet?«

»Ich habe ihn vor ein paar Wochen angerufen. Wir waren einmal zusammen essen. Er hilft mir.«

»Bei seinem Alter und seinem Umfang ist er wohl ziemlich harmlos. Aber über den Amerikaner kann er dir nichts geben, was ich nicht auch hätte.«

»Was soll das heißen?« Ich lehnte mich unsicher über das Bett, denn ich wollte das Kleid nicht beim Sitzen zerknittern.

»Mein Deal mit Nakamura gestern abend war ziemlich einfach. Nachdem ich versprochen habe, ihn nicht bei Sendai zu verpfeifen, hat er zugestimmt, seinen Plan, den Eterna-Akku zu verkaufen, ad acta zu legen. Er wird Captain Okuhara außerdem sagen, daß wir das Haus mit seiner Erlaubnis betreten haben. Und schließlich hat er mir das gegeben, was wir die ganze Zeit gesucht haben: die Briefe von Setsukos Vater.«

»Sind sie echt?« fragte ich und dachte an Mr. Ishidas Handschriftenexperten.

»Sie sind in den Originalumschlägen, und alle sind in Texas abgestempelt, über einen Zeitraum von fünfundzwanzig Jahren. Es wäre, glaube ich, ziemlich schwer, so etwas zu fälschen. Das waren die Wertsachen, die Setsuko in ihrem Safe hatte.«

»Er wußte von ihrem Vater?«

»Sicher. Das gehörte zu den Dingen, die sie als Heiratskandidatin attraktiv gemacht haben.« Er lächelte trocken. »Soviel zu meiner chauvinistischen Theorie, daß Schönheit ihr einziges Kapital war.«

»Woher wußte Mr. Nakamura, daß wir an den Briefen interessiert sein würden?« Mir war nicht ganz wohl bei dem Gedanken, ihn als Verbündeten zu haben.

»Jemand aus der Firma war so eine Art Doppelagent ...«

»Hikari. Sie war seine Geliebte«, sagte ich.

»Das wußtest du?«

»Erinnerst du dich an den schwarzen Body? Ich

habe den Geruch von Hikaris Deo wiedererkannt. Dir ist das offenbar nicht aufgefallen.«

»So nahe bin ich ihr nie gekommen.« Er sah mich bewundernd an, bevor er weitersprach. »Nakamuras Gangsterfreund Mr. Fukujima wußte von der Sache mit Hikari und hat auch gelegentlich darüber geplaudert. Der Klatsch hat schließlich seinen Weg zu Keiko gefunden, die sofort begriff, daß Setsuko damit endlich die Grundlage für eine angemessene Scheidungsvereinbarung hatte. Keiko hat Nakamura erpreßt und gedroht, Setsuko von Hikari zu erzählen.«

»Hat er gezahlt?« Erpressung war ein Verbrechen, aber irgendwie gefiel mir die Vorstellung, daß der arrogante Geschäftsmann einer Frau gehorchen mußte. Hugh den Knöchel zu brechen und mich über die Fußgängerbrücke zu katapultieren war natürlich ein anderes Kapitel.

»Eine halbe Million Yen war die erste Rate. Damit ist die Sache mit seiner Firmenkreditkarte erklärt.«

»Aber jetzt, wo Setsuko tot ist, gibt es keinen Grund mehr für eine Erpressung. Er kann mit Hikari tun und lassen, was er will. Was für einen Grund hätte er also, dir zu helfen?«

»Er hat den Verdacht, daß Keiko hinter dem Mord steckt, aber er weiß nicht, wie er das beweisen soll, ohne seine Verbindung zu den *yakuza* zu offenbaren. Als ich Hikari angerufen habe, weil ich dringend ihre Hilfe brauchte, haben die beiden zusammen die Idee ausgeheckt, daß wir beide einbrechen und die Arbeit für ihn erledigen sollten. Deswegen hat er das Fotoalbum auf den Tisch gelegt und gehofft, daß wir es mitnehmen würden.«

»Das klingt, als würdest du ihn für unschuldig halten«, sagte ich. Meine Enttäuschung mischte sich mit der Erleichterung, daß ich nun nicht mehr mit einer Anklage wegen Einbruchs rechnen mußte.

»Für relativ unschuldig«, antwortete Hugh. »Über den Silvesterabend hat er deswegen so vage Lügen erzählt, weil er sich in einem Schrankzimmer versteckt und eine Stunde mit Hikari telefoniert hat. Ich habe heute die Rechnung meines Handys überprüft, und das hat sich als richtig herausgestellt.«

»Aha. Das fehlende Telefon, das du am Neujahrsmorgen vermißt hast!«

»Ein Schuß ins Schwarze, Miss Shimura!« Mit einer leichten Handbewegung brachte er mich aus dem Gleichgewicht, so daß ich an seinen Körper rollte. Ich war erstaunt über seine Erregung und über die Intensität meiner Reaktion.

»Sind die Briefe von Setsukos Vater noch hier?« Ich stand auf, um Karens Kleid und meine Willenskraft zu retten. Hugh deutete auf die Aktentasche, die Mr. Nakamura gestern mitgebracht hatte. Ich öffnete sie und fand ein Bündel alter Briefe. Der Schimmel hatte auf viele der Umschläge ein gelbgrünes Muster gezeichnet.

»Offenbar hat der Vater ihr alle sechs bis acht Wochen geschrieben. Vor kurzem gab es eine viermonatige Pause, und dann hat er auf einem Computer getippt. Wegen seiner Arthritis, schreibt er.«

»Hast du sie alle gelesen?«

»Tagsüber gibt es nicht viel zu tun, wenn einen niemand besucht außer Winnie.«

Ich nahm vorsichtig einen der älter aussehenden handgeschriebenen Briefe, so wie ich es in meinem Museumspraktikum gelernt hatte. Er trug das Datum vom 11. Oktober 1975.

Meine liebe Setsuko,
ich freue mich, daß du die 800 Dollar für den Kindergartenbeitrag der kleinen Mariko verwenden konntest. Ich kann mir kaum vorstellen, daß meine Enkeltochter schon vier Jahre alt ist. Ich freue mich auf ein Foto von ihr. Seit sie ein Jahr alt ist, hast du mir keines mehr geschickt, deshalb bin ich sehr gespannt, wie sie aussieht. Ich weiß noch, als du klein warst, hattest du ganz süße Grübchen ... Es ist schwierig für mich, zu begreifen, daß du jetzt beinahe zwanzig bist und hart für deine Ausbildung an der Schwesternschule arbeitest.

»Anscheinend hat er gedacht, sie zieht Mariko selbst groß«, sagte ich.

»Beinahe jeder Brief ist eine Variation davon. Er spricht von dem Geld, das er geschickt hat, und bittet um Fotos und Schulzeugnisse.«

»War Setsuko denn Krankenschwester?« fragte ich.

»Laut ihrem Ehemann war sie es nicht. Wahrscheinlich hat sie das nur für ihren Vater erfunden, der in den Briefen ziemlich sentimental wirkt. Sie erwähnt einen Ehemann, der sie verlassen hat, so daß sie noch mehr als unschuldiges Opfer dasteht.«

Ich überflog noch ein paar nichtssagende Bemerkungen über das schöne Herbstwetter in Texas und las weiter bis zur Unterschrift, wo einfach nur »Vater« stand. Ich faltete den Brief wieder zusammen und steckte ihn zurück in den Umschlag.

»Sein Name taucht nirgendwo in den Briefen auf. Ich denke, er wollte nicht, daß sie ihn erfährt«, sagte Hugh.

»Hast du etwas dagegen, wenn ich ein paar mitnehme? Vielleicht ein paar von den späteren, die mit Computer geschrieben wurden?« fragte ich.

»Keine Chance. Außer vielleicht, wenn du mir einen ganz besonderen Liebesdienst erweist.« Er schob die Decke weg und zwinkerte mir zu.

»Na, dann gehe ich lieber.« Ich zog den Mantel über und schob den Brief unauffällig in meine Tasche.

»Du hast offenbar gar keine Probleme damit, deine Arbeit hier im Stich zu lassen, um dich auf einer Party zu amüsieren!«

»Joe hat etwas über den Amerikaner, da bin ich mir sicher.« Ich stand auf und ging auf die Tür zu. »Außerdem habe ich heute gekündigt. Ich brauche ihn.«

»Du verläßt Nichiyu? Dieses ganze Chaos ist der Grund dafür, nicht wahr?« Hugh klang zerknirscht. Kurz darauf sagte er: »Du solltest zurück nach Amerika und Medizin oder Jura studieren. Ich könnte dir eine Empfehlung für Jura schreiben, und Tom für Medizin …«

»Spinnst du? Ich würde Tokio nie wegen etwas so Langweiligem verlassen!«

»Kleines, es tut mir weh, das zu sagen, aber ich kann dich nicht ernähren, wenn ich arbeitslos bin. Ich werde die Wohnung verlieren, das Auto, alles.«

»Das hier ist meine Stadt, und ich lebe hier, wie ich will, okay? Ich versuche dir schon die ganze Zeit zu sagen, daß ich etwas Neues habe.«

»Was hast du denn vor?« Hugh schloß die Augen, als würde ihn mein Anblick langsam ermüden.

»Antiquitäten. Ich werde als Einkäuferin für Privatkunden arbeiten.«

»Das ist zu riskant. Warum suchst du dir nicht erst ein paar Kunden und legst dir einen Notgroschen zurück? Ich finde es schade, wenn dir vorher der Wind aus den Segeln genommen wird.« Wenn Hugh noch ein klein wenig skeptischer wäre, würde er als mein Vater durchgehen.

»Heute nachmittag habe ich ein Stück aus Shiroyama für eins Komma zwei Millionen Yen verkauft. Ein ganz netter Notgroschen, findest du nicht?«

Hugh riß die Augen auf. »Sag mir, daß ich nicht träume!«

Ich stützte die Hände in die Hüften und bedachte ihn mit meinem strengsten Gesichtsausdruck. »Ich lasse das Geld auf mein Konto überweisen, falls du einen Beleg sehen möchtest.«

»Du solltest dich amtlich registrieren lassen, wenn du in Japan ein Geschäft aufmachen willst. Du brauchst einen Anwalt ...«

»Ich brauche einen Anwalt, der weder im Krankenhaus noch im Gefängnis ist. Danke, Kleiner.« Nach dieser bravourösen Vorstellung winkte ich ihm zu und ging.

31

Der Tokyo American Club liegt nur einen Steinwurf oder eine Armlänge von der russischen Botschaft entfernt, je nach Stimmung. Ich jedenfalls war vorsichtig. Ich hatte die Vorstellung, in den gewaltigen Komplex im kalifornischen Stil hineinzugehen und freundlich wieder hinauskomplimentiert zu werden. Winnie hatte zu Hugh etwas über Eintrittskarten gesagt, und ich hatte nicht mal zweitausend Yen in meiner Abendhandtasche.

Glücklicherweise wartete Joe auf einem Sofa in der eleganten Lobby. Er hatte das *Wall Street Journal* aufgeschlagen auf den Knien liegen. Als er mich erblickte, lächelte er und klopfte auf den Platz neben sich.

»Wie geht's, wie steht's?« fragte er. »Sie sehen recht gut aus für jemanden, der sich mit Polizei, Gangstern und Sensationsjournalisten herumschlägt.«

»Ich habe bei Nichiyu gekündigt. Offenbar macht es sich schon bemerkbar, daß ich weniger unter Streß stehe.«

»Großartig.« Joe beugte sich vor und küßte mich. »Jetzt müssen Sie sich nur noch von mir überzeugen lassen, ihr eigenes Geschäft aufzumachen. Wir bestellen Champagner für den Anfang ...«

»Wir brauchen keinen Champagner, und machen Sie sich nicht erst die Mühe, mich von irgend etwas zu überzeugen«, erklärte ich. »Ich bin bereits dabei.«

Joe war verblüfft, als ich ihm von meinem Verkauf an das Zentrum für Volkskunst in Shiroyama erzählte. Er begann sofort Pläne zu schmieden. »Viel wichtiger als Anzeigen ist die Mund-zu-Mund-Propaganda. Wenn in den internationalen Frauenclubs übers Einkaufen geredet wird, dann sollte Ihr Name auf jeden Fall erwähnt werden. Alleinreisende Geschäftsmänner werden Sie bitten, für ihre Frauen einzukaufen, zum Teil auch, weil Sie ein süßes kleines Ding sind und sie die Besprechung mit Ihnen genießen. Kränkt Sie das?« strahlte er. »So funktionieren Männer nun mal, und außerdem ist es nur zu Ihrem finanziellen Vorteil.«

»Ich frage mich allerdings, wie Männer funktionieren«, sagte ich. »Diese Sache mit Mrs. Chapman – schalten Sie das einfach an und ab?«

Joe schüttelte den Kopf. »Sie war mir zu aufdringlich. Als ich Sie letzten Sonntag vor der Kirche gesehen habe, war ich sehr erleichtert. Ich dachte, Sie würden mir ein wenig aushelfen!«

»Was haben Sie denn gegen sie? Sie passen altersmäßig gut zusammen, und Sie haben die gleiche Begeisterung fürs Leben ...« Ich war überrascht.

»Ich interessiere mich nicht besonders für Amerikanerinnen.«

Ich wurde starr. »Nun, ich bin jedenfalls nicht hierhergekommen, um ein Rendezvous mit einem Mann zu haben, der älter als mein Vater ist.«

»*Touché*. Der Informant wartet auf Sie, Miss Shimura, aber erst müssen wir die Runde machen.« Er stand auf und zeigte in Richtung der Big-Band-Musik, des Gläserklirrens und des Applauses.

»Ich sollte Sie noch warnen – ich bin ganz fürchterlich im Smalltalk«, murmelte ich. Ich wurde plötzlich furchtbar schüchtern, als wir den Ballsaal voll elegant gekleideter *gaijin* betraten, die lebendig gewordene Klatschspalte.

»Sie müssen nur lächeln.« Joe streckte die Hände nach meinem Mantel aus. »Das ist ja eine tolle Kreation, die Sie da tragen.« Er blinzelte ein paarmal, bevor er weggedrängt wurde.

»Da ist Rie Shimura!« Eine schlanke, rothaarige Frau streckte mir die Hand entgegen. »Ich bin Molly Mason! Dort drüben ist mein Mann Jim. Er hätte gerne ein Autogramm von Ihnen, aber er traut sich nicht, Sie darum zu bitten.«

»Mein Name ist Rei«, korrigierte ich sie. »Sie verwechseln mich sicher mit der Schauspielerin Rie Miyazawa – da könnte ich Ihren Mann ja verstehen ...«

»Ich habe Ihr Bild in *Friday* gesehen«, mischte sich eine andere Frau ein. »Mein Hausmädchen mußte mir den ganzen Artikel übersetzen. *Reis Verbeugung* war der Titel. Wirklich hinreißend!«

»Ich spiele Squash mit Hugh, wahrscheinlich hat er das nicht erwähnt – mein Name ist Jerry Swoboda.« Ein wohlgenährter Rotary-Club-Typ hielt ein Glas Champagner für mich in der einen, seine Visitenkarte in der anderen Hand.

»Und, ist Hugh gut im Bett?« Die letzte Frage hatte mir eine Frau hinter mir ziemlich giftig ins Ohr gezischt. Mir wurde langsam schwindelig, und ich lehnte mich in den Arm, den Joe um mich gelegt hatte.

»Moment mal, was soll denn dieser Unsinn? Das ist ziemlich unverschämt von euch, dieses Gerede.« Joe versuchte, uns durch das Gewühl zu steuern. Unterwegs stießen wir auf eine Fotografin. Sie war

Australierin, trug ein kleines Schwarzes und stellte sich als Fotojournalistin im Auftrag des *Tokyo Weekender* vor.

»Ich weiß, daß Sie keine Fragen über den Mord beantworten, aber ... Ihr Kleid? Von wem ist das?« Während Sie sprach, stellte sie ihr Objektiv ein.

Diesmal erkannte ich die verbale Kurzschrift. »Es ist ein Léger.«

»Natürlich! Eines seiner Bandagenkleider – manche behaupten, er hätte das von Azzedine Alaïa kopiert.«

»Wirklich? Ich dachte, so etwas gäbe es nur in der Welt der Kunst!« Ich war fasziniert.

»Ich finde das unglaublich! Sie, hier – und Hugh auf dem Krankenbett!« flüsterte mir Winnie Clancy hörbar von der Seite aus zu. Die Fotografin machte einen Schnappschuß von Winnies ärgerlichem Gesicht, und ich stellte mir unwillkürlich vor, wie es sich wohl auf der Gesellschaftsseite machen würde.

Meine gehässigen Gedanken verschwanden, als Joe mich eine Wendeltreppe hinunter- und in eine kleine Lounge führte. Allein mit ihm, das konnte problematisch werden. Er drückte die Türe auf, und ich sah die Umrisse eines Mannes, der aus dem Fenster auf die glitzernde Nachtlandschaft Tokios blickte. Er trug einen schlechtsitzenden grauen Anzug, der nicht der Kleiderordnung des Abends entsprach. Als er sich umdrehte, erinnerte ich mich sofort wieder an das wettergegerbte Gesicht mit den dunkelblauen Augen. Es war der Anführer der Veteranen, der mich in Yokosuka hatte abblitzen lassen.

»Oberstabsbootsmann Jimmy O'Donnell, darf ich dir Rei Shimura vorstellen.« Joe klang herzlich.

Was sagte man in so einem Fall? *Nett, Sie wieder-*

zusehen? Ich nahm einen Schluck Wein und trat von einem Fuß auf den anderen, bis Joe mir einen Platz anbot.

»Ich kann Sie allein lassen, wenn Sie wollen«, schlug Joe vor.

»Bitte nicht«, bat ich. So nervös ich wegen Joe auch war, Jimmy O'Donnell war eine mir gänzlich unbekannte Größe.

»Ich mußte erst eine alte Geschichte klären, bevor ich mit Ihnen sprechen konnte. Verstehen Sie das?« O'Donnells Stimme klang rauh.

»Ja. Ich bin froh, daß Sie beschlossen haben, mir zu vertrauen.« Ich setzte mich in einen Plüschsessel ihm gegenüber, und nach einer Sekunde nahm auch er Platz.

»Ich dachte, Sie sind nicht ehrlich. Ich habe nicht verstanden, weshalb Sie interessierter an dem Großvater sind als das Mädchen, das angeblich mit ihm verwandt ist. Irgendwie hat das nicht zusammengepaßt.« Er warf Joe einen Blick zu. »Wir haben darüber gesprochen, und er hat gesagt, das Sie echt sind.«

»Ich bin nicht die Enkeltochter«, widersprach ich schnell.

»Nein, aber Sie sind ehrlich. Sie sorgen in Tokio allein für sich, ohne irgendwelche Unterstützung. Sie stellen Fragen, weil sie in diesen Kerl verliebt sind, diesen Engländer, der in solchen Schwierigkeiten steckt.«

Mrs. Chapman mußte Joe gegenüber maßlos übertrieben haben, der wiederum die Gerüchteküche anheizte. Ich schüttelte den Kopf. »Es muß einen Zusammenhang zwischen dem amerikanischen Vater und Setsukos Tod geben. Ich glaube, er hat vor etwa sechs Monaten aufgehört, ihr Geld zu schicken.«

»Vor fünf Monaten ist ein gewisser Willie Evans gestorben. Wir haben eine Kopie des Nachrufs für unser Album im Alten Seebär«, erzählte O'Donnell. »Ein ziemlich trauriges Hobby, das wir da haben – den Toten auf der Spur bleiben.«

»Haben Sie Mr. Evans gut gekannt?« fragte ich.

»Überhaupt nicht. Damals waren so viele Matrosen hier, dreimal so viele wie heute. Ich kannte die meisten Mädchen, die in den Bars gearbeitet haben, und es tat mir immer leid, wenn sie von den großen Läden vertrieben wurden. Irgendwie habe ich mich ihnen genauso verbunden gefühlt wie meinen eigenen Leuten.«

Ich wußte, was Jimmy O'Donnell damit meinte. Er war ebenso in Japan verliebt wie Joe und ich. Schweigend saßen wir eine Minute lang da, als würden wir diese Tatsache würdigen.

»Anfang der fünfziger Jahre hatte er eine Freundin hier, die in den Bars gearbeitet hat. Sie hatte schon ein Kind, aber das war ihm egal. Sie haben zusammen in einem Haus gelebt, als wären sie verheiratet. Dann kam auch ein Baby. Evans' Name tauchte auf keiner Geburtsurkunde auf, weil er nicht wollte, daß sein befehlshabender Offizier davon erfuhr.«

»Typisch.« Joe nickte. »Und wann hat er sie dann verlassen?«

»Die Zeit seiner Versetzung nach Japan war zu Ende, und da ist er wieder in die Staaten zurückgekehrt. Bei einem Kirchenpicknick hat er dann ein Mädchen kennengelernt. Sie waren dreiunddreißig Jahre zusammen, als sie starb, an Brustkrebs, glaube ich.«

»Wußte die amerikanische Ehefrau von seiner ersten Liebe in Japan?« fragte ich.

»Ich habe keine Ahnung. Die beiden Söhne können Ihnen vielleicht weiterhelfen. Sie wohnen noch in der Gegend von Boston.« Er reichte mir die schlechte Fotokopie einer Todesanzeige im *Boston Globe*. Ich überflog sie rasch. Kein Hinweis auf Texas – offenbar hatte Willie Evans sein gesamtes Leben vor und nach Japan in Framingham, Massachusetts, verbracht.

»Sie sollten dort anrufen, Rei«, meinte Joe, als hätte er meine stille Frage gehört. »Sie müssen sich von ihnen Daten und andere Orte bestätigen lassen. Es besteht kein Grund, voreilige Schlußfolgerungen zu ziehen, aber man sollte eher früher als später handeln.«

»Sie haben recht.« Ich steckte das Blatt in meine Handtasche, wo ich den Umschlag sah, den ich Hugh nicht zurückgegeben hatte. »Ich habe hier einen Brief des Vaters ...«

Joe stürzte sich beinahe auf mich und ruinierte so meine Hoffnung, die Fingerabdrücke zu erhalten. »Zeigen Sie her.« Er sah O'Donnell an. »Das ist ein Poststempel aus Texas. Nicht aus Boston.«

»Vielleicht hat er sich ja im Alter in den Westen zurückgezogen ... das tun viele, wegen des Wetters«, sagte James O'Donnell müde. »Ich kann mich ja mal bei Leuten aus Texas umtun. Ich sollte jetzt gehen.«

»Nein, du bleibst noch auf einen Drink und verbringst die Nacht mit mir in Aoyama«, schlug Joe vor. »Wenn wir die junge Dame abgesetzt haben, ziehen wir noch um die Häuser, so wie früher.«

Als wir wieder den Ballsaal betraten, beschäftigte sich Jimmy O'Donnell ausgiebig mit den *hors d'œuvre*, und Joe führte mich auf die Tanzfläche. Ich hatte etwas Schwierigkeiten mit den hohen Blahnik-Schuhen und weil ich noch nie Standard getanzt hatte. Von Joe wurde ich in die Arme eines kleinen, dunklen Mannes gewirbelt, der mir erzählte, daß er in Princetown studiert hatte. Danach kam ein hagerer junger Japaner, dessen Namen ich mit einem Tütensuppenimperium verband. Mein letzter Partner war dann Molly Masons Ehemann Jim, der mir versicherte, er hätte mich nicht mit Rie Miyazawa verwechselt, und der wissen wollte, was ich von einem Lunch im Imperial Hotel am nächsten Dienstag hielte ...

Ich entschuldigte mich, um Joe zu sagen, daß ich nach Hause wollte.

»Die glorreiche Realität der Klatschspalte hat Sie eingeholt, nicht wahr?« neckte er mich. »Jetzt verstehen Sie, weshalb ich ein ruhiges Leben führe und mich nur meiner Arbeit widme.«

»Das stimmt doch gar nicht! Sie sind mindestens jede zweite Ausgabe im *Weekender*. Heute abend sind wir zwei Dutzend Mal fotografiert worden.«

»Nicht wir. Sie«, korrigierte er mich.

»Normalerweise sehe ich nicht so aus ...«

»Von jetzt an sollten Sie das aber«, sagte Joe. »Während Sie getanzt haben, habe ich schon einmal Ihr Antiquitätenprojekt angekündigt. Ich habe die Leute ein wenig mit dem Kästchen gekitzelt, das Sie an das Museum verkauft haben. Das Ergebnis ist, daß ich jetzt fünf Frauen habe, die so bald wie möglich einen Termin bei Ihnen wollen.«

»Das ist großartig.« Ich konnte mich einfach nicht

konzentrieren. »Joe, wenn ich jetzt gehe, kann ich mir eine Strategie für die Evans-Brüder überlegen. Ich muß sie morgen ganz früh anrufen.«

»Sie sind ein hoffnungsloser Fall.« Joe brachte mir meinen Mantel, begleitete mich nach draußen zu einem Taxi und gab mir vor einem ganzen Bataillon japanischer Presseleute einen Gutenachtkuß. Der Taxifahrer war absolut begeistert, bis wir losfuhren und ich sagte, er solle mich an der nahe gelegenen Station Kamiyacho aussteigen lassen. Für eine Frau in einem Hervé-Léger-Kleid war das wohl etwas schäbig. Trotzdem, der Verkauf des Kästchens war ein Glücksfall gewesen. Es konnte lange dauern, bis ich wieder zu Geld kam. In der Zwischenzeit mußte ich haushalten.

Ich hatte es mir zur Gewohnheit gemacht, die Leute, die mit mir an der Station Minami-Senju ausstiegen, genauer zu betrachten. Ein paar buntgemischte Gruppen von Betrunkenen verließen die Bahn. Ich knöpfte meinen dünnen Ledermantel zu und folgte ihnen in sicherem Abstand über die stählerne Fußgängerbrücke Richtung Heimat. Ich winkte Mr. Waka durch das Ladenfenster zu, ging aber nicht hinein. Meine Füße taten höllisch weh. Ich wollte nur noch nach Hause und sie ins Waschbecken stecken.

Die Straße war menschenleer, nur von irgendwo weit oben tröpfelte es. Meine Schritte in den ungewöhnlich hohen Schuhen und die Tropfen ergaben zusammen ein rhythmisches Trommeln. Nach ein paar Minuten merkte ich, daß ein leiseres, abgehacktes Geräusch diesen Rhythmus störte. Ich blieb stehen und tat so, als würde ich mir das Schaufenster des geschlossenen Fischgeschäftes ansehen, und es verstummte.

Ich ging wieder los und bereute es, daß ich nicht mit dem Taxi nach Hause gefahren war. Wenn ich zu Mr. Wakas Laden zurückwollte, würde ich meinem Verfolger direkt in die Arme laufen. Wo ist Kenji Yamamoto heute abend? überlegte ich. Wo sind Keikos *yakuza*-Freunde?

Ich zog Karens Schuhe aus und nahm sie in die Hand, damit ich schneller laufen konnte. Die Straße war eiskalt und rauh an den Füßen, und es gab ekelhafte nasse Stellen, die meine Strumpfhose durchweichten. Als die Schritte hinter mir schneller wurden, drehte ich mich rasch um und sah eine Gestalt in den Eingang der Gasgesellschaft springen. Er war kleiner als Joe Roncolotta und Yamamoto, aber vielleicht war es der Mann, der versucht hatte, mich mit dem Motorrad zu überfahren.

»*Yamete*«, rief ich. *Lassen Sie das*. Niemand antwortete. Ich rannte los. In weniger als zwanzig Metern Entfernung leuchtete meine Wohnung wie ein Signalfeuer vor mir. Ich erreichte das Haus und nahm zwei Stufen auf einmal. Ich fluchte, weil es an der Außentür kein Schloß gab. Mein Verfolger konnte hinter mir die Treppe hinaufrennen, wenn er wollte.

Als ich den Schlüssel im Türschloß drehte und hineinfiel, zitterte ich so stark, daß Richard sich von seiner Tintenfisch-Mais-Pizza mit Mariko erhob und mir die Hand auf die Stirn legte.

»Was ist los? Bist du krank? Armes Baby ...«

»Nein, es ist der Typ mit dem Motorrad am Bahnhof. Er hat mich wieder verfolgt«, sagte ich, als ich zum Telefon rannte und 110 wählte. Ein englischsprechender Beamter schaltete sich ein, während ich noch mit dem Polizisten sprach, der den Anruf entgegengenommen hatte.

»Verzeihen Sie, Miss, aber wie lange werden Sie in Japan bleiben?«

»Ich bin keine Touristin, ich lebe hier!« Ich nannte ihm noch einmal meinen Namen und meine Adresse. Als ihnen klar wurde, daß ich das *Friday*-Mädchen war, das schon einmal in einen Unfall an der Station Minami-Senju verwickelt war, fragte der englischsprechende Beamte, ob Hugh Glendinning bei mir sei. Ich verneinte.

Der Polizist beschloß, einen Wagen zu schicken, aber er teilte mir gleich mit, daß eine Verhaftung unwahrscheinlich sei, da es ja kein Verbrechen sei, nachts herumzulaufen. »Außer natürlich, wenn die Person bewaffnet ist – anders als in Ihrem Land sind Waffen bei uns nicht erlaubt!« sagte der Beamte beleidigt.

Ich legte auf und bat Richard, mir einen Tee zu kochen. Er gab mir statt dessen eine Dose Pocari Sweat und meinte, das isotonische Getränk würde mir bestimmt besser bekommen als Koffein. Aber ich wollte nicht schlafen.

Wir setzten uns bei abgeschaltetem Licht ans Fenster und hielten nach meinem Verfolger Ausschau. Das einzige, was auftauchte, war der Streifenwagen der Polizei, der so auffällig in zweiter Reihe parkte, daß in der Nachbarschaft die Lichter angingen. Zwei Polizisten stiegen aus. Sie warfen einen Blick in mehrere Eingänge und weckten ein paar Obdachlose, aber nach zwanzig Minuten brachen sie die Suche erfolglos ab.

»Er hat bestimmt aufgegeben, als du hier im Haus

warst. Wahrscheinlich war das nur irgendein Lüstling, der dir vom Bahnhof aus gefolgt ist«, vermutete Richard.

»Aber er ist mir erst in unserer Straße aufgefallen. Ich hatte fast den Eindruck, daß er vor mir hier war und auf mich gewartet hat.«

»Wahrscheinlich hat Keiko den Typen geschickt«, sagte Mariko grimmig. »Heute am frühen Abend habe ich Esmerelda in der Bar angerufen. Sie hat erzählt, ein Punk mit Motorradhelm sei dort gewesen und habe seine Bezahlung gefordert.«

Der Angriff war also auf Keiko zurückzuführen und hatte nichts mit Joe Roncolotta oder Kenji Yamamoto zu tun. Ich hätte das der Polizei sagen sollen ... oder hätte das alles nur noch schlimmer gemacht? Ich war ganz feucht, und mir wurde klar, daß ich das Léger-Kleid naßschwitzte. Karen würde mich umbringen, wenn es Flecken hatte. Ich scheuchte Richard und Mariko in ihr Zimmer, zog mich aus und wusch die Armlöcher sanft mit einer Mischung aus Wasser und Babyshampoo ab.

Die Seide fühlte sich gut an; es war wirklich ein schönes Kleid. Was mir meine Mutter immer über Qualitätsstoffe gesagt hatte, es stimmte. Das Material war unglaublich wenig zerknittert, selbst nach meinen Kämpfen mit den Piranhas des Tokyo American Club und den Phantomen der Tokioter Straßen.

32

Ich drückte zweimal die Schlummertaste des Weckers, bevor ich mich am Samstag um sechs Uhr dreißig mühsam zum Sitzen aufrichtete. Ich verstand überhaupt nicht, weshalb ich wach war. Mit verschwommenen Blick sah ich das Abendkleid auf dem Bügel hängen, und die Erinnerung an meine vergangene Nacht kam zurück.

Ich schaltete alle nur möglichen Wärmequellen ein – den Kerosinofen, den Grill und den Herd –, bevor ich duschte und in Jeans und Hughs weißes Hemd schlüpfte, das irgend jemand gewaschen und gebügelt hatte. Normalerweise kümmerte Richard sich nicht um meine Wäsche. Ich kicherte leise, während ich Kaffee kochte und Kalifornien wählte.

Beim zweiten Klingeln war mein Vater am Apparat.

»Rei ist am Telefon, Catherine! Es geht ihr gut.« Dann legte er los. »Rei-chan, hier hört man seltsame Gerüchte darüber, daß dein Name im japanischen Fernsehen genannt wird! Eric Hanada hat etwas im Kabelfernsehen gesehen, und seine Enkelin will eine Zeitschrift namens *Friday* schicken, wo du auf dem Titelbild bist.«

»Mein Schatz, es wird Zeit, daß du nach Hause kommst.« Meine Mutter sprach von einem Nebenanschluß aus. »Nimm das Ticket, das wir dir letztes Jahr geschickt haben, oder kauf dir ein neues …«

»Hör auf, ja?« schimpfte ich, bis mir klar wurde, daß ich wieder in mein altes, ruppiges Muster verfiel. Ich holte tief Luft und fing von vorne an. »Es tut mir leid, ich kann hier nicht weg. Die Polizei kontrolliert den Flughafen von Narita.«

Es dauerte eine halbe Stunde, um die Geschichte zu erzählen. Meine Mutter schnappte nach Luft, als sie von dem Mord an Setsuko hörte, aber sie schien ebenso neugierig, alles zu erfahren, was Hugh betraf.

»Verheiratet oder geschieden?« fragte sie wie nebenbei.

»Weder noch. Mom, das ist nicht wichtig.«

»Sendai? Hmm«, sagte mein Vater.

Ich fühlte mich verpflichtet, zuzugeben, daß er auf unbestimmte Zeit beurlaubt war. Ein betretenes Schweigen folgte.

»Ihr seht also, es hängt alles davon ab, daß Setsukos Mörder gefunden wird.« Ich versuchte, wieder zum Thema zurückzukommen. »Dann können sie Hugh nicht mehr beschuldigen.«

»Ungefähr neunzig Prozent der Leute, die in Japan vor Gericht gestellt werden, werden verurteilt. Wußtest du das?« fragte mein Vater.

»Ja, Dad.« Als hätte ich das nicht schon ein dutzendmal gehört.

»Hugh ist Anwalt, kein Mörder«, warf meine Mutter ein. Normalerweise hätte ich so einer Verallgemeinerung widersprochen, aber ich hielt den Mund.

Mein Vater schwieg. Ich stellte mir vor, wie er auf der Kante seines Walnußschreibtisches saß, den Hörer zwischen Schulter und Ohr geklemmt, und den Steingarten betrachtete, den meine Mutter und ich zusammen angelegt hatten. Er konnte stundenlang über den Schotterspiralen und den kleinen, moosbedeckten Felsbrocken sinnieren. Von draußen war mir der Garten lieber, mit der frischen Luft und den Vögeln in den Bäumen. Ich erinnerte mich, daß ich dort vor langer Zeit einen Nachmittag verbracht und überlegt hatte, ob ich es wagen sollte, ohne einen Job nach Japan zu gehen. Der Garten hatte ja gesagt.

»Dad, siehst du gerade auf den Garten hinaus?« fragte ich ihn.

»Ja.« Er klang etwas überrascht.

»Er ist etwas Besonderes, weil die Steine und Pflanzen alle einem Plan folgen. Hier, bei dem, was Setsuko passiert ist, gibt es auch ein Muster. Und ich habe alles in meinem Kopf, alles, bis auf die letzten fehlenden Teile.«

»Was können wir für dich tun, Rei? Sollen wir kommen?« drängte meine Mutter.

»Dort, wo ihr seid, könnt ihr mir am besten helfen.« Als ich sagte, daß jemand die Auskunft in Boston und Texas anrufen müßte, war es mein Vater, der nach den Vornamen der Evans-Brüder fragte. Mein Vater, mein Held.

Nachdem ich aufgelegt hatte, kamen Richard und Mariko herein. Sie wollten Pfannkuchen machen. So wie Richard Hughs Hemd beäugte, wurde mir klar, daß er vorgehabt hatte, es selbst anzuziehen. Mariko trug lange Unterhosen von Richard und ihr Ranma-Sweatshirt. Als sie mit dem Wender am Ofen stand, sah sie aus, als würde sie dorthin gehören.

Ihre Pfannkuchen waren gleichmäßig golden, locker und alle ungefähr so groß wie eine 500-Yen-Münze.

»Mariko ist eine Perfektionistin«, sagte Richard

und sah ihr zu, wie sie auf jeden Pfannkuchen ein viereckiges Butterstück gab. Ich wollte Ahornsirup holen, aber sie hatte etwas anderes geplant: Erdbeermarmelade.

»Du wunderst dich wahrscheinlich, daß ich wieder bei Richard wohne.« Mariko beobachtete, wie ich in einen der winzigen Pfannkuchen schnitt.

»Hier ist es besser für dich als im Marimba, nicht wahr?«

»Ja. Obwohl das eine fürchterliche Gegend ist.« Sie blickte Richard verstohlen an. »Wir sind wieder Freunde. Ich mag ihn: Am Anfang war es nur sein Aussehen. Jetzt kenne ich sein Herz, und er ist der einzige Mann, der mehr will als meinen Körper.«

»Wollt ihr hier zusammen wohnen bleiben?« fragte ich vorsichtig.

»Na ja, also ich werde wohl ausziehen.« Richard fuhr sich durch die Haare, so daß sie gerade nach oben standen. »Simone hat gute Chancen, eine Wohnung in Shibuya zu bekommen, und sie meint, wir könnten sie uns zusammen leisten.«

»Shibuya ist ganz schön nobel.« Ich war neidisch, und außerdem litt ich unter der Vorstellung, nicht mehr seine beste Freundin zu sein.

»Es ist nur ein Wohn- und ein Schlafzimmer, aber ich habe gesagt, ich nehme das Wohnzimmer.« Richard zuckte die Schultern. »Es ist so ähnlich wie hier, aber für mich wäre es tausend Mal besser, weil ich dann nach vorne raus wohnen würde.«

»Ganz schön blöd, aus so einer billigen Wohnung in Tokio auszuziehen!« rief Mariko, die gerade noch über dieses Viertel gemeckert hatte.

»Ich verdiene mehr Geld, wenn ich von Nichiyu weggehe!«

»Du hast einen neuen Job?« Das konnte ich gar nicht glauben. Er hatte mich wirklich aus seinem Leben ausgeschlossen.

»Hugh und ich haben uns im Marimba ein bißchen unterhalten, und da hat er mir von einem französischen Geschäftsmann erzählt, der hier eine neue Sprachenschule aufmachen will. Es soll eine teure Schule werden, für Leute, die nach Europa gehen. Ich mache Englisch, und Simone unterrichtet Französisch. Sie hatte es sowieso satt, im Ueno-Park die Armreifen zu verkaufen.«

»Und wo soll ich dann wohnen?« fragte Mariko.

»Hat deine Bank denn kein Wohnheim?« Richard klang etwas nervös.

»Nur für Vollzeitbeschäftigte. Ich versuche ja schon dauernd, einen Fulltimejob zu kriegen, aber …« Mariko sah aus, als würde sie gleich weinen.

»Du findest dieses Viertel zwar langweilig, aber es gibt keinen Grund, weshalb du nicht noch ein bißchen bei uns wohnen könntest. Richard, du hörst doch sicher nicht sofort bei Nichiya auf?«

»Nein. Wir müssen für Kaution und Provision sparen, außerdem möchte ich dem alten Katoh Zeit geben, einen Ersatz zu finden.«

»Mariko, ich habe es dir schon gesagt, du kannst gerne in meinem Zimmer schlafen«, bot ich ihr an.

»Aber Mariko und ich leben in völliger Harmonie zusammen.« Richard drückte ihre Hand. »Ich schlafe mit dem Kopf am Fußende, damit niemand in Versuchung geführt wird, und sie erzählt mir japanische Geistergeschichten!«

Mariko zeigte ihre Grübchen, und ich hatte das vage Gefühl, ihre Glut sei noch nicht ganz erloschen.

»Ich ziehe aus«, verkündete ich entschlossen. »Ich

muß nach Shiroyama. Wenn ich zurückkomme, ist Hugh wahrscheinlich wieder zu Hause, und ich werde mich um ihn kümmern.«

»Na ja, seine Wohnung hat Zentralheizung. Das kann ich dir nicht verdenken«, sagte Richard. »Lädst du uns mal zum Essen in die sagenhafte weiße Küche ein?«

»Solange es euch nichts ausmacht, das die *paparazzi* vor dem Haus lauern.«

»Nein! Wirklich?« Richard ließ sich nur zu gern von den Sensationsjournalisten interviewen, und er war beleidigt, als alle nur einen Schnappschuß von mir wollten.

Das Telefon klingelte, als wir fast fertig gefrühstückt hatten.

»Ich kann kaum verstehen, wie die Leute in Boston reden, aber ich glaube, ich habe einen der Männer, die du suchst, gefunden«, sagte mein Vater.

»Welchen der beiden Söhne?«

»Roderick Evans. Er war ziemlich aufgeregt, als er gehört hat, daß meine Tochter in Tokio ihn wegen einer Angelegenheit, die seinen Vater betrifft, sprechen muß.«

»Er weiß nicht, was auf ihn zukommt«, sagte ich laut. »Zu erfahren, daß sein Vater eine zweite Familie in Japan hatte … wie soll ich ihm das beibringen?«

»Das schaffst du schon, Rei«, meinte mein Vater. »Mehr Selbstvertrauen.«

Mehr Selbstvertrauen. Ich putzte mir die Zähne, dann lief ich durch die Wohnung und räumte ein bißchen auf, während ich mich innerlich darauf vorbereitete, Roderick Evans anzurufen. Ich machte mir eine Liste mit Fragen. Bevor ich endlich in Boston anrief, machte ich fünfzig Sit-ups und trank drei Gläser Wasser.

»Mr. Roderick Evans? Hier spricht Rei Shimura, ich rufe aus Japan an …«

»Das Lieblingsland meines verstorbenen Vaters! Ich bedaure es sehr, daß er nicht hier ist und mit jemandem sprechen kann, der dort lebt. Sagen Sie Rod zu mir, ja?« Evans klang freundlich und arglos. Mein Vater hatte gute Vorarbeit geleistet.

»Ich rufe Sie an, weil ich eine Kopie des Nachrufs gesehen habe. Irgendwie ist die Todesanzeige zur Navy gelangt, und ein paar ehemalige Bootsmänner haben sie gesehen …«

»Der Veteranenverein, nicht wahr? Ich habe den Nachruf dorthin geschickt, weil mein Vater sich das so gewünscht hätte. Sind Sie von der Militärzeitschrift und möchten Informationen über seine Zeit im Ruhestand, oder weshalb rufen Sie an?«

»Ich würde gerne hören, wie es mit ihm weitergegangen ist.« Ich wollte noch nicht mit der Sprache herausrücken.

»Er ist nach Hause gekommen und hat meine Mom geheiratet – mit Mädchennamen hieß sie Peg Miller, das steht ja auch im Nachruf. Er hat sich eine Autowerkstatt gekauft, die recht gut lief.«

Eine Autowerkstatt, das hört sich nicht nach sehr viel Geld an. »War er länger in Texas?«

»Nein. Ein Freund von ihm ist dorthin gezogen. Ich glaube er hat ihn einmal besucht, vielleicht war das aber auch nur zur Versammlung der Automechaniker. Warum?«

»Nun, es gibt hier einige Unterlagen … Ich arbeite im historischen Bereich und habe einige Briefe ohne richtige Unterschrift gefunden. Ich habe Grund zu der Annahme, daß sie von Ihrem Vater stammen könnten.«

»Wir haben ein Fax in der Werkstatt. Faxen Sie mir einen Brief, dann gebe ich Ihnen Montag morgen Bescheid.«

»Es ist eine etwas heikle Angelegenheit. Ich hatte eigentlich gehofft, Sie könnten mir vielleicht eine Handschriftenprobe schicken.«

»Da kenne ich mich nicht aus.« Er wurde mißtrauisch. »Wonach suchen Sie eigentlich?«

»Ich versuche herauszufinden, ob eine Verbindung zwischen Ihrem Vater und einer Japanerin besteht.« Ich hielt inne. »Eigentlich war sie Halbamerikanerin. Ihr Name war Setsuko Ozawa Nakamura.«

»Und?«

»Auf ihrer Geburtsurkunde ist kein Vater eingetragen.« Ich hielt den Atem an und hoffte, er würde das Gespräch nicht beenden.

Eine kurze Stille folgte, dann räusperte sich Rod. »Wollen Sie damit sagen, mein Dad war ihr Vater? Ausgerechnet ... Ich sollte einfach auflegen.« Er tat es nicht.

»Ich weiß es nicht sicher, aber jemand im Veteranenverein meinte, er könne es sein. Es tut mir wirklich leid.« Ich schluckte.

»Ich habe mich immer gewundert«, sagte Rod. »Ich habe mich immer gewundert, weshalb er Asiatinnen auf der Straße so nachgesehen hat, vor meiner Mutter, als wäre sie gar nicht da.«

»Es tut mir leid«, wiederholte ich.

Eine weitere Pause folgte, dann gab mir Rod seine Faxnummer. »Faxen Sie mir diesen Brief. Ich fahre heute abend noch vorbei.«

»Würden Sie das tun?«

»Aber falls irgend jemand Anspruch auf sein Erbe erhebt, da besteht keine Chance. Er hat nichts, und in seinem Testament berücksichtigt er nur mich und Marshall …«

»Niemand möchte hier irgend etwas anfechten«, sagte ich. »Unter Umständen hat Setsuko ihn erpreßt. Nach allem, was ich über sie weiß, würde mich das nicht überraschen. Ihr Vater könnte eine Art Opfer gewesen sein …«

»Behandeln Sie mich nicht so von oben herab, okay? Faxen Sie mir diesen verdammten Brief, und ich sage Ihnen, was ich davon halte.«

Ich vergrub das Gesicht in den Händen. Ich hatte alles vermasselt. Roderick Evans war stinksauer, verletzt und wütend. Er wäre niemals so gerissen gewesen, nach Japan zu fliegen und Setsuko umzubringen. Ich war nicht sehr viel weitergekommen.

Ich nahm noch einmal das Telefon und wählte die Nummer des St. Luke's, die ich mittlerweile auswendig wußte.

»Zimmer vier-dreiundzwanzig, bitte.«

»Das Zimmer ist nicht belegt«, sagte mir die Vermittlung.

»Hat Mr. Glendinning wieder ein neues Zimmer? Hier spricht Rei Shimura.«

»Ah, die Cousine von Shimura-*sensei*! Wissen Sie nicht, daß Mr. Glendinning nicht mehr hier ist? Er hat gegen den ärztlichen Rat das Krankenhaus verlassen, und zwar in Begleitung.«

»In Begleitung?« Ich bekam Panik, als ich daran dachte, wie gefährlich Yamamoto geworden war.

»Ja. Er ist heute frühmorgens mit einer Frau weggegangen«, vertraute mir die Telefonistin an. »Die Oberschwester war fürchterlich wütend. Diese Frau muß ihm die Treppe hinunter und nach draußen geholfen haben. Da war es schon zu spät, um noch etwas zu unternehmen.«

»War die Frau Ausländerin oder Japanerin?«

»*Gaijin*. Shimura-*sensei* ist sie häufig während der Besuchszeit aufgefallen. Eine blonde Frau in einem langen schwarzweißen Kleid und einem Pelzmantel.«

»Vielen Dank«, sagte ich und wollte auflegen.

»Gern geschehen, Shimura-san. Ihr Cousin möchte wissen, ob Sie heute vorbeikommen. Er hat nachmittags Dienst und würde Sie gerne sehen.«

»Sagen Sie ihm, daß ich es versuchen werde.« Wenn ich weiterhin der Familie Shimura angehören wollte, mußte ich mich für meinen letzten Ausbruch ernsthaft entschuldigen.

»Da jetzt keine Fotografen mehr draußen stehen, wird es angenehmer für Sie sein, herzukommen!« piepste die Telefonistin, und sogar ich mußte lachen.

Auf dem Weg zum Lebensmittelgeschäft hielt ich die Augen nach etwaigen Verfolgern offen. Als ich es schließlich in den Laden geschafft hatte, sprach ich ein stilles Dankesgebet.

»Ein schönes Bild haben wir heute.« Mr. Waka hielt die aufgeschlagene *Yomiuri Shimbun* hoch. Die Aufnahme vom Vorabend zeigte, wie mir Joe Roncolotta ins Taxi half.

»*Rei no ka rei sa*«, sagte Mr. Waka. Es war ein neues Wortspiel mit den vielen Bedeutungen meines Namens – diesmal hieß es soviel wie *Reis Schönheit*.

»Zweifellos der Versuch einer Satire. Was steht in

dem Artikel?« Ich suchte in meiner Tasche nach Kleingeld, um den Umschlag und den Brief zu fotokopieren.

»Nun, hier steht, daß Sie ein sehr abenteuerlustiges Mädchen sind. Sie hatten gestern einen Unfall am Bahnhof? Bitte seien Sie vorsichtiger. Es wird auch viel über Ihren Begleiter geredet, Mr. Roncolotta, den älteren Geschäftsmann aus Tokio. Der Journalist glaubt, er hat Ihnen das Kleid, das Sie anhatten, gekauft, weil sich eine Lehrerin so etwas niemals leisten könnte. Mr. Roncolottas verstorbene japanische Ehefrau wird erwähnt, und die diversen Damen, die er seither gekannt hat – er ist zweiundsechzig Jahre alt! Ehrlich gesagt, ich halte das für keine gute Idee!«

»Das ist völlig harmlos«, beruhigte ich ihn, aber er sah nicht glücklicher aus.

»Und was ist mit dem armen Mr. Glendinning, der allein im Krankenhaus liegt? Die öffentliche Meinung ist zu seinen Gunsten umgeschlagen. Jetzt, wo Sie mit so vielen Männern ausgehen, haben die Leute Mitleid mit ihm.«

»Er ist nicht mehr im Krankenhaus. Er ist mit einer anderen Frau weggegangen. Sie können es morgen in der Zeitung lesen, wenn sonst nicht viel passiert.« Ich betrachtete das Blatt Papier in meinen Händen und überlegte, ob es deutlich genug war, um es nach Amerika zu faxen. Dann fiel mir der modrige Umschlag auf.

»Möchten Sie, daß ich Ihnen den Artikel vorlese?« stichelte Mr. Waka weiter. »Oder die neueste Umfrage über Mr. Glendinnings Image?«

»Einen Moment.« Langsam dämmerte mir etwas. Weshalb war mir das nicht vorher aufgefallen?

»Was haben Sie denn da?« Waka-san kam hinter seinem *oden*-Kessel hervor und blickte mir über die Schulter. »Ein Brief aus Amerika?«

»Der Brief ist an das Postamt in Kawasaki adressiert.«

»Natürlich. Hier steht die Nummer des Postfachs.«

Ich war nach Kawasaki gefahren, um dort ein Haus zu suchen, dabei wäre ich im Postamt richtig gewesen. Das Postamt, in dem wahrscheinlich noch mehr Post für Setsuko lag, der letzte wichtige Schlüssel zu ihrer Vergangenheit.

»Ich wußte gar nicht, daß es in Japan überhaupt Postfächer gibt.«

»Es ist nicht sehr gebräuchlich.« Mr. Waka nickte. »Aber viele Leute haben ihre Sparkonten bei der Post – es sind dieselben Gebühren wie bei der Bank, und die Post ist gleich um die Ecke!«

»Ich bin bei der Sanwa«, sagte ich abwesend. »Ich muß sofort hin ... sie schließen mittags ...«.

»Sie gehen zur Sanwa-Bank?«

»Nein, zur Post!«

»Was ist mir ihrem Fax?« fragte Mr. Waka.

»Könnten Sie es für mich abschicken? Ich zahle es, wenn ich wiederkomme.«

»Aber das ist eine internationale Nummer! Ich kann nur im Inland faxen.« Er sog Luft zwischen den Zähnen ein – das sollte bedeuten, das ich keine Chance hatte.

»Was?« Ich packte ihn an den Schultern. »Bitte. Können Sie das Fax nicht neu einstellen? Ich zahle alles, was Sie verlangen.«

»Wenn ich das neu programmiere, macht das sehr viel Arbeit ...«

»Waka-san, wenn alles glattläuft, dann macht die *Yomiuri* ein Interview mit *Ihnen.*«

Ich ordnete die Seiten richtig und legte einen Zettel mit meiner Telefonnummer dazu. *Ich hoffe, ich zerstöre damit nicht Ihr Leben*, schrieb ich und setzte meinen Namen darunter.

Während ich durch die sauberen grauen Straßen von Kawasaki eilte, dachte ich bei mir, daß das Postamt die sinnvollste Adresse für Setsukos vertraulichen Briefwechsel war. Es lag zwischen Hayama und Tokio, und doch bestand keine Gefahr, dort Nachbarn zu treffen. Außerdem hatte sie es seit Jahren, und ihr Vater würde gar nicht mitbekommen, daß sie in eine sehr exklusive Gegend gezogen war.

Ich hatte meine Perücke aufgesetzt, und als ich mit dem Bus zum Postamt fuhr, erntete meine glänzende Haarpracht einige bewundernde Blicke. Ich hoffte, die Leute würden mir abnehmen, daß jemand in meinem Alter ein eigenes Postfach hatte. Postamtbarbie, dachte ich.

Ich irrte kurz durch das Postamt, bevor ich die stählernen Fächer mit den Kombinationsschlössern sah. Als ich die Nummer 63992 entdeckte, drehte ich die Scheibe. Es funktionierte nicht. Ich versuchte es sechsmal mit der Kombination, bis ich aufgab und den Code noch einmal aus der Handtasche holte. Gab es da einen Trick in Japan? Funktionierten nicht alle Kombinationen rechts-links-rechts, wie in jeder Umkleidekabine, die ich in meinem Leben betreten hatte?

Andere Kunden wurden auf mich aufmerksam, deshalb ließ ich es bleiben und ging so unschuldig wie möglich an den Hauptschalter. Ich zog eine

Nummer und wartete mit den anderen, bis ich an der Reihe war. Um Viertel vor zwölf wurde ich aufgerufen.

»Entschuldigen Sie, aber ich kann mein Postfach nicht öffnen.« Ich warf die Hände hoch, als wäre das die dümmste Sache der Welt.

»Die Nummer?« Die Angestellte, ihrer Anstecknadel nach eine Auszubildende, zog einen Metallkasten mit Karteikarten unter dem Tisch hervor. Sie hatten noch nicht auf Computer umgestellt, wie es häufig in Japan der Fall war.

»Sechs-drei-neun-neun-zwei«, sagte ich.

Die Frau suchte einen Moment, zog eine Karte heraus und las sie mit ernster Miene. »Mrs. Ozawa, ihr Fach wurde geschlossen, weil Sie die letzten zwei Monate keine Miete bezahlt haben.«

»Das tut mir leid. Ich war verreist«, sagte ich, was ja auch stimmte. »Was schulde ich Ihnen?«

»Achttausend Yen.«

Ich schluckte. Vergeblich suchte ich in meiner Tasche nach Geld. Warum war ich nicht erst zur Bank gegangen? »Es tut mir leid, so viel Geld habe ich nicht bei mir.« Selbst wenn das japanische Postamt Karten akzeptieren würde, auf meiner würde Rei Shimura stehen.

Die Angestellte sah mich überraschend mitfühlend an. »Wenn Sie wollen, könnten wir die Summe ab jetzt automatisch von Ihrem Sparkonto abbuchen. Dann kann Ihnen so etwas nicht wieder passieren.«

»Von meinem Sparkonto?« fragte ich. Mir war leicht schwindelig. »Eine großartige Idee!«

»Ich kann den Antrag gleich für Sie fertigmachen …«

Sie füllte ein Formular aus, das voller *kanji* war, und schob es mir hin. Als ich einen Stift herausholte, sagte sie: »Sie müssen Ihren *hanko* benutzen.«

Wenn ich das gewußt hätte, hätte ich Setsuko Nakamuras Namenssiegel in ihrem Haus gesucht. Aber so mußte ich bluffen und meinen eigenen Stempel benutzen. Wenn ich den Abdruck etwas verwischte, würde es vielleicht niemand bemerken.

Ich holte mein Siegel heraus und drückte es in das Stempelkissen auf der Theke. Dann stempelte ich auf die Stelle, auf die sie gedeutet hatte, und zwar mit mehr Druck als nötig. Es sah aus wie ein Rorschachtest, und man konnte kaum erkennen, daß die Zeichen etwas bedeuteten. Zu meiner Erleichterung legte die Angestellte das Blatt einfach ab und gab mir eine Quittung. Ich starrte auf das Blatt Papier und las Setsukos Kontostand: 3,2 Millionen Yen. Das Geld stammte sicher von den zurückgegebenen Kleidern, und es war vor dem Zugriff ihres Mannes geschützt.

»Wir geben das Postfach frei, so daß Sie am Montag wieder darüber verfügen können. Bis dahin gebe ich Ihnen einen Abholschein für Ihre Post. Gehen Sie damit zu Schalter fünf.«

Ich gehorchte. Es war bereits fünf Minuten vor zwölf, und fast alle waren schon gegangen. Zwei Kunden standen noch in der Reihe vor mir, als über die Lautsprecher »Auld Lang Syne« erklang. Der Angestellte stellte ein GESCHLOSSEN-Schild auf die Theke, und die wenigen verbliebenen Kunden zerstreuten sich. Ich ging direkt an den Schalter.

»Es tut mir leid, vielleicht hat *okyaku-sama* nicht gehört, daß wir geschlossen haben.« Obwohl mich der Angestellte mit »verehrte Kundin« ansprach, war sein Ton ziemlich steif.

»Ich kann erst gehen, wenn ich meine Post habe.« Ich legte den Abholschein vor ihn hin.

»Diese Sektion ist bereits geschlossen«, wiederholte er.

Ich bewegte mich nicht, bis er schließlich achselzuckend mit meinem Schein verschwand. Er kam mit einem dünnen Packen Briefe wieder. »Kommen Sie das nächste Mal bitte etwas früher.«

Ich dankte ihm überschwenglich, warf meine Plastikmähne zurück und verließ schleunigst das Postamt, während ich die Umschläge betrachtete. Zwei waren japanisch, einer war englisch adressiert. Er stammte von einer Anwaltskanzlei in Miami namens Mulroney, Simms and Schweiger.

Ich wollte möglichst schnell den englischen Brief lesen. Ich rannte gerade noch bei Grün über die Straße und setzte mich in einem Imbiß an die Theke. Zwischen lauter Teenagern, die duftende Hamburger aßen, schlitzte ich den Umschlag auf und zog ein Blatt Papier mit dem Datum vom 20. Dezember heraus.

Sehr geehrte Ms. Ozawa,

mit diesem Brief möchten wir Sie über die neuesten Entwicklungen in Sachen Nachlaßklage gegen die Erben von Mr. R. P. S. informieren.

Unser Büro hat gemäß Ihrer Anfrage vom 3. November vorab einige Informationen eingeholt. Es ging um die Grundlagen und Erfolgsaussichten einer Anklageerhebung. Auch wenn die Möglichkeit besteht, daß Sie einen Prozeß gewinnen könnten, so glauben wir nicht, daß die Beweise ausreichen, um Ihre Behauptungen zu stützen.

Die Briefe, die Sie uns geschickt haben, waren alle mit »Vater« unterzeichnet. Ohne eine förmliche Unterschrift oder andere Identitätsnachweise würde die Klage aus Mangel an Beweisen abgewiesen werden; damit wäre auch jeder weitere Prozeß gegen die Erben aussichtslos. Man könnte eine Handschriftenanalyse durchführen lassen; doch in diesem Fall würde es starke Einwände und Gegenbeweise von seiten der Verteidigung geben. Da Sie zudem in dem Testament nicht erwähnt werden, werden die Erben natürlich argumentieren, daß der Verstorbene nicht die Absicht hatte, Sie in seinem Testament zu bedenken.

Was darüber hinaus Ihren Kontakt zur Frau des Verstorbenen betrifft, so rate ich Ihnen dringend, keine weiteren Anstrengungen zu unternehmen. Mein Privatdetektiv hat herausgefunden, daß sie entgegen Ihrer Annahme keine gebrechliche Witwe ist, die Ihren Ansichten passiv gegenübersteht. Wir hatten eher den Eindruck, daß sie eine energische Person ist, die durchaus in der Lage ist, ihre und die Interessen ihrer Kinder zu verteidigen.

Ich verlasse mich darauf, daß Sie die Angelegenheit, wie ich empfohlen habe, auf sich beruhen lassen. Bitte scheuen Sie sich nicht, sich an uns zu wenden, wenn Sie weitere Hilfe benötigen.

Mit freudlichen Grüßen

James R. Mulroney
Rechtsanwalt

Ich steckte den Brief wieder in den Umschlag und verfluchte mich für all die Arbeit, die ich mir hätte sparen können, wenn ich früher auf dem Postamt gewesen wäre. Ich fand eine Telefonzelle und schob eine Telefonkarte hinein, auf der nur noch vier Einheiten waren. Für lange Gespräche mit Hugh würde sie nicht mehr reichen.

Der Anrufbeantworter sprang an, und man hörte die kühle Stimme einer Engländerin. Ich dachte schon, ich hätte mich verwählt, da erkannte ich die Stimme von Winnie Clancy. War sie bei Hugh eingezogen, um sich um ihn zu kümmern? Ich hinterließ eine kurze Nachricht und sagte, ich würde noch einmal von zu Hause aus anrufen.

»Ich bin's«, begrüßte ich Mr. Waka, der durch mich hindurchblickte, als ich fünfunddreißig Minuten später das Lebensmittelgeschäft betrat.

»Ihre Haare …« Ihm schienen die Augen herauszufallen.

»Es ist eine Perücke.« Ich warf die langen Haare über die Schultern zurück.

»Damit sehen Sie japanischer aus.« Die Art, wie er die Lippen zusammenpreßte, zeigte mir, daß er nicht sonderlich angetan davon war. »Ich habe genug von Ihrer Rein- und Rausrennerei. Bleiben Sie auf einen Becher *oden*?«

Der Topf sah noch trüber aus als sonst. »Ich mache gerade eine Neujahrsdiät. Ich nehme lieber ein paar Reisbällchen. Hat das mit dem Fax geklappt?«

»Ja, aber wenn Sie völlig abmagern, können Sie diese tollen Kleider nicht mehr tragen. Fehlt Ihnen Ihr amerikanisches Essen? Wie wär's mit einem *hotto doggu*?«

»Nein danke, ich esse kein Fleisch«, sagte ich und wickelte den süßen Tofu-Reis-Snack aus.

»Das ist nicht gut, nicht gesund. In Japan halten wir es für richtig, jeden Tag dreißig verschiedene Dinge zu essen! Fleisch, Fisch, Reis, eingelegtes Gemüse, Sojabohnen …«

»Ich habe es eilig. Aber ich habe das Gefühl, wenn Sie mich das nächste Mal sehen, habe ich bessere Laune«, versprach ich, als ich die Plastikverpackung in seinen Abfalleimer warf.

»Dann kommen Sie wieder, *neh*? Und halten Sie sich von den Boulevardblättern fern«, rief mir Waka-san nach.

33

Es war zwei Uhr nachmittags, als ich zu Hause ankam, Mitternacht in Miami. Ich würde auf dem Anrufbeantworter der Anwaltskanzlei eine Nachricht hinterlassen.

Als ich die unversperrte Tür zu meiner Wohnung öffnete, warf ich einen Blick auf meinen blinkenden Anrufbeantworter. Ich schlüpfte schnell aus meinen Schuhen, rutschte dabei aber aus. Als ich mich an meiner Stehlampe festhalten wollte, stieß ich versehentlich mit der Hand durch das *shōji*-Papier und fiel mitsamt der Lampe hin. Das ruinierte antike Stück schmerzte mich genauso wie mein Knie.

»Vorsicht.«

Ich blickte auf und sah Marcelle Chapman in ihrem Zebramantel.

»Oh! Bestimmt hat Richard Ihnen aufgemacht«, sagte ich und dachte, wie merkwürdig es war, daß sie so auf mich herabblickte.

»Nein, er ist vor einer Stunde gegangen. Aber Mariko ist hier.«

Ich folgte Mrs. Chapmans Blick zu meinem Futon. Mariko lag in Embryonalstellung da, ihre Knöchel und Handgelenke waren mit Isolierband gefesselt. Sie rührte sich nicht.

»Soweit hätte es nicht kommen müssen. Wenn Sie sich nicht eingemischt hätten, wäre ich schon vor vier Wochen auf und davon gewesen.« Mrs. Chapman versagte die Stimme.

»Ist sie tot?« flüsterte ich. Panik stieg in mir auf.

Mariko drehte sich um, so daß ich ihr Gesicht sehen konnte. Ihr Mund war zugeklebt, aber ihre Augen funkelten.

»Ich habe nichts mit Joe Roncolotta, ganz ehrlich«, faselte ich. »Und Mariko auch nicht. Keine von uns will Ihnen etwas Böses – ich finde, wir sollten uns hinsetzen und uns in Ruhe unterhalten.«

»Es ist Badezeit, aber die Wohnung hat kein Bad. Das hatte ich vergessen.« Sie spitzte die Lippen.

Das Bad. Plötzlich wurde mir klar, daß dieser Besuch nichts mit Joe Roncolotta zu tun hatte.

»Weil es kein Bad gibt, müssen Sie beide springen.«

»Springen?« wiederholte ich dümmlich.

»Für Sie ist in letzter Zeit einiges schiefgelaufen, nicht wahr?« Mrs. Chapman stand jetzt über mir. Ich lag immer noch auf dem Bauch. »Sie haben Probleme in der Arbeit. Gangster sind hinter Ihnen her. Ihr Freund muß lebenslänglich ins Gefängnis.«

»Nein!«

»Nicht ins Gefängnis? Nun ja, Sie können ihn wahrscheinlich retten, wenn sich herausstellt, daß Sie die ganzen Morde begangen haben.«

»Niemand weiß über Sie Bescheid.« Ich überlegte blitzschnell. »Warum verlassen Sie nicht einfach das Land, solange es noch geht? Niemand verdächtigt Sie.«

»Sie sind eine Lügnerin, Rei Shimura.« Sie sprach meinen Namen mit einem übertriebenen Akzent aus, der in ihren Ohren wohl japanisch klang. »Das ist Ihre japanische Hälfte.«

»Wieso tun Sie das alles? Sie sind doch ein warmherziger Mensch. Sie haben mir von Anfang an geholfen.« Es war riskant, weiterzusprechen. Wenn ich sie reizte, würde sie mich womöglich knebeln wie Mariko. Ohne Mund wäre ich weniger menschlich, einer Leiche ähnlicher. Leichter zu töten.

Statt mir eine Antwort zu geben, ging Mrs. Chapman zum Anrufbeantworter und drückte auf den Startknopf. Als ich mich aufrichten wollte, trat sie mir mit ihrem Reebok ans Kinn. Ich unterdrückte mein Stöhnen, um die Aufnahme zu hören.

»Rei, hier spricht Rod Evans. Ich freue mich, Ihnen sagen zu können, daß die Handschrift nicht im mindesten der meines Vaters ähnelt. Sie haben mir eine Heidenangst gemacht.« Er hielt inne. »Ich habe aber vielleicht trotzdem eine Spur für Sie. Der Poststempel auf dem Umschlag hat mich an Bob Smith erinnert, der mit meinem Dad in Japan gedient hat. Mr. Smith hat eine Freundin und eine Tochter dort zurückgelassen und immer Gewissensbisse deswegen gehabt. Er hat versucht, für sie zu sorgen, und ihnen immer wieder Geld geschickt. Das hat mir mein Vater erzählt, als eine Art Warnung, bevor ich nach Vietnam ging, aber das ist eine andere Geschichte. Smith war ein Texas Ranger, eine ziemlich große Nummer. Er konnte nicht das japanische Mädchen anerkennen und gleichzeitig so weitermachen wie bisher. Die Frau, die er geheiratet hatte, muß ein richtig niederträchtiges Weibsstück sein. Er hat immer gesagt ...« Der Anrufbeantworter piepste, und der Rest der Nachricht wurde abgeschnitten.

Mrs. Chapman löschte die Aufnahme mit ihrem schwarz behandschuhten Finger.

»In Ihrem Pass steht Smith, nicht Chapman.« Ich erinnerte mich, wie ich auf ihr Drängen hin Captain Okuhara diese offensichtliche Ungereimtheit plausibel gemacht hatte. Ich hatte sie gerettet, als sie in Gefahr war, erwischt zu werden.

Ich sah sie an und wartete ab. Irgendwann würde ich mich bewegen können. Mein rechtes Bein tat zwar weh, aber ich war mir ziemlich sicher, daß es einsatzfähig war, wenn ich es brauchte.

»Verdammt noch mal, ich wollte mit dieser Nakamura-Frau reden, ich wollte die Sache vernünftig regeln!« explodierte Mrs. Chapman. »Ich hatte sogar mein Scheckbuch dabei.«

»Was wollten Sie denn von ihr?« fragte ich.

»Sie sollte aufhören. Sie sollte aus unserem Leben verschwinden, jetzt, wo Bobby tot ist.« Schmerz spiegelte sich in ihrem Gesicht. »Die beiden mit ihren Postfächern in anderen Städten, anderen Staaten – man hätte meinen können, sie hatten eine Affäre. Erst als der Krebs ihn von uns genommen hat, bin ich darauf gekommen, was mit Binnies Geld passiert ist.«

»Mit wessen Geld?«

»Dem Geld meiner Enkeltochter. Jeden Dollar, den Bob für Setsuko ausgegeben hat, hat er von ihrem Erbe gestohlen.«

»Das muß Sie ziemlich geärgert haben.« Ich versuchte sie zu beruhigen.

»Setsuko hat über einen Detektiv oder einen Anwalt herausgefunden, daß er tot ist. Sie wollte Anspruch auf das Erbe anmelden. Ich habe ihr geschrieben, daß wir uns über alles unterhalten müßten, nur wir beide. Sie hat mich angerufen und gesagt, es ginge erst nach den Feiertagen. Als könnte sie das bestimmen. Ich habe sie nach ihren Plänen gefragt, und sie hat mir verraten, wohin sie führen. Es war leicht, sie zu finden. Ich mußte nur fünf Hotels anrufen.« Mrs. Chapman lächelte gezwungen.

»Warum haben Sie sich nicht einfach in Tokio mit ihr getroffen?« fragte ich.

»Ich wollte sehen, mit was für einer Person ich es zu tun hatte, und das habe ich ja dann auch deutlich mitbekommen. Beim Abendessen hat sie in dieser Idiotensprache mit der Wirtin über mich geflüstert.«

»Sie mochten einfach keine Ausländer! Ich hätte Ihnen sagen können, daß das nichts Persönliches war.« Im Rückblick schienen meine eigenen Bedenken darüber, wie man mich dort behandelt hatte, völlig belanglos.

»Ja, ja, Fräulein Besserwisser.« Mrs. Chapman trat mich wieder, diesmal nahe ans Auge. Ich hielt mir die Hand auf den pochenden Wangenknochen und hörte, wie Mariko auf dem Bett herumrollte.

»Ich beschloß, mit ihr im Bad zu reden, weil ich dort am unauffälligsten mit ihr allein sein konnte«, erzählte Mrs. Chapman weiter. »Ich bin ins Bad gegangen und habe die Tür verklemmt, damit uns niemand stören konnte. Sie ist furchtbar erschrocken, als sie mich gesehen hat. Dann hat sie gelacht und gesagt, sie hätte einen tollen Anwalt gefunden, der mich fertigmachen würde. Sie können sich vorstellen, wen ich da im Verdacht hatte.«

»Hugh«, sagte ich.

»Ich habe noch gewartet, um zu sehen, was er unternimmt. Ich bin zu keinem Schluß gekommen. Dann haben Sie angefangen, herumzuschnüffeln.«

»Wie haben Sie sie umgebracht?«

»Ich wollte es nicht. Sie ist aufgestanden, dürr und

schamlos, als ob sie einfach davonmarschieren wollte. Ich habe ihr eine Abdeckplatte auf den Kopf gehauen. Sie ist gefallen, und ich habe sie an den Füßen gepackt. Ihr Kopf war unter Wasser. Es hat nur eine Minute gedauert.«

»Die Perlen. Haben Sie sie in Hughs Zimmer geschmuggelt?« Das mußte ich wissen.

»Ich habe sein Zimmer mit dem des jungen Assistenten verwechselt, aber die Kette ist trotzdem am richtigen Ort gelandet. Gott geht verschlungene Wege.«

»Sie sind eine gläubige Frau.« Ich schenkte ihr ein falsches Lächeln. »Ich glaube, es ist Zeit für ein Gebet. Wenn wir zusammen beten, finden wir vielleicht einen Ausweg ... eine Hilfe für Sie ...«

Mariko warf mir einen vernichtenden Blick zu, und so schwieg ich.

»Aufstehen.« Mrs. Chapman trat mich noch einmal. Ich zog mich unbeholfen auf die Knie und stand auf. Das Telefon war nicht weit weg, aber ich wagte es nicht, mich ihm zu nähern, weil sie mein Küchenmesser in der rechten Hand hatte.

»Wegen Mariko«, fuhr ich fort. Ich sprach laut, in der Hoffnung, jemand würde uns hören. »Sie wußten, daß sie in der Bank arbeitet und im Club Marimba. Es war sicher schwierig, weil Sie sie nicht identifizieren konnten.«

»Das stimmt. Nachdem Sie angedeutet hatten, daß sie bei Ihnen wohnt, mußte ich warten, bis Sie und der kleine blonde Junge sie einmal allein ließen.« Mrs. Chapman war jetzt hinter mir und band mir die Handgelenke mit dem dicken Klebeband zusammen. Gerade, als sie es abreißen wollte, schlug ich nach hinten aus. Sie rammte mir ihr Knie in den Po, so daß ich durch das Zimmer segelte und mit einem dumpfen Schlag gegen Mariko fiel.

»Ich kann Ihr japanisches Gesicht nicht ertragen, wissen Sie das? Es erinnert mich an sie. Selbst jetzt noch, wo sie längst tot ist, verfolgen Sie mich ...«

Ich rollte auf den Rücken und versuchte, Mrs. Chapman zu treten, die wieder über mir aufragte.

»Wer würde an einen Selbstmord glauben, wenn meine Hände gefesselt sind?« fragte ich. Hugh und Tom würden wahrscheinlich als erstes an die *yakuza* denken, so daß alle Aufmerksamkeit erst einmal in diese Richtung gelenkt war, während Marcia Smith unbemerkt das Land verließ.

»Gut aufgepaßt. Ich binde Sie los.«

»Warum haben Sie Mrs. Yogetsu getötet?« Bald würde mir nichts mehr einfallen, um sie aufzuhalten.

»Ich habe Anfang Dezember eine Übersetzerin anrufen lassen, um mich zu versichern, daß die Nakamuras auch wirklich in dieser Pension wohnten. Obwohl mein Name gar nicht erwähnt wurde, hat sie wohl vermutet, daß ich hinter dem Anruf steckte. Als Joe Roncolotta uns mit dem Taxi nach Hause geschickt hat, habe ich sie gesehen. Ich bin ihr zum Bahnhof gefolgt. Dann habe ich einen Zug kommen sehen, und damit war das Problem gelöst.«

Während sie redete, hörte ich merkwürdige Geräusche im Treppenhaus, einen schweren, unregelmäßigen Rhythmus. *Yakuza*-Gangster? Ich hatte geradezu Sehnsucht nach ihnen. Ich warf Mariko einen kurzen Blick zu. Sie blinzelte.

»Ich will, daß Sie jetzt aufstehen. Ganz brav«, befahl Mrs. Chapman.

»Ich tue Mariko nichts.« Meine Hoffnung auf

Rettung schwand, weil die Person im Treppenhaus offenbar im zweiten Stock stehengeblieben war.

»Das ist mir egal. Stehen Sie auf.«

Ich gehorchte und wurde an meinen Küchentisch geführt.

»Jetzt schreiben Sie einen kurzen Brief, in dem Sie sagen, wie sehr Sie es bedauern, aber es sei Zeit für Sie, aus dem Leben zu scheiden.«

»Es sei Zeit für mich, aus dem Leben zu scheiden? Niemand würde glauben, daß ich das geschrieben habe. Das ist viel zu geschwollen und rührselig!« Ich wußte nicht, woher diese Worte kamen, aber ich mußte weiterreden.

»Ich habe Ihnen ein paar zusätzliche Minuten geschenkt. Weil Sie soviel für mich getan haben. Wenn es Ihnen lieber ist, ohne Abschiedsbrief zu springen, dann gehen wir gleich ans Fenster.«

Sie schob mich zum Seitenfenster und öffnete es leicht mit der linken Hand. Kalte Luft vermischt mit Abgasen und verfaultem Gemüse wehte mir ins Gesicht. Der Müllhaufen war gut drei Meter rechts von meinem Fenster. Wenn ich zaubern könnte, würde ich mich einfach hinüberwehen lassen und sicher auf den Mülltüten landen. Ansonsten waren es vier Stockwerke bis zum Betonboden.

»Ich springe nicht. Sie müssen mich schon hinauswerfen.« Ich drehte mich zu ihr um und überlegte. Obwohl sie größer und schwerer war als ich, war es unwahrscheinlich, daß sie stark genug war, mich hochzuheben. Bisher hatte sie es nur geschafft, Setsuko etwas über den Kopf zu hauen und Mrs. Yogetsu vor einen Zug zu stoßen. Sie würde mich nicht hochheben und aus dem Fenster werfen können. Doch ihr schwebte offensichtlich etwas anderes vor.

»Auf Wiedersehen, Rei.« Ihr Gesicht war ganz ruhig, als sie das Messer geradewegs auf meinen Hals zuführte. Ich wich ihr aus, das Messer durchtrennte den feinen Baumwollstoff und prallte von meinem Schlüsselbein ab. Ich spürte den Schnitt, aber das Adrenalin begann zu wirken, als ich unter ihrem Arm hindurchrutschte und auf die Tür zueilte.

»Idiotin!« Sie stürzte sich auf mich, so daß wir beide auf dem Boden landeten.

Das Telefon klingelte. Mrs. Chapman stach erneut zu und erwischte mich am Bizeps. Dann krachte es laut, und ich wußte, daß sie mich am Kopf erwischt hatte, wo sie gleich am Anfang hätte hinzielen müssen.

Für einen Moment wurde alles schwarz. Dann jaulte Mrs. Chapman so laut auf, daß ich wußte, ich lebte noch. Das Telefon klingelte weiter. Ich krabbelte darauf zu und stieß den Hörer mit der Schulter auf den Boden.

»Wer ist da?« fragte ich völlig orientierungslos wegen der bizarren Szene, die sich da vor mir entfaltete. Mrs. Chapman lag auf dem Rücken wie ein gestrandeter Wal, und ein langes Schwert berührte sie am Hals. Ich blinzelte und sah, daß das Schwert eigentlich eine Metallkrücke war. Die Krücke war verbunden mit Hugh Glendinning, der aussah wie ein keltischer Held kurz vor seinem letztem Atemzug. Er stützte sich nur noch auf eine Krücke und neigte sich gefährlich auf eine Seite.

»Ganz ruhig«, sagte Hugh zu Mrs. Chapman, und zu mir sagte er: »Da ist Blut auf meinem Hemd, Darling. Das war das letzte Mal, daß ich dir ein so gutes Stück geliehen habe.«

Ich antwortete nicht, sondern konzentrierte mich auf die weit entfernte Stimme am Telefon.

»Hallo, hier spricht Winnie Clancy. Kann ich bitte mit Hugh sprechen?«

»Ich glaube, er ist gerade – unpäßlich.« Das konnte keine Fata Morgana sein, wenn Winnie anrief.

»Sie arbeiten schnell, nicht wahr?« sagte Winnie mit ihrem abgehackten Akzent.

»Mrs. Clancy, würden Sie mir einen Gefallen tun?«

»Was denn?« Sie klang wütend.

»Rufen Sie 110 an«, sagte ich etwas großtuerisch und mit meinem besten amerikanischen Akzent. »Sagen Sie ihnen, sie sollen zu 49 Nihonzutsumi fahren, Apartment 4 B. Kommen Sie ruhig selbst vorbei, wenn Sie Hugh sehen wollen. Aber rufen Sie erst die Polizei, wenn Sie seinen schottischen Arsch lebendig wollen.«

34

Hugh benutzte Seife in der Wanne, was ich in Japan noch nie gesehen hatte. Dünne Seifenschlieren wirbelten im Wasser, die Geister verbotener Bäder in der Vergangenheit. Ich schüttelte mich bei dem Gedanken, welchen Schaden er bereits in seinem Bad angerichtet hatte.

»Morgen siehst du aus wie ein Boxer.« Hugh drehte kurz das kalte Wasser auf, um den Waschlappen zu kühlen, bevor er ihn mir wieder an den Bluterguß unter meinem Auge hielt. Er hatte nicht übertrieben, als er sich als König der Sportverletzungen bezeichnet hatte. Er hatte dafür gesorgt, daß ich eine Eiskompresse bekam, während ich auf Tom wartete, der in der Chirurgie beschäftigt war. Er warf Hugh einen anklagenden Blick zu, doch er nahm alles zurück, als er die ganze Geschichte gehört hatte.

»Ich verstehe immer noch nicht, wie du herausgefunden hast, daß Mrs. Chapman die Schuldige ist.«

»Ich bin um vier Uhr morgens aus diesem verdammten Krankenhaus geflohen, um endlich mal wieder anständig zu schlafen«, sagte er und massierte mir die Schultern. »Als ich aufgewacht bin, waren Winnie und Piers da. Ich mußte mir die Videoaufzeichnung der Nachrichten ansehen, in denen du beim Verlassen meines Hauses zu sehen warst. Piers hat pausenlos gequasselt, welche Nachteile mir aus unserer Beziehung entstehen, während ich nur dalag und den wunderbaren Anblick von dir in meinem Hemd genossen habe. Dann kam ein unangenehmer Schock.«

»Weil ich dem alten Mann das Taxi weggenommen habe?« Ich beugte mich vor und genoß seine Finger auf meinem Rücken.

»Nein, Kleines. Im Hintergrund sah ich eine große, ausländische Gestalt. Ich habe das Band zurückgespult und unsere gute, alte Freundin erkannt. Ich habe mich gefragt, weshalb Mrs. Chapman, die dich doch so gerne mag, dich nur beobachtete, ohne sich bemerkbar zu machen.« Er klang entschuldigend. »Dann bin ich wieder eingeschlafen. Ich habe Demerol genommen, wegen meines Knöchels, der jetzt dank deiner vier Treppen noch schlimmer geworden ist.«

»Armer Hugh«, sagte ich und streichelte seinen linken Schenkel. Vom Knie bis zum Fuß steckte er in einem Fiberglasverband, der jetzt über den Wannenrand ragte und abgestützt wurde. Hugh heil in die Wanne zu bekommen, war eine komplizierte Angelegenheit gewesen, die ich nur ungern wiederholen wollte; wir würden erst das Wasser ablaufen lassen müssen, bevor er aufstehen konnte.

»Es muß Stunden später gewesen sein, als mich das Telefon geweckt hat und ich mich mit Mr. Naruse unterhalten habe.«

»Mit wem?« Ich hielt meinen schmerzenden Kopf. Hugh hatte mich bei seinem verzweifelten Versuch, Mrs. Chapman am Boden zu halten, mit der Krücke getroffen. Ich hatte zwar keine Gehirnerschütterung, aber eine riesige Beule.

»Mr. Naruse ist der Privatdetektiv, den ich in deiner Straße postiert hatte. Richard und Mariko haben mir von dem Zwischenfall am Bahnhof erzählt, und deshalb habe ich Mr. Naruse mit deiner Überwachung beauftragt.«

»Gestern abend hat mich ein Mann verfolgt. Soll das etwa heißen, daß er das war ...«

»Er hat mir berichtet, daß du die Polizei gerufen hast. Ich dachte, du bist darauf gekommen, daß ich ihn beauftragt habe, und bist wütend. Deswegen habe ich Winnie gebeten, mir zu helfen.«

»Weißt du, daß sie deinen Anrufbeantworter neu besprochen hat? Sie ist eingezogen und hat sich in deinem Leben breitgemacht!«

»Lenke nicht ab.« Er küßte meine herumwandernde Hand und schloß sie in seine. »Mr. Naruse hat angerufen, um zu berichten, was heute morgen los war. Mehrere Leute kamen und gingen, und um ein Uhr hat eine ältere *gaijin*-Frau das Gebäude betreten. Durch sein Fernglas hat er gesehen, daß sie in deine Wohnung ist. Aus diversen rechtlichen Gründen hat er sich geweigert, hinaufzugehen, deshalb bin ich selbst hingefahren.«

»Mrs. Chapman, ich meine Smith, muß erst geklingelt haben, als sie sicher war, daß Richard und ich gegangen waren«, sagte ich. »Mariko hat wahrscheinlich gedacht, sie kann die ältere Dame bedenkenlos hereinlassen.«

Hugh seufzte. »Schade, daß ich nicht dabei war, als Marcia Chapman-Smith alles gestanden hat. Du hättest wieder für uns übersetzen können.«

»Nichts da. Wir sind hier in Tokio, und hier arbeitet die Polizei professionell.« Ich lehnte mich an ihn und dachte daran, wie gut es gewesen war, zusammen im Warteraum der Polizei zu sitzen und die Aussagen zu machen. Captain Okuhara war auch gekommen. Er hatte sich tief vor Hugh und mir verbeugt und gefragt, womit er seinen Fehler wiedergutmachen könne.

»Mit einer Pressekonferenz«, hatte Hugh grinsend erwidert.

Mariko war nicht so glücklich über den Ausgang der Dinge. Sobald man das Klebeband von ihrem Mund entfernt hatte, bedachte sie uns, die Polizei und die anwesenden Presseleute mit unflätigen Ausdrücken.

»Diese Frau hat meine Mutter umgebracht, und sie hat versucht, mich umzubringen. Ich will nichts mit ihr zu tun haben, und es ist mir schnurzpiepegal, was im Testament ihres Mannes steht. Ich würde keinen Dollar annehmen, und wenn sie ihn mir auf dem Silbertablett servieren würden«, rief sie und schwang ihre Dreadlocks für die Kamera.

Doch da war noch Setsukos geheimes Sparkonto bei der Post – Geld, das sie sicher ihrer Tochter vererbt hätte. Ich wollte dafür sorgen, daß Mariko es bekam, und wenn Mr. Nakamura Schwierigkeiten machte, würde Hugh eingreifen, der wieder seinen alten Posten bei Sendai hatte.

Mr. Nakamura hatte beschlossen, wegen der Erpressung gegen Keiko auszusagen. Damit würde Sendai die halbe Million Yen zurückbekommen, die Nakamura ihr bereits gezahlt hatte. Der Club Marimba würde schließen, und Mariko würde einen neuen Job brauchen.

»Du bist so still, Rei. Das bin ich nicht gewöhnt.« Hugh unterbrach meine Gedanken.

»Ich mache Pläne.« Ich lächelte ihn an.

»Ich auch. Am besten, wir gehen bald schlafen, meinst du nicht?«

»Sehr bald«, stimmte ich zu, und mein Herz schlug etwas schneller.

»Ja, wir müssen einen langen Sonntag überstehen«, sagte er und überraschte mich mit seinen Gedankengängen. »Ich muß um sieben aufstehen, damit ich dir ein ordentliches schottisches Frühstück machen kann. Winnie hat Eier und Würstchen eingekauft – hoppla, du magst ja kein Fleisch. Sind Eier und Toast in Ordnung?«

Ich nickte, und er fuhr fort. »Wenn ich noch nicht ganz fit bin, dann humple ich eben hinter dir her, wenn du auf einen dieser Schreinflohmärkte gehst.«

»Du würdest mit mir einkaufen gehen?« Ich war gerührt.

»Vor allem, wenn du dabei noch mal so einen Plunder findest, der über eine Million Yen wert ist, und ihn zur Pressekonferenz um zwölf mitbringst. So ungefähr hat das Joe Roncolotta vorgeschlagen. Er hat uns zum Brunch im TAC eingeladen, wenn wir bei der Polizei fertig sind.«

»Meine *gaijin*-Begleiter kommen also miteinander aus?«

»Sagen wir, wir investieren in dasselbe Objekt, wenn auch aus unterschiedlichen Gründen.«

»Wegen meiner Kopfschmerzen ignoriere ich diese lächerliche Bemerkung, aber paß auf«, warnte ich ihn.

»Keine Sorge, das war nur so eine Redensart. Aber was unseren Stundenplan betrifft – nach dem Mittagessen fahren wir in deine Wohnung und holen deine Sachen ab. Richard hat versprochen, alles zu packen, die paar passablen Sachen, die du besitzt, wie er sich ausgedrückt hat.«

»Wovon redest du eigentlich?« Plötzlich war ich beunruhigt. »Captain Okuhara hat doch gesagt, ich muß nicht mehr nach Shiroyama.«

»Aber du ziehst doch bei mir ein, oder etwa nicht? Richard hat das gesagt.« Hughs Stimme klang so zärtlich, wie ich es von ihm niemals erwartet hätte.

»Das war nur wegen deiner Verletzung und deiner Probleme mit der Polizei. Aber jetzt sieht ja alles ganz anders aus, und deshalb ist es wohl kaum notwendig ...«

Er hob die Hand, um mich zu unterbrechen. »Dann laß uns eben praktisch denken. Ich könnte dir eine großartige Geschäftsadresse bieten. Ich verlange nur, daß du mich jeden Abend zusammen mit deinen Faxen abholst.«

Ich platzte fast vor Lachen. Ich blickte in seine grüngoldenen Augen, deren Wärme mir zwar schon vorher aufgefallen war, die aber, wie ich endlich begriff, ganz allein für mich bestimmt war.

»Du bist unverbesserlich«, sagte ich. »Ein kapitalistischer Schotte, der viel zu besitzergreifend ist ...«

»Aber du willst mich trotzdem?«

Das Wasser spritzte über den Wannenrand, als ich auf ihm landete und ihm meine Antwort gab.

Danksagung

Dieses Buch wäre ohne die Hilfe einiger wundervoller Menschen zu beiden Seiten des Pazifiks nicht entstanden. Falls es Fehler enthält, so habe ich sie gemacht, und sie sollten nicht den nachfolgend aufgeführten Leuten angelastet werden. In Japan danke ich Carmen Nicolas und Perlita Young dafür, daß sie mir einen Einblick in die Welt der Hostessenbars gewährt haben; Margaret Uyehara von der amerikanischen Botschaft in Tokio danke ich für Informationen über Gefängnisse; Takenori Seki bin ich verpflichtet, weil er mich im St. Luke's International Hospital hinter die Kulissen blicken ließ und mich über dessen Geschichte aufgeklärt hat; John Visher hat mir erzählt, vor welchen Problemen ein im Ausland lebender Rechtsanwalt steht, und Superintendent Naoto Yamagishi danke ich für seine Auskünfte über die Polizei in Japan. Mein Dank gilt auch der freiwilligen Gefangenenbesuchsgruppe der Tokyo Union Church sowie den hilfsbereiten Mitarbeitern des Tokyo American Club und des Kaufhauses Isetan. Hikari Ban, Koichi Hyogo und Satoshi Mizushima, mit denen ich schon lange befreundet bin, haben die Fakten überprüft. Besonders tief verneige ich mich vor Atsuko Suzuki und ihrer Familie, die sich während meines Besuchs 1995 so freundlich um mich gekümmert haben.

In den Vereinigten Staaten danke ich Malice

Domestic Limited für das Stipendium »Grant for Unpublished Writers 1996«. Ich bedanke mich bei Carolyn Marino und Robin Stamm bei HarperPaperbacks für ihr einfühlsames Lektorat sowie bei meiner Agentin Ellen Geiger, die an eine neue Autorin geglaubt hat. Gordon Watson sprach den besten schottischen Akzent an der Wall Street, Masoud Javadi half mir mit juristischen Fachausdrücken, und zahlreiche Freunde unterstützten mich mit Kritik und Anregungen, insbesondere Manami Amanai, Matthew Roshkow und Helaine Olen, Dorothy und Sarah Baker, Hikari Ban, In-Hei Hahn, Susanne Trowbridge sowie meine House-Blend-Schriftstellerkollegen. Der größte Dank jedoch gilt Anthony Massey, dafür, daß er mich nach Japan gebracht hat, und für alles, was danach passierte.